Horst Bosetzky

Das Attentat auf die Berliner U-Bahn

Horst Bosetzky

Das Attentat auf die Berliner U-Bahn

Roman

Jaron Verlag

Taschenbuchausgabe
1. Auflage dieser Ausgabe 2015

www.jaron-verlag.de
Umschlaggestaltung: Bauer+Möhring, Berlin, unter Verwendung eines Fotos vom Siemensarchiv München
Satz: Pinkuin Satz und Datentechnik, Berlin
Druck und Bindung: CPI books GmbH, Leck

ISBN 978-3-89773-773-0

Sich zu mühen und mit dem Widerstande
zu kämpfen ist dem Menschen Bedürfniß,
wie dem Maulwurf das Graben.

Arthur Schopenhauer

Eins

1877

»Berlin braucht dringend eine Hochbahn!«, rief Germanus Cammer und erregte sich bei diesem Thema derart, dass er sich verschluckte und erst nach einem heftigen Hustenanfall fortfahren konnte. »Sonst erstickt es an seinem Straßenverkehr so wie ich an meinem Stück Buttercremetorte.«

Jeder, der an der Kaffeetafel saß, lachte auf und hielt das Ganze für ein Hirngespinst à la Jules Verne.

»Stellt euch bloß mal vor, Unter den Linden fährt 'ne Hochbahn!« Gustav Mahlgast, das Geburtstagskind, konnte sich darüber köstlich amüsieren. »Und wenn da 'n Rad abgeht, fällt es dem Alten Fritzen auf den Dreispitz.«

Germanus Cammer murmelte, sein Schwager möge nur aufpassen, dass bei ihm kein Rad ab sei, wurde dann aber wieder sachlich und verwies darauf, dass man in London schon seit vierzehn Jahren Dampfzüge durch Tunnelröhren fahren ließ, um auf den Straßen Platz für Menschen und Pferdefuhrwerke zu haben. »Aber ein Tunnel ist schnell verqualmt, und die Wände sind verrußt. Dem entgeht man, wenn man die Züge hoch über der Straße verkehren lässt, und so wird man in New York schon bald dampfbetriebene Hochbahnen haben.«

Hertha Mahlgast wies zum Belle-Alliance-Platz hinüber. »Ich möchte nicht, dass mir von dort Ruß und Dampf ins Zimmer gepustet werden. Und dazu der Lärm der Lokomotiven!«

»Das fällt alles weg, wenn wir die Züge mit einem elektrischen Antrieb versehen.« Germanus Cammer war Ingenieur und hielt den Anwesenden nun einen längeren Vortrag. Mit 33 Jahren, 1865, war er in die Firma Siemens & Halske eingetreten. Wie der Firmengründer selbst kam er vom Militär, hatte als Offiziersanwärter bei der Brandenburgischen Artillerie begonnen, war zur Artillerie- und Ingenieurschule nach Berlin entsandt worden und hatte dort seine Liebe zur elektrischen Telegraphie entdeckt. Ihr hatte er auch seine militärische Karriere geopfert und all seine Hoffnung auf Siemens gesetzt. Er war dabei, als Werner Siemens 1866 das dynamoelektrische Prinzip entdeckt und darauf basierend den Elektromotor entwickelt hatte. Schnell hatten Siemens und seine Ingenieure begriffen, dass man mit einem solchen Motor auch die Achsen schienengebundener Fahrzeuge antreiben konnte, wenn es denn gelang, sie während der Fahrt mit Strom zu versorgen. Bis dahin war es aber noch ein weiter Weg. Die Akkumulatoren, die man zur Verfügung hatte, waren viel zu schwach und so riesig, dass für die Passagiere kaum noch Platz geblieben wäre. Hier neue Lösungen zu finden wurde Germanus Cammers neue Leidenschaft, und so schwärmte er auch heute wieder von den ungeheuren Möglichkeiten der elektrischen Bahnen.

Mochten die Erwachsenen alldem auch noch so skeptisch gegenüberstehen, die beiden Knaben lauschten am Katzentisch mit heißem Herzen, denn Hermann und Ludolf waren leidenschaftlich angetan von allem, was auf Schienen fuhr.

Hermann Mahlgast, im Februar elf Jahre alt geworden, war eine behagliche Natur. Es gab Menschen, die ihn träge nannten, doch da irrten sie, es dauerte nur eine Weile, bis er sich in ungewissen Situationen einen Überblick verschafft und die optimale Reaktion herausgefunden hatte. Wie kein anderer verkörperte er das Prinzip »Erst wägen, dann wagen«. Dieser Charakterzug hatte sich schon in frühester Kindheit abgezeichnet, und er wurde immer ausgeprägter, je älter Hermann wurde. Seine Verwandten, Lehrer und Nachbarn führten es auf die Vererbung zurück, denn sein Vater, Archivsekretär im Preußischen Innenministerium, war die Ruhe selbst und gab mit feiner Selbstironie die Schnecke als sein Lieblingstier an. Seine Mutter kam von einem Bauernhof im Oderbruch, und von ihr hatte er das Bodenständige und die blonden Haare geerbt.

Ludolf Tschello, ein knappes Jahr älter als Hermann, war ein gefühlsbetonter und mitunter sehr impulsiver Mensch. Sprunghaft nannten ihn seine Lehrer, und oft genug bekam er für seine Vergehen gegen die Schuldisziplin die Haselrute zu spüren, oder er musste in der Ecke stehen und nachsitzen. Andererseits war er in der Auffassungsgabe allen anderen überlegen und wurde bei den allfälligen Visitationen des Herrn Oberschulrates gern als Musterschüler präsentiert. Hoch aufgeschossen war er, fast schon mager, und vom Typ her südländisch, was daher kam, dass seine Vorfahren väterlicherseits aus Österreich kamen. Sein Vater war Geiger in der Kapelle von Benjamin Bilse, seine Mutter war die Tochter eines Gutsverwalters aus der Gegend um den Schwielochsee.

Die beiden Jungen kannten sich von der Wiege an, denn schon ihre Mütter waren gemeinsam zur Schule gegangen.

Endlich war das förmliche Kaffeetrinken zu Ende, und sie hörten die erlösenden Worte, auf die sie schon so lange gewartet hatten: »Ihr könnt jetzt spielen gehen.« Und sofort waren sie im Treppenhaus und fegten auf die Straße hinunter. Das, was man ihnen hinterherrief, nahmen sie schon gar nicht mehr wahr, es war ja auch immer dasselbe: »Und passt auf, dass ihr nicht in den Kanal fallt!«

Gustav und Hertha Mahlgast, die besorgten Eltern, wohnten seit drei Jahren in der Tempelhofer Vorstadt, genauer gesagt in der Villensiedlung Wilhelmshöhe an der Tivoli-Brauerei, also da, wo die »besseren Leute« zu Hause waren: Beamte,

Offiziere, Akademiker, Kaufleute und Handwerksmeister. Von der Belle-Alliance-Straße hatten es die beiden Jungen nicht weit bis zum Schöneberger beziehungsweise Tempelhofer Ufer und den Brücken, auf denen die Potsdamer, die Anhalter und seit kurzem auch die Wannseebahn die Straße überquerten. Natürlich war es strengstens untersagt, auf den Bahndamm zu klettern, um die vorbeihuschenden Züge aus nächster Nähe zu bestaunen, aber was scherte sie das. Und wenn sie auch nicht wussten, wann Julius Caesar ermordet worden war, wie die Hauptstadt Schwedens hieß und wie *cucullus non facit monachum* zu übersetzen war, so hatten sie doch alles im Kopf, was die Berliner Bahnen betraf.

Was die beiden Jungen derzeit ganz besonders faszinierte, war der Bau des Anhalter Bahnhofs südlich des Askanischen Platzes. Sie freuten sich schon auf die Einweihung, die auf den Sommer 1880 terminiert war. Im letzten Jahr hatte man mit dem Abriss des alten Bahnhofs der Berlin-Anhaltinischen Eisenbahn begonnen, und den Fahrgästen stand derzeit nur ein provisorischer Bahnhof an der Trebbiner Straße zur Verfügung. Manchmal stromerten die beiden Freunde aber auch zum Dresdener Bahnhof, der südlich der Luckenwalder Straße gelegen war, oder zum neuen Potsdamer Bahnhof, der von Kaiser Wilhelm I. am 30. August 1872 feierlich eingeweiht worden war. Damals hatten Hermann und Ludolf auf den Schultern ihrer Väter gesessen und aus der Ferne zugeschaut.

Hatten sie weniger Zeit, dann saßen sie, so wie heute, am Bahndamm der Anhaltinischen Bahn und warteten auf die Züge. Dabei gerieten sie immer wieder ins Fachsimpeln. Ob beispielsweise Dampflokomotiven mit Innenzylindern, wie sie die Engländer bauten, denen mit Außenzylindern überlegen waren.

»Die deutsche Technikerversammlung ist auch für Innenzylinder«, sagte Hermann Mahlgast. »Die Lokomotiven laufen ruhiger, weil die Lastenverteilung besser ist.«

»Aber wenn die Zylinder im Rahmen liegen, kommt man nicht an sie heran, wenn sie gewartet werden müssen oder wenn etwas kaputt ist!«, rief Ludolf Tschello. »Die Zukunft gehört dem Außenzylinder.«

»Du kriegst gleich einen auf den Zylinder!«

Hermann Mahlgast versuchte, dem Freund mit der rechten Hand auf die Mütze zu schlagen, doch der wehrte sich, und so war im Nu eine heftige Balgerei entstanden. Jeder wollte stärker und geschickter sein als der andere. Ihre Freundschaft war immer auch ein Wettbewerb und lebte davon, dass beide in etwa über dieselben Gaben verfügten und ein ständiges Gleichgewicht vorhanden war. Da sie beide sehr aneinander hingen, spürten sie instinktiv, dass alles aus sein konnte, wenn einer unterlag, denn beide konnten es nicht ertragen, nur Anhängsel des anderen zu sein.

So kämpften sie auch heute auf dem Bahndamm mit einer Intensität, die einem Außenstehenden unverständlich sein musste. Wer sie ohne Kenntnis des Hintergrundes miteinander boxen und ringen sah, hätte sie für erbitterte Feinde halten können.

Nach ein paar Augenblicken hatten sich Hermann und Ludolf so ineinander verbissen, dass sie gar nicht merkten, wie sie auf die Gleise gerieten. Man konnte sich an den Schwellen und Schienen so schön abstoßen, wenn man auf den anderen eindrang. Und sie schrien bei ihren Attacken so laut, dass sie die warnenden Pfiffe eines von Steglitz heranahenden Personenzuges überhaupt nicht bemerkten. Bremsen kreischten.

Zu spät. Dem Lokführer blieb nichts anderes übrig, als die Augen zu schließen …

Bei der Geburtstagsfeier im Hause Mahlgast ging es fröhlich zu, seit der Hausherr sein Likörschränkchen geöffnet hatte, und wer jetzt das Wort ergriff, um ernsthaft über ein Thema zu sprechen, musste damit rechnen, mit einer launigen Bemerkung unterbrochen zu werden.

»Ihr werdet sehen: Bis wir das Jahr 1900 haben, hat Siemens ganz Berlin mit einem Netz von Hochbahnen überzogen«, sagte Germanus Cammer.

»Hoch soll sie leben«, wurde daraufhin gesungen, »dreimal hoch! Hoch, hoch, hoch – die Bahn!«

Hertha Mahlgast berichtete davon, wie sie in der letzten Woche beim Besuch einer Base in Wilmersdorf gesehen habe, dass der westliche Abschnitt der Ringbahn seiner Vollendung entgegengehe. »Da kann man in einem Zug einmal um Berlin herumfahren.«

»Und was hast du davon, wenn du da wieder ankommst, wo du gerade losgefahren bist?«, fragte ihr Mann.

»Richtig«, stimmte der Ingenieur Cammer ihm zu. »Wenn A und B identisch sind, brauchen wir weder Dampf- noch elektrische Bahnen, ja nicht einmal Pferde und Kutschen.«

Seine Frau konnte sich über diese Sicht der Dinge wie immer nur echauffieren. »Man besteigt doch einen Zug nicht nur, um möglichst schnell von A nach B zu gelangen, sondern um etwas zu erleben: eine idyllische Landschaft, eine Reisebekanntschaft, die einen befruchten kann …«

Gustav Mahlgast prustete los. »Also, liebe Schwägerin, ich möchte nicht, dass meine Hertha auf einer Reise von einer Bekanntschaft befruchtet wird.«

»Psst, Gustav, es sind Kinder im Hause!«

Waren sie aber nicht, und erst jetzt fiel den Erwachsenen ihre Abwesenheit auf. Hermann und Ludolf hätten schon längst wieder zu Hause sein müssen.

»Es wird ihnen doch nichts passiert sein …« Hertha Mahlgast war einer Ohnmacht nahe.

Germanus Cammer versuchte, sie zu beruhigen. »Die beiden sind doch verrückt nach ihrer Eisenbahn, da werden sie gar nicht auf die Zeit geachtet haben.«

»Vielleicht sind sie auch auf einen haltenden Zug aufgesprungen und zum Bahnhof mitgefahren«, sagte Gustav Mahlgast. »Das haben sie schon ein paar Mal gemacht, obwohl ich es ihnen streng verboten habe.«

Hertha Mahlgast schob die beiden Männer zur Tür. »Los, lauft zum Bahndamm, sie suchen!«

Einer der Gäste war ans Fenster getreten, um auf die Straße hinunterzuschauen. Vielleicht waren die beiden Jungen ja gerade im Anrücken. Doch was er sah, war lediglich ein Schutzmann, der gerade in der Haustür verschwand. Also rief er ins Zimmer: »Die Polizei!«

In diesem Augenblick wurde auch schon an der Wohnungstür geläutet, und alle erstarrten, weil sie dasselbe dachten: Jetzt kommt die Polizei, um zu melden, dass den Jungen etwas Schreckliches passiert war. Hertha Mahlgast fiel nun wirklich in Ohnmacht. Und während sich die Frauen um sie bemühten, ging Germanus Cammer zur Tür. Er glaubte, die stärksten Nerven zu haben. Doch auch er zögerte. Im Stillen dankte er Gott, dass seine Kinder nicht mitgekommen waren. Aber sein Schwager hatte keinen Kindergeburtstag feiern wollen. Nur Ludolf Tschello war zugelassen worden, weil dessen Eltern an diesem Tage nicht in der Stadt waren.

Nun hatte auch Gustav Mahlgast die Kraft gefunden, sich aus seiner Erstarrung zu lösen, und beide zusammen öffneten die Tür zum Treppenhaus – um sofort zusammenzuzucken, denn der Schutzmann sah wirklich so aus, als würde er eine schreckliche Nachricht überbringen.

»Herr Mahlgast …?«

»Ja …«

»Es tut mir sehr leid, aber …«

»Hermann und Ludolf sind tot!«, schrie Gustav Mahlgast.

»Nein, aber sie liegen im Krankenhaus. Ein Zug hat sie erfasst und zur Seite geschleudert.«

»Mein Gott! Wie schlimm ist es denn?«

»Nicht so schlimm, dass sie …« Der Schutzmann kam ins Schwitzen und musste sich erst einmal mit einem Tuch den Schweiß von der Stirn tippen. »Nur ein bisschen was am Kopf, soweit ich weiß, und ein bisschen was gebrochen.«

»Ein bisschen was gebrochen?«, wiederholte Gustav Mahlgast.

»Wo liegen sie denn?«, fragte sein Schwager.

»Im Krankenhaus Bethanien.«

Sie brauchten eine gute Viertelstunde, bis der eilig herbeigerufene Hausarzt Hertha Mahlgast mit Hilfe einiger Duftstoffe und einer speziellen Medizin so weit wiederhergestellt hatte, dass sie es wagen konnte, mit einer Droschke ins Krankenhaus zu fahren.

Als sie am Mariannenplatz eintrafen, stießen sie mit Auguste Tschello zusammen. Diese hatte ihren krank gewordenen Vater am Schwielochsee besucht und war gerade nach Hause gekommen, als ein Schutzmann bei ihr am Klingelzug riss, um ihr mitzuteilen, was ihrem Sohn widerfahren war.

Die beiden, Hertha und Auguste, lagen sich in den Armen und schluchzten.

Gustav Mahlgast und Germanus Cammer verdrehten die Augen. Dass sich die Frauen immer so haben mussten! Schließlich war die Sache ja noch einmal glimpflich abgegangen.

»Nun kommt mal langsam ins Krankenhaus rein, die Kinder warten sicher schon auf uns.«

Das taten sie aber nicht. Sie lagen vielmehr auf ihren Betten und spielten schon wieder trotz ihrer Verbände – aber Hochbahn, nicht Eisenbahn. Von der hatten sie vorerst die Nase voll.

»Bahnhof Schloßplatz!«, rief Hermann Mahlgast. »Alles aussteigen, Zug endet hier!«

Ludolf Tschello tippte sich mit der linken Hand, soweit er sie trotz seines Gipsverbandes bewegen konnte, gegen die Stirn. »Schloßplatz wird doch nie ’ne Hochbahn erhalten.

Meinst du denn, der Kaiser wird sich den schönen Ausblick verbauen lassen?!«

»Bei mir fährt der Kaiser selber Hochbahn.«

»Erst fahren doch mal seine Minister zur Probe, um zu sehen, ob der Zug auch nicht runterfällt.«

Hermann Mahlgast war diesmal kompromissbereit. »Na schön: Alles einsteigen zur Ministerfahrt!«

Zwei

1878

Georg Grasmuck war 1840 als Sohn eines Großbauern in Radensleben geboren worden. Nahebei, in Wustrau, lag das Schloss des legendären Reitergenerals Hans Joachim von Ziethen, der Friedrich dem Großen zu manchem Sieg verholfen hatte. So zog es denn auch Grasmuck zu den Husaren, und während seines Militärdienstes entdeckte er seine Liebe zu den Pferden. Er pflegte, streichelte und liebkoste sie weit mehr, als es zu seinen Pflichten gehörte, und er besaß das, was die Leute einen Pferdeverstand nannten. Es gab kein Trinkgelage, bei dem nicht darüber gespottet wurde, dass er es gelegentlich sogar mit seiner Lieblingsstute triebe wie mit einem Weibe. Das mit der Sodomie war zwar nichts weiter als üble Nachrede, aber Grasmuck begriff schnell, dass er sich dagegen nur wehren konnte, wenn er zum einen heiratete und zum anderen seinen Mitmenschen verständlich machte, dass ein Pferd für ihn nichts anderes sei als ein Gegenstand, mit dem sich Geld verdienen ließ. So stürzte er sich in die Pferdezucht und schaffte es nach einigen Jahren, ein Gestüt in der Nähe von Neuruppin und eines im Dorf Lübars im Norden Berlins sein Eigen zu nennen. Aber damit nicht genug, er erwarb Anteile an den Pferdebahnen, die ab 1865 überall in Berlin und seinen Vororten gegründet wurden.

Kurzum, Georg Grasmuck war so gut im Geschäft, dass es

zu einem stattlichen Haus am Kupfergraben gereicht hatte. Zu dem, was er mit Pferden und Pferdebahnen verdiente, kamen noch die Einnahmen aus einem Fuhrgeschäft, und wenn sich die Dinge weiter so entwickelten wie bisher, konnte er durchaus damit rechnen, an seinem fünfzigsten Geburtstag zum Kommerzienrat ernannt zu werden. Aber schon heute hatte er allen Grund, mit stolzgeschwellter Brust Unter den Linden zu flanieren. Er war halt wer.

Seine Frau war seit Ostern zur Kur in Karlsbad, um ihre chronisch werdende Bronchitis auszukurieren, und Grasmuck nutzte ihre Abwesenheit, um wie ein Junggeselle durch die Stadt zu schlendern und nach hübschen weiblichen Wesen Ausschau zu halten.

Doch wem lief er gegenüber der russischen Botschaft in die Arme? Keiner der *marchandes d'amour*, sondern seinem Intimfeind Germanus Cammer. Seit Jahren schon kämpften sie um die Vorherrschaft im Berliner Musikantenbund »Äolsharfe«. Jeder wollte das Sagen haben, und ihr Streit war bereits so weit eskaliert, dass sie sich in aller Öffentlichkeit Prügel androhten. Man hatte sie auch flüstern hören, den anderen eines Tages umbringen zu wollen. Sie hätten sich längst duelliert, wäre das noch möglich gewesen.

»Sie hier?«, fragte Grasmuck. So einfach aneinander vorbeigehen konnte man auch nicht, die Form musste schließlich gewahrt werden.

»Ich konnte doch nicht wissen, dass Sie auch ...« Cammer war sichtlich verlegen und fürchtete, sich lächerlich zu machen, wenn er jetzt die Flucht ergriff.

»Kommen Sie nächsten Dienstag zur Chorprobe?«, fragte Grasmuck, denn ein wenig Konversation gehörte dazu, wenn gebildete Menschen sich trafen. Früher hatte man sich geduzt, dann aber in kurzen Briefen den anderen gebeten, bitte wieder zum Sie zurückzukehren.

Cammer verbeugte sich mit leichter Selbstironie. »Ja, selbstverständlich. Ich kann doch die ›Äolsharfe‹ nicht ihres besten Tenors berauben.«

Schon fühlte sich Grasmuck getroffen. »Wer der beste Tenor ist, sollten wir die Fachleute beurteilen lassen, und ich glaube, die sprächen sich einvernehmlich …«

Weiter kam er nicht, denn drüben auf der anderen Straßenseite wurden Hochrufe laut. Kaiser Wilhelm I. fuhr in einem offenen Wagen vorüber. Beide rissen ihre Hüte hoch, um in den Jubel der anderen Passanten einzustimmen.

Da fielen plötzlich Schüsse. Dreimal knallte es kurz und trocken. Alles schrie auf: »Der Kaiser!«

Doch der war nicht getroffen worden, und trotz des unbeschreiblichen Getümmels hatte man den Attentäter schnell ergriffen. Schutzleute stürzten herbei.

Auch Grasmuck und Cammer waren schockiert. Jeder wurde augenblicklich in den Strudel der Emotionen gerissen.

»Dass es dazu kommen musste!«, rief Grasmuck.

»Man darf es nie so weit kommen lassen, dass man den anderen derart hasst«, sagte Cammer. »Wir beide sollten das als Zeichen des Himmels nehmen und zusehen, dass wir unseren Frieden miteinander machen.«

Gottfried Ruppin fragte sich immer wieder, ob es wirklich eine kluge Entscheidung gewesen war, von Wolfshagen nach Berlin zu gehen. Als Kossät hatte er in der Prignitz ein elendes Leben geführt – zum Leben zu wenig, zum Sterben zu viel –, aber wenigstens hatte er in frischer Landluft schuften dürfen, während es in Berlin mit dem Mief immer schlimmer wurde, seit die Fabriken wie Pilze aus dem Boden schossen. Das wäre nun das Letzte für ihn gewesen, bei Schwartzkopff oder Borsig Tag für Tag in der Fabrikhalle zu stehen – dann schon lieber Straßen- oder Hochbau.

Mit seinem Kollegen Carl Eichstädt kniete er an diesem Tage am Droschkenhalteplatz vor dem Stettiner Bahnhof, um

Schäden im Pflaster zu beseitigen. Sie hatten ihren Arbeitsplatz auf Geheiß eines Schutzmannes mit einigen Dachlatten ordnungsgemäß abgesperrt, bildeten aber gerade dadurch für alle Fußgänger ein erhebliches Hindernis und wurden von den Gepäckträgern und ankommenden Reisenden teils übel beschimpft.

»Passt bloß uff, ihr ...!«, drohte Carl. »Sonst begehe ick heute noch mein ersten Mord!«

Gottfried Ruppin machte eine Handbewegung, die seinen Kollegen beschwichtigen sollte. »Nich so laut!« Der andere hatte nämlich schon einige Male wegen verschiedenster Roheitsdelikte im Zuchthaus gesessen, und bei der letzten Verhandlung hatte der Richter ihm angedroht, ihn für immer einzubuchten, sollte er sich noch einmal etwas zuschulden kommen lassen.

»Ach, halt's Maul!« Carl warf eine schwere Gehwegplatte so heftig in den lockeren weißen Sand, dass diese viel zu tief einsackte und er sie wieder anheben und neuen Sand aufschütten musste, um den Schaden zu beheben.

Gottfried Ruppin konzentrierte sich auf sein kleinteiliges Pflaster. So einfach, wie es den Eindruck machte, war es nämlich gar nicht, einen Bürgersteig so herzurichten, dass er halbwegs glatt aussah. Nicht jede Unebenheit ließ sich später mit einer Walze oder einem Stampfer wieder ausgleichen. Und waren die Fugen zwischen den Steinen zu groß, kippten die Steine, wenn sie stark belastet wurden, zur Seite, und es gab bald ein großes Loch, denn kein richtiger Junge ließ sich die Gelegenheit entgehen, Steine aufzuklauben, wenn sie locker waren. Man konnte mit ihnen etwas bauen, man konnte sie als Wurfgeschosse benutzen. Dies ging Ruppin durch den Kopf, während er nach passenden Steinen suchte und sie dann mit einem leichten Hammerschlag zu den anderen in den Boden versenkte, immer abgelenkt durch die Menschen, die an ihm vorübereilten: Männer, die sich wichtig machten, Frauen, die zu schön waren, als dass er sie nicht bestaunt hätte. Wer auf dem Stettiner Bahnhof ankam und viel Gepäck bei sich trug, musste sich bei einem Schutzmann eine Droschkenmarke aus Blech beschaffen. Ohne Gepäck hatte man eine Marke 1., mit Gepäck eine 2. Klasse zu verlangen. Das aufgegebene Gepäck besorgte dann der Gepäckträger und rief am Droschkenhalteplatz laut die Nummer der Droschke. Die Marke hatte man dem Kutscher nach Besteigen des Gefährts auszuhändigen.

»Mistsau, du!«, fluchte Carl, denn eines der Droschkenpferde hatte, bevor es lostrottete, noch schnell abgeprotzt und eine fette Ladung Mist neben ihm aufs Pflaster gesetzt. Es spritzte bis zu seinen Hosenbeinen.

»Wenn die richtigen zu teuer sind, bleiben uns nur die Pferdeäppel«, sagte Gottfried Ruppin und legte dann, indem er sich ein wenig aufrichtete, die Hand an den Mützenschirm, denn den jungen Bankangestellten, der da aus der Bahnhofshalle kam, kannte er gut. »Hallo, Herr Bernstein!«

Eduard Bernstein, der später als Theoretiker des revisionistischen Flügels der SPD bekannt werden sollte, freute sich über das Echo der arbeitenden Masse und grüßte zurück.

Gottfried Ruppin hatte ihn im Frühjahr als Dozenten im Arbeiterbildungsverein in der Seydelstraße 8 erlebt, gleich am Spittelmarkt. Der Verein der Freunde der Gerechtigkeit, den die meisten als Mohren-Club kannten, weil er in einem Bierlokal in der Mohrenstraße tagte, hatte ihn gegründet, durchweg linksliberale Studenten und Referendare.

Schon früh tauchte der Name Gottfried Ruppin in den Akten der Abteilung VII auf, der politischen Polizei, genauer gesagt am 31. Juli 1872. Damals war er, gerade siebzehn Jahre alt geworden, im Berliner Osten im wahrsten Sinne des Wortes auf die Barrikaden gegangen. Er hatte in der Kleinen Andreasstraße gewohnt und wie alle Arbeiter ringsum unter den elenden Wohnungen, dem Mietwucher und den Zwangsräumungen gelitten. An der Ecke Blumen- und Krautstraße hatten sich viertausend Arbeiter zusammengefunden – »zusammengerottet«, wie es in den Polizeiberichten hieß –, um gegen die Hauswirte zu protestieren. Als man einigen von denen die Scheiben eingeworfen hatte, war die Polizei angerückt – und mit einem Steinhagel empfangen worden. 159 Demonstranten waren durch Säbelhiebe verletzt, 80 verhaftet worden, unter den Letzteren auch Gottfried Ruppin. Vor Gericht war er nicht gekommen, aber ein Stellmacher, ein Droschkenkutscher, ein Maurer, ein Schlosser und ein Appreteur waren zu je viereinhalb Jahren Zuchthaus verurteilt worden.

Glück hatte er auch am 18. März 1873 gehabt, dem 25. Jahrestag der Berliner Märzrevolution. Damals war er zusammen mit zwanzigtausend Lassalleanern vom Gartenlokal der Aktienbrauerei Friedrichshain zum Friedhof der Märzgefallenen gezogen und hatte mit entblößtem Haupt die »Arbeiter-Marseillaise« gesungen. Da die Obrigkeit die Demonstration nicht genehmigt hatte, gab es am Landsberger Thor eine Säbelattacke der berittenen Polizei. Die Arbeiter flüchteten zwar, konnten aber die Polizisten mit einem Steinhagel in Schach halten. »Ich bin jetzt mehr Steinwerfer als Steinsetzer«, sollte Gottfried Ruppin am Abend erklären.

Sein drittes großes Recontre mit der Polizei hatte er am 19. März 1877 an der Landsberger, Ecke Lichtenberger Straße. Angefangen hatte alles am Alexanderplatz, wo polnische Arbeiter dabei waren, zu Niedrigstlöhnen die Schienen der neuen Pferdebahn zu verlegen. Das wollten sich die Berliner Arbeitslosen nicht gefallen lassen. Etwa zweitausend von ihnen, darunter auch Gottfried Ruppin, besetzten den Platz, um die Gleisbauarbeiten zu verhindern. »Wir wollen Arbeit haben!«, riefen sie. »Lieber lassen wir uns einsperren, als dass wir verhungern!« Wieder war die berittene Polizei zur Stelle und trieb die Menge vor sich her.

»Feierabend!«, rief Carl Eichstädt und machte sich daran,

die Gerätschaften in eine kleine Bude zu tragen und einzuschließen. »Kommste mit, 'n Bier saufen?«

»Nee danke, ich treff mich mit Paula.«

Carl lachte. »Steck 'n schönen Gruß mit rein!«

Gottfried Ruppin wusste darauf nichts zu erwidern, zog seine Jacke über und machte sich auf den Heimweg. Der Stettiner Bahnhof war von der Parochialstraße nicht so weit entfernt, als dass er den Weg nicht zu Fuß geschafft hätte. Das Geld für die Pferdebahn sparte er gern. Das Haus, in dem er Stube und Küche gemietet hatte, war ein schmales Handtuch, hatte nur einen winzigen, lichtlosen Hof und hätte eigentlich schon längst abgerissen werden müssen. So ärgerte er sich auch über den Sonntagsmaler, der vor seiner Haustür hockte und versuchte, die Parochialstraße mit der Nikolaikirche im Hintergrund auf die Leinwand zu bringen.

»Wir müssen hier in den Rattenlöchern vegetieren, und Sie kommen her und ...« Die richtigen Worte fehlten ihm an dieser Stelle, und er hoffte, dass sie ihn und einige begabte Genossen im neuen Arbeiterbildungsverein auch schulen würden, um bessere Redner aus ihnen zu machen. »Rhe... Rhe...?« Er kam nicht darauf, wie der Fachbegriff dafür hieß.

Der Maler, offenbar ein Lehrer, ließ sich nicht davon abbringen, für sein Motiv zu schwärmen. »Das müssen Sie verstehen, mein Herr, das ist doch hier viel schöner als auf dem Montmartre mit seiner Kirche Sacré-Cœur.«

Gottfried Ruppin ging weiter, freute sich aber, dass die wackere Mutter Scholz mit ihrem Krückstock in einen frischen Haufen Hundekacke fuhr und ihn dem Kunstmaler vor die Nase hielt: »Kacke am Stock is ooch 'n Bukett. Det malen Se mal!«

Er wollte gerade in seine Haustür treten, als er Paula die Straße heraufkommen sah, einen Einkaufskorb in der Hand. Mit beiden Armen winkte er ihr zu. »Das ist ja eine Überraschung!«

Paula Plötzin stammte aus einer zwölfköpfigen Familie und war in einem Hinterhof im Wedding groß geworden. Jetzt hatte sie eine Anstellung bei einem Arzt, der seine Praxis und seine Wohnung in der Klosterstraße hatte. Sie wusste, dass sie hübsch war und durchaus Chancen hatte, den Herren aus den höheren Ständen den Kopf zu verdrehen, doch seit dem letzten Frühjahr war sie mit ihrem Gottfried verbandelt und hoffte, dass der es einmal zum Bauunternehmer bringen würde, fleißig und strebsam, wie er war.

Sie konnten nur ein paar Worte miteinander wechseln, denn Paula war auf dem Weg zu einem Kranken, um ihm die Medizin direkt nach Hause zu bringen. Das duldete keinen Aufschub. Ein kurzer Kuss nur, dann eilte sie weiter. An ihrem freien Abend wollten sie wieder einmal tanzen gehen.

Beschwingt sprang Gottfried Ruppin die Treppe hinauf, so dass sich die morschen Stufen unter seiner Last gefährlich bogen und krächzten. Er schloss seine Wohnungstür auf, zog sich bis auf die Unterhose aus und warf sich erst einmal auf sein Bett, seine Schweinebucht, das in einer Nische stand. Die Arbeit im Straßenbau war schwer, und er brauchte immer einige Zeit, um wieder zu Kräften zu kommen. Schon nach einigen Atemzügen war er eingenickt, nur um wenige Minuten später wieder hochzufahren, denn draußen wurde an die Tür gebummert.

»Aufmachen, Polizei!«

Draußen standen zwei Kriminalschutzleute, die ihn sofort in die Mangel nahmen. Der Mann, der auf den Kaiser geschossen hatte, war schnell als der arbeitslose Schreiner Emil Max Hödel identifiziert worden – und in Hödels Notizkalender hatte sich auch der Name Gottfried Ruppins befunden.

»Sie geben zu, diesen Hödel zu kennen?«

»Ja. Wieso, was ist mit dem?«

»Erst einmal wollen wir von Ihnen wissen, was Sie mit Hödel zu tun haben.«

Gottfried Ruppin ahnte, dass Hödel etwas Verbrecherisches getan hatte, denn er galt als politischer Wirrkopf. Also war er entsprechend vorsichtig. »Ich habe mit Hödel nie direkt zu tun gehabt, sondern ihn nur hin und wieder mal gesehen ... aus der Ferne.«

»Und wo war das?«

»Auf der Straße ...« Gottfried Ruppin versuchte, ruhig zu bleiben.

»Nicht etwa in einem sozialdemokratischen Verein?«, kam die Frage mit einiger Schärfe zurück.

»Hödel war doch bei Ludolf Stoecker.« Gottfried Ruppin gab sich naiv und versuchte, die beiden Kriminalbeamten auf eine falsche Spur zu locken. Ludolf Stoecker war evangelischer Hof- und Domprediger und erklärter Feind der Sozialdemokratie. Seiner Meinung nach war die Lage der Industriearbeiter allein durch christliche Nächstenliebe zu verbessern, so dass man nicht der Sozialdemokratie auf den Leim gehen, sondern sich mit den religiös und monarchistisch ausgerichteten Parteien verbünden sollte.

»Lassen Sie den Unfug, Ruppin, Sie sind doch in denselben sozialdemokratischen Vereinen gesehen worden, in denen auch Hödel verkehrt hat, zuletzt bei der Versammlung mit diesem Bernstein.«

»Ich habe nie ein persönliches Wort mit Hödel gewechselt!«, betonte Gottfried Ruppin. »Was in Gottes Namen hat er denn Schreckliches getan?«

»Er hat auf Seine Majestät, unseren Kaiser Wilhelm I., geschossen«, verriet ihm der ältere der Kriminalschutzleute.

Gottfried Ruppin musste sich an seinem Bettpfosten festhalten. Sie würden Hödel hängen oder mit der Guillotine köpfen und seine Komplizen lebenslang einsperren. »Ich habe nichts damit zu tun!«, rief er.

»Nein, nein!«, höhnte der zweite Kriminalbeamte. »Und das hier?« Er zeigte zur Wand, an der drei Strophen der Freiheitshymne hingen, gesungen am Heldengrabe im Friedrichshain am 4. Juni 1848.

Georg Grasmuck und Germanus Cammer hatten im eleganten Restaurant »Vier Jahreszeiten« Versöhnung gefeiert und waren dann in einer von Grasmucks eigenen Droschken nach Rixdorf gefahren, wo er in der Richardstraße einen Pferdestall und ein Fuhrgeschäft besaß. Dort stand zurzeit ein Holsteiner Hengst, den ihm ein insolvent gegangener Gutsbesitzer aus dem Fläming in Zahlung gegeben hatte, und für dieses Pferd interessierte sich Cammer. Schon lange träumte er davon, an den Abenden und Wochenenden einfach aufzusteigen und durch den nahen Thiergarten zu reiten.

»Du weißt ja, dass ich vom Lande komme«, sagte er zu Grasmuck, während sie durch die Hasenheide fuhren und den Rollkrug schon in Blickweite hatten. Man duzte sich nun wieder. »Aus der Uckermark. Mein Vater war dort Gutsverwalter, und ich hab täglich auf einem unserer Pferde gesessen.«

»Und warum bist du dann nicht zu den Ulanen gegangen?«, fragte Grasmuck.

»Ja, warum eigentlich? Meine Liebe zur Technik ist wohl meine größte Leidenschaft. Darum die Artillerie. Das war bei mir genauso wie bei Werner Siemens.«

»Hör auf mit dem Namen Siemens!«, rief Grasmuck. »Wenn dessen elektrische Bahnen kommen, kann ich mich aufhängen.«

»Oh, Entschuldigung.« Cammer merkte, dass er sich auf gefährliches Terrain begeben hatte und die eben neu besiegelte Freundschaft schnell wieder in Feindschaft umschlagen konnte. Also bemühte er sich abzuwiegeln, auch wenn er sich dabei gehörig verstellen musste. »Keine Angst, Georg, das dauert ja alles noch seine Zeit. Und bis in Berlin die ersten elektrischen Bahnen rollen, bist du Großvater geworden und hast deine Schäfchen schon lange im Trockenen.«

Grasmuck schwieg. Für ihn ging die Welt unter, wenn das Pferd aus dem Straßenbild verschwand. Pferd und Mensch gehörten zusammen. Pferde waren Leben, von Gott gewollt, Dampflokomotiven und elektrische Bahnen aber waren Teufelszeug und brachten den Menschen nur Tod und Elend. Und genau dafür stand Germanus Cammer, er war ein Diener des Dämons Technik, und schon reute es Grasmuck, mit ihm Frieden geschlossen zu haben. Besser wäre es gewesen, er hätte ihn über den Haufen geschossen. Tat er es, verzögerte sich das Aufkommen elektrischer Bahnen womöglich um Jahre, denn so schnell konnte man bei Siemens & Halske einen Fachmann wie Cammer bestimmt nicht ersetzen. Nur fünf Jahre Aufschub – und Hunderte von Pferden konnten aufgezogen und eingesetzt werden. Aber immerhin wollte Cammer ja etwas von ihm kaufen – und noch dazu ein Pferd. Dennoch …

Während sie den Rollkrug passierten und in die Bergstraße kamen, begann Grasmuck zu zittern wie vor einem epileptischen Anfall. Er hatte Angst vor sich selber, Angst davor, dass der nächste Schub seiner Krankheit kam und er nicht mehr wusste, wer er war und was er war. In einem solchen Zustand war er völlig unberechenbar. Bei seinem letzten Anfall hatte er sich auf seinen Kohlenhändler gestürzt und versucht, ihn zu erwürgen, weil er ihn für den Teufel hielt. Hinterher hatte er dem Mann viel Geld gezahlt, um zu verhindern, dass Anzeige erstattet wurde. Zu einem Arzt wagte Grasmuck nicht zu gehen, weil er fürchtete, ins Irrenhaus zu kommen.

Als sie vor dem Fuhrgeschäft in der Richardstraße angekommen waren, hatte Grasmuck seine Krise aber wieder überwunden. Er rief nach Krischan, doch die Stallwache saß wieder einmal im Krug. Es war ja auch nicht zu erwarten gewesen, dass Grasmuck heute noch nach Rixdorf kam.

»Jetzt reicht's mir aber.« Grasmuck war verärgert. »Dabei

hab ich ihm gesagt, dass er rausfliegt, wenn das noch mal passieren sollte.«

»Wir haben uns unsere Leute längst erzogen«, sagte Cammer. »Absolute Disziplin ist das A und O in jeder Fabrik.«

»Bei meiner Pferdebahn auch – der Fahrplan muss ja eingehalten werden. Hier im Stall sehe ich das nicht so eng, aber einer hat immer hier zu sein. Wenn ein Tier eine Kolik bekommt, wenn ein Feuer ausbricht ...« Grasmuck sah sich um, aber es war noch so hell, dass er keine Stalllaterne anzünden musste.

Cammer wurde ungeduldig. »Wo steht denn nun der Hengst, den du mir ...? Und wie heißt er eigentlich?«

»Ares«, antwortete Grasmuck. »Der Züchter hatte ein Faible für römische Götter.«

Cammer korrigierte ihn. »Ares war zwar ein griechischer Gott, aber das wäre kein Hinderungsgrund für mich, ihn zu erwerben. Wo steht er denn nun?«

»Dahinten am Fenster.« Grasmuck ging voran. »So ein edles Tier gehört eigentlich auf die Weide, aber ich komme erst nächste Woche wieder nach Neuruppin. Hast du denn einen Stall bei dir in der Nähe?«

»Ja, bei uns im Nebenhaus gibt es noch einen.« In diesem Augenblick erblickte Cammer das Pferd und war sofort hellauf begeistert. »Diese Blesse, genauso wie bei meinem Lieblingspferd früher auf dem Gut.«

Der Hengst wieherte und stieg ein wenig hoch, so dass Grasmuck Mühe hatte, ihn zu beruhigen und das Zaumzeug anzulegen. »Ares, wirst du wohl! Es geht doch nicht zum Abdecker, es geht doch nur auf den Hof.« Das Tier beruhigte sich, und er konnte es wagen, Cammer die Zügel in die Hand zu drücken. »Mach dich schon mal mit ihm vertraut, ich muss mal schnell auf den Abtritt. Das gute Essen vorhin ...« Es pressierte, und Grasmuck rannte fast zu dem windschiefen, hölzernen Verschlag in der rechten hinteren Ecke des Platzes. Kaum hatte er die Tür hinter sich zugeschlagen, saß er auch schon auf dem Donnerbalken. Es war eine Erlösung, und er ließ ein wohliges Stöhnen hören.

Gerade hatte er sich gesäubert, als er vom Hof her ein kräftiges Schnauben und Wiehern hörte. Cammer fluchte. Dann schrie er auf, während der Hengst panisch über den Platz fegte und durchgehen wollte. Als Grasmuck die Toilettentür aufgestoßen hatte, sah er, wie Ares mit dem Leib gegen eine Bretterwand krachte. Offenbar hatte er Cammer abgeworfen, denn der Ingenieur lag regungslos neben dem ausgehöhlten Baumstamm, der als Tränke diente. Grasmuck riss sich die Hosen hoch und rannte hin. Fast wäre er selbst von dem Hengst umgerissen worden. Noch im Laufen entdeckte er die gewaltige Wunde, die Cammer rechts oben am Kopf hatte. Wahrscheinlich war er mit dem ungeschützten Kopf gegen den Baumstamm geknallt. Oder aber Ares hatte ihn mit einem Huf getroffen.

Eine Peitsche lag am Boden. Grasmuck riss sie hoch und ließ sie mehrmals knallen, um sich den Hengst vom Leibe zu halten. Cammer war jetzt wichtiger. Er kniete neben ihm nieder.

»Was ist mit dir?«

Eine Antwort bekam er nicht. Cammer sah aus, als wäre er mit einer Axt erschlagen worden.

»Himmel!« Grasmuck erstarrte. Wenn ihn hier jemand fand, dann glaubte man doch sofort, er hätte den Ingenieur erschlagen. Alle wussten von ihrer Feindschaft, aber keiner von ihrer Versöhnung. Jeder Kriminale würde ihn für einen Mörder halten.

Da kam Cammer wieder zu sich und tastete stöhnend nach seiner Wunde. In derselben Sekunde wurde Grasmuck von einer ungeheuren destruktiven Kraft erfasst, gegen die er nicht ankommen konnte. Eine herrische Stimme befahl ihm, zur Axt zu greifen: Wenn er noch nicht tot ist, dann töte ihn jetzt! Und er tat es.

Als er sich umwandte, stand Krischan im Tor. Erst fing er den Hengst ein, dann kam er zu Grasmuck und Cammer herüber.

»Ich hab alles gesehen«, sagte er und grinste.

Liesbeth Cammer wartete ungeduldig darauf, dass ihre beiden Kinder die Wohnung verließen, denn sie wollte endlich mit dem Schreiben beginnen, doch sowohl Franz wie auch Anna Luise liebten es zu trödeln. Ihr Großer, der Nikolaus, war da ganz anders, aber der weilte zu Studien in London. Das Haus Siemens hatte sich sehr zuvorkommend gezeigt und unterstützte ihn mit einer erheblichen Summe.

»Franz, du musst zu deiner Mathematik-Nachhilfestunde!«

Ausgerechnet in der Domäne seines Vaters zeigte der Untersekundaner erhebliche Schwächen. Das lag weniger an mangelnder Intelligenz als vielmehr an seinem ostentativen Desinteresse an der Mathematik und den naturwissenschaftlichen Fächern, wollte er doch nichts anderes als Schauspieler werden. Seine Mutter bekam leuchtende Augen, wenn er davon sprach, denn seinen Vornamen hatte er in Anlehnung an Franz Grillparzer erhalten, dessen Dramen Liesbeth Cammer überaus schätzte.

»Anna Luise, würdest du dich bitte beeilen, Fräulein Hofstetter wartet nicht ewig auf dich!«

Die Tochter, gerade dreizehn Jahre alt geworden, hasste die Klavierstunden bei dem ältlichen Fräulein und hätte sich viel lieber mit ihren Freundinnen getroffen, um tüchtig herumzualbern. Obwohl sie Anna Luise hieß, wie die berühmte Karsch, wollte sie weder Dichterin noch Pianistin werden, sondern, zum Entsetzen ihrer Mutter, nichts anderes als Krankenschwester und – O Gott! – Ärztin.

Endlich verabschiedeten sich die Kinder und polterten die Treppe hinunter.

»Und seid pünktlich zum Abendessen zurück!«, rief

sie ihnen noch hinterher. »Vater schimpft sonst wieder mit euch.«

Sie sah den beiden noch kurz hinterher, dann machte sie sich an die Arbeit. Woran sie derzeit schrieb, war eine dünne Monographie mit dem Arbeitstitel *Deutsche Dichterinnen*, die im nächsten Jahr im Verlag von Oskar Bonde in Altenburg erscheinen sollte. Nicht nur, dass sie dem Publikum ihre berühmten, aber oft schon lange vergessenen Kolleginnen mittels längerer Lebensläufe nahebringen wollte, sie hatte auch vor, charakteristische Texte nachzudrucken.

Sie wandte sich einer Liste mit Namen zu, die alle noch zu bearbeiten waren. *Sophie Bernhardi geb. Tieck (1775–1833), Dorothea Schlegel geb. Mendelssohn (1764–1839), Karoline Luise von Klenke geb. Karschin (1754–1802), Bettina von Arnim geb. Brentano (1785–1859), Gisela von Arnim (geb. 1827).*

Womit sollte sie beginnen? Noch ehe sie sich entschieden hatte, wurde am Klingelzug gerissen. Nach der Kraft zu urteilen, mit der das geschah, konnte es nur ihr Sohn sein. Und richtig, Franz stand vor der Tür und bekundete, fürchterlichen Hunger zu haben.

»Wir warten mit dem Abendessen, bis Vater kommt«, beschied sie ihn. »Du weißt doch, wie sehr er es liebt, mit uns zusammen zu speisen.«

»Wann kommt er denn heute?«

»Bald. Er wollte am Nachmittag in die russische Botschaft Unter den Linden, um dort etwas zu besprechen, dann aber sofort nach Hause kommen.«

Doch es wurde bereits sechs Uhr, ohne dass er gekommen wäre, und auch nach Einbruch der Dunkelheit war er noch nicht zurück.

»Das verstehe ich nicht«, sagte Liesbeth Cammer. »Langsam mache ich mir wirklich Sorgen um ihn.«

»Wenn doch das Telephonnetz schon fertig wäre!«, rief Franz. Er wusste von seinem Vater, dass man bei Siemens

& Halske schon im letzten Jahr mit den technischen Versuchen begonnen hatte, aber derzeit hatten lediglich 48 Berliner einen Anschluss, und noch nicht einmal sie selber.

Da fiel Anna Luise ein, dass der Vorgesetzte ihres Vaters schon einen Apparat zu Hause stehen hatte. »Herr Abendroth, der hat schon ein Telephon, der kann sich doch mal umhören, wo Vater steckt.«

»Eine gute Idee.«

Liesbeth Cammer und ihre Tochter machten sich zu Fuß auf den Weg zu Erich Abendroth, während Franz zu Hause blieb, um den Vater in Empfang zu nehmen, falls dieser doch noch innerhalb der nächsten halben Stunde eintreffen sollte.

Doch Abendroth wusste auch nur, dass Cammer in der russischen Botschaft etwas wegen der Moskauer Firmenniederlassung klären sollte. »Und dann wollte er Feierabend machen. Aber vielleicht ist er Unter den Linden einem alten Freund begegnet, und die beiden sind noch einen kleinen Schoppen trinken gegangen. Machen Sie sich mal keine Sorgen, liebe Frau Cammer.«

Max Fleischfresser war so hässlich, dass viele meinten, sie würden sich eine Hose über den Kopf ziehen, wenn sie so aussähen wie er, und auch die Kinder auf der Straße riefen »Arschgesicht kommt!«, wenn er an ihnen vorüberlief. Sogar seine Vorgesetzten sprachen davon, dass er eine »vermanschte Visage« hätte. Das war eine reine Gemeinheit der Natur, obwohl er allen weiszumachen suchte, sein Aussehen sei Folge einer Verletzung, die er im Deutsch-Französischen Krieg von 1870/71 davongetragen hatte, als bei der Schlacht von Orleáns dicht vor ihm eine Kartätsche eingeschlagen sei. Sein Name tat ein Übriges, um ihn unsympathisch erscheinen zu lassen, assoziierten doch viele mit ihm, dass er Kannibale sei. Von Jahr zu Jahr wurde er verbitterter und härter im Zupacken, so dass er von allen Berliner Kriminalschutzleuten am meisten gefürchtet war und bei den Ganoven als Bluthund galt. Dass er jemals ein Weib zum Heiraten finden würde, schien ausgeschlossen, und auch die Dirnen verlangten einen Aufpreis, wenn sie ihm die Beiwohnung gestatteten.

Das Polizeipräsidium am Molkenmarkt war wahrlich kein Gebäude, das man errichtet hatte, um herzlich zu lachen. Wer aber das Zimmer betrat, in dem Fleischfresser seinen Dienst versah, konnte sich ein inniges Schmunzeln kaum verkneifen, denn der Mann, der ihm am Schreibtisch gegenübersaß, war ein ausgesprochener Gemütsathlet. Ferdinand Kublank, seit Ewigkeiten mit seiner Karoline glücklich verheiratet und Vater mehrerer Kinder, hielt es mit Fontane: *Je älter ich werde, je mehr sehe ich ein: laufen lassen, wo nicht Amtspflicht das Gegenteil fordert, ist das allein Richtige*. Wohlbeleibt war er und durch und durch ein echter Berliner.

Man saß beim Frühstück, und Kublank fragte sich, ob er nicht schnell noch zum Friseur gehen solle.

»Doch nicht im Dienst!«, rief Fleischfresser.

»Warum denn nicht?«, fragte Kublank. »Die Haare wachsen doch auch im Dienst.«

»Ich bitte Sie, wir haben Bereitschaft.«

Kublank gab sich zerknirscht. »Entschuldigen Sie, det ick jeboren bin, et soll nich wieda vorkomm.« Damit griff er sich eine alte Ausgabe des *Berliner Lokal-Anzeigers*, die auf dem Aktenbock lag. »Aber auf den Abtritt darf ich doch gehen – ich meine, während der Dienstzeit?«

»Ja, aber die Zeitung lassen Sie hier.«

Kublank lachte. »Die will ick doch nich lesen, die brauche ick für hinterlistige Zwecke.«

»Ja, eben darum!«, rief Fleischfresser und wurde noch um einiges dienstlicher. »Sehen Sie denn nicht, dass da Seine Majestät drauf abgebildet ist?«

Kublank winkte ab. »Sie tun ja so, als würde ick uff ihn schießen wollen. Wie der Hödel. Nee, ick nich.« Damit riss er die Seite mit dem Photo Wilhelms I. aus der Zeitung, legte es Fleischfresser auf den Schreibtisch und entfernte sich mit den übrigen Seiten. »Ach ja: Rosen, Tulpen und Narzissen, / det janze Leben is een Traum. / Man müsste sich det Hemd zerreißen / und mitten in die Stube ... scheint der Mond.«

Fleischfresser begann, sein Frühstück auszupacken. Da er sich seine Brote immer selber schmierte und belegte, hielt sich seine Überraschung in Grenzen, als er seine Stullenbüchse öffnete. Landleberwurst. Was sonst? Er schnupperte daran. Gerade wollte er hineinbeißen, als plötzlich an die Tür geklopft wurde. Unwirsch rief er »Herein!«, nahm dann aber Haltung ein, denn es erschien nicht nur eine Dame, sondern auch der Herr Stellvertretende Polizeipräsident. »Bitte sehr, zu Diensten ...«

»Wir haben hier eine Frau Cammer, und die möchte eine Vermisstenanzeige aufgeben. Ihr Mann ist gestern Abend nicht nach Hause gekommen.«

Fleischfresser hatte keine Scheu zu räsonieren. »Pardon, Herr von ... aber wir hier sind für Mord und Totschlag zuständig und nicht für verschwundene Personen.«

Daraufhin brach Liesbeth Cammer in Tränen aus, und der Stellvertretende Polizeipräsident flüsterte Fleischfresser ins Ohr, dass er ein Trampel sei.

»Sie ziehen sofort los und suchen Cammer. Sonst ...« Zum einen wollte er Siemens nicht verärgern, zum anderen hatte er zusammen mit Germanus Cammer viele Jahre in der »Äolsharfe« musiziert.

Drei

1879

Werner Siemens stand an einem bitterkalten Tag im Januar auf dem Stettiner Bahnhof und wartete auf den Generalpostmeister Heinrich Stephan, der von einer Reise nach Neustrelitz zurückkommen sollte. Man hatte sich verabredet, um noch einmal über ein Projekt zu reden, das beiden sehr am Herzen lag: die Gründung des Elektrotechnischen Vereins. Das Wort Elektrotechnik stammte von Siemens. Vieles ging ihm durch den Kopf.

Am 18. Januar 1871 war der preußische König zum Deutschen Kaiser gekrönt worden, aber nicht in Berlin, der künftigen Hauptstadt des Reiches, sondern im Spiegelsaal des Versailler Schlosses. Erst am 21. März 1871 war Berlin ins Zentrum des Geschehens gerückt, als der neugewählte Deutsche Reichstag im Abgeordnetenhaus am Dönhoffplatz zu seiner ersten Sitzung zusammenkam. Ein eigenes Domizil sollte man erst 23 Jahre später bekommen, aber langsam erfüllte sich das Wort Fontanes *Wo die Kraft ist, da entsteht von selbst ein Mittelpunkt*. Die Spitzen der preußischen und der Reichsverwaltung sowie die Führungskräfte von Banken, Industrie und Handel konzentrierten sich an der Spree. Unzählige ausländische Diplomaten und die Gesandten aus den achtzehn deutschen Großherzog-, Herzog- und Fürstentümern sowie den drei Hansestädten und dem »Reichsland« Elsass-Lothringen gaben sich ein Stelldichein. Der Hof residierte in Berlin und

Potsdam. Staats- und Regierungschefs kamen zu Besuchen nach Berlin, und der Berliner Kongress von 1878, bei dem sich Bismarck als »ehrlicher Makler« um den Frieden auf dem Balkan bemüht hatte, stellte dabei einen ersten Höhepunkt dar, und so war Berlin auf dem besten Wege, zur wichtigsten Bühne Europas zu werden.

Die Hauptrolle in der Berliner Gesellschaft spielten die Aristokratie und das Militär mit der kaiserlich-königlichen Familie und der Hofgesellschaft. 1871 machte der Adel ein Prozent der Berliner Bevölkerung aus, während 57 Prozent der Arbeiterschaft und 42 Prozent dem Bürgertum zugerechnet wurden. Den größten Aufstieg erfuhr ein Bürgerlicher, wenn man ihn in den Adelsstand erhob, so wie es dem Historiker Leopold Ranke, dem Maler Adolph Menzel und dem Bankier Gerson Bleichröder widerfahren sollte. Irgendwann würde auch er, Werner Siemens, an der Reihe sein ... Es war ein langer Weg bis zum »von« – und alles wie ein Traum.

Werner Siemens war am 13. Dezember 1816 als viertes von vierzehn Kindern in Poggenhagen zu Lenthe bei Hannover auf die Welt gekommen, wo sein Vater Ferdinand, ein Landwirt, das Pachtgut übernommen hatte. Die Familie stammte aus Goslar, und bald verschlug es sie nach Mecklenburg-Strelitz, weil dem Vater die politischen Verhältnisse in Hannover nicht behagten. So verlebte Werner Siemens seine Jugendjahre auf dem Dorfe, in Menzendorf, dessen Domäne seine Eltern betrieben. Zuerst erhielten er und sein Bruder Hans Unterricht vom Vater und der Großmutter, dann folgte ein Hauslehrer, und 1831 kam Werner Siemens schließlich nach Lübeck auf ein Gymnasium, das humanistisch-altsprachliche Katharineum. Die alten Sprachen behagten ihm gar nicht, doch schon früh zeigte sich bei ihm eine ausgeprägte Begabung für naturwissenschaftliche und technische Dinge. Zu Ostern 1834 verließ er die Schule ohne formalen Abschluss und nahm Privatstunden in Mathematik und Feldmesskunde, um die Aufnahmeprüfung an der Berliner Bauakademie zu bestehen. Als sich aber herausstellte, dass der Familie die finanziellen Mittel fehlten, um ihn dort studieren zu lassen, blieb ihm nichts anderes übrig, als zum Militär zu gehen. Denn war man Offiziersanwärter beim Preußischen Ingenieurkorps, dann konnte man sich an der Bauakademie auf Staatskosten ausbilden lassen.

»Tut uns leid, Herr Siemens«, hieß es aber beim Ingenieurcorps. »Sie haben so viele Vordermänner, dass frühestens in vier bis fünf Jahren an eine Ausbildung zu denken ist. Aber gehen Sie doch zur Artillerie, Artilleristen bekommen dieselbe Ausbildung. Eine Empfehlung können Sie gerne bekommen.«

Mit der reiste Werner Siemens zur Kommandantur der 3. Artillerie-Brigade. Der Name des Kommandeurs kam ihm bekannt vor: Oberst von Scharnhorst. Das war der Sohn des großen Generals, und dem gefiel der junge Siemens. Er versprach, beim preußischen König die Erlaubnis zu erwirken, den Ausländer in den preußischen Militärdienst aufzunehmen. »Ihr Vater muss Sie aber vom mecklenburgischen Militärdienst freikaufen.«

Beides gelang, aber um die Eingangsprüfung zu bestehen, bedurfte es guter Kenntnisse in Mathematik, Physik, Geographie und Französisch, und nach einer intensiven dreimonatigen Vorbereitung schaffte Siemens es auch, Offiziersanwärter zu werden und 1835 wunschgemäß zur renommierten Artillerie- und Ingenieurschule in Berlin entsandt zu werden. Hier lehrten neben vielen anderen die Mathematiker Martin Ohm und Carl Jacobi, der Chemiker Eilhard Mitscherlich sowie die Physiker Heinrich Gustav Magnus und Heinrich Wilhelm Dove, aber auch der Major Meno Burg, der erste jüdische Offizier in der preußischen Armee. Über Magnus kam Siemens später zur Physikalischen Gesellschaft, der auch Hermann von Helmholtz angehörte.

Nach Abschluss des dreijährigen Studiums wurde Siemens zum Leutnant ernannt und war bis 1840 in Magdeburg und dann bis 1842 in Wittenberg stationiert. Nach dem Tod seiner Eltern musste er ab 1840 auch die Sorge für seine jüngeren Geschwister übernehmen.

»Wie komme ich nur zu Geld?« Diese Frage bestimmte die nächsten Jahre und brachte ihn dazu, kreativ zu werden. Viel Zeit dazu hatte er im Jahre 1840, als man ihn zu fünf Monaten Festungshaft verurteilte, weil er einem Kameraden bei einem Ehrenhandel sekundiert hatte. Seine Zelle funktionierte er zu einem kleinen Laboratorium um und versilberte und vergoldete Blechlöffel auf galvanischem Wege. Von den schönen und so billigen Löffeln wurde bald in ganz Magdeburg gesprochen, und ein Juwelier zögerte nicht, ihm seine Methode für vierzig Louisdor abzukaufen. Als Siemens nach einem Monat begnadigt werden sollte, richtete er eine Eingabe an den Kommandanten, ihn noch in Haft zu lassen. Vergeblich.

Als man höheren Orts von dieser Episode Kenntnis bekam und realisierte, dass Siemens von Technik und Chemie gleichermaßen Ahnung hatte, reagierte man sofort und versetzte ihn zur Luftfeuerwerkerei nach Spandau, denn der Geburtstag der Zarin stand ins Haus, und zu dieser Gelegenheit sollte im Park des Prinzen Karl in Glienicke ein Feuerwerk abgebrannt werden, wie es die Welt noch nie gesehen hatte. Das Vorhaben gelang, und Prinz Karl fand es grandios.

Von 1838 bis 1849 war Werner Siemens preußischer Artillerie-Offizier, wobei er jede freie Minute nutzte, um sich fortzubilden und selbständig zu experimentieren, aber auch um eine eigene Firma zu gründen. Neben Studium und Dienst war er unermüdlich damit beschäftigt, etwas zu erfinden oder etwas bereits Erfundenes der praktischen Verwertung zuzuführen, nur um Geld zu verdienen.

Im Jahre 1845 wurde er in Berlin Zeuge einer Vorführung eines Zeigertelegraphen, den der britische Physiker Charles

Wheatstone konstruiert hatte. Doch siehe da, das Ding wollte einfach nicht störungsfrei funktionieren. Das nun war für Siemens die berühmte Herausforderung, und in den nächsten beiden Jahren gelang es ihm, das Gerät durch einen automatisch gesteuerten Synchronlauf zwischen Sender und Empfänger wesentlich zu verbessern. Beim Geber wie beim Empfänger kreiste gleichlaufend ein Zeiger, und hielt man ihn bei A durch einen Fingerdruck auf eine Buchstabentaste an, so stoppte er auch bei B beim selben Buchstaben.

Der Markt für den neuen Zeigertelegraphen war groß, und so suchte Siemens nach einem kongenialen Mechaniker, der ihn auch in Serie bauen konnte. Er fand ihn schließlich in dem 1814 in Hamburg geborenen Feinmechaniker und Universitätsmechanikus Johann Georg Halske, der in Berlin mit einem anderen Mechaniker eine kleine Werkstatt betrieb und für Siemens schon verschiedene Reparaturen ausgeführt hatte.

»Sehen Sie mal, Meister Halske, was ich hier für Sie habe.« Siemens breitete seine Zeichnungen vom neuen Zeigertelegraphen auf einer Werkbank aus. Als er mit seinen Erklärungen fertig war, sah er gespannt zu Halske hinüber.

Der schüttelte den Kopf. »Det soll loofen, Herr Leutnant? Nee, det looft nie im Leben nich.«

Verstimmt ging Siemens nach Hause, verfiel aber nicht in Depressionen, sondern machte sich daran, aus Zigarrenkistenbrettern, Blech, Eisen und Kupferdraht selber ein Modell seines Zeigertelegraphen zu basteln. Es war primitiv, aber es funktionierte, und Johann Georg Halske war nun vollauf begeistert.

»Wissen Se wat, Herr Leutnant? Ick haue hier ab, und wir machen zusammen 'n telegraphischen Laden uff!«

»Ja, schon, aber …« Noch scheute Siemens davor zurück, Abschied vom Militär zu nehmen, denn er hatte weiterhin für seine Geschwister zu sorgen – und er wollte irgendwann auch heiraten, seine Cousine Mathilde Drumann. So nahm er das herrliche Modell seines Zeigertelegraphen, das Halske alsbald gebaut hatte, und ging damit in die Bendler Straße, wo der Große Generalstab eine Kommission gebildet hatte, deren Aufgabe darin bestand, die Fortschritte auf dem Gebiet der Telegraphie zu verfolgen und die Einführung der elektrischen anstelle der optischen Telegraphie vorzubereiten.

Chef dieser Kommission war General Etzel. Der war anfangs etwas ungehalten, als Werner Siemens zu längeren Ausführungen ansetzte, brach aber bald in Lobeshymnen aus. »Hervorragend, lieber Siemens! Einfach hervorragend! Damit wäre mit einem Schlag das Problem der elektrischen Telegraphie gelöst.«

Siemens winkte ab. »Bis auf die Isolierung bei unterirdischen Leitungen. Die Bodenfeuchtigkeit dringt beim Kautschuk durch die Nähte, und nehmen wir Glasröhren, bekommen wir die Verbindungsstellen zwischen ihnen nicht hermetisch abgedichtet. Ich möchte also vorschlagen, es zunächst einmal mit Leitungen über der Erde zu versuchen.«

Der General lachte. »Erlauben Sie mal! Wir werden unsere kostbaren Kupferdrähte landaus, landein in der freien Luft aufhängen, dass jeder, der gerade knapp bei Kasse ist, sich ein Stück davon klauen kann!«

»Ich bitte Sie, Herr General, doch nicht bei uns in Preußen!«

Trotzdem machte sich Siemens mit Feuereifer daran, das Problem der Isolierung von Erdkabeln zu lösen. Zu Hilfe kam ihm dabei sein Bruder Carl. Der schickte ihm aus London die Probe einer Substanz, die aus Sumatra stammte und Guttapercha genannt wurde. Sie sollte dieselben Eigenschaften wie Kautschuk haben, nur dass sie sich kneten ließ, wenn man sie erwärmte. Siemens nahm sich einen Kupferdraht und umgab ihn mit einem Mantel aus Guttapercha. Es war die vollkommene Isolierung, und die Kommission zeigte sich sehr angetan davon. Siemens entwarf eine Presse, mit der sich Drähte fabrikmäßig mit Guttapercha ummanteln ließen, und Halske baute diese Presse. Der Generalstab orderte viele tausend Meter isolierten Drahtes für eine erste große Versuchsleitung von Berlin nach Großbeeren.

Man bot Siemens die Leitung aller preußischen Telegraphenlinien an, der militärischen wie der öffentlichen. Doch er lehnte ab, denn er war schon zu sehr Unternehmer. Ihn reizte das Risiko. Aber so ganz ohne Netz wollte er, dachte er an seine Geschwister und seine künftige Frau, denn doch nicht leben, und so beschloss er, weiterhin beim Militär zu bleiben. Aber aus dieser sicheren Deckung heraus wollte er dennoch etwas wagen. Also ging er wieder einmal zu Johann Georg Halske.

»Meister Halske, wir haben schon oft darüber gesprochen, dass wir gemeinsam eine Telegraphenfabrik aufmachen wollen. Ich muss aber erst für den Generalstab die Telegraphenlinien fertigstellen, ich bin kein Deserteur. Doch als stiller Teilhaber kann ich jetzt schon mitmachen. Mein Vetter, der Justizrat Siemens, will uns sechstausend Taler borgen. Schlagen Sie ein!«

Johann Georg Halske tat es, und am 12. Oktober 1847 gründeten die beiden die Telegraphen-Bauanstalt von Siemens & Halske. Das Gründungskapital bestand aus einem Darlehen von 6842 Talern, das Werner Siemens von seinem Vetter Johann Georg erhalten hatte. Der Firmensitz war Berlin, wo man in einem Hinterhaus in der Schöneberger Straße 19 eine Werkstatt für zehn Mitarbeiter angemietet hatte.

Der erste große Auftrag für Siemens & Halske kam 1848 von der preußischen Regierung, die so schnell wie möglich darüber informiert werden wollte, was in der Paulskirche von der Deutschen Nationalversammlung diskutiert und beschlossen wurde. In kürzester Zeit sollte eine Telegraphenlinie von Berlin nach Frankfurt/Main verlegt werden. Rund fünfhundert Kilometer mussten hierzu überbrückt werden, was zur einen Hälfte mit Kabeln, zur anderen mit Freileitungen geschah. Am 28. März 1849 konnte als erste wichtige Nachricht die Wahl des preußischen Königs Wilhelm IV. zum Kaiser übermittelt werden.

Der erste Rückschlag für Siemens & Halske kam schon bald, als nämlich im Sommer 1850 ein Amerikaner in Hamburg einen Telegraphenapparat vorführte, den der Kunstmaler Samuel Morse in den Vereinigten Staaten erfunden hatte. Dieser Schreibtelegraph benutzte einen Elektromagneten, mit dessen Hilfe Striche und Punkte in ein laufendes Papierband gestanzt wurden.

»Wir müssen einsehen, dass dieser Apparat unserem überlegen ist«, sagte Siemens. »Nur eignet er sich so, wie er ist, nicht für die praktische Ferntelegraphie, und unsere Chance besteht darin, ihn in dieser Hinsicht so zu verbessern, dass alle unseren Apparat kaufen wollen.«

Das gelang dann tatsächlich, und die Firma entwickelte sich prächtig, vor allem auch, weil man sich ausländische Märkte erschließen konnte. Für Russland baute man ein riesiges Telegraphennetz, man gründete eine Londoner Niederlassung und errichtete später ein eigenes Kabelwerk. Sogar durch das westliche Mittelmeer und durch das Rote Meer wurden Kabel verlegt. 1874 lief mit der *Faraday* das erste eigene Kabelschiff der Firma Siemens & Halske vom Stapel.

Eine wesentliche Ursache für das schnelle Aufblühen unserer Firmen sehe ich darin, sollte Siemens später in seinen Lebenserinnerungen schreiben, *dass die Gegenstände unserer Fabrikation zum großen Teil auf eigenen Erfindungen beruhen … Andauernde Wirkung konnte das allerdings nur infolge des Rufes größter Zuverlässigkeit und Güte haben, dessen sich unsere Fabrikate in der ganzen Welt erfreuen.*

Werner Siemens blieb rastlos. 1852 heiratete er seine erste Frau Mathilde, die ihm die Söhne Arnold und Wilhelm gebar. Für die Berliner Feuerwehr entwickelte er ein Feuermeldesystem auf der Grundlage der Telegraphie, er erfand den Doppel-T-Anker, formulierte das dynamoelektrische Prinzip und baute die erste Dynamomaschine. Bis 1878 sollte es dauern, bis deren Kinderkrankheiten überwunden waren, dann begann der Siegeszug des Starkstroms.

Während er auf dem Lehrter Bahnhof stand und wartete, konnte Werner Siemens seinen Blick keine Sekunde von den Dampflokomotiven abwenden, die ankamen und wegfuhren. Sie erinnerten ihn an vorzeitliche Drachen, die Rauch und Feuer spien. Zu dieser Assoziation passte auch, dass sie bei der Vulcan AG in Stettin gebaut worden waren.

Direkt vor ihm war eine Maschine mit Schlepptender zum Halten gekommen, eine 1B-gekuppelte Personenzuglokomotive. Die Petroleumlampen glänzten ganz harmlos, aber Siemens wich automatisch ein paar Schritte nach hinten, denn solch eine Dampflok war ja nichts anderes als ein Sprengkörper. Passte das Personal nicht auf oder versagten die Instrumente, explodierte der Kessel und riss alles in den Tod, was in seiner Nähe stand.

Es ärgerte ihn, was er da sah. Dieser Rauch, dieser Schmutz! Und überhaupt, wie konnte man mit einer Dampfmaschine auf Rädern durch die Landschaft fahren! Um wie viel sinnvoller und vor allem praktischer war es dagegen, die Energie stationär zu erzeugen, mit riesigen Dynamomaschinen in einem abgelegenen Kraftwerk, und sie dann in Form von elektrischem Strom mit Hilfe von Drähten sauber über weite Strecken zu transportieren. Eine moderne Lokomotive brauchte dann einen starken elektrischen Motor und Vorrichtungen, um sich den Strom aus den Schienen oder über der Strecke angebrachten Leitungen zuzuführen.

Im Prinzip war das alles ganz einfach, doch ihm war schon klar, dass es noch viele Jahre dauern würde, bis die elektrischen Züge wirklich fuhren und die dampfenden und feuerspeienden Ungetüme abgelöst wurden. Aber eines Tages würde ganz Europa von einem dichten Netz elektrischer Bahnen überzogen sein, und jede Stadt würde statt der Pferdebahnen elektrische Straßenbahnen haben. Nein. Schnell wurde er zum Bedenkenträger in eigener Sache, denn die Straßen würden überquellen von Motorkutschen. Vor drei Jahren hatte Nikolaus August Otto zusammen mit Eugen Langen den ersten brauchbaren Viertaktgasmotor gebaut, und man hörte, dass im Schwäbischen an schnell laufenden Benzinmotoren gewerkelt wurde. Und wenn dann die Straßen den Benzinkutschen gehörten, blieb für die elektrischen Bahnen kein Platz mehr – es sei denn, man ließ sie in einem Tunnel unter der Erde oder auf Stelzen hoch über der Fahrbahn verkehren. Das war kein Hirngespinst, denn in New York gab es solche Hochbahnen schon, wenn auch mit Dampfbahnen betrieben.

»Alles ist machbar«, murmelte Siemens. »Und am Ende des Jahrhunderts wird Berlin seine elektrische Schnellbahn haben – hoch über der Straße.«

Das Frühjahr 1879 brachte mit Gründung der Technikerhochschule und der Eröffnung der Gewerbeausstellung für Naturwissenschaften, Mathematik, Ingenieurwesen, Architektur und das Bauen eine bis dahin einzigartige Blütezeit. Man hatte die Bau- und die Gewerbeakademie zur Königlich Technischen Hochschule zusammengeschlossen und in einem Neubau in Charlottenburg untergebracht.

Auf dem Dreieck, das von der Straße Alt-Moabit, der Invalidenstraße und dem 1871 eröffneten Lehrter Bahnhof gebildet wurde, war die Gewerbeausstellung angesiedelt. Aus einer Sandwüste hatte man mit viel Geld und Arbeit einen hübschen Park gemacht, der mit seinen Wasserkünsten und den luftigen Pavillons die Berliner erfreute. Zwar sollte die Eröffnung der Stadtbahn noch einige Zeit auf sich warten lassen, aber ihre Viaduktbögen waren schon fertiggemauert, und die Gewölbe konnten genutzt werden. Die meisten von ihnen dienten als Ausstellungsräume, einige aber auch als Gaststätten.

Die Gewerbeausstellung sollte zwei Höhepunkte aufweisen, von denen der eine allerdings außerhalb des Ausstellungsareals zu bewundern war: die Installierung der ersten elektrischen Straßenlaternen. Friedrichstraße, Ecke Unter den Linden erstrahlten sie und waren um ein Vieles heller als die herkömmlichen Gaslaternen.

Die zweite Sensation war in Moabit selber zu bestaunen: die erste elektrische Schienenbahn der Welt, vorgeführt von der Firma Siemens & Halske. Die Zeitungen des Jahres 1879 schrieben, sie würde einer Grubenbahn gleichen. Hundert Jahre später hätte man einen anderen Vergleich herangezogen, nämlich den einer schmalspurigen Parkeisenbahn, wie sie überall in den Städten mit vornehmlich Kindern an Bord ihre Runden drehte. Der Fahrer thronte auf der kleinen zweirädrigen Elektrolok wie ein Turner nach einem verunglückten Sprung auf einem Bock oder Pferd. Auf den drei angehängten Wägelchen saßen auf Längsbänken je sechs Passagiere, und wer etwas längere Beine hatte, musste aufpassen, dass seine Füße nicht über den Erdboden schrammten. Mit drei Pferdestärken und einer Geschwindigkeit von sieben Stundenkilometern ging es dreihundert Meter im Kreise herum. Jede Runde kostete zwei Sechser. Jungen, denen das zu teuer war, hatten keine Mühe, nebenherzulaufen und den Zug zu überholen. Mehrere Wächter passten auf, dass die Besucher nicht auf beide Schienen gleichzeitig traten, weil das mit einem Stromschlag verbunden war.

Einer der Ingenieure, die für das ordnungsgemäße Funktionieren der Bahn zuständig waren, war Erich Abendroth. Er wurde des Öfteren gefragt, ob er Engländer sei, denn er beherrschte die fremde Sprache nicht nur nahezu perfekt, sondern hatte auch etwas von einem echten Lord an sich. Jedenfalls in der Vorstellung der Berliner. Schlank war er und fiel durch vollendete Manieren auf. Verwunderlich war das aber nicht, hatte er doch im Auftrage der Firma Siemens & Halske einige Jahre in London verbracht und sich mit der Verlegung von Seekabeln befasst. Wieder in Berlin zurück, war er, gerade einmal 34 Jahre alt, zum Oberingenieur aufgestiegen und hatte endlich eine Familie gründen können. Man hatte in der Großbeerenstraße eine geräumige Wohnung gemietet, trug sich aber mit dem Gedanken, hinaus in einen der Vororte zu ziehen, wenn diese erst besser mit der Bahn zu erreichen waren.

Dorothea Abendroth kam aus Landsberg an der Warthe, der idyllischen Kreis- und Emidiatstadt in der Neumark, wo ihr Vater als Apotheker zu den Honoratioren gehörte. Sie war durch und durch höhere Tochter, fast schon bis zur Parodie, und passte insofern bestens zum Herrn Oberingenieur. Etwas müde war sie heute, denn sie hatte am Morgen schon Lawn Tennis gespielt. Das schickte sich für eine Dame, die etwas auf sich hielt. Dennoch hatte sie daran festgehalten, ihrem Mann auf der Gewerbeausstellung einen Besuch abzustatten, denn für den Nachmittag hatte sich auch Werner Siemens angemeldet, und den wollte sie sich nicht entgehen lassen. Ihn zu kennen erhöhte ihr Ansehen sowohl im Tennisclub wie auch im Kreise ihrer Freundinnen. Um ihm zu gefallen, hatte sie ein Kostüm aus dem Schrank geholt, das an sich für diese Gelegenheit viel zu schick war. Es war aus schwarzem broschiertem Atlas geschneidert, durch und durch mit schwarzer Seide gefüttert und sehr reich mit Guipure-Spitze garniert. Hinten war der Stoff zu einer faltigen Puffe aufgerafft und mit Agraffen versehen. Das eigentliche Kleid bestand aus moosgrünem Satin Merveilleux, besetzt mit gleichfarbiger Spitze. Dazu trug sie einen Manila-Hut mit Einfassung und Schleier aus grünem Samt, Stahlschnalle und drei Federn.

Ihre jüngere Freundin Hertha Mahlgast war etwas weniger aufwendig gekleidet, aber sie war ja auch nicht darauf aus, Eindruck auf den obersten Vorgesetzten ihres Mannes zu machen. Man hatte sich während der Sommerfrische beim Badeleben in Heringsdorf kennengelernt und danach gemeinsame Spaziergänge im Victoria Park unternommen – wohnte man doch nahe beieinander.

Fröhlich drehten die beiden eine Runde mit der Siemens-Bahn. Dann standen sie an einem Bierausschank und warteten, bis Dorotheas Mann einen Augenblick Zeit für sie hatte. Gesprächsthemen gab es genug. Da war zuerst die Angst vor der Pest. Würde sie bis nach Berlin kommen, war die bange Frage. Im russischen Astrachan war sie ausgebrochen und schon bis nach St. Petersburg vorgedrungen. Im Reichstag hatte der Sanitätsrat Dr. Georg Christian Thilenius erklärt, die Seuche sei auf eine Luftvergiftung durch klitzekleine Tierchen zurückzuführen, auf sogenannte Bakterien – und war von den Vertretern aller Parteien ausgelacht worden. In Berlin hatte man große Mengen an Chemikalien in die Gewässer geschüttet, um die Pesterreger abzutöten.

»Die *BZ* hat geschrieben: *Wir sehen in der Tat einem chlorreichen Sommer entgegen*«, sagte Hertha Mahlgast. »Ist das nicht drollig?«

Dorothea Abendroth lachte. »Noch drolliger ist, dass Erich demnächst nach Pest fahren soll, weil die Ungarn an einer elektrischen Bahn interessiert sind, wie Siemens sie projektiert.«

»Möchtest du eine Bulette essen?«, fragte Hertha Mahlgast.

Dorothea Abendroth schüttelte sich. »Nein, wo doch das Gerücht geht, dass wieder viel Pferdefleisch als Rinderfilet verkauft wird.«

»Meine Köchin sagt, det is allens ejal, wenn man nich die Droschkennummer rausschmeckt.«

»Man könnte in Schwermut verfallen«, stöhnte Dorothea Abendroth.

»Du bist doch nicht Sissi.« Die schöne Kaiserin, 42 Jahre alt, litt an Schwermut.

»Hör auf, darüber spottet man nicht. Sie feiern doch in diesem Jahr ihre Silberhochzeit.«

Hertha Mahlgast wechselte das Thema. »Hast du schon die *Züricher Novellen* von Gottfried Keller gelesen?«

»Nein. *Der grüne Heinrich* war mir damals zu langatmig. Wie Schweizer eben sind. Da ist doch Dostojewski von ganz anderem Temperament. Mein Buchhändler will mir so schnell wie möglich *Die Brüder Karamasow* besorgen.« Und Dorothea Abendroth hatte noch eine andere kulturelle Neuigkeit zu vermelden. »Bruckner soll eine neue Symphonie haben, die 6., in A-Dur. Und wir haben schon ...«

Sie brach ab, denn in diesem Augenblick kam ihr Mann mit Werner Siemens an der Seite auf sie zu. Sie war sehr befangen, als ihr der berühmte Erfinder und Fabrikant vorgestellt wurde. Da ihr die Worte fehlten, nahm sie zu Goethe Zuflucht und bemühte den Schüler aus dem *Faust*, wenn auch ein wenig abgeändert: »Ich bin heute nach Moabit gekommen, um einen Mann zu hören und zu kennen, den alle mir mit Ehrfurcht nennen. Mein Erich ganz besonders.«

Werner Siemens war ein zu sachlicher Mensch, als dass er mit der Gattin eines seiner Untergebenen einen Dialog geführt hätte, wie man ihn aus französischen Theaterstücken gewohnt war. Die Sätze zu drechseln war ihm zu mühsam. Er brauchte seine Energien für anderes.

Er beließ es daher bei einer knappen Verbeugung. »Ihre Worte ehren mich, Gnädigste, aber was Ihren Mann betrifft, so weiß ich ihn auch ohne Ihre Schmeichelei zu schätzen. Ich darf mich bei dieser Gelegenheit auch gleich bei Ihnen dafür entschuldigen, dass Sie ihn in nächster Zeit womöglich seltener zu Hause sehen werden als bisher, denn er ist von der Idee eines Netzes elektrischer Schnellbahnen für Berlin ebenso fasziniert wie ich, und nachdem vor einem Jahrzehnt meine ersten Pläne in den Papierkorb der Obrigkeit gewandert sind, werden wir in nächster Zeit unsere Bemühungen verstärken, um zum Zuge zu kommen. Dies im wahrsten Sinne des Wortes, nämlich zum elektrisch angetriebenen Zug. Unsere Bahn hier«, er zeigte auf die kleine Bahn, die ohne Unterlass ihre Runden drehte, »unsere Bahn hier gibt ja zu den schönsten Hoffnungen Anlass.«

»Meinen herzlichen Glückwunsch dazu«, sagte Hertha Mahlgast. »Und mich freut das ganz besonders, war es doch mein Schwager, der an ihrer Entwicklung maßgeblich beteiligt war.«

Werner Siemens überlegte einen Augenblick. Dann verdüsterte sich sein Gesicht. »Sie meinen Germanus Cammer?«

»Ja.«

»Schrecklich! Er ist und bleibt verschwunden. Sie können versichert sein, dass ich all meine Beziehungen zur Polizei habe spielen lassen, um sein Schicksal aufklären zu lassen, doch vergeblich. Dabei hätte ich ihn so gern dabei, wenn wir zur nächsten Attacke gegen Baurat Hobrecht blasen.«

Vier
1880

James Friedrich Ludolf Hobrecht war ein Mensch, der allein schon wegen seines Geburtstages etwas ganz Besonderes war, hatte er doch zu Silvester das Licht der Welt erblickt, genauer gesagt am 31. Dezember 1825. Dies war in Memel geschehen, dem vorgeschobenen Außenposten Preußens. Zur höheren Schule war er dann in Königsberg gegangen, ohne aber auf dem Collegium Fridericianum das Abitur zu schaffen. Irgendwie stand er immer im Schatten seines älteren Bruders. Beider Schicksal aber hieß Berlin.

Als sie es im jugendlichen Alter zum ersten Mal besuchten, stank es in der preußischen Metropole erbärmlich. Das lag daran, dass alle häuslichen und gewerblichen Abwässer sowie der Regen in Rinnsteinen entsorgt wurden, die bis zu einem Meter breit waren und einen Meter tief zwischen Straßenrand und Bürgersteig verliefen. Die Bürger hatten sie auf Brettern und Bohlen zu überwinden. Für die Fäkalien gab es zwar Abtritte auf den Hinterhöfen, aber die wurden nicht immer wie vorgeschrieben abgeschöpft, denn die Brühe in besondere Jauchewagen umzufüllen und vor die Stadt zu schaffen war äußerst lästig. Viel einfacher war es da, die Nachteimer heimlich in den Rinnstein zu entleeren. Müll und Abfall kamen hinzu. Gab es dann starken Regen, liefen die Rinnsteine über, und in der ganzen Stadt breitete sich ein fürchterlicher Fäulnisgestank aus. Ratten huschten auch am Tage über die Straße. Die Spree, in der sich schließlich alles sammelte, war zu einer großen Kloake geworden, und das Grundwasser war so unrein, dass die Infektionskrankheiten ständig zunahmen und Seuchen wie Typhus und Cholera drohten.

»Dass die Berliner selber nicht merken, was ihre Stadt für ein Drecknest ist«, sagte James.

Arthur lachte. »Die sind so, dass sie einen von außerhalb brauchen, der die Dinge wieder in Ordnung bringt.«

»Ja, dich.«

»Nein, dich.«

Schließlich waren sie beide es, die diese Aufgabe übernehmen sollten, der eine, Arthur, als Berliner Oberbürgermeister von 1872 bis 1878, der andere, James, als Stadtbaurat. Eine moderne Kanalisation für Berlin, das war eine Vision von ihm, eine funktionsgerechte und lebenswerte Stadt eine andere.

Am 1. April 1845, als Zwanzigjähriger also, kam James Hobrecht nach Berlin. Die Primarreife hatte er geschafft und eine Feldmesserausbildung abgeschlossen, nun begann er an der Allgemeinen Baufachschule der Bauakademie sein Studium. 1849 legte er sein Examen als Bauführer ab und trat dem Architektenverein bei. So sehr hing er dann doch nicht an Berlin, dass er seinetwegen eine lukrative Stelle ausgeschlagen hätte, und so zog er nach Stettin, weil man an der Oder jemanden suchte, der eine großstädtische Stadtentwässerung aufbauen sollte. Von 1862 bis 1869 arbeitete er in Stettin und wurde dort zum königlichen Baurat ernannt.

Auch in Berlin hatte man derweilen nicht geschlafen. Besonders Rudolf Virchow, 1821 in Pommern geboren, hatte die Leute aufgerüttelt. Hauptberuflich als Pathologe an der Charité tätig, war er sowohl Mitbegründer der liberalen Deutschen Fortschrittspartei als auch Mitglied der Berliner Stadtverordnetenversammlung und forderte ständig den Bau von Krankenhäusern für die unteren Stände sowie die Beseitigung der hygienischen Missstände bei der Abwasserentsorgung.

Anhand der Erfahrungen, die man in der englischen Stadt Croydon gemacht hatte, wies er den Zusammenhang zwischen der Anzahl von Typhus-Toten und dem Grad der Kanalisierung nach.

Seine Gedanken brachten den Baumeister Friedrich Eduard Salomon Wiebe dazu, dem Berliner Magistrat einen detaillierten Entwurf für die Planung eines Kanalisationsnetzes vorzulegen. Von Hause aus war Wiebe Mathematiker und Physiker und hatte sich beim Ausbau des Eisenbahnnetzes vom Rhein bis nach Ostpreußen einen Namen gemacht. Die größte Gefahr für die Gesundheit der Berliner sah er in den Abtrittsgruben, die selten und meist nur unzulänglich geleert wurden. Sie waren durch Wasserklosetts zu ersetzen, wie er sie auch in England und Frankreich kennengelernt hatte, und die Entsorgung der Fäkalien wie des Regenwassers sollte nicht mehr mittels der nach oben offenen Rinnsteine erfolgen, sondern durch Rohrleitungen und Kanäle tief unter der Straße. Unterhalb von Charlottenburg sollte dann das angesammelte Abwasser in die Spree abgeleitet werden.

1860/61 hatte Wiebe seine Pläne entwickelt, aber das Vorhaben sollte in den nächsten zehn Jahren nicht recht vorankommen, weil zum einen die Berliner nicht willens waren, für die Hausanschlüsse zu zahlen, und zum anderen Stimmen laut wurden, die meinten, dass es nicht anginge, die Spree zum Abwasserkanal zu machen. Viel klüger sei doch die Feldberieselung, also die Abwässer nach mechanischer Grobreinigung auf Felder weit außerhalb der Stadt zu pumpen. Dort konnten Sand und Pflanzen die Schmutz- und Dungstoffe herausfiltern und die im Erdreich befindlichen Mikroorganismen die Abwasser biologisch reinigen.

Um die Sache voranzutreiben, beauftragten die Berliner Behörden James Hobrecht, der auf einem eigens dafür gepachteten Gelände Feldversuche zur Verrieselung anstellen sollte. Als diese zur Zufriedenheit des Magistrats verliefen, wurde

James Hobrecht 1869 zum Chefingenieur der Berliner Kanalisation ernannt. Er übernahm Wiebes Ideen, wobei er jedoch die zentrale Einleitung der Abwässer in die Spree durch ihre Verbringung auf eine Reihe von Rieselfeldern ersetzte. In seinem Gutachten plädierte er für die Einrichtung mehrerer autarker Kanalnetze, sogenannter Radialsysteme. Zwölf dieser Systeme sollten, jeweils mit einem eigenen Pumpwerk versehen, über das Stadtgebiet verteilt installiert werden.

Berlin stand ein gewaltiger Kraftakt bevor, und nach langen politischen Diskussionen bildete die Stadt Berlin 1873 eine Baukommission, deren Leitung Rudolf Virchow und James Hobrecht übertragen wurde. Im selben Jahr noch begann man, Hobrechts Pläne umzusetzen. Die Stadt Berlin kaufte die Güter Osdorf und Friederikenhof, um dort Rieselfelder anzulegen. Ende 1878 wurde das erste Radialsystem mit 2415 angeschlossenen Grundstücken und einer Fläche von rund 390 Hektar in Betrieb genommen, und bis 1881 sollte die gesamte Berliner Innenstadt mit knapp 10 000 Hausanschlüssen kanalisiert sein.

Aber nicht nur die Berliner Kanalisation lag James Hobrecht am Herzen, sondern auch die sinnvolle Strukturierung der wild wuchernden Stadt und der ringsum liegenden selbständigen Gemeinden, deren Größe vom vergleichsweise riesigen Charlottenburg bis zum kleinsten Dörfchen reichte. Berlin war ein Flickenteppich. Fabriken wie die von August Borsig oder Louis Schwartzkopff wurden gegründet, aber es gab für sie keine richtige Infrastruktur. Sandwege, Stadtmauer und fehlende Bahnanschlüsse verhinderten eine weitere Expansion. Und wenn die Arbeitskräfte von den Feldern in die Werkhallen abwanderten, dann mussten sie einigermaßen menschenwürdig untergebracht und in die Lage versetzt werden, in annehmbarer Zeit ihren Arbeitsplatz zu erreichen. Straßen waren zu bauen, Bauordnungen mussten erlassen werden, und nach einem vernünftigen Gleichgewicht zwischen Wohnen, Gewerbe, Erholung und Verkehr war zu suchen. Dieses Werk sollte nun James Hobrecht in Angriff nehmen.

»Ich will keine große, zentrale Stadt, bei der alles auf das Schloss ausgerichtet ist«, erklärte er seinem Bruder. »Mein Ziel sind einzelne Stadtteile, in denen sich ein Mensch heimisch fühlen kann. Kleine Straßen und Plätze sollen das Leben bestimmen, und ein Karree soll für einen Park freigehalten werden.«

Arthur Hobrecht war nicht ganz so begeistert von dieser kleinteiligen Lösung. »Wie sollen wir da mit Paris konkurrieren können? Wo sind die Champs-Élysées?«

»Magistralen brauchen wir auch, die den Verkehr aufnehmen, da muss ich dir recht geben. Die sollen dann durch breite, ringförmig angelegte Straßen miteinander verbunden werden.«

»Und die Industrie?«, fragte der Bruder.

James Hobrecht hatte da seine Vision. »Die großen Fabriken gehören vor die Stadt, sonst setze ich aber auf die Berliner Mischung.«

Arthur lachte. »Hört sich nach Bonbons an.«

»Gemeint ist: Keine Separation der einzelnen Lebensbereiche, sondern Arbeiten und Wohnen an einem Ort – und dies in einer echten Gemeinschaft.« James Hobrecht wollte mit seiner Idee die Klassengegensätze aufheben, zumindest aber die sozialen Spannungen mindern. »In der Mietskaserne gehen die Kinder aus den Kellerwohnungen über denselben Hausflur in die Freischule wie die Rats- oder Kaufmannskinder, die auf dem Weg ins Gymnasium sind. Schusters Wilhelm aus der Mansarde und die bettlägerige Frau Schulz im Hinterhaus, deren Tochter durch Nähen oder Putzarbeiten den notdürftigen Unterhalt besorgt, werden im ersten Stock bekannte Persönlichkeiten. Hier gibt es einen Teller Suppe zur Stärkung, da ein Kleidungsstück, dort die wirksame Hilfe zur Erlangung freien Unterrichts oder dergleichen und alles das, was sich als Resultat der gemütlichen Beziehungen zwischen den gleichgearteten – wenn auch noch so verschieden situierten – Bewohnern herausstellt, eine Hilfe, welche ihren veredelnden Einfluss auf den Geber ausübt. Und zwischen diesen extremen Gesellschaftsklassen bewegen sich die Ärmeren aus dem zweiten oder vierten Stock, Gesellschaftsklassen von höchster Bedeutung für unser Kulturleben, der Beamte, der Künstler, der Gelehrte, der Lehrer und so weiter, und wirken fördernd, anregend und somit für die Gesellschaft nützlich. Und wenn es nur ihr Dasein und stummes Beispiel für diejenigen wäre, die neben ihnen und mit ihnen untermischt wohnen.«

Der Bruder lächelte. »Du mit deiner Sozialromantik.«

»Nenne es Utopie, aber die Menschheit wäre am Ende, wenn es keine Utopien mehr geben würde.«

Jetzt lächelte Arthur Hobrecht nicht nur, jetzt grinste er. »Schlimm wird es nur, wenn ein anderer auch seine Visionen hat und sich die beiden Visionen überhaupt nicht vertragen.«

»Wen meinst du damit?«

»Diesen Siemens. Er wird dich in den nächsten Tagen heimsuchen. Ich beneide dich nicht.«

Berthold Blumenthal war mit Leib und Seele Beamter. Für ihn stand fest, dass jeder Mensch von Natur aus ein Tier war, das gezähmt werden musste – und dies schaffte nur ein starker Staat mit seinen Gesetzen und einem Apparat, der imstande war, diese Gesetze auch durchzusetzen und die zu bestrafen, die gegen sie verstießen. Aber noch etwas hatte der Staat mit seinen Beamten zu leisten: die Sorge für die Bürger, die im Leben zu kurz gekommen waren oder für ihre Arbeit zu wenig Lohn bekamen. Das war Blumenthals soziale Ader, und nicht umsonst hing er sozialdemokratischen Werten an, ohne sich indes offen zur Sozialdemokratie zu bekennen – wollte er doch auch Karriere machen. Er war kein ausgesprochener

Gegner der Monarchie – schließlich stabilisierten Kaiser und König die deutsche Gesellschaft –, aber eine Republik mit demokratisch gewählten Führern hätte er ihr allemal vorgezogen. Seine klammheimliche Sympathie galt der Pariser Kommune, gleichzeitig hatte er aber auch Angst vor jeder radikalen Umwälzung. Jede legal zustande gekommene Hierarchie war eine heilige Sache für ihn, und was auch immer sein Vorgesetzter von ihm verlangte, er führte es aus, ohne zu räsonieren, sofern es nicht gegen die Gesetze verstieß. Anders konnte eine Bürokratie nicht funktionieren.

Er war im Jahre 1840 im havelländischen Nauen als Sohn des Stadtkämmerers geboren worden und hatte nach seiner Zeit beim Militär in Berlin mit heißem Bemühen, aber wenig erfolgreich versucht, Architektur zu studieren. Nach einem kräftigen Donnerwetter seines Vaters war er schließlich zur Jurisprudenz gewechselt, ohne jedoch die geringste Affinität zum Amt des Richters oder des Staatsanwalts zu entwickeln, auch Advokat mit eigener Kanzlei wollte er nicht werden. Ein Studium der Nationalökonomie wäre ihm lieber gewesen, aber das hätte sein Vater nicht unterstützt. Dessen Kontakte hatten ihm schließlich zu einer Planstelle bei der Berliner Magistratsverwaltung verholfen. Nach einer gewissen Rotation zu Beginn seiner Laufbahn war er schließlich als Referent im Stadtbauamt gelandet und galt als rechte Hand von James Hobrecht.

Verheiratet war er mit Magdalena, der Tochter eines evangelischen Pfarrers. Es war eine gute Ehe, obwohl seine Frau ihm ab und an ein wenig zu sehr frömmelte. Vier Kinder hatten sie, drei Knaben und ein Mädchen, ihre Elisabeth, das Nesthäkchen.

Sie wohnten in einem alten, aber gerade renovierten kleinen Haus in der Kurstraße, das ihnen von einer Tante vererbt worden war.

Wie so oft kam auch an diesem Abend sein Bruder zu Besuch. Theodor, zwei Jahre älter als Berthold, war Redakteur von Beruf und hatte sich in den letzten Jahren mehr und mehr der Politik verschrieben. Als junger Mann hatte er sein Elternhaus verlassen, um zur See zu fahren. Alles war ihm zu eng gewesen und drohte ihm den Atem abzuschnüren. »In Nauen das Grauen!«, hatte er ausgerufen. Bald hatte er aber die Erfahrung machen müssen, dass ein Landarbeiter in Preußen, so elend dessen Existenz auch sein mochte, immer noch besser lebte als ein Matrose auf einem Segelschiff. *Wir werden gehalten wie Galeerensklaven*, schrieb er an seinen Bruder. In New York stahl er sich dann von Bord, um sein Glück in den Vereinigten Staaten zu machen. In einer deutschen Tischlerei in Milwaukee stieg er auch schnell vom Hilfsarbeiter zum Prokuristen auf, schaffte es aber nicht, sich bei Beginn des Bürgerkrieges vom Wehrdienst freizukaufen, und flüchtete über die Grenze nach Kanada.

Nach Preußen zurückgekehrt, schloss er sich der Sozialdemokratischen Arbeiterpartei an, die 1869 in Eisenach unter der Führung von August Bebel und Wilhelm Liebknecht gegründet worden war. Lange Zeit machte man Front gegen Ferdinand Lassalles Allgemeinen Deutschen Arbeiterverein, stimmte aber im Mai 1875 in Gotha doch für die Vereinigung beider Parteien zur Sozialistischen Arbeiterpartei Deutschlands. Theodor Blumenthal brachte es aufgrund seiner organisatorischen Fähigkeiten und seiner rhetorischen Begabung bald zum Funktionär und Abgeordneten. Am 19. Oktober 1878 aber billigte der Reichstag mit 221 gegen 149 Stimmen das von Kaiser Wilhelm I. erlassene »Gesetz gegen die gemeingefährlichen Bestrebungen der Sozialdemokratie«. Jeder, der verdächtigt wurde, mit den Sozialdemokraten zu sympathisieren, konnte verfolgt und verhaftet werden. Die neun sozialdemokratischen Abgeordneten durften zwar ihr Reichstagsmandat weiterhin ausüben, der Partei waren jedoch alle Versammlungen verboten.

Theodor Blumenthal war heute so fröhlich, dass sein Bruder aus dem Staunen gar nicht mehr herauskam.

»Du, du wirst lachen, aber die Arbeit im Untergrund macht Spaß. Hier, lies das mal!« Er schob Berthold einen engbeschriebenen Bogen hinüber.

»Was ist denn das?«

»Ein Polizeibericht.«

»Wie kommst du denn an den?«

»Man hat so seine Beziehungen.«

Berthold Blumenthal überflog den Text.

Was die Organisation der Sozialisten anbelangt, so werden hier täglich an den verschiedensten Orten, in Privatwohnungen, Werkstätten, auf Spaziergängen, in Schanklokalen, oft sogar in dunklen Räumen, kleine Zusammenkünfte von sechs bis sieben Personen abgehalten, bei denen Mitteilungen und Anweisungen von den bald hier, bald dort erscheinenden Führern gemacht resp. erteilt werden. Man errichtet Lesezirkel, Gesangsvereine, arrangiert Tanzkränzchen. Alles zu dem Zweck, um unter der harmlosen Maske einer geselligen Unterhaltung ernste Beratungen über Parteiangelegenheiten pflegen zu können.

»Wie findest du das?«, fragte Theodor Blumenthal.

»Bebel hat recht, das Sozialistengesetz wird euch entscheidend stärken.«

Die illegal gewordene Partei hatte sich schnell den neuen Bedingungen angepasst. Die Organisationspyramide war nur unsichtbar geworden, es gab sie aber dennoch. Man traf sich zumeist in den Hinterzimmern von Gaststätten, deren Wirte als zuverlässig galten.

»Das läuft alles bestens«, erklärte Theodor Blumenthal. »Schwierigkeiten haben wir nur, wenn eine Vollversammlung der Vertrauensleute ansteht, eine Corpora, wie wir das nennen, denn das sind zu viele Leute für ein Kaffeekränzchen oder eine Billardrunde.«

Ihr Dialog wurde abrupt unterbrochen, als im Wohnzimmer der Gong geschlagen wurde. Sie sprangen auf, denn Magdalena ließ nicht mit sich spaßen, wenn jemand zu spät zu einer Mahlzeit kam. Die drei Knaben saßen bereits ordentlich aufgereiht am Tisch, während die Köchin dabei war, die Suppe aus der Terrine zu schöpfen und auf die Teller zu verteilen. Das Baby lag in seinem Bettchen und schlief.

Magdalena sprach das Tischgebet, dann konnte munter drauflosgeplaudert werden, obwohl wegen der Kinder bestimmte Themen ausgeschlossen waren, etwa die Verhaftung einiger »lüderlicher Dirnen«, die bei der Ausübung ihres Gewerbes ihre Freier bestohlen hatten.

Theodor, der unverehelicht war, berichtete vom Schaufrisieren der Berliner Friseur- und Barbierinnung im Buggenhagener Kaisersaal. »So manche Barbierstube dient der Partei als geheimer Treffpunkt, und so ist es kein Wunder, dass ich eingeladen worden bin. Was mich aber am meisten begeistert hat, waren nicht die preisgekrönten Frisuren der Damen, sondern die Büste des Kaisers: Die war nämlich aus Seife geformt. Ich hatte die ganze Zeit gehofft, dass ... Aber lassen wir das!« Mit Blick auf die Knaben und seine Schwägerin verbot er sich, seiner Phantasie freien Lauf zu lassen.

Magdalena Blumenthal stieß dennoch ein warnendes Hüsteln hervor und zitierte aus dem Brief des Paulus an die Römer den Anfang des 13. Kapitels: *»Jedermann sei untertan der Obrigkeit, die Gewalt über ihn hat. Denn es ist keine Obrigkeit ohne von Gott; wo aber Obrigkeit ist, die ist von Gott verordnet. Wer sich nun der Obrigkeit widersetzt, der widerstrebt Gottes Ordnung; die aber widerstreben, werden über sich ein Urteil empfangen.«*

Theodor Blumenthal nickte. »Sicher, denn die herrschenden Werte sind immer die Werte der Herrschenden, da muss ich Karl Marx recht geben, und da die herrschende Klasse immer auch für die Götter zuständig ist, wird sie die von ihr erdachten Götter auch in ihrem Sinne handeln lassen.«

»Lieber Schwager, ich möchte dich doch ernsthaft bitten, die Harmonie unseres Gastgebots nicht in Gefahr zu bringen. Du weißt ja, ich sehe die Stachelschrift nicht gern in meinem Hause.«

»Bitte, Magdalena …«

»Nein, schweige bitte, wer politisiert, ist nur allzu leicht ein Haberecht. Und du verböserst die Sache nur noch.« Sie sah ihren Ältesten an. »Benedikt, erfreue du uns lieber mit den neuesten Hervorbringungen der Herzenszähmerin.«

»Mutter, darf ich vorher noch aufstehen und hofieren?«, fragte Benjamin, der dem Alter nach hinter Benedikt kam.

Theodor Blumenthal musste sich sehr beherrschen, nicht loszuprusten, glaubte er doch, aus den Worten seines Neffen einen leichten Spott an der altertümelnden Sprache seiner Mutter herauszuhören. Doch der Junge schien es ernst zu meinen und eilte, als er die Erlaubnis dazu bekam, auf die Toilette.

Magdalena Blumenthal gehörte einem Verein an, der es sich zur Aufgabe gemacht hatte, dem Tod altdeutscher Wörter entgegenzutreten. Wörter wurden geboren, Wörter welkten dahin und starben – das aber wollten sie und ihre Mitstreiter verhindern. Das Gastgebot war ein feierlicher Schmaus, den man den Gästen bot. Ein Haberecht war ein Rechthaber und die Herzenszähmerin die Dichtkunst. Hofieren war deckungsgleich mit dem lateinischen Wort *cacare* und meinte: seine Notdurft verrichten.

»Gut, dass der Junge sich rechtzeitig gemeldet hat«, sagte Theodor Blumenthal, »denn Harnverhaltung ist eine schlimme Sache, der große Tycho Brahe ist sogar daran gestorben. Vielleicht wird Benjamin ja mal Harnprophet.« Das hatte er so ernsthaft gesagt, dass seine Schwägerin nicht verstimmt sein konnte. Er wusste, dass Harnprophet eigentlich ein Spottname für die Ärzte der alten Schule war, die angaben, in den meisten Fällen Krankheiten aus der Beschaffenheit des Harns erkennen zu können.

Berthold Blumenthal hatte das Geplänkel zwischen seinem Bruder und Magdalena ziemlich genossen, fürchtete aber, dass seine Frau langsam doch zornig werden würde, und ergriff daher selber das Wort, um das Gespräch auf Themen zu lenken, die weniger verfänglich waren.

»Weil wir uns in der Kanzlei immer wegen der Rechtschreibung streiten, habe ich mir bei meinem Buchhändler das *Vollständige Orthographische Wörterbuch der deutschen Sprache* von Konrad Duden bestellt.«

»Ja, ich habe mich gerade mit meinem Chefredakteur gestritten, ob man nun *Satire* oder *Satyre* schreibt«, fügte Theodor Blumenthal hinzu.

»Der Deutsche schreibt am besten Stachelschrift«, merkte Magdalena Blumenthal an.

»Diesmal muss ich dir recht geben, liebe Schwägerin. Das mit den Stacheln ist nicht schlecht, und wenn ich einmal eine Satire-Zeitschrift gründe, dann nenne ich sie *Stachelschwein*.«

In diesem Augenblick kam die Köchin herein und hielt einen Gegenstand in der Hand, von dem sie offensichtlich annahm, dass er jeden Augenblick explodieren könne. »Wat solln die hier: 'ne Kartätsche bei mir inne Küche? Wer hat 'n die einjeschleppt?«

»Ich, werte Dame.« Theodor Blumenthal deutete eine leichte Verbeugung an. »Für die gnädige Frau. Statt Blumen.«

»Wolln Se ma vergackeiern?«

»Nein, um Gottes willen. Dies ist eine ganz neue Erfindung: die Konservenbüchse. In ihr kann man Fleisch und Gemüse über lange Zeit hinweg frisch und genießbar halten. Probieren Sie es morgen bitte einmal aus!«

»Gott, wenn das unsere Künftigkeit sein soll!« Die Hausfrau rang die Hände. »Nicht mehr auf den Markt gehen, nicht mehr selber kochen ... Mit diesem Geschenk beleidigst du mich, lieber Theodor.«

»Das lag mir wirklich fern, liebe Magdalena. Ich weiß doch, wie köstlich du selber kochen kannst.«

»Du Federleser, du!«

»Ich – und ein Schmeichler? Oh, wenn ich das nur besser könnte!« Theodor Blumenthal legte seinen Löffel in den Teller und wischte sich den Mund ab. »Wisst ihr, wen ich gestern zufällig auf der Schlossbrücke getroffen habe?«

»Nein.« Seine Schwägerin sah ihn hochachtungsvoll an. »Doch nicht etwa Seine Majestät?«

»Nein, nur den Grasmuck. Den kennt ihr auch, der hat ein Fuhrgeschäft in Rixdorf, züchtet aber vor allem Pferde für unsere Droschken und Pferdebahnen. Und der sagt, dass die Droschken billiger werden, weil es immer mehr Pferdebahnen gibt.«

Berthold Blumenthal lachte. »In einigen Jahren wird es den Pferdebahnen genauso ergehen: Da werden auch die billiger werden müssen, weil die Leute mit den elektrischen Bahnen fahren.«

»Das möge unser Herrgott verhindern!«, rief Magdalena Blumenthal. »Denn die Elektrizität ist vom Valant.«

»Wovon?«, fragte ihr Schwager.

»Vom Teufel.«

»Warum denn das? Der Blitz ist doch auch ein Stück Natur.«

Magdalena Blumenthal ließ sich nicht beirren. »Aber nicht die Ströme, die der Mensch selbst erzeugt. Mein Arzt hat mir erklärt, dass sie in das Hirn des Menschen eindringen und uns krank machen. Darum flehe ich dich an, Berthold, des Glückes unserer Kinder wegen: Nutze deine Stellung bei Baurat Hobrecht, und tue alles, um diese elektrischen Bahnen, dieses Teufelszeug, zu verhindern, ob sie nun auf, über oder unter der Straße fahren sollen!«

Was blieb Berthold Blumenthal anderes übrig, als zu nicken und ihr zu versprechen, sein Bestes zu tun. Um seine Frau von diesem heiklen Thema abzulenken, kam er auf das zu sprechen, was die Berliner Verwaltung derzeit stark beschäftigte: unter anderem, dass die Charlottenburger sich mit Händen und Füßen dagegen wehrten, eingemeindet, also vom Moloch Berlin verschluckt zu werden.

Theodor Blumenthal lachte. »Sind wir ja selber schuld dran«, sagte er.

In diesem Augenblick fing im Nebenzimmer ihre Jüngste an, fürchterlich zu schreien, und Magdalena ging auf ihren Mann los. »Siehst du, Berthold, ich hab dir ja gleich gesagt, dass sie davon krank werden wird.«

»Wovon denn krank?« Berthold Blumenthal konnte sich keinen rechten Reim auf alles machen.

»Na, gestern im Rathaus, als ich dich besucht habe.«

»Was war denn da?«

»Da habe ich mit dem Kind eine Weile unter den Sedan-Birnen gestanden.« Das war die volkstümliche Bezeichnung für die elektrische Beleuchtung, die man 1878 zur Erinnerung an die glorreiche Schlacht von Sedan, die auf den 1. und 2. September des Jahres 1870 datierte, im Berliner Rathaus installiert hatte. »Zehn Minuten nur – und das hat schon gereicht, das Kind ... Meine arme Betti!« Sie stürzte aus dem Zimmer.

Formal lag die Entscheidung, ob eine Hoch- oder Untergrundbahn gebaut werden durfte, bei der Baupolizei, die streng über die Einhaltung aller Vorschriften und Bauordnungen wachte, aber natürlich verständigte sich der Polizeipräsident vorher mit dem Magistrat, so dass Baurat Hobrecht sofort in Rage geriet, als Werner Siemens den ersten Entwurf einer elektrischen Schnellbahn vorgelegt hatte.

»Ich lasse mir doch von diesem Elektrotechniker mein schönes Stadtbild nicht verschandeln!«

»Sehr wohl ...« Berthold Blumenthal konnte nicht anders, als seinem Vorgesetzten grundsätzlich recht zu geben, aber er wagte auch, ein klein wenig zu räsonieren. »Andererseits wäre es nicht schlecht, ein Pendant zur Stadtbahn zu schaffen. Wenn die in zwei Jahren eröffnet wird, haben wir in Ost-West-Richtung eine ausgezeichnete Bahnverbindung und können die Menschenmassen mühelos vom Schlesischen Bahnhof nach Charlottenburg befördern, in Nord-Süd-Richtung aber verbleiben wir auf dem Stande der Droschken und Pferdebahnen.«

James Hobrecht reagierte unwirsch. »Blumenthal, das ist doch ein unzulässiger Vergleich! Die Stadtbahn hat eine eigene Trasse, ihre Züge dampfen nicht durch enge und belebte Straßen.«

»Darum will Siemens ja auch in die Höhe gehen.«

Das Konstruktionsbureau von Siemens & Halske hatte eine sogenannte Pfeilerbahn geplant, die vom Weddingplatz über Chaussee- und Friedrichstraße zum Belle-Alliance-Platz führen sollte. Nach dem Vorbild New Yorks sollte die Bahn nach Richtungen getrennt rechts und links des Fahrdamms angelegt werden, und zwar an der »Trittoirkante«. Der Bahnkörper ruhte dabei auf 4,50 Meter hohen Pfeilern, einstieligen Stützen.

»Durch eine Plattform sollen diese Stützen zu einem durchgehenden Schienenstrang verbunden werden«, erläuterte Blumenthal den Entwurf.

»Und wenn ein Wagen entgleist?«, fragte Hobrecht, um gleich selbst die Antwort zu geben. »Dann stürzt der ganze Zug auf die Straße, und wir haben Dutzende von Toten, Fußgänger wie Fahrgäste. Alle zerquetscht und verstümmelt.«

»Auch Schiffe können untergehen – und trotzdem wagen sich die Leute mit ihnen auf die Ozeane hinaus«, wagte Blumenthal einzuwenden. »Und für die Sicherheit ist gesorgt, denn der gesamte Unterbau wird aus Eisen gefertigt. Die Stützen werden aus Gusseisen sein und mit Blütenkapitellen verziert. Alles aus der Schinkel-Bötticher-Schule.«

»Schön und gut, aber …« James Hobrecht zeigte sich von alldem wenig beeindruckt. »Die Pfeilerbahn nimmt den Geschäftsleuten das Licht und ihren Läden jede Wirkung. Jeder blickt nur nach oben, wo die Bahn dahinzieht, und nicht mehr in ihre Schaufenster. Schlimmer noch: Sie müssen unter Umständen ihre Ladenlokale aufgeben, wie auch die Mieter in den ersten Etagen ihre Wohnungen.«

Das bezog sich auf die Angaben, die Siemens im Hinblick auf die Gestaltung der Haltestellen gemacht hatte: Was das Aufsteigen an den Stationen betrifft, so würde es wohl das Beste sein, dass man an den geeigneten Stellen einen Laden in erster oder zweiter Etage mietete. Dieser würde ein Wartezimmer bilden und durch eine Brücke mit der Bahn verbunden werden. Da nicht mehr als fünfzehn Personen in einem Wagen Platz haben sollten, sei mit größeren Publikumsansammlungen nicht zu rechnen. Deshalb bräuchten keine großen Warteräume eingerichtet zu werden. Auf freien Plätzen würde man in leichter Eisenkonstruktion eine Treppe oder Galerie anlegen können, die als Perron diene.

»Und alles versperrt einem die Sicht!«, rief Hobrecht. »Und wenn man flaniert, leidet man unter dem Höllenlärm, den die Züge machen. Nein, mein Lieber, diese Pfeilerbahn ist reine Narretei. Und wozu all dieser Aufwand und all diese Beeinträchtigungen, wenn ein Wagen nur fünfzehn Menschen aufnehmen kann! Das ist doch absoluter Unsinn, das schafft man doch auch mit dem Pferdebus und der Pferdebahn.«

»Zu wenige Passagiere, sagen Sie …« Berthold Blumenthal reizte es, seinen Vorgesetzten ein wenig aus der Fassung zu bringen – und das gelang ihm immer am besten, wenn er Hobrechts heilige Kuh, seine Kanalisation, ins Spiel brachte. »Wesentlich mehr Menschen kann man natürlich befördern, wenn man lange Züge unter der Erde fahren lässt, wie man das in London seit Jahren praktiziert.«

Da schlug James Hobrecht mit der flachen Hand auf den Tisch. »Nur über meine Leiche! Ich lasse mir doch meine ganze herrliche Kanalisation nicht durch diese Röhrenbahnen verderben!«

»Soll also der Antrag der Firma Siemens & Halske abschlägig beschieden werden?«, fragte Blumenthal routinemäßig, obwohl das völlig unnötig war.

»Selbstverständlich. Und wenn ich den Namen Siemens aus Ihrem Mund noch einmal höre, sind Sie in den nächsten zehn Jahren von jeglicher Beförderung ausgeschlossen.«

Fünf

1881

Hermann Mahlgast trug den Anzug, den ihm seine Eltern im letzten Jahr zur Einsegnung geschenkt hatten, und war von seiner Tante so hergerichtet worden, dass er älter als fünfzehn aussah. Liesbeth Cammer saß für ihr Leben gern in einem Café, doch Damen war es generell verboten, ohne Männerbegleitung ein solches zu betreten. Um diese Vorschrift zu umgehen, hatte sich ein besonderer Berufsstand herausgebildet: der des Damenbegleiters, auch »Bärenführer« genannt. Der bezahlte Begleiter erhielt fünfzig Pfennige und einen Kaffee. Dieses Honorar wollte sich Liesbeth Cammer ersparen, indem sie sich, wann immer es ging, ihren Neffen ausborgte.

Für Hermann Mahlgast waren diese Ausflüge einerseits immer eine fürchterliche Pein, andererseits jedoch genoss er durchaus den erotischen Kitzel, sich an der Seite einer schönen Frau zu bewegen und für deren Gigolo gehalten zu werden. Natürlich verbot er sich, an das zu denken, was ein Gigolo seiner Dame ganz speziell zu bieten hatte, doch je strenger er mit sich verfuhr, desto weniger ließen sich seine Regungen unterdrücken. Besonders heftig errötete er, wenn seine Tante sagte, er sehe ihrem verschwundenen Mann Germanus Cammer immer ähnlicher.

So geschah es auch im Café Bauer. »Ganz der Germanus, wie ich ihn als jungen Mann kennengelernt habe.«

Hermann Mahlgast versuchte, sich hinter der riesigen Getränkekarte zu verstecken. »Drei Jahre ist es nun schon her, dass er ...«

»Er wird nach Amerika gegangen sein und dort sein Glück versucht haben.« Für Liesbeth Cammer war diese Annahme das beste Mittel, um über ihre Depressionen hinwegzukommen.

Hermann Mahlgast suchte nach Gesprächsthemen, die unverfänglicher waren. »Hast du von dem hungrigen Mann gelesen, der einem Ziehhund das Futter aus dem Napf gestohlen und aufgegessen hat?«

»Ja. Es ist schon ein Elend. Ich schreibe gerade an einem Artikel über Mütter, die Anzeigen aufgeben, um ihre Kinder zu verkaufen. Gestern habe ich mit einer Witwe gesprochen, die gleich vier ihrer sieben Kinder abgeben wollte – die Wohnung war viel zu klein für alle.« Sie musterte ihren Neffen. »Liest du eigentlich auch *Heidi*?«

»Nein, das ist doch nur was für Mädchen.«

»Schade. Gerade hat Johanna Spyri ihren neuen Roman veröffentlicht: *Heidis Lehr- und Wanderjahre*. Wie willst du denn deine Lehr- und Wanderjahre verbringen?«

»Ach ...« Hermann Mahlgast senkte den Kopf.

Seine Tante lachte. »Ich weiß schon: in die Fußstapfen meines Germanus treten und bei Siemens Hochbahnen bauen.«

»Erst muss ich ja mal zum Militär und dann studieren.«

»Wie kommst du denn mit der Schule zurecht?«

»Danke, gut.« Das war leicht untertrieben, denn Hermann Mahlgast galt in seinem Gymnasium geradezu als Musterschüler. Er wusste, dass er sich alles erarbeiten musste, und so bereitete er sich auf jede Unterrichtsstunde gewissenhaft vor, ließ keine Hausaufgabe unerledigt, lernte alle Vokabeln, übte sogar in der Obertertia noch Schönschrift. Sein Verhalten gab nie Anlass zu Klagen. Den Lehrern gegenüber legte er den Gehorsam an den Tag, den sie erwarteten, ohne sich aber dabei demütig zu geben oder ihnen zu schmeicheln, und seinen

Mitschülern gegenüber war er ein guter Kamerad, beliebt vor allem dadurch, dass er den Schwächeren nach Kräften half. So kam er nie in den Ruf, ein Streber zu sein. Sich mit ihm anzulegen wagte ohnehin niemand aus seiner Klasse, denn er war stämmig gebaut und konnte so gut turnen, ringen und boxen wie kein Zweiter. Demnächst wollte er in einen Ruderverein eintreten.

»Was liest du denn gerade?«, wollte seine Tante als Nächstes wissen.

Hermann Mahlgast druckste ein bisschen herum. »Am liebsten etwas über Technik.«

Liesbeth Cammer war darüber nicht sonderlich begeistert und hielt ihm einen längeren Vortrag über Dichter der neueren Zeit, die er unbedingt lesen müsse. »Ferdinand Freiligrath – diese wunderbare Naturmalerei ...«

Nach unendlich langen Minuten des literarischen Exkurses hörte Hermann Mahlgast schon gar nicht mehr zu. Literatur langweilte ihn, einzig Naturwissenschaften und Technik zählten für ihn. Nach einer guten Stunde war das gemeinsame Kaffeetrinken beendet, und seine Tante entließ ihn wieder. Er konnte nach Hause laufen, während sich Liesbeth Cammer in den Geschäften nach neuer Garderobe umsehen wollte.

In der Belle-Alliance-Straße ging er ganz langsam die Treppe hinauf. Wenn er Glück hatte, kam ihm Emilie entgegen. Sie war so alt wie er, und schon seit Wochen saß er in seiner Kammer und versuchte, ihr einen Liebesbrief zu schreiben. Aber nie war er mit einem Entwurf zufrieden, immer wieder zerriss er das Briefpapier, das aus den Vorräten seiner Mutter stammte. Noch weniger wollte ihm ein Gedicht gelingen. Er war eben kein Poet. Auch ein Aquarell, das er für sie gemalt hatte, eine romantische Felsschlucht, wagte er nicht, in ihren Briefschlitz zu stecken. Zum einen erschien es ihm nicht vollkommen genug, zum anderen war zu befürchten, dass es ihre Mutter fand. Was er aber wirklich gut zeichnen konnte, waren

Lokomotiven und Brücken, die er nach real existierenden Vorbildern zu Papier brachte, und Hochbahnzüge, diese aber weithin als Phantasieprodukte. Aber das war doch nichts, womit er einem jungen Mädchen imponieren konnte.

Er hatte Pech und bekam Emilie nicht zu Gesicht. Seine Mutter war nicht zu Hause, und Minna hatte in der Küche zu tun. So konnte er sich auf sein Bett werfen und sich seinen Träumen hingeben. Seine Tante und Emilie verschmolzen zu einer Person. Minna wunderte sich zwar, warum in letzter Zeit so viele Taschentücher verschwanden, aber anders ließ sich das Problem nicht lösen. Um sie milder zu stimmen, machte er sich anschließend daran, einen Flaschenzug zu konstruieren, der es ihr ersparen sollte, den schweren Einkaufskorb nach oben zu schleppen, hoch in die dritte Etage. Er war sehr stolz auf sein Patent. Eine zwei Meter lange Dachlatte war so am Balkongitter befestigt, dass man sie im Ruhezustand und von der Straße aus kaum erkennen konnte. Sollte sie eingesetzt werden, konnte man sie ausfahren. Vorn hingen die beiden Rollen, über die eine zehn Meter lange Wäscheleine verlief. Unten war ein Fleischerhaken befestigt. Hermann rief das Dienstmädchen und erklärte ihm die Vorrichtung.

»Ich warte oben auf dem Balkon, bis du vom Einkaufen zurückkommst. Wenn du unten stehst, brauchst du deinen schweren Einkaufskorb nur einzuhaken – und ich ziehe alles nach oben.«

»Junge, du bist der geborene Ingenieur!«

Hermann Mahlgast freute sich sehr über diese Aussage, und am liebsten hätte er den elektrischen Aufzug, den Werner Siemens für die Gewerbeausstellung in Mannheim konstruiert hatte, auf der Rückseite ihres Mietshauses nachgebaut.

Minna, die auf die vierzig zuging, hatte es im Kreuz und ließ sich von seiner Mutter ständig mit Franzbranntwein einreiben. So war sie froh und glücklich über Hermanns Erfindung und stürzte schon los, um beim Kolonialwarenhändler einiges einzukaufen und alles auszuprobieren. »Ich kann es gar nicht erwarten.«

Lange stand Hermann Mahlgast dann auf dem Balkon, um Minna nicht zu verpassen. Insgeheim hoffte er auch, sein Vater würde früher nach Hause kommen und so Zeuge seiner Vorführung werden. Mit ihm kam er blendend zurecht, denn er ließ ihm in allem freie Hand, solange sein Handeln und Unterlassen nicht gegen die geltenden Normen verstieß. Sie waren beide ähnliche Charaktere, gutmütig und behäbig, und da Gustav Mahlgast mit sich und der Welt zufrieden war, gab es keinen Grund für ihn, an seinem Sohn herumzumäkeln.

Ganz anders die Mutter. Mit der lag er andauernd verquer, denn sie hatte sich ihren Sohn ganz anders vorgestellt: temperamentvoller, nicht so märkisch, sondern eher südländisch, nicht bieder, sondern elegant, nicht wortkarg, sondern sprühend vor Witz, kein Klotz, wenn getanzt wurde, sondern in den Bewegungen federleicht wie ein Solotänzer des Staatsballetts. Auch seinem Wunsch, Ingenieur zu werden, konnte sie nichts abgewinnen, sie hätte ihn viel lieber im diplomatischen Dienst gesehen. »Mein Sohn ist gerade Vortragender Legationsrat geworden und für den Botschafterposten in London im Gespräch. Gestern war er zur Gratulationscour Seiner Majestät im Weißen Saal des Stadtschlosses.« Dass er ihr dieses Glück nicht gönnen wollte, nahm sie ihm übel.

Endlich kam Minna vom Einkauf zurück, stellte ihren Korb auf den Bürgersteig und sah zu Hermann herauf.

»Wat is nu?«

»Sofort!«

Schnell fuhr er seinen Galgen mit den Rollen aus und ließ das Seil herab. Der Haken schlug punktgenau vor Minnas Beinen auf das Pflaster, und sie hatte keine Mühe, den Henkel ihres bis an den Rand gefüllten Weidenkorbs an ihm zu befestigen.

Sie hob die rechte Hand. »Et kann losjehn! Hau ruck!«

Hermann Mahlgast begann, an seinem Ende des Seils zu ziehen, und hatte wenig Mühe, den Korb nach oben schweben zu lassen. Etliche Passanten stoppten ab, blieben stehen und klatschten Beifall. Das gefiel ihm, ohne dass er so eitel gewesen wäre, sich zu verbeugen.

Schon war der Korb zum Greifen nahe, und er beugte sich vor, um ihn zwischen zwei Blumenkästen hindurch auf den Balkon zu ziehen – da geschah das Malheur. Der Haken, den er in die Dachlatte gedreht hatte, wurde durch das immense Gewicht aus dem Holz gerissen. Der Korb gehorchte den Gesetzen der Schwerkraft und raste wie ein Meteor unaufhaltsam auf das Dienstmädchen zu. Die konnte gerade noch zur Seite springen, als er neben ihr aufs Pflaster schlug, ja geradezu explodierte. Schreie hallten durch die Belle-Alliance-Straße.

Alles hätte noch unter den Teppich gekehrt werden können, wenn nicht gerade in diesem Augenblick eine Droschke vor dem Wohnhaus gehalten und in dieser Droschke seine Mutter gesessen hätte. Der war das Ganze furchtbar peinlich, denn sie fürchtete nichts mehr, als zum Gespött der anderen zu werden.

»Eine Woche Stubenarrest!«, rief sie, als sie den Tatbestand eruiert hatte.

»Bitte, nein, Mutter, ich bin mit Ludolf verabredet – wir wollen nach Lichterfelde raus, die erste Straßenbahn der Welt sehen.«

»Zwei Wochen Stubenarrest!«

Ludolf Tschello wusste sehr wohl, dass er ohne das Zeugnis der Reife keinen Zugang zur Universität erhielt, aber er hatte sich geschworen, zum Erreichen dieses Ziels nicht mehr zu tun, als unbedingt nötig war. *Non scolae, sed vitae discimus.* So ein Unsinn. Wozu musste er, der Ingenieur werden wollte, wissen, wie das zu übersetzen war. Natürlich lernte er nicht für das Leben, sondern für die Schule. Hausarbeiten vergaß er grundsätzlich. Schludrig war er zudem, nie waren seine Schulbücher sauber eingeschlagen, nie schrieb er einen Text ohne diverse Tintenkleckse. Dass er dennoch nie sitzenblieb, lag daran, dass ihm alles zuflog. Und was ihm nicht zuflog, das hasste er. Die Lehrer verhöhnte er als furchtbar medioker, und dennoch schafften sie es nicht, ihn scheitern zu lassen, denn der Rektor seines Gymnasiums hielt ihn für ein Genie. Das mochte auch daran liegen, dass dieser der Musik leidenschaftlich verbunden war, das Geigenspiel über alles schätzte und Ernst Moritz Tschello, den Vater Ludolfs, seinen Freund nannte und immer wieder zu privaten Empfängen einlud.

Ludolf Tschello war schlank und dunkelhaarig und ließ alle Frauen, saß er am Klavier und spielte Chopin, dahinschmelzen. Zwar war er kein so begnadeter Virtuose wie sein Vater, aber bei sachgemäßer Ausbildung am Konservatorium hätte er es in die berühmtesten Orchester bringen können, doch er wollte nichts anderes werden als Ingenieur. *Musik verklingt*, hatte er einmal in einem Aufsatz geschrieben, *aber die Pyramiden stehen ewig*.

Seine Eltern sah er wenig. Der Vater hatte andauernd Proben und Konzerte, die Mutter war damit beschäftigt, Gutes zu tun, und kümmerte sich lieber um Trinker, liederliche Dirnen und kinderreiche Frauen, denen der Mann davongelaufen war. So musste Ludolf sich selber erziehen, was ihm durchaus recht war.

Langeweile hatte er nie. Entweder stromerte er durch die Stadt und heftete sich an die Fersen schöner Frauen und Mädchen, oder er saß zu Hause in seinem Zimmer, spielte Klavier oder entwarf kühne technische Bauwerke, so etwa riesige Türme aus Stahlträgern oder eine hängende elektrische Bahn, deren Rollen auf dicken Stahlseilen liefen, die hoch über der Spree aufgehängt waren. Von Charlottenburg bis Oberschöneweide sollte sie gehen.

Am 16. Mai 1881 fuhr in Lichterfelde, das damals noch nicht zu Berlin gehörte, die erste öffentlich betriebene elektrische Straßenbahn im Linienverkehr. Die Strecke zwischen dem Bahnhof an der Anhalter Bahn und der Hauptkadettenanstalt an der Finckensteinallee hatte eine Länge von etwa 2,5 Kilometern. Die Spurweite betrug einen Meter, und der Strom wurde den Motoren über die beiden Fahrschienen zugeführt. 180 Volt Spannung waren es. Der behördlichen Anordnung gemäß sollte die durchschnittliche Geschwindigkeit fünfzehn Stundenkilometer betragen und durfte an keiner Stelle zwanzig Kilometer pro Stunde übersteigen. Zwanzig Personen fasste der Wagen.

»Vata, wo is 'n det Pferd?«, fragte ein Junge, der staunend stehen geblieben war.

»Das befindet sich sozusagen unter dem Wagenkasten.«

»Isset überfahrn worn?«

»Nein, das nennt man jetzt Motor. So ein Elektromotor ist viel stärker als ein richtiges Pferd.«

Der Wagenführer, der zugleich auch Schaffner war, achtete darauf, dass die Säbel und Degen der Offiziere ausgehakt waren, weil man ansonsten damit rechnen musste, dass die Garderoben der Damen Schaden nahmen. Sollte es losgehen, rüttelte er am Seil einer Glocke, die am Führerstand auf der offenen Plattform über ihm hing. Nachdem er gebimmelt hatte, drehte er an der Kurbel des Fahrschalters, und die Bahn setzte sich langsam in Bewegung.

Noch einmal wurde kräftig gebimmelt, denn wieder einmal spielten Kinder mitten auf den Schienen. Auch manch Erwachsener unterschätzte die Geschwindigkeit des Gefährts.

Ein gerade vorüberzuckelnder Droschkenkutscher schüttelte den Kopf. »Bevor das gefährliche Ding sich breitmacht, muss der alte Zentralfriedhof wieder in Betrieb genommen werden – wegen der Verkehrsopfer.«

Ein wenig abseits unter einer alten Eiche stand Werner Siemens und verfolgte das Treiben um seine Straßenbahn mit gemischten Gefühlen.

Erich Abendroth, der ihn auch an diesem Tage nach Lichterfelde begleitet hatte, sah ihn prüfend an. »Es scheint mir, als könnten Sie sich über den Erfolg Ihrer Straßenbahn gar nicht so recht freuen.«

»Wie denn auch?«, fragte Werner Siemens. »Zwar wird man nun nicht mehr anzweifeln können, dass sich der elektrische Bahnbetrieb bestens für die Praxis eignet, aber dies hier ist nicht mein Traum, das ist doch nur eine von ihren Säulen und Längsträgern auf den Erdboden verlegte Hochbahn – und die ist das Eigentliche, um das es mir geht.« Und mit der Schuhspitze zeichnete er in den Sand, wie er sich die Sache vorstellte.

Diese Zeichnung versetze Hermann Mahlgast und Ludolf Tschello anfangs in helles Entzücken, als sie, kaum dass Siemens und sein Ingenieur weitergegangen waren, den Platz unter der Eiche besetzten.

»Das ist ja alles nur eingleisig«, sagte Ludolf Tschello, von der simplen Konstruktion doch ein wenig enttäuscht.

»Zwei Längsträger mit ihren Säulen nebeneinander wären zu teuer«, meinte Hermann Mahlgast. »Man kann ja auch Ausweichen bauen.«

Ludolf Tschello blieb weiter sehr kritisch. »Und nur ein einziger Wagen oben auf den Schienen, da passen doch viel zu wenige Menschen rein. Wenn ich da an die Stadtbahnzüge denke, wie lang die sind.«

»So ein kleiner Elektromotor hat nun mal nicht so viel Kraft wie eine große Dampfmaschine auf Rädern«, belehrte ihn der Freund.

»Dann muss man stärkere Elektromotoren bauen«, forderte Ludolf Tschello.

Hermann Mahlgast lachte. »Dann sag das doch mal dem Herrn Siemens, da steht er ja noch.«

Das traute sich Ludolf Tschello dann doch nicht, aber vielleicht hätte er es getan, wenn sich in diesem Augenblick nicht ein Stückchen weiter ein Riesengeschrei erhoben hätte. Was war geschehen? Ein Droschkengaul hatte mit einem seiner vorderen und einem seiner hinteren Beine die verschieden gepolten Straßenbahnschienen so unglücklich berührt, dass der Strom durch seinen Körper floss. Da war er dann durchgegangen, und der Droschkenkutscher hatte das Tier erst hundert Meter weiter wieder bändigen können. Aber nicht er tobte, sondern sein Fahrgast.

»Das ist ja eine Unverschämtheit, die Straßen hier unter Strom zu setzen!«, rief er und wäre Werner Siemens gegenüber fast handgreiflich geworden. »Ich hätte mir durch Ihre Schuld fast das Genick gebrochen.«

Erich Abendroth legte dem Mann die Hand auf die Schulter. Man kannte sich von vielen Scharmützeln her. »Nun beruhigen Sie sich doch mal, Herr Grasmuck. Es war doch eine sehr schöne Vorführung.« Er war sich sicher, dass Georg Grasmuck den Vorfall inszeniert hatte, um einen weiteren Trumpf im Kampf gegen die elektrischen Bahnen in der Hand zu haben.

Hermann Mahlgast und Ludolf Tschello fanden das Ganze viel spannender als einen Abenteuerroman. Sie hörten auch, wie Werner Siemens sagte, bei seiner Pfeilerbahn wäre das nicht passiert.

»Doch – bei Pegasus!«, rief Ludolf Tschello.

Erich Abendroth lachte und fragte die beiden Obertertianer, ob sie sich denn für elektrische Bahnen interessieren würden.

Aber ja, diese seien ihr großer Traum. »Deswegen sind wir ja auch nach Lichterfelde rausgekommen, und wir …«

Grasmuck unterbrach sie. »Ich werde heute noch Anzeige bei der Polizei erstatten, Herr Siemens. Stellen Sie sich mal vor, Kinder erleiden einen Stromschlag und werden getötet.«

»Ein Kind macht doch nicht so lange Schritte.«

»Aber zwei Kinder können sich an der Hand halten.«

»Und beide sind zufällig barfuß …« Abendroth verzog das Gesicht.

»Weg mit der Elektrizität von unseren Straßen!«, rief Grasmuck.

Werner Siemens nickte. »An sich haben Sie ja recht, aber solange man mich keine Pfeilerbahn bauen lässt …« Er sah zu den Bäumen hinauf. »Es sei denn, man hängt zwei Fahrdrähte oben auf und lässt das mit den Schienen.«

»Sie meinen, wir bauen einen Elektromotor in eine Kutsche ein?«, fragte Abendroth.

Siemens nickte. Die Idee zu dem, was man später Oberleitungs- oder kurz Obus nennen sollte, hatte er schon lange.

»Und wenn sich nun zwei Elektrowagen begegnen?«, fragte Hermann Mahlgast.

»Gut, der Junge!«, rief Abendroth. »Ja, was machen wir dann, wenn sich zwei Wagen begegnen?«

Hermann Mahlgast dachte nach. »Es muss vier Fahrdrähte geben, zwei für jede Richtung.«

»Nein.« Ludolf Tschello hatte eine bessere Lösung. »Bei nur zwei Drähten fährt ein Wagen zur Seite und kappt seine Kontakte vorübergehend, damit der andere vorbei kann.«

»Ihr seid ja großartige Fachleute«, lobte Werner Siemens sie. »Herr Abendroth, geben Sie bitte Order, dass die beiden jungen Herren so lange umsonst mit der Straßenbahn fahren können, wie sie wollen.«

In jedem Vierteljahr luden die Tschellos alle Freunde und Verwandte zu einem kleinen Konzert in ihre Wohnung ein. Auch Menschen, die klassische Musik eher als Folter denn als Genuss empfanden, beeilten sich, dieser Einladung Folge zu leisten, denn nur der eigene Tod wurde von Ernst Moritz und Auguste als Hinderungsgrund anerkannt, alles andere galt als Affront und führte zum Abbruch der Beziehungen.

Hermann Mahlgast litt zwar immer gewaltig, wenn Vater

Tschello unerbittlich lange »das Wimmerholz bearbeitete«, so sein Ausdruck für das Geigenspiel, doch er folgte seinen Eltern ein jedes Mal ohne Murren, denn vor und nach dem Konzert war immer noch genügend Zeit, mit dem Freund zu spielen.

Noch immer waren Hermann Mahlgast und Ludolf Tschello unzertrennlich. Was sie wohl derart aneinanderbinden würde, fragten sich viele. Der Hauptgrund war vermutlich, dass sie sich zu einer Einheit ergänzten. Der eine stand für das Solide, Stabile und Verlässliche, der andere für das Leichte und Lockere. Der eine nahm das Leben als Pflichterfüllung, der andere als Spiel, und so kamen sie glänzend voran. Und noch wussten sie nicht, dass in ihrer Dyade ein Konflikt angelegt war, den man nur teuflisch nennen konnte.

An diesem Abend spielten sie Erfinder. Beide waren dabei, eine elektrische Bahn zu entwickeln, die der von Siemens & Halske um einiges überlegen war.

»Vor allem brauchen wir nur eine Schiene«, betonte Ludolf Tschello immer wieder. »Und nur zwei Räder für einen Waggon und nicht vier.«

»Und nur einen Oberleitungsdraht«, ergänzte Hermann Mahlgast.

Auf die Idee zu ihrer Einradbahn waren sie gekommen, als Ludolf einen großen Kreisel geschenkt bekommen hatte. Zog man den mit einer Schnur auf, lief er einige Minuten lang, ohne ins Trudeln zu geraten. Baute man einen mannshohen Kreisel aus Eisen und sorgte mit Hilfe eines Elektromotors dafür, dass er sich in der Minute Hunderte von Malen drehte, und stellte diesen Kreisel auf einen Wagen, der vorn und hinten genau in der Mitte des Kastens ein Rad hatte, dann, so dachten sie, war es völlig unmöglich, dass dieser Wagen umkippte. Die Schwungmasse hielt ihn in jedem Fall im Gleichgewicht. Die beiden Räder waren konkav, also nach innen gewölbt, und die Schiene konvex, also eine unten auf Stützen ruhende Röhre.

Ludolf Tschello war für die Zeichnungen und Berechnungen zuständig, Hermann Mahlgast hatte das Handwerkliche zu erledigen. Mit Hilfe zweier etwas verkürzter Garnrollen und Brettchen, die von den Zigarrenkisten seines Vaters stammten, hatte er einen Straßenbahnwagen gebaut. Mangels seitlicher Stützen – die waren erst noch zu konstruieren – kippte das Gefährt im Ruhezustand natürlich immer um, aber Hermann Mahlgast konnte das wenig verdrießen.

»Pass mal auf, wie der sich in der Horizontalen hält, wenn wir deinen Kreisel erst obendrauf montiert haben.«

»Hauptsache, du hast die Achse so gebohrt, dass er nicht eiert.« Ludolf Tschello wusste, was Siemens an seinem Halske hatte. Ohne erstklassigen Mechaniker funktionierte nichts.

Dann hatten sie Grund zum Jubeln, denn ihre Bahn legte, nachdem Hermann Mahlgast sie angeschoben hatte, tatsächlich gute 2,50 Meter auf dem Flur zurück, ehe sie umkippte.

»Lag das nun am Schwung, dass sie so weit gefahren ist, oder an der Wirkung des Kreisels?«, fragten sie sich, konnten aber nicht weiter experimentieren, da Ludolfs Mutter nun in die Hände klatschte und rief, das Konzert würde beginnen.

Man nahm Platz und setzte sich in die Pose »Kunstgenuss und Verzückung«. Ernst Moritz Tschello trat ein, verbeugte sich, nahm den Beifall geschmeichelt entgegen und begann, ebenso hingebungsvoll wie professionell die *Serenata a un coro di violini* von Johann Jakob Walther zu spielen.

Als genügend geklatscht worden war, setzte er zu einer kleinen Rede an: »Für die zweite Darbietung dieses Abends, liebe Freunde des Hauses, liebe Anverwandte, haben meine Frau Gemahlin und ich keine Kosten und Mühen gescheut, um bei den Göttern ein Wesen loszueisen, das ihr absoluter Liebling ist und das sie mit einer Stimme ausgestattet haben, wie sie seit Jenny Lind, der schwedischen Nachtigall, keiner Frau mehr geschenkt ward. Nun …«

Weiter kam er nicht, denn in diesem Moment stürmte eine überaus korpulente ältere Dame in den kleinen Konzertsaal, ein Dragoner, wie die Berliner sagten. Und sofort legte sie los.

»Warum werde ich denn nicht eingeladen, wenn hier ein Konzert stattfindet? Das ist ja eine Gemeinheit ersten Grades! Wenn ich nicht durch Zufall gerade vorbeigekommen wäre, dann ... Ernst Moritz, hol mir gefälligst einen Sessel!«

Derjenige, der neu war bei den Tschellos, schwieg betreten, zumal der Hausherr nun devot herumwieselte wie ein Oberkellner in einem Grand Hotel, während die Kundigen nur bedeutungsvoll schmunzelten. Sie kannten die Dame, die da wieder einmal ihren großen Auftritt hatte: Es war Emilie Ludewig, geborene Tschello, die Erbtante aus Wassersuppe am Hohennauener See. Sie hatte einen Fabrikanten aus Rathenow geheiratet und war, als der vom Herrn heimgeholt wurde in die Ewigkeit, eine reiche Frau geworden. Da sie in ihrem Testament ihren Neffen Ernst Moritz und dessen Sohn Ludolf zu ihren Erben eingesetzt hatte, konnte sie sich bei ihren Besuchen in Berlin buchstäblich alles erlauben. Sie plumpste in den Sessel, den ihr der Neffe herangeschoben hatte.

Sie sah ihn an. »Und ...?«

»Ja, Tante Emilie?«, fragte Ernst Moritz Tschello schmelzend wie ein Bariton.

»Guck nicht so wie ein Schoßhündchen.« Sie lachte schrill auf. »Hol mir was zu trinken! Aber was Vernünftiges. Dass ich in Wassersuppe geboren bin, heißt ja nicht, dass ich nur Wasser trinke.«

Schon war Ludolf Tschello mit einem Glas Sekt zur Stelle. »Zum Wohl, liebe Tante Emilie.«

»Danke.« Sie leerte das Glas mit einem Zug und rülpste ungeniert.

Auguste Tschello zuckte zusammen, denn sie wusste, dass Tante Emilie unter dem litt, was die Ärzte schamhaft als Flatulenz bezeichneten. Hoffentlich hatte sie nicht wieder Erbsen gegessen wie bei ihrem letzten Besuch.

»Dürfen wir fortfahren?«, fragte Ernst Moritz Tschello.

»Wohin denn?« Sie lachte schallend über ihren nicht eben originellen Scherz.

Ihr Neffe musste ernst bleiben. »Ins Land der Träume, liebe Tante.«

»Gut, sehr gut. Aber spielst du heute bitte mal das Instrument, das nach dir benannt worden ist?« Jetzt lachte sie so dröhnend, dass der empfindsamen Dichterin neben ihr das Trommelfell zu platzen drohte.

»Wir haben leider kein Cello zur Hand«, bekannte ihr Neffe und senkte den Blick. »Aber wenn ich dir zu Ehren ein kleines Stück von Mozart auf der Geige …«

»Ja, ich bitte darum.«

Während sich Ernst Moritz Tschello mühte, sein Bestes zu geben, schloss Tante Emilie die Augen und ließ in regelmäßigen Abständen leise einen entfleuchen. Als ihr Neffe die Extradarbietung ihr zu Ehren beendet hatte, erwachte sie und klatschte begeistert.

Ernst Moritz Tschello begann nun von vorn: »Für die zweite Darbietung dieses Abends, liebe Freunde des Hauses, liebe Anverwandte, liebste Tante Emilie, haben meine Frau Gemahlin und ich keine Kosten und Mühen gescheut, um bei den Göttern ein Wesen loszueisen, das ihr absoluter Liebling ist und das sie mit einer Stimme ausgestattet haben, wie sie seit Jenny Lind, der schwedischen Nachtigall, keiner Frau mehr geschenkt ward. Nun, eine Frau ist unsere Cécile noch nicht, aber sie singt und tanzt bereits jetzt so hinreißend, dass sie zu sehen uns jetzt schon viele Silbergroschen wert sein dürfte. Da wir aber heute Abend keinen Eintritt nehmen, möchte ich Sie bitten, das Geld, das Sie durch unsere Einladung sparen, in diesen Zylinderhut hier zu werfen. Alles kommt dem Waisenhaus zugute, das meine Frau unter ihre Fittiche genommen hat … Nun aber zu einem Stern am Theater- und Konzerthimmel, der gerade am Aufsteigen ist und in wenigen Jahren alles überstrahlen wird: unsere Cécile.«

Die Kleine war wirklich hinreißend, nur vertat sie sich bei einem von Ernst Moritz Tschello vertonten Goethe-Gedicht – *Die Freude* – und sang in der zweiten Strophe, wo es heißen musste: *Sie schwirrt und schwebet, rastet nie*, wohl irritiert vom Anblick eines vom Rost zerfressenen Säbels an der Wand, mit dem einer von Tschellos Vorfahren 1758 bei Zorndorf gekämpft hatte, ganz deutlich »rostet nie«. Die Zuhörerinnen und Zuhörer, die den vorher ausgeteilten Text vor sich liegen hatten, lachten zwar nur verhalten und keineswegs höhnisch, doch das reichte, die junge Künstlerin die Contenance verlieren zu lassen. Sie stürzte aus dem Raum, um sich irgendwo zu verkriechen. Die Türen, die vom Flur abgingen, waren verschlossen – bis auf eine, und die gehörte zu Ludolf Tschellos Kinder- beziehungsweise Arbeitszimmer. Da man vor Beginn des Konzerts die Lampe gelöscht hatte, übersah sie die Einradbahn, die auf dem Teppich verblieben war. Ein Krachen – und Cécile hatte mit ihrem rechten Füßchen die große Erfindung der beiden Knaben zermalmt.

Sechs

1883

Erich Abendroth kam von einer Unterredung im Roten Rathaus, wo er mit einigen Magistratsbeamten Möglichkeiten erörtert hatte, den »Elektromote« genannten Oberleitungsbus der Firma Siemens & Halske durch die Berliner Straßen fahren zu lassen.

»Keine Pferdeäpfel mehr, meine Herren, keine Schienen, die verlegt werden müssen. Und wesentlich höhere Geschwindigkeiten.« Abendroth verwies auf die erfolgreich verlaufenen Versuchsfahrten, die am 28. April 1882 auf dem Kurfürstendamm zwischen der Joachim-Friedrich- und Johann-Georg-Straße stattgefunden hatten. Die Strecke in Halensee hatte eine Länge von 540 Metern.

»Und wenn das Gefährt einmal Passanten oder Droschken ausweichen muss?«, kam der Einwand.

»Die Verbindung zur Oberleitung ist lang und elastisch genug.«

»Da geben Sie ja selber das Stichwort, das unsere Skepsis begründet: die Oberleitung. Unser Stadtbild wird durch sie fürchterlich verschandelt.«

Da hatte Erich Abendroth kapitulieren müssen. Auch mit einem Omnibus, der nicht von einem Pferd, sondern von einem Elektromotor angetrieben wurde, seiner »gleislosen Bahn«, kam Siemens nicht ins Geschäft.

Abendroth wollte nun vom Bahnhof Alexanderplatz mit

der Stadtbahn nach Charlottenburg fahren, um mit den dortigen Kommunalbeamten zu verhandeln. Schaute er die Königstraße hinauf, sah er schon von weitem, wie die Lokomotiven ihre mächtigen Dampfwolken in den milchigen Berliner Himmel stießen. Dieser Ruß, dieser Dreck! Wie konnte eine Stadt nur so dumm sein, so etwas zuzulassen? Die Zukunft gehörte der elektrischen Traktion, aber Siemens hatte ja bislang nur tauben Ohren gepredigt. Die mächtigen Lokomotivbauer steckten hinter den Abgeordneten, die über die Bahnen entschieden. Was sollte man da machen, außer Wutanfälle zu kriegen und es immer wieder zu versuchen!

Die Stadtbahn war für Abendroth aber nicht nur Ärgernis, sondern auch Hoffnung – Hoffnung, dass man endlich begriff, dass eine Millionenstadt im Chaos versank, wenn man die Leute abseits der Stadtbahn und der radial abgehenden Eisenbahnstrecken nur mit Droschken, Pferdebahnen und Pferdeomnibussen befördern wollte.

Die Stadtbahn war am 7. Februar 1882 für den Lokalverkehr zwischen dem Schlesischen Bahnhof und Charlottenburg freigegeben worden. Am 15. Mai war dann der Fernverkehr gefolgt. Zehn Jahre lang hatte man an der zwölf Kilometer langen Strecke gebaut, und 75 Millionen Mark waren ausgegeben worden. Die Bahn folgte der Spree und nutzte den zugeschütteten Königsgraben, ihre Besonderheit aber waren die 731 aus gelbem Backstein gemauerten Viaduktbögen, auf denen sie rollte.

»Architektonisch ganz schön«, maulte Abendroth, »aber an sich finsteres Mittelalter. Als hätten die Leute noch nie gehört, dass es Eisen gibt, Fluss- und Gusseisen.«

Neun Bahnhöfe standen zur Verfügung: Charlottenburg, Zoologischer Garten, Bellevue, Lehrter Stadtbahnhof, Friedrichstraße, Börse, Alexanderplatz, Jannowitzbrücke und Schlesischer Bahnhof.

So schnell Abendroth im Charlottenburger Rathaus war,

so schnell war er auch wieder draußen, denn auch hier hielt man nichts von Hochbahnen. Die neue Stadtbahn reiche allemal.

»Die Stadtbahn ist ein Sonderfall«, erklärte Siemens, als man am nächsten Tag zusammensaß und sich beriet. »Für sie war der Platz schon da, man brauchte nicht extra Schneisen in die Stadt schlagen. Und dennoch: Viele Straßen, viele Stadtteile und viele Menschen trennt sie voneinander, wie generell jede Eisenbahnstrecke. Meine Hochbahnen aber tasten die Stadtgebiete nicht an, zerschneiden keine Jahrhunderte hindurch gewachsenen Verbindungen. Unter einer Hochbahn geht man einfach hindurch. Und eine Hochbahn verpestet nicht die Luft.«

Siemens versuchte nun, Ernst Dircksen, den verantwortlichen Ingenieur für die Stadtbahn-Viadukte, mit ins Boot zu holen, doch Dircksen war ebenso voller Bedenken gegen elektrische Hochbahnen wie der Großteil der Abgeordneten und Beamten. Dabei schien die Zeit reif dafür, und der Architekten-Verein zu Berlin hatte im März 1882 eine Monatskonkurrenz für *eine in einer Stadt anzulegende zweigleisige Pfeilereisenbahn* ausgeschrieben, die von Zügen befahren werden sollte, deren Lokomotiven nicht schwerer als die Wagen sein sollten. Bei Siemens hatte man anfangs über diese Formulierung gelacht, war doch offensichtlich an einen elektrischen Antrieb gedacht worden, sich dann aber den preisgekrönten Entwurf eines O. Donnerberg genauer angesehen.

»Dass die Linien radial vom Belle-Alliance-Platz ausgehen sollen, halte ich nicht für sonderlich originell«, sagte Werner Siemens. »Interessant sind allerdings die Überlegungen, die Donnerberg hinsichtlich der Bahnhöfe angestellt hat, diese perronartigen Erweiterungen links und rechts der Gleiskörper, die direkt von der Straße aus über Treppen erreicht werden können. Unter dem Gleiskörper sollen Warteräume eingerichtet werden.«

»Aber der Magistrat hat darauf überhaupt nicht reagiert«, sagte Abendroth.

»Der reagiert erst, wenn der Verkehr auf unseren Straßen endgültig zusammengebrochen ist.« Siemens war kein Mann der gefühlsmäßigen Aufwallungen, konnte aber einen langgezogenen Seufzer nicht ganz unterdrücken. »Die elektrische Schnellbahn muss kommen – egal, ob über oder unter der Erde.«

»Unter der Erde wohl kaum«, stellte Abendroth fest und hielt einen Briefbogen hoch. »Herr Dircksen hat noch einmal geschrieben, dass er in Berlin wegen der ungünstigen Bodenverhältnisse eine Ausführung der elektrischen Bahn als Untergrundbahn für ausgeschlossen hält.«

»Ja, der Schwemmsand und der hohe Grundwasserspiegel. Wir sind eben nicht in London. Fels müsste man haben.«

»Oder wenigstens eine bewegliche Obrigkeit wie in New York«, fügte Abendroth hinzu.

Aber auch dort rollten trotz der besseren Bedingungen noch keine elektrischen Bahnen, so weit war noch keiner, und Werner Siemens konnte weiterhin davon träumen, weltweit der Erste zu sein. Er spornte seine Leute an, und so kam es 1883 zu einem Entwurf für eine Hochbahn durch die Leipziger Straße. Anders als bei der Planung für die Friedrichstraße sollte es keine Pfeilerbahn werden, sondern eine Konstruktion, die Abendroth immer an einen Laubengang erinnerte. Entlang der Bordsteinkanten sollte es Säulenreihen geben, auf denen Eisenträger auflagen, die über die gesamte Straßenbreite reichten. Auf denen nun lagen die Schienen. Das Ganze wurde aus statischen Gründen durch andere Träger ergänzt, so dass ein kastenförmiges Gitterwerk entstand, das sehr licht aussah. New York hatte den Siemens-Leuten ein wenig als Vorbild gedient, nur konnten sie sich eine viel leichtere Konstruktion leisten, da man es nicht mit schweren Dampflokomotiven zu tun hatte, auch war man viel weiter, was das Bauen mit Eisen betraf. Um wie viel filigraner und eleganter wirkte doch, bei gleicher Belastbarkeit, eine Konstruktion aus Eisen gegenüber einer aus Holz.

»Den Vorwurf, wir würden die Straßen verdunkeln, haben wir nun nicht mehr zu befürchten«, sagte Siemens zu seinen Mitarbeitern. »Und sehr schön ist, dass Sie die seitlichen Stützen zugleich als Laternen ausgebildet und reich dekoriert haben, das wird die Ästheten überzeugen. Diesmal werden James Hobrecht und seine Beamten keine ernsthaften Bedenken gegen uns vorbringen können.«

Abendroth begann, laut zu denken. »Man müsste mal privat mit ihnen reden. Zum Beispiel mit diesem Blumenthal.«

»Ich bitte Sie!« Siemens war empört. »Ich dulde keine Bestechungsversuche.«

»Wer redet denn von so etwas?!« Abendroth hob abwehrend die Hände. »Nur einmal ertasten, wie man den Herrn Baurat am besten überzeugen kann.«

Einer der Ingenieure lachte. »Na, ganz einfach: indem wir unsere elektrischen Züge durch seine Kanalisation fahren lassen.«

Siemens schien auch das für bedenkenswert zu halten. »Warum nicht. Aber wie verkleinern wir die Menschen zu diesem Zwecke? Nur Kinder auf diese Art und Weise zu befördern, ist nicht eben ökonomisch.«

Abendroth kam nicht los von seinem Gedanken, die Front Hobrecht durch private Kontakte zu seinen Untergebenen nach und nach aufzuweichen. »Ich kenne den Bruder von Berthold Blumenthal, den Theodor. Der ist von Hause aus Journalist und hat einmal hier bei uns recherchiert, um einen Artikel über unsere Lichterfelder Straßenbahn zu schreiben. Vielleicht bringt er mich mit seinem Bruder zusammen.«

Berthold Blumenthal hatte in diesen Tagen ganz andere Dinge im Kopf als elektrische Bahnen. Das lag an einer ganz speziellen Einladung seines Bruders. Die Kreuzberger Sozialdemokraten hatten in der Gastwirtschaft Danzenberg in der Manteuffelstraße 32 einen Plan ausgebrütet, um die politische Polizei einmal kräftig hereinzulegen.

»Am Sonntag draußen in Treptow«, erklärte ihm Theodor, »bei unserer Corpora, der Vollversammlung aller Vertrauensleute, kommen so viele Menschen zusammen, dass wir uns in der Stadt nicht ungesehen treffen können. Also müssen wir ins Grüne hinaus. Aber die Geheimen sind inzwischen so tüchtig, dass sie uns auch da entdecken und umzingeln. Bleiben uns nur die Finten. Und eine wollen wir jetzt einmal ausprobieren. Wenn du ein richtiges Abenteuer erleben willst – du kannst gerne mitkommen.«

»Nur nicht!«, rief Magdalena Blumenthal, die vom Nebenzimmer aus mitgehört hatte. »Berthold, denke daran: Du bist Beamter.«

»Ja, aber die Berliner Kanalisation wird dadurch nicht undicht, dass ich mich am Sonntag unter die Sozialdemokraten mische.«

Seine Frau sah das anders. »Was soll die Afterwelt von uns denken?«

»Die Nachwelt ist mir ziemlich egal.«

»So kannst du nicht auffußen.« Auftreten meinte sie. »Und dass Theodor deine sozialistischen Neigungen noch besteift, gefällt mir gar nicht. Du bist alt genug, sittliche Reife zu zeigen, du musst nicht derart dahlen. Was ihr beide da treibt, ist wirklich waglich und verunruhigt mich.«

Aber trotz aller Bedenken seiner Frau war Berthold Blumenthal dabei, als es am Sonntag zum großen Coup nach Treptow ging. Die Genossen trafen sich an der Oberbaumbrücke und gaben sich den Anschein, zu einer Wanderung die Spree hinauf nach Cöpenick aufbrechen zu wollen. Man hatte

Vertrauen zu Berthold Blumenthal, und so konnte er alles mithören, was die Sozialdemokraten bewegte und belustigte.

Das Sozialistengesetz sah im § 28, Absatz 1, vor, *dass Personen, von denen eine Gefährdung der öffentlichen Sicherheit oder Ordnung zu besorgen ist, der Aufenthalt in den Bezirken oder Ortschaften versagt werden kann.* So hatte man am Abend des 15. Juli 1882 zehn mutmaßliche Mitglieder des Berliner Zentralkomitees aus Berlin abgeschoben: fünf Tischler, zwei Schlosser, einen Maurer, einen Schuhmacher und einen Ungelernten.

Einer der Männer, der neben Berthold Blumenthal stand, hatte seinen Bruder zum Anhalter Bahnhof begleitet. »Bestimmt tausend Genossen waren da, um Abschied zu nehmen. Der Wartesaal voll, der Vorsaal voll. Ein Riesenlärm. Da klettert Polizeileutnant Henke auf den Tisch und bittet um Ruhe. Ja, denkste! Wir antworten mit einem stürmischen Hoch auf die Sozialdemokratie! Die Arbeitermarseillaise wird angestimmt. Da fangen die Polizisten mit der Räumung an, wir wehren uns. Die gebrauchen die Plempe, immer drauf. Die Frau vom Hertel, den sie ausweisen wollen, wird an den Haaren aus dem Saal geschleift. Und weißt du, was sie dann gemacht haben?«

»Nee, ick war ja nich dabei.«

»Als die drinnen im Saal et nich jeschafft haben, uns zu bändigen«, fiel ein anderer ein, »ham se uns alle mit Kreide 'n Kreuz uff 'n Rücken jemalt und dann uff die Straße gejagt. Da war inzwischen 'ne Riesentruppe von Polizisten anjerückt, die ham uns dann jepackt.«

Berthold Blumenthal war nicht ganz wohl, als er daran dachte, dass ihm das heute auch widerfahren konnte. Sicherheitshalber sagte er danke, als der *Sozialdemokrat* verteilt wurde. Er wusste von seinem Bruder, dass die Zeitung im Züricher Exil gedruckt und auf verschiedenen Wegen nach Berlin geschmuggelt wurde. Als Deckadresse diente die Textilhandlung der Gebrüder Singer am Werderschen Markt 4.

Die eingehenden Zeitungs- und Flugblattpäckchen waren als Schweizer Käse deklariert.

»Der Paul Singer, der macht sein Weg bei uns, pass ma uff.«

Berthold Blumenthal stand gerade bei seinem Bruder, als plötzlich ein Mann auf sie zukam und seinen Zylinder zog.

»Sie erinnern sich, Herr Blumenthal?« Gemeint war Theodor. »Erich Abendroth mein Name.«

»Natürlich erinnere ich mich an Sie, Herr Oberingenieur – die Firma Siemens & Halske. Darf ich Ihnen meinen Bruder vorstellen: Berthold, die rechte Hand von Baurat Hobrecht.«

Abendroth lächelte. »Ah, Sie sind es also, der immer alle unsere Pläne ablehnt.«

»Tut mir leid, aber ... aber ...« Berthold Blumenthal geriet ins Stottern, denn er hatte begriffen, dass er mächtig in der Falle saß. Natürlich war der Siemens-Mann nicht durch Zufall hier, sondern hatte irgendwie herausbekommen, dass die Sozialdemokraten heute einen großen Coup planten, und wollte ihn sozusagen in flagranti ertappen. Jeder Beamte hatte sich politischer Mäßigung zu befleißigen, und erfuhren sie beim Magistrat, dass er, Berthold Blumenthal, an einem Treffen der sozialdemokratischen Vertrauensleute teilgenommen hatte, würde man ihn auf die Straße setzen. Abendroth konnte ihn also erpressen.

»Entweder Sie sorgen dafür, dass Hobrecht seinen Widerstand gegen unsere Schnellbahnpläne aufgibt – oder Sie können betteln gehen.«

Berthold Blumenthal wurde heiß und kalt zugleich, zumal auch noch sein Bruder Partei für Siemens ergriff.

»Ich bin nun weiß Gott kein Freund des Kapitals«, sagte Theodor. »Aber würde man Berlin, wie es Werner Siemens vorschwebt, mit einem Netz elektrischer Bahnen überziehen, hätten wir Arbeit für Hunderte von Menschen, die sonst von der Hand in den Mund leben müssen.«

Was blieb Berthold Blumenthal da anderes übrig, als zu beteuern, dass er sich alle Mühe geben würde, James Hobrecht umzustimmen.

»Das würde mich sehr freuen.« Erich Abendroth lüftete abermals seinen Zylinder. »Dann werde ich mich wohl schnellstens wieder entfernen, bevor die Geheimen zu Protokoll nehmen, dass ich mich mit Ihnen getroffen habe, meine Herren.«

Nun wurde es spannend, denn allzu auffällig hatten einige Herren im Hintergrund Stellung bezogen. Der Plan, sie loszuwerden, war einfach: »Einige der bekanntesten Genossen verlangsamen ihren Schritt, während die übrigen mit höchstmöglichem Tempo vorausmarschieren. In Treptow mieten wir alle verfügbaren Boote, steigen ein und machen uns fertig zum Ablegen.«

So wurde dann auch verfahren, und als die Nachzügler an den Stegen ankamen, konnten sie so schnell in die Boote springen, dass die Geheimpolizisten keine Chance mehr hatten, ihnen zu folgen, war ihnen doch aufgegeben worden, sich in einiger Entfernung von den Genossen zu halten.

Die Sozialdemokraten stießen jubelnd ab und fuhren über die Spree, um am anderen Ufer ungestört zu tagen.

Berthold Blumenthal war weniger froh gestimmt, als er mit der Pferde- und der Stadtbahn nach Hause in die Kurstraße fuhr. Solange die Sozialdemokratie als Verbrechen angesehen wurde, hatte ihn Abendroth in der Hand. Sicherlich war der Mann zu seriös, um seinen Trumpf groß auszuspielen, und mit Sicherheit war dem Firmeninhaber die ganze Sache eher peinlich, dazu war er noch immer zu sehr Offizier und auf seine Ehre bedacht, aber auch wenn alles unausgesprochen blieb, lastete ein erheblicher Druck auf ihm, war er doch in seinen Entscheidungen nicht mehr völlig frei. Aber war denn James Hobrecht frei? Nein, sicher nicht, der hing an seiner Kanalisation wie die Inder an ihren heiligen Kühen oder ein liebender Vater an seinen Kindern.

So war Berthold Blumenthal ziemlich befangen, als man sich in seiner Behörde drei Tage später daranmachte, die neuen Pläne von Siemens zu diskutieren. Er selber fungierte als interner Gutachter und wurde von James Hobrecht gebeten, der Runde zu vermitteln, worum es ging.

»Nun …« Blumenthal musste mehrfach hüsteln, um den Kloß im Hals zu lockern und schließlich hinunterzuschlucken. Er kam sich vor wie ein Primaner bei der Reifeprüfung. Die sieben anwesenden Kollegen waren die Lehrer, Hobrecht der Schulrat. »Siemens geht davon aus, dass unsere Straßen und unsere zentralen Plätze schon seit Jahrzehnten überlastet sind und man den Verkehr aus dem Straßenraum herauslösen muss. Größere Fahrzeuge müssen her, Droschken allein reichen nicht aus. Es geht auch um Sicherheit, Präzision und Schnelligkeit.«

»Dazu haben wir doch die Stadtbahn!«, rief ein Kollege dazwischen.

»Aber die verkehrt nur in Ost-West-Richtung«, konterte Blumenthal und merkte, dass er schon wie Werner Siemens redete. »Es gibt aber auch einen wesentlichen Verkehr in Nord-Süd-Richtung und in Richtung Nordost und Nordwest und …« Er brach ab, um die Sache nicht ins Lächerliche zu ziehen. »Siemens akzeptiert jetzt, dass Unterpflasterbahnen in Berlin wegen der lebensnotwendigen Kanalisation nicht möglich sind, und plädiert für eine Hochbahn, genauer gesagt für ein Netz von Hochbahnen. Beginnen möchte er mit einer Hochbahn in der Leipziger Straße.«

»Wir sind hier nicht in New York!«, kam es aus der Runde. »Wir lassen uns unser Stadtbild nicht verschandeln, nur damit Mutter Schmitten fünf Minuten eher bei Mutter Behren sein kann.«

»Die Kaufleute werden die Stadt wegen Geschäftsschädigung verklagen«, hieß es von anderer Seite. »Ihre Schaufenster werden von der Hochbahn verdunkelt, und die Leute fahren an ihren Läden vorüber, anstatt durch die Straßen zu flanieren und bei ihnen einzukaufen.«

»Und wer möchte noch im ersten Stockwerk wohnen«, meinte ein anderer, »wenn einem die Leute alle paar Minuten von der Bahn aus ins Schlafzimmer gucken!«

»Es gibt ja so etwas wie Jalousien und Vorhänge«, murmelte Blumenthal.

»Bleiben Sie bitte sachlich, Herr Kollege!«

»Sie müssen ja nicht für die entgangenen Mieten haften, Herr Blumenthal!«

»Aber Berlin braucht den Fortschritt!«, rief Blumenthal.

»Wir sind kein Experimentierfeld für einen vom Größenwahn befallenen Industriellen«, murmelte einer.

Berthold Blumenthal merkte, dass er gegen die vereinten Bedenkenträger keine Chance hatte, also blieb ihm nur die Hoffnung, dass James Hobrecht über seinen eigenen Schatten springen und einsehen würde, dass Berlin nur dann eine Zukunft hatte, wenn es sich ein System elektrischer Bahnen zulegte, die die Straßen nicht noch zusätzlich verstopften, sondern über oder unter der Erde verliefen. Er sah den Baurat erwartungsvoll an.

James Hobrecht blickte von einem zum anderen, ehe er bereit war, eine Entscheidung zu treffen.

»Meine Herren, ich wäre auch bereit, alles auf mich zu nehmen, aber mit viel größerer Freude registriere ich, mit meiner Meinung nicht allein zu stehen, den geschätzten Kollegen Blumenthal einmal ausgenommen, und so bitte ich, der Firma Siemens & Halske mitzuteilen, dass sich die Berliner Verwaltung auch diesmal mit ihren Plänen nicht recht anfreunden kann.«

Sieben

1891

Keine zehn Jahre mehr, dann war dieses Jahrhundert zu Ende. *1900* – wie das aussah. Anfangs würde man sich andauernd verschreiben.

In den achtziger Jahren des 19. Jahrhunderts war so viel geschehen, dass man es kaum fassen konnte. Eine Neuheit jagte die andere. Schwindlig wurde einem dabei. Zwischen 1876 und 1884 entdeckt Robert Koch im kaiserlichen Gesundheitsamt in der Luisenstraße die Erreger von Milz- und Wundbrand, der Tuberkulose und der Cholera. Seit 1883 sitzen Sozialdemokraten im Rathaus. Im selben Jahr bringt August Scherl nach englischen und amerikanischen Vorbildern den *Berliner Lokal-Anzeiger* auf den Markt. Im Mai 1885 wird der erste Berliner Fußballverein gegründet, der BFC Frankfurt, und der neue Sport findet schnell immer mehr Anhänger. 1886 werden nach Pariser Vorbild die ersten vier städtischen Markthallen eröffnet, die Zentralhalle am Alexanderplatz beherbergt 762 Verkaufsstände. 1888 ist das Dreikaiserjahr. Wilhelm I. stirbt am 9. März im Alter von 91 Jahren an den Folgen einer Erkältung. Neuer Regent wird sein Sohn Friedrich III., die Hoffnung aller Liberalen, aber er ist schon vom Tode gezeichnet und folgt dem Vater nach einer Regentschaft von nur 99 Tagen am 15. Juni in die Ewigkeit. Noch am selben Tag besteigt Wilhelm II., sein Sohn, den Thron. Von nun an geht es am Hofe bombastisch zu. 1889 veröffentlicht der Ingenieur

Otto Lilienthal sein Werk *Der Vogelflug als Grundlage der Fliegekunst. Ein Beitrag zur Systematik der Flugtechnik*, und es gibt einen großen Skandal, als im Lessingtheater Gerhart Hauptmanns Stück *Vor Sonnenaufgang* Premiere hat und das schockierte Publikum im zweiten Akt eine Geburtsszene zu sehen bekommt. 1890 nimmt Reichskanzler Bismarck seinen Abschied, und Kaiserin Augusta, die Gattin Wilhelms I., stirbt.

Am 10. April 1883 gründet der Maschinenbauingenieur Emil Rathenau in Berlin die Deutsche Edison-Gesellschaft für angewandte Elektrizität. Durch gute Kontakte zu Thomas Alva Edison gelingt es ihm, nach und nach alle deutschen Lizenzen für dessen Patente zu erwerben. Noch im Jahr der Firmengründung erhält er von der Stadt Berlin den Auftrag, die ersten beiden städtischen Elektrizitätswerke zu errichten. Da der Firmenname etwas unhandlich erscheint, nennt man sich ab 1887 Allgemeine Elektricitäts-Gesellschaft, kurz AEG.

Damit war Werner Siemens ein ernsthafter Konkurrent erwachsen – auch im Hinblick auf den Betrieb elektrischer Bahnen. Unter Leitung des Direktors Kolle entwickelte man in der AEG ehrgeizige Pläne. Man bezeichnete sie als Ergänzung zu den Vorstellungen des Hauses Siemens, doch das war mit Sicherheit untertrieben. Da man die Hochbahn als Domäne der Firma Siemens & Halske ansehen musste, blieb den Ingenieuren nur das Ausweichen auf die Untergrundbahn, wobei ihnen die Londoner *Tube* als Vorbild diente. Man plante ausschließlich Tunnelstrecken in Form von Röhrenbahnen. Die AEG-Untergrundbahn sollte eine Spurbreite von einem Meter haben, elektrisch betrieben werden und 25 Stundenkilometer schnell sein. In den Spitzenzeiten wollte man Drei-Wagen-Züge einsetzen, in denen bis zu 120 Personen Platz finden konnten. Vorgesehen waren zwei Durchmesser- und zwei Ringlinien, alle unter den Hauptverkehrsadern gelegen, mit insgesamt 48 Kilometern Länge. Alle Berliner Stadtteile sollten auf diese Art und Weise miteinander verbunden werden.

Da man bei der AEG wusste, dass den Behörden Hobrechts Kanalisation als heilig galt, wollte man sie – wie auch die Spree und den Landwehrkanal – mit Hilfe ovaler Röhren in angemessener Tieflage überwinden. Für jedes Gleis war ein eigener Fahrtunnel vorgesehen. An den Haltestellen sollte auf vierzig Metern Länge neben den Fahrtunneln jeweils ein zweiter, mit dem ersten verbundener Tunnel angelegt werden und als Bahnsteig oder Bahnhof dienen. Die Eingänge zu den Stationen sollten in schon vorhandenen Gebäuden, nach Möglichkeit Eckhäusern, untergebracht werden. Besondere Empfangsgebäude plante man nur für Schleifenstationen.

Bei Siemens & Halske war man, seitdem der letzte Vorstoß in Sachen Hochbahn 1883 gescheitert war, nicht untätig geblieben. Es hatte sich in den letzten acht Jahren allerdings einiges geändert. Werner von Siemens, 1886 Ehrendoktor der Universität Heidelberg geworden und 1888 von Kaiser Friedrich III. in den erblichen Adelsstand erhoben, hatte sich aus dem aktiven Geschäft zurückgezogen und die Leitung der Firma in die Hände seiner Brüder und seines ältesten Sohnes gelegt.

Erich Abendroth und die anderen Siemens-Privatbeamten, die mit dem Bahnprojekt betraut wurden, hatten nun in Heinrich Schwieger einen Vorgesetzten, der seine Kompetenz beim Bau der Berliner Stadtbahn erworben hatte. Mit ihm zusammen hatte Siemens seit der Niederlage von 1883 sein Konzept in unzähligen Gesprächen weiterentwickelt und eine klare Strategie vorgegeben.

»Meine Herren, es hat keinen Sinn, immer wieder mit dem Kopf gegen die Wand zu laufen, es ist viel klüger, sie zu umgehen, will man auf die andere Seite gelangen und in die

Zukunft marschieren. Wenn Herr Baurat Hobrecht um seine Kanalisation fürchtet, dann sprechen wir in Zukunft nicht mehr von einer Untergrund-, sondern nur noch von einer Unterpflasterbahn. Die folgt günstigen Straßenzügen und liegt nicht so tief, dass sie die Kanalisation unbedingt tangieren muss. Das erspart uns auch den Ärger mit den ungünstigen Berliner Bodenverhältnissen. Und wenn Herr Hobrecht Angst hat, unsere Hochbahn würde seine Straßen verdunkeln und verschandeln, dann wählen wir breite Straßenzüge mit Mittelstreifen aus und gehen mit unseren Pfeilern dicht an Wasserläufe heran. Außerdem ziehen wir das breite Publikum auf unsere Seite, indem wir ihm vorteilhafte Verbindungen zu den Fernbahnhöfen verschaffen. Dann spricht vielleicht auch noch der eine oder andere Bürger mit seinem Abgeordneten und macht Front gegen Hobrecht.«

Heinrich Schwieger fügte hinzu, dass es sinnvoll sei, ein Pendant zur Stadtbahn zu entwickeln. »Während die Stadtbahn den Kern Berlins nördlich umfährt, soll unsere Hochbahn dasselbe im Süden tun. Ich halte es also für ratsam, die Stadtbahnhöfe Zoologischer Garten und Warschauer Brücke mit einer Hochbahn zu verbinden.«

Erich Abendroth konnte sich nicht verkneifen, auf die ganz besondere Chuzpe zu verweisen, die mit diesem Plan verbunden war. »Da diese Strecke weithin durch Wohngebiete führt, deren Bevölkerung nicht gewohnt ist zu räsonieren und kein Geld für Advokaten hat, ist auch mit keinem nennenswerten Widerstand zu rechnen. In gutbürgerlichen Gegenden wäre dies wohl anders.«

Schwieger musste schmunzeln. »Zunächst mögen Sie recht haben, lieber Abendroth, aber was wird in hundert Jahren sein? Da werden die ärmeren Schichten froh sein, dass sie eine Hochbahn haben. Die höheren Stände dagegen werden wohl in Motorkutschen umherfahren.« Mit wachem Interesse nämlich verfolgten die Ingenieure von Siemens & Halske das, was sich in Cannstatt tat. Wilhelm Maybach hatte dort unter Gottlieb Daimlers Leitung dessen Benzinmotor mittels Oberflächenvergaser und Glührohrzündung so weit ertüchtigt, dass man mit ihm einen vierrädrigen Kraftwagen antreiben konnte. Seit sechs Jahren rumpelte er nun über die Straßen. Tröstlich für eine Elektrofirma war, dass man für die Zündung Batterie, Spule und Kerze brauchte.

Bis man einen neuen Vorstoß wagte, gab es im Siemens-Konstruktionsbureau noch einiges zu tun.

»Die alten Pfeilerkonstruktionen sind mir zu labil«, erklärte Schwieger. »Was hat mir unser Pförtner neulich gesagt: ›Dat wackelt doch allet wie 'n Lämmerschwanz und kippt um, wenn mal 'ne dicke Madame einsteigt.‹ Also bitte, meine Herren, ersetzen Sie das durch Viaduktentwürfe, die man als ausgereift bezeichnen kann. Und denken Sie immer daran, dass wir von der Schmalspur abkommen wollen und von nun an ganz auf die Normalspur setzen. Der Unterbau muss dementsprechend breiter sein, darf aber auf keinen Fall massig wirken und zu viel Straßenraum beanspruchen. Die Eisenfachwerkkonstruktion muss leicht und transparent wirken, sonst werden wir Hobrechts Placet nie bekommen.«

Die Ingenieure machten sich an die Arbeit und entwarfen für die Hochbahn einen Fahrweg, der wie ein Viadukt auf zwei parallel verlaufenden Stützenreihen ruhte und genügend freien Durchblick gestattete. Zwischen zwei Stützenreihen spannte sich ein Brückenbogen, was sehr hübsch anzusehen war. Obwohl die Stützen die Last von jeweils zwei Längsträgern aufnehmen mussten, konnten sie vergleichsweise schmal gehalten werden. Über den Längsträgern hatte man ein Gitterwerk mit beidseitigen Kragarmen vorgesehen, auf denen dann die beiden Gleise aufliegen sollten.

Man hatte sich hierbei zwar an New York orientiert, aber vermieden, die alten Holzkonstruktionen nachzuahmen. »Denken Sie immer daran, dass man Eisen viel leichter biegen kann als Holz«, hatte Erich Abendroth seinen Leuten mit auf den Weg gegeben.

Heinrich Schwieger war von der Statik der Konstruktion begeistert, hatte aber trotzdem einen entscheidenden Einwand.

»Unser Entwurf muss in erster Linie nicht den Professoren der Technischen Hochschule Charlottenburg gefallen, sondern dem Herrn Polizeipräsidenten und dem Baurat Hobrecht sowie deren Beamten. Also müssen wir unseren nüchternen Zweckbau mit ornamentalen Zutaten versehen. Dekorativ muss alles aussehen.«

Das erinnerte ihn an den bekannten Ausruf eines Maurers, der seinen Polier fragte: »Meesta, der Rohbau is fertich, wat soll 'n nu vorne für 'n Stil ran?«

Als die Siemens-Ingenieure bekannten, keinen Sinn für gusseiserne Pflanzenornamente in den Zwickeln zwischen Stütze und Kragarm zu haben und kranzartig um die Stützen gelegte Blattornamente scheußlich zu finden, wurde Friedrich Laske, späterer Professor für Ornamentik an der Technischen Hochschule Charlottenburg, als architektonischer Berater verpflichtet.

Erich Abendroth war mit der Planung der Hochbahnstrecke Warschauer Brücke–Zoologischer Garten befasst. Auf ihrem östlichen Teil sollte sie dem alten, außerhalb der Stadtmauer gelegenen Ringstraßenzug der Skalitzer und Gitschiner Straße folgen, auf dem von 1851 bis 1871 die sogenannte Verbindungsbahn gefahren war. Vom Belle-Alliance-Platz bis zur Lichtensteinbrücke nördlich des Zoologischen Gartens wollte man die nördliche Böschung des Landwehrkanals für die Hochbahntrasse nutzen. Hinter der Brücke sollte es dann mit einem Schwenk nach Süden gehen, um den Anschluss zur Stadtbahn und deren Bahnhof herzustellen. Dreizehn Hochbahnhöfe waren zu entwerfen: Warschauer Brücke, Stralauer Thor, Schlesisches Thor, Görlitzer Bahnhof, Wiener Straße,

Wasserthor, Baerwaldbrücke, Hallesches Thor, Möckernbrücke, Schöneberger Brücke, Lützow Platz, Lichtensteinbrücke und Zoologischer Garten.

In den Richtlinien für den Bau der Hochbahnhöfe hieß es: *Die Haltestellen sollen so einfach als möglich angeordnet werden, noch einfacher als die nur dem Stadtverkehr dienenden Haltestellen der bestehenden Stadtbahn, fast so einfach wie die Haltestellen, welche die Pferdebahnen an den meisten Knotenpunkten errichtet haben. Ohne Eintrittsflur, Wartesaal, Aborte und Fahrkartenschalter sollen die Haltestellen der elektrischen Stadtbahn nur aus Treppen bestehen, welche erforderlich sind, um unmittelbar von der Straße auf die Bahnsteige zu gelangen und aus den Bahnsteigen selbst, welche beiderseits außerhalb der Gleise angebaut sind und mit den Gleisen gemeinschaftlich durch eine leichte Halle überdacht werden.*

In den Zeitungen wurde lebhaft über dies alles diskutiert, und somit waren Ludolf Tschello und Hermann Mahlgast zu jeder Zeit bestens informiert.

Ludolf Tschello hatte gegen die neuen Pläne einiges einzuwenden. »Da hat wieder einmal New York als Vorbild gedient. Ich als Fahrgast wünsche mir aber einen Mittelbahnsteig – der ist breiter, und man kann schnell von einer Fahrtrichtung in die andere wechseln, wenn man in den falschen Zug gestiegen ist.«

Hermann Mahlgast war da anderer Meinung. »Seitenbahnsteige haben aber gegenüber der Mittellage den Vorteil, dass die Gleise nicht vor dem Bahnhof auseinandergezogen und hinter ihm wieder vereinigt werden müssen. Damit können dann Unregelmäßigkeiten in der Anordnung der Gleisträger vermieden werden.«

Beide befanden sich in den letzten Semestern ihres ausgedehnten Studiums an der Technischen Hochschule Charlottenburg und hatten noch ein letztes Praktikum zu absolvieren.

Natürlich hatten sie alles darangesetzt, bei der Firma Siemens & Halske einen Platz zu bekommen, denn noch immer waren die elektrischen Bahnen ihre große Passion.

Abendroth hatte ihnen die Aufgabe gestellt, einen Bahnhof für die sogenannte Kanalstrecke zu entwerfen. Sie waren mit Feuereifer ans Werk gegangen, doch als er ihre Arbeit jetzt kommentierte, schauten sie recht betreten drein.

»Meine Herren, das ist sicherlich sehr originell, was sie hier entworfen haben, aber die Fahrgäste müssen sich ja in Ihrer Station vorkommen wie ein Schmetterling in der Botanisiertrommel. Das Hallendach ist in Ordnung, das kann ruhig aus billigem, aber stabilem Wellblech bestehen, wenn es uns Laske noch mit einem schmalen Blechstreifen aus zierlichen Zacken- und Bogenornamenten einfasst. Das ist noch ein bisschen die alte Holzschnitzkunst. Aber die Seitenwände! Die müssen wir in ein zartgegliedertes Arkadensystem aus Eisen und Glas auflösen. Das muss fast so wirken wie ein Kirchenfenster, wenn die Leute es schön finden sollen. Denken Sie immer daran, dass wir das Straßenbild, aus dem Blickwinkel der Bürger, nicht verschandeln dürfen, wir müssen es mit unserer Hochbahn zu einem ästhetischen Genuss werden lassen. Auch die Treppen dürfen nicht aussehen wie Rampen, über die man Vieh in die Waggons treibt, sondern sie müssen an ein Schloss erinnern, das heißt, wir brauchen reichgeschmückte, schmiedeeiserne Geländer.«

Ludolf Tschello schüttelte den Kopf. »Ich dachte immer, dass für einen Ingenieur die Funktion das Wichtigste sein sollte.«

»Was nützt ihm das aber, wenn er sein Produkt nicht verkaufen kann?«, erwiderte Erich Abendroth.

»Wie sollen denn da die Züge aussehen?«, fragte Hermann Mahlgast. »Ein jeder Waggon wie der Hofzug des Kaisers?«

Abendroth lächelte. »Eine gute Idee. Wenn es uns gelingt, unsere Stationen und Waggons so zu bauen, dass sich die Leute, wenn sie mit der Hochbahn fahren, wie bei Hofe fühlen, dann haben wir gewonnen.«

Im weiteren Verlauf ihres Praktikums wurden Hermann Mahlgast und Ludolf Tschello Ingenieuren zugeteilt, die sich um die beiden anderen von Siemens & Halske projektierten Strecken kümmern sollten.

Da war zuerst die Linie, die vom Bahnhof Friedrichstraße nach Süden gehen und am Rande des Grunewalds enden sollte. Zunächst verlief die Strecke als Unterpflasterbahn am südlichen Spreeufer entlang und am Reichstag vorbei, mit dessen Bau 1884 begonnen worden war. Der architektonische Clou war dabei die nördliche Tunnelwand, die in eine Reihe von Säulen aufgelöst werden sollte, so dass man direkt auf den Fluss schauen konnte. Das hatte nicht nur seinen städtebaulichen Reiz und versprach, Fahrgäste anzulocken, sondern brachte auch Licht und frische Luft in den Tunnel. Am Königsplatz wurde ein scharfer Bogen nach Süden gemacht und unter dem Thiergarten hindurch der Potsdamer Platz erreicht. Weiter ging es dann als Hochbahn zum Landwehrkanal, wo die Hochbahnstrecke Warschauer Brücke–Zoologischer Garten zu überqueren war, bis zur Wilmersdorfer Gemarkungsgrenze. Hier war die Linie aus Kostengründen als Niveaubahn geplant, ähnlich einer Straßenbahn also.

Die dritte Linie, die zum Schnellbahnprojekt von 1891 gehörte, sollte vom Stadtbahnhof Friedrichstraße über Wedding und Gesundbrunnen bis nach Pankow führen, wobei man weitgehend dem Lauf der Panke folgen wollte.

»Ich glaube, wir sind mit diesen Plänen einer Realisierung wesentlich näher als noch vor acht Jahren«, sagte Erich Abendroth, als er der Familie Siemens vom Abschluss der Planungsarbeiten berichtete. »Zumindest die Strecke zwischen Warschauer Brücke und Zoologischem Garten muss doch den Herren der verschiedensten Behörden wie ein Geschenk des

Himmels vorkommen, um den Bürgern der Stadt Gutes zu tun und das Ansehen Berlins in aller Welt zu mehren.«

»Ich glaube nicht an Fortschritt, sondern an die Beharrlichkeit der menschlichen Dummheit«, murmelte einer der Siemens-Brüder, der gerade Oscar Wilde gelesen hatte.

Hermann Mahlgast und Ludolf Tschello waren mit der dampfbetriebenen Ringbahn bis zum Bahnhof Schöneberg gefahren, der an der Colonnenstraße lag und gerade umgebaut wurde. Sie waren ausgerüstet wie zwei Wanderer, doch es war kein privater Ausflug, den sie unternehmen wollten, sondern eine Erkundung im Auftrage der Firma Siemens & Halske. Die Oberingenieure waren sich über die Streckenführung der Linie Bahnhof Friedrichstraße–Wilmersdorf-Grunewald noch immer nicht ganz im Klaren und wollten einmal sehen, wie zwei Außenstehende, denen man trotz ihrer Jugend schon eine erhebliche Kompetenz zubilligte, die Sache sahen. In der Gemarkung Wilmersdorf war die Linie ja als Niveau- beziehungsweise Straßenbahn gedacht und sollte in erster Linie der Erschließung geplanter und angedachter Wohngebiete dienen, durfte aber auch die Örtlichkeiten, die jetzt schon auf ein erhebliches Publikumsaufkommen verweisen konnten, nicht links liegenlassen. Laut Plan sollte die Wilmersdorfer Linie vom Wittenbergplatz südwestlich abzweigen, die Kaiserallee am Joachimsthalschen Gymnasium kreuzen, sich an der Sigmaringer Straße dem Zentrum von Deutsch-Wilmersdorf um wenige hundert Meter nähern, dann in gerader Linie durch weithin unbebautes Land nach Westen verlaufen, die Ringbahn kreuzen und bei St. Hubertus den Grunewald erreichen.

Ein wenig hatten sich die beiden schon kundig gemacht. So wussten sie, dass der Namensgeber des Ortes, der Ritter Burchard von Willmarstorp, schon 1155 als Gefolgsmann Albrechts des Bären genannt wurde, während das Dorf Wilmersdorf selbst erst 1293 zum ersten Mal in einer Urkunde auftauchte. In der zweiten Hälfte des 19. Jahrhunderts verkauften immer mehr Bauern ihr Land an Baugesellschaften, und insbesondere am Kurfürstendamm, am Hohenzollerndamm und an der Kaiserallee nahm Wilmersdorf städtischen Charakter an, ohne indes vom König zur Stadt erhoben zu werden, wie dies etwa der Nachbargemeinde Charlottenburg schon 1705 gelungen war. Die Gegend um die Dorfaue wurde aber im Jahre 1891 immer noch von Bauerngehöften geprägt, und gleich dahinter begannen die Felder.

»Wozu brauchen die paar Leutchen hier eigentlich eine elektrische Schnellbahn?«, fragte Ludolf Tschello, als sie am Botanischen Garten vorbeikamen, linker Hand den Mühlenberg liegen sahen und den Wilmersdorfer Kirchturm als Landmarke nahmen. »Die haben doch schon ihren Ringbahnhof.« Dieser war bereits am äußersten südlichen Rand des Dorfes 1877 eröffnet worden und sollte im nächsten Jahr durch einen Neubau am Kaiserplatz ersetzt werden.

Hermann Mahlgast lachte. »Das ist wie früher bei unseren Hosen: Alles ist auf Zuwachs berechnet. In zehn Jahren wird Wilmersdorf hunderttausend Einwohner haben. Und dazu kommt ja noch Friedenau auf der anderen Seite der Ringbahn. Darum heißt der Bahnhof ja auch Wilmersdorf-Friedenau.«

»Sehr gut, Mahlgast, setzen – Eins plus. Sie können Ihre Zensur aber noch verbessern, wenn Sie uns sagen, warum Wilmersdorf trotzdem eine elektrische Schnellbahn haben muss?«

»Der Raum zwischen der Stadtbahn im Norden, der Wannseebahn im Osten, der Ringbahn im Süden und dem Grunewald im Westen muss verkehrlich erschlossen werden.«

Ludolf Tschello klopfte dem Freund auf die Schulter. »Ganz ausgezeichnet! Überlegen wir doch mal, was in Deutsch-Wilmersdorf so spektakulär ist, dass es Anspruch auf einen Bahnhof erheben kann. Ich würde sagen: Schramms Seebad.« Das war 1879 eröffnet worden und bot neben einem Bad im weiten See südlich der alten Dorfkirche einen richtigen Rummelbetrieb. Mehrmals in der Woche gab es Tanzveranstaltungen mit starkem Besucherandrang.

»›Schramms Seebad‹ klingt nicht vornehm genug«, wandte Hermann Mahlgast ein. »Eher würde ich den Bahnhof ›Wilmersdorf Kirche‹ nennen.«

Ludolf Tschello winkte ab. »Das Ding ist doch baufällig und soll bald abgerissen werden.«

»Dann eben ›Schoeler-Schlösschen‹«, schlug Hermann Mahlgast vor. »Das macht doch auch was her.«

»Meinetwegen, aber wie der Bahnhof auch heißen mag, er liegt zu dicht an der Ringbahn.« Ludolf Tschello hatte einen Geistesblitz. »Was heißt zu dicht? Führen wir doch unsere Linie direkt an die Ringbahn heran und machen aus Wilmersdorf-Friedenau einen Umsteigebahnhof.«

Hermann Mahlgast tippte sich unwillkürlich an die Stirn. »Das Wilmersdorfer Rathaus liegt an der Brandenburgischen, Ecke Sigmaringer Straße – und das gibt doch einen fürchterlichen Zickzack, wenn wir wieder dahin zurück müssen. Außerdem müssen wir durch ein Sumpfgebiet hindurch, wenn wir nach Süden wollen. Nein, du, die ganze Linie macht nur Sinn, wenn wir weit nördlich des Wilmersdorfer Sees und des Faulen Grabens bleiben und den Grunewald am Halensee erreichen. Da gibt es dann auch einen Anschluss an die Dampfstraßenbahn.« Die verkehrte seit Mai 1886 zwischen dem Nollendorfplatz und dem Roseneck.

Als sie am späten Nachmittag den Siemens-Ingenieuren gegenübersaßen und Bericht erstatteten, hatten sie sich noch immer nicht über die optimale Streckenführung der Linie Bahnhof Friedrichstraße – Wilmersdorf-Grunewald einigen können.

Erich Abendroth ging zur Landkarte, die von einem blassen roten Fleck beherrscht wurde, der Stadt Berlin, und ringsum viele grüne Kleckse aufwies, die Dörfer. In Richtung Südsüdwest waren dies Schöneberg, Wilmersdorf, Schmargendorf, Dahlem und Steglitz. Mit einem weichen Bleistift zeichnete er die Streckenführung ein, wie sie sich die beiden Studenten ausgedacht hatten. Die von Ludolf Tschello glich einem V. Seine Strecke verlief anfangs westlich der Berlin-Potsdam-Magdeburger-Eisenbahn, um am Bahnhof Wilmersdorf-Friedenau die Ringbahn zu berühren und dann wieder nach Norden zu gehen. Westlich der Dorfaue sollte eine Haltestelle liegen, dann fuhr man in fast gerader Linie hoch nach Halensee. Hermann Mahlgasts Strecke dagegen bog zwischen Neu-Schöneberg und dem Botanischen Garten nach Westen ab und lief dann in fast gerader Linie zwischen dem Hopfenbruch und dem Wilmersdorfer See auf den Grunewald zu.

»Mir gefällt die besser«, urteilte Erich Abendroth schließlich. »Wir bleiben in etwa zwischen Stadt- und Ringbahn, vermeiden morastiges Gelände und können die Bahn weithin auf Straßenniveau oder im Einschnitt fahren lassen, was die Kosten erheblich sinken lässt.«

Ludolf Tschello konnte seine Enttäuschung nur schwer verbergen. »Das ist mir alles zu kleinkariert«, murmelte er. »Wo ist da der große Wurf, wo ist da der Berg, den ich versetzen kann?!«

»Sie sind nicht Peer Gynt und auch nicht Doktor Faust«, sagte Abendroth mit einem Unterton, der anzeigen sollte, dass er über diese Bemerkung nicht sonderlich amüsiert war, »sondern Siemens-Ingenieur. Vielleicht einmal … Aber insgesamt danke ich Ihnen sehr, meine Herren. Sie haben uns in unseren Überlegungen ein gutes Stück vorangebracht. Ich darf Ihnen noch einen vergnüglichen Abend wünschen.«

Den zu haben hatten sich Hermann Mahlgast und Ludolf Tschello schon lange vorgenommen, denn sie wollten im Residenz-Theater »ihre« Cécile zum ersten Mal auf der Bühne erleben. Seit sie das kapriziöse Geschöpf im Salon der Tschellos kennengelernt hatten, war sie ihnen nicht mehr aus dem Sinn gegangen, mochten sie inzwischen noch so vielen anderen Mädchen und jungen Frauen begegnet sein.

»Sie ist unsere Sonne«, sagte Ludolf Tschello. »Wir kreisen um sie, und ohne sie zögen wir in eiskalter Finsternis unsere Bahnen.«

Hermann Mahlgast sah es eher drastisch als poetisch. »Wie zwei Hündchen an der Leine, so zieht sie uns hinter sich her.«

Beide konnten sich ein Leben ohne Cécile nicht mehr vorstellen – mit ihr aber auch nicht. Denn wie sollte das gehen? Irgendwann, wenn sie mit dem Studium fertig waren und einen Beruf ergriffen hatten, mit dem sich eine Frau ernähren ließ, musste die Entscheidung fallen. Dass Cécile dann auch ihr sündiges Theaterleben aufzugeben hatte, darüber waren sich beide einig.

»Am besten, wir losen aus, wer sie bekommt«, schlug Hermann Mahlgast vor, der sich bei diesem Verfahren die größten Chancen ausrechnete, denn instinktiv fühlte er, dass sich Cécile eher zu einem Charakter wie Ludolf Tschello hingezogen fühlte, zu einem bunten Vogel. Er selber war bestimmt zu beamtenhaft für sie. Aber wer kannte schon die Frauen?! Das war sein Trost und seine Hoffnung.

»Das wird sie schon allein entscheiden müssen, wen von uns beiden sie nimmt«, erklärte Ludolf Tschello, der keinerlei Zweifel daran hatte, dass er der Sieger sein würde. »Wir müssen nur aufpassen, dass uns keiner zuvorkommt, ein lachender Dritter. Darum sollten wir den Termin festlegen, an dem sich alles entscheiden soll.«

»Das ist doch noch viel zu früh«, kam der Einwand von Hermann Mahlgast. »Sie ist doch viel zu jung.«

»Mit zwanzig Jahren ist man nicht zu jung.«

Hermann Mahlgast war kein Theaterliebhaber. Natürlich gehörte es in seinen Kreisen zum guten Ton, ab und an ins Theater zu gehen, und er kam dieser Pflicht auch ohne Murren nach, doch er fühlte sich im Parkett nie sonderlich wohl.

Dass da vorn auf der Bühne wildfremde Menschen ihr Innerstes nach außen kehrten, fand er peinlich. Überhaupt, dieses ganze Gehabe und dann diese prätentiöse Sprache. Es führte nur dazu, dass man eine Gänsehaut bekam. Was er schätzte, waren Selbstbeherrschung, nüchterne Rationalität und ein pragmatischer Umgang mit den Dingen. Er strebte nach klaren Gesetzen und Regeln, und das Theatervolk war ihm deswegen so suspekt, weil es zweideutig und zügellos war und seinen Trieben lebte.

Ludolf Tschello dagegen, wohl auch als Folge des väterlichen Erbes, liebte das Theater und dessen Umfeld. In den Schauspielern, das fühlte er deutlich, loderte dasselbe Feuer wie in ihm. Wie er hatten sie eine lebhafte Phantasie, neigten zum ausgeprägten Exhibitionismus, wollten verführerisch sein und standen gern im Mittelpunkt. Deswegen wollte er auch ein herausragender Ingenieur werden, weil er sich sicher war, dass diese Profession dabei war, Dichtern, Malern und Schauspielern den Rang abzulaufen.

Das Berliner Theaterleben war in diesen Jahren reich und mannigfaltig. Was das Renommee der Häuser betraf, stand für viele das Schauspielhaus ganz oben. 1786 war es als Königliches National-Theater gegründet worden, und das breite Publikum war stets brennend an den Schicksalen einzelner Künstlerinnen und Künstler interessiert.

Am 29. Juli 1817 war das Schauspielhaus bis auf seine Grundmauern niedergebrannt, und während des Neubaus, der nach Plänen Karl Friedrich Schinkels erfolgte, wurde 1824 die Eröffnung des ersten Privattheaters genehmigt, des Königsstädtischen. Auf dessen Bühne feierte die göttliche Henriette Sontag ihre unerhörten Triumphe. Die ganze Hauptstadt schwärmte für sie, und ihre Bilder und Büsten fanden sich sowohl im Arbeitszimmer des Königs wie auch in den Werkstätten einfacher Handwerker.

Danach wurden das Wallner- und das Königliche National-Theater ins Leben gerufen, und bald gab es an die dreißig Bühnen unterschiedlichsten Niveaus, die Berlin zu einer Theaterstadt ersten Ranges machten und Wien, Paris und London überflügeln ließen, unter ihnen das Deutsche Theater, das volkstümliche Berliner Theater, das Lessingtheater und das Residenztheater, das nördlich der Jannowitzbrücke im Dreieck der Blumen-, Iffland- und Wallner-Theater-Straße gelegen war.

Hausherr im Residenztheater war der frankophile Siegmund Lautenburg, der häufig nach Paris eilte, um an Ort und Stelle die Wirkung der jüngsten Boulevardstücke zu erkunden. Die erfolgreichen verpflanzte er alsbald an den Strand der Spree, wobei die wörtliche Übersetzung des Urtextes nur selten auf die Bühne zu bringen war. Mit Rücksicht auf den Zensor mussten erhebliche Streichungen vorgenommen werden, und dennoch galt das Residenztheater in den besseren Kreisen als degoutant, und die jungen Damen hatten es als nicht vorhanden zu betrachten. Umso besser unterhielten sich die übrigen, meist männlichen Besucher, die eine gut gewürzte Theaterkost liebten und ihr Gefallen an den verwegenen Situationen der französischen Schwankkunst hatten. Die Gattin zu Hause konnte man dann mit der Versicherung beruhigen, dass so etwas nur in Paris passieren könne, in Berlin aber schlechterdings unmöglich sei.

Hier nun stand Cécile Abend für Abend auf der Bühne. Eigentlich hieß sie Cäcilie Krummensee und kam aus der Gegend zwischen dem Schlesischen Bahnhof und dem Alexanderplatz, aus der Markusstraße, wo ihre Eltern eine Destille betrieben. Waren beide im Schankraum beschäftigt, dann kam es schon einmal vor, dass die kleine Cäcilie hinten in der angrenzenden Wohnung nicht einschlafen konnte und nach vorn kam, um sich Trost zu holen. Das war so niedlich, dass die Gäste ein jedes Mal kräftig Beifall klatschten. Der steigerte sich noch, wenn sie ein Liedchen sang und ein wenig tanzte.

»Die gehört auf die Bühne«, sagten die Leute. Der Gedanke war naheliegend, denn gleich um die Ecke lag das Wallner-Theater.

Als sie von ihrem Lehrer erfahren hatte, dass sich ihr Vorname vom lateinischen Wort *caesus*, das blind bedeutet, herleitete, erlitt sie einen kleinen Tobsuchtsanfall, und auch seinem Vorschlag, sich doch Cilly zu nennen, wie viele Frauen das taten, mochte sie nicht folgen. Ein entfernter Onkel, der nicht nur Literaturkritiker war, sondern auch noch ein Schelm, schlug ihr daraufhin Cécile vor. Das sei die Heldin in einem sehr zu Herzen gehenden Roman, an dem Theodor Fontane gerade schriebe. Sie fand das sehr apart und stimmte freudig zu, ohne indes zu wissen, dass die Cécile im Roman die Mätresse eines ältlichen Fürsten war, später sehr unter ihrem zweifelhaften Ruf zu leiden hatte und im Urteil ihrer Mitmenschen nicht immer gut wegkam. »Kapriziös sei sie schon«, wie die Leute meinten, »aber was durchaus frappieren muss, ist das naive Mittelmaß ihrer Bildung. Sie spricht recht gut Französisch und versteht ein wenig von Musik, im Übrigen aber fehlt ihr nicht bloß alles Positive, sondern auch jener Esprit, der adorierten Frauen fast immer zu Gebote steht. Ob sie Zeitungen liest, ist mir fraglich.«

Umtriebig und extrovertiert, wie sie war, immer bestrebt, im Mittelpunkt zu stehen, wollte Cäcilie Krummensee Schauspielerin und Tänzerin werden, nichts anderes, und unter vielen Mühen und Entbehrungen hatte sie ihre Ausbildung an verschiedenen Schauspielschulen nun zu Ende gebracht und war vom Residenztheater für eine Nebenrolle engagiert worden.

Den Titel des Stückes, in dem Cécile heute Abend auftreten sollte, hatten Hermann Mahlgast und Ludolf Tschello schon wieder vergessen, als sie fiebernd in der ersten Reihe saßen und warteten, dass der Vorhang sich hob. Als es losging, vorerst noch ohne Cécile, begann sich Hermann Mahlgast schnell zu langweilen. Ludolf Tschello dagegen genoss die Machart des Stückes: wie da gewandt und keck und mit französischer Drollerie über das Verfänglichste geredet wurde.

Als Cécile in ihrer Rolle als Kammerjungfer die Bühne betrat, war das Parkett im Nu von einem erotischen Knistern erfüllt. Zitternd vor Erregung meinten die beiden Freunde zu registrieren, dass sich alle Männer im Raum nur das eine wünschten: die körperliche Vereinigung mit diesem Wesen. Das erfüllte sie einerseits mit Stolz, denn nur sie konnten sich ja diesen Akt ernsthaft erhoffen, andererseits aber auch mit Angst vor so vielen Nebenbuhlern, die es auszustechen und abzuwehren galt. Mordgedanken kamen auf, als sie sich vorstellten, dass andere Männer Cécile an sich pressten. Jeden, der da lüstern starrte, hätten sie am liebsten mit Pistolenschüssen aus dem Theater getrieben.

Doch alle lustvollen Gedanken nahmen ein jähes Ende, als sich – gerade hatte Cécile sich gereckt, um mit einem Staubwedel ein Bücherregal zu säubern – auf dem Schnürboden ein Kulissenteil löste und wie ein Geschoss auf die junge Schauspielerin niederraste. Alle sahen Cécile schon zerschmettert auf der Bühne liegen. Die warnenden Schreie kamen zu spät …

Berthold Blumenthal fühlte sich am wohlsten in seinem Bureau, da zerrte nicht alles an seinen Nerven. Am Sonntag aber ließ sich seine Anwesenheit am Arbeitsplatz selten logisch begründen, da war er den Schreien seiner Kinder, den Schrullen seiner Frau und den ideologischen Ergüssen seines Bruders hilflos ausgeliefert.

Am 20. März 1890 hatte Reichskanzler Fürst Otto von Bismarck seinen Abschied genommen, und Theodor Blumenthal war noch heute glücklich darüber. Auch freute es ihn, dass seit dem 1. Januar 1891 sein geliebter *Vorwärts* wieder erscheinen durfte.

»Schon der Name widert mich an«, sagte Magdalena Blumenthal. »Warum muss denn immer alles vorwärtsgehen und kann nicht so bleiben, wie es ist? Warum muss dieser Lilienthal unbedingt durch die Lüfte segeln – als ob unser Herrgott diese Sphäre nicht den Vögeln vorbehalten hätte. Welche Narretei!«

»Gott, ist die Milch wieder dünn heute!« Ihr Mann wies darauf hin, dass der Magistrat verstärkt Wachtmeister aussandte, die mit einem Galaktometer Milchproben zogen.

»Am meisten wird die Milch doch in den Arbeitervierteln gepanscht. Da können die Hausfrauen die verlangten 36 Pfennige für zwei Liter nicht zahlen und feilschen mit den Milchhändlern. Die machen dann aus der guten Milch schnell mal Magermilch, und der blaue Prüfaugust drückt ein Auge zu, weil sich sonst keiner mehr eine Kanne Milch leisten kann und es zum Aufruhr kommt.«

»Es sind schlimme Zeiten«, klagte Magdalena Blumenthal. »Neulich kaufe ich mir eine Wurst bei einem dieser Händler, die jetzt mit einer rollenden Wurstlokomotive unterwegs sind. Früher hatten sie ihren Kessel um den Bauch hängen, mit Spiritus geheizt, jetzt aber muss es so ein Fahrzeug sein. ›Sie haben Schwein, wenn Sie meine Breslauer intus nehmen!‹ Doch ich fürchte, es war Hund, was wirklich in meiner Wurst gewesen ist.«

Ihr Schwager lachte. »Da bist du also auf den Hund gekommen. Viel schlimmer ist aber das, was da im Residenztheater passiert ist.«

»Schweig!«, rief Magdalena Blumenthal.

Theodor Blumenthal winkte ab. »Die Kleine, die es getroffen hat, soll privat einen äußerst tugendhaften Lebenswandel geführt haben.«

»Berthold, hör auf, dich in der Uchse zu kratzen!«

Ihr Mann neigte den Kopf und versuchte zu erkennen, was ihn in seiner rechten Achselhöhle so juckte. »Hoffentlich keine Filzlaus.«

»Ich muss doch bitten! Dein Verhalten gibt mir wirklich allen Anlass, sauersichtig zu gucken.«

Berthold Blumenthal nahm es gelassen. »Ich hätte allen Grund, verdrießlich dreinzuschauen, nicht du, denn morgen geht es bei uns wieder um diesen vermaledeiten Siemens und sein Schnellbahnnetz.«

Sein Bruder drang auf ihn ein. »Du musst Hobrecht unbedingt dazu bringen, diese Hochbahn endlich zu genehmigen – das gibt Hunderten von Arbeitern Lohn und Brot. Und andere können schneller und überhaupt erst dorthin gelangen, wo sie zum Einsatz kommen sollen.«

»Du wirst das nicht tun, Berthold!«, rief dagegen seine Frau. »Denn dies ist ein Unweg sondergleichen und verbösert das Leben in Berlin. Kommen wir denn nicht jetzt auch immer rechtzeitig dorthin, wo wir hin wollen? Eile mit Weile! Je länger ich unterwegs bin, desto mehr Zeit habe ich zur inneren Einkehr. Dein Nein zu diesen Plänen, lieber Berthold, wäre meines Herzens Freude und Wonne, und ich würde dich mit fröhlichem Munde loben.«

»Umgekehrt, lieber Berthold: Hobrechts Ja wäre ein Segen für die Menschheit, also bringe ihn dahin, endlich seinen Widerstand gegen Siemens aufzugeben.«

James Hobrecht konnte als Stadtbaurat fast alles durchsetzen, was ihm sinnvoll erschien, die bunte Netzspinne der geplanten elektrischen Schnellbahnen jedoch konnte ihn kaum mehr entzücken als einen eingefleischten Vegetarier der Anblick einer knusprig gebratenen Weihnachtsgans.

»Nein, meine Herren, so nicht!«, rief er dann auch Berthold Blumenthal und den Beamten zu, als sich die Ressorts, die zur Mitzeichnung berechtigt waren, zur entscheidenden Sitzung getroffen hatten. »Ich habe gegenüber allen diesen Entwürfen Bedenken aus vielerlei Sicht – aus der Sicht des Ingenieurs, des Stadtkämmerers und des Bürgers. Was Siemens und seine Unterpflasterbahn betrifft – Gott, das ruiniert mit der offenen Bauweise meine Kanalisation und kollidiert mit den Versorgungs- und den Postleitungen. Und wenn die AEG tief unter der Straße im bergmännischen Vortrieb ihre Tunnel graben will, dann kann ich nur ausrufen: Wir sind hier nicht am St. Gotthard und haben keinen Fels, sondern einen hohen Grundwasserspiegel und fürchterlichen Schwemmsand. Berlin liegt in einem Urstromtal. Da fehlt mir jede Erfahrung und jede Referenz. Außerdem: Wer soll das alles bezahlen? Berlins Kassen sind leer. Dann das Publikum: Ich bezweifle sehr, dass es für den Berliner sonderlich einladend wäre, zehn Meter in die Tiefe hinunterzusteigen, um dann in einer unterirdischen Eisenröhre zu fahren und sich schließlich wieder mittels eines Aufzuges hinaufheben zu lassen. Mir ist diese Geneigtheit mindestens zweifelhaft.«

Berthold Blumenthal meldete sich als Erster zu Wort. »Es ist mir ein Bedürfnis, den Worten von Herrn Stadtbaurat Hobrecht mit vollem Herzen zustimmen zu dürfen.« Damit hatte er dem Petitum seiner Frau entsprochen, nun musste er nur noch dem Anliegen seines Bruders Ausdruck verleihen. »Allerdings gibt es da, ich bitte um Pardon, noch einen anderen Gesichtspunkt ... Wenn Sie erlauben ...« Er trat an den Stadtplan, den dienstbare Geister an die Stirnwand des Sitzungssaales geheftet hatten, und zeigte auf das Dreieck, das Anhalter, Dresdner und Potsdamer Bahn bildeten. »Sehen Sie, meine Herren: Dieses Gelände ist doch wie ein Stachel im Fleisch, wie ein Fremdkörper im Magen Berlins, wenn ich das so ausdrücken darf. Durch den Bau der umfangreichen Bahnanlagen zwischen Potsdamer und Belle-Alliance-Straße in den sechziger Jahren ist der Süden Berlins völlig auseinandergerissen worden. Welch schwerwiegender Planungsfehler! Und es wäre doch ganz im Sinne von Herrn Stadtbaurat Hobrecht, die beiden auseinandergerissenen Stadthälften mit Hilfe einer Hochbahn wieder fester miteinander zu verklammern.«

James Hobrecht hatte aufmerksam zugehört und konnte nicht anders, als seinem Referenten recht zu geben.

»Ja, mein Lieber, wenn es denn wirklich so wäre, wie Sie sagen, da könnte ich ohne weiteres mein Placet geben, aber so ist es ja nicht, denn sehen Sie einmal ...« Er stand auf, trat nun auch vor den Stadtplan und markierte mit einem starken Bleistift die von Siemens projektierte Route. »Dessen Hochbahn soll doch viel weiter nördlich verlaufen: Möckernbrücke, Schöneberger Brücke, Lützow Platz, Lichtensteinbrücke und Zoologischer Garten. Die Klammer sitzt doch genau an den Stellen, wo schon alles fest miteinander verwachsen ist. Das ist doch sinnlos!«

Berthold Blumenthal starrte ihn an. »Das stimmt, aber ...«

James Hobrecht tat so, als wäre dies eine Prüfung und Blumenthal der Examenskandidat. »Aber? Das ist das Stichwort, mein Lieber.«

Blumenthal war sichtlich verwirrt. »Ich weiß nicht, was Sie meinen.«

»Na, ganz einfach: Was kann man mit einer noch nicht gebauten Hochbahn ohne weiteres machen?«

»Sie anders planen?«

»Genial, Blumenthal! Und wie?«

»Weiter südlich verlaufen lassen, so dass sie wirklich als Klammer dienen kann.«

»So ist es!« James Hobrecht setzte sich wieder. »Teilen Sie also den Herren von Siemens unsere Änderungswünsche mit, und dann werden wir weitersehen. Wiedervorlage. Irgendwann einmal. Ich halte es trotz Ihres Gedankens mit der städtebaulichen Klammer für gut, wenn die Mühlen möglichst langsam mahlen. Sollen doch die anderen Städte ihre elektrischen Schnellbahnen ruhig vor uns bauen, ob nun über, auf oder unter der Erde. Das macht die Sache doch viel billiger für uns, weil wir aus deren Erfahrungen nur lernen können. Meine Mutter sagte immer: ›Mit den Augen darf man stehlen.‹

Also stehlen wir und sparen auf diese Art und Weise Geld. Vielleicht stürzen die Hochbahnwagen ja anderswo auch von den stählernen Viadukten herunter oder brennen im Tunnel, man weiß ja nie.«

Acht

1893

Seit Kaiser Wilhelm II. den Thron bestiegen hatte, waren die Säle im alten Hohenzollernschloss an der Spree umgestaltet und verschönert worden, um den Rahmen für die glänzenden Feste abzugeben, die von Seiten des Hofes in jedem Winter veranstaltet wurden. Man wollte, was Prunk und Gastlichkeit betraf, alle anderen europäischen Fürstenhäuser in den Schatten stellen. Den Anfang der Festivitäten am Kaiserhof machten hierbei meist die Neujahrs-Defiliercour und die Feier des Krönungs- und Ordensfestes am 18. Januar. Das Ganze endete mit dem Fastnachtsball Ende Februar/Anfang März. Dazwischen lagen die Feierlichkeiten anlässlich des kaiserlichen Geburtstages mit Galatafel sowie mehrere größere Bälle und kleinere Gesellschaften mit Diners, Abhaltung von Cercles und Couren, musikalischen Soireen und dergleichen.

Dies alles erforderte vom Stab des Oberhof- und Hausmarschalls ein Höchstmaß an sorgfältiger Vorbereitung, denn auf Stand und Würde wurde nach den Vorschriften der Etikette sehr genau geachtet. Zur Defiliercour waren weit über tausend Gäste einzuladen – und noch einmal so viele auf das nächste Jahr zu vertrösten. Baron Georg von Strubensee hatte also wieder einmal alle Hände voll zu tun, und so war es ihm gar nicht recht, dass man einen Berichterstatter vom *Berliner Lokal-Anzeiger* zu ihm vorgelassen hatte. Aber das Blatt hatte eine vielgelesene Rubrik namens *Hof und Gesellschaft*, und seine Schreiber mussten mit ausgesuchter Freundlichkeit bedient werden.

Strubensee ging auf die sechzig zu und war seit Jahren Witwer. Er kam aus dem Diplomatischen Dienst und hatte einige Jahre in der Londoner Botschaft verbracht, was seine Vorliebe für alles Englische erklärte. So hingen denn auch in seinem Arbeitszimmer Gemälde der Tower Bridge und des Buckingham Palace, zum Erstaunen des Zeitungsschreibers gab es aber auch eine Photographie der Londoner Untergrundbahn. Darauf kam er schließlich auch zu sprechen, nachdem zur bevorstehenden Defiliercour alles gesagt und notiert worden war.

»Das versetzt mich doch in Erstaunen, Herr Baron.«

»Mich weniger.« Strubensee lächelte. »Ich wollte schon als Kind immer mit der Eisenbahn fahren und nie mit der Kutsche oder gar reiten – das ist so eine alte Liebe von mir. Und in London ist mir das Sub-Surface-Netz richtig ans Herz gewachsen.«

»Das sind doch aber Dampfbahnen, die dort unter der Erde verkehren, oder?«

»Richtig, junger Mann. Da ist noch nichts elektrifiziert worden. Wie denn auch, die haben ja keinen Werner von Siemens.«

»Wir doch aber auch nicht mehr.« Der Mann vom *Berliner Lokal-Anzeiger* erinnerte Strubensee daran, dass Werner von Siemens am 6. Dezember 1892 an einer Lungenentzündung verstorben war.

»Ja, natürlich.« Strubensee versuchte, seinen Fauxpas dadurch zu kaschieren, dass er hinzufügte, Werner von Siemens sei für ihn nun einmal unsterblich. »Mein Sohn Botho ist Leutnant in der Kadettenanstalt draußen in Lichterfelde, und da bin ich des Öfteren mit der Straßenbahn von Siemens gefahren. Ja, der Werner von Siemens … Viele seiner Träume sind Wirklichkeit geworden, andere nicht ... Nun, ich glaube ...«

Der Zeitungsmann verstand den Wink, bedankte sich für das Gespräch und verließ das Stadtschloss, um seinen Bericht zu Papier zu bringen. Georg von Strubensee machte sich wieder an die Arbeit, denn der große Tag stand kurz bevor.

Als dieser dann gekommen war, gab sich der Baron so gelassen wie sein Idol, wie der große preußische Reitergeneral Friedrich Wilhelm von Seydlitz 1758 bei der Schlacht von Zorndorf.

Die Defiliercour war weniger ein festlicher als vielmehr ein zeremonieller Akt, bei dem aber der größte Pomp entfaltet wurde. Die Geladenen versammelten sich lange vorher im Kapitel-, im Braunschweigischen, im Schweizer und im Elisabethsaal, aber auch in den benachbarten Räumen. Die Herren waren in Gala erschienen, entweder in ihrer prächtigsten Uniform oder aber in der schmucken schwarzen Hoftracht. Auffälliger aber waren die Damen in ihren Courroben mit den mehrere Meter langen Schleppen, die oft eine andere Farbe aufwiesen als das Kleid und mit kostbaren Stickereien oder sonstigem Besatz reich verziert waren. Als Kopfputz diente neben Geschmeide und Blumen die an beiden Seiten herabhängende Barbe, bestehend aus schmalem Spitzengewebe oder fein gefaltetem Seidentüll.

Baron von Strubensee drängte sich durch die Schar der Gäste und versuchte, sie so zu dirigieren, dass die festgelegte Ordnung zustande kam, mit der später auf das Kaiserpaar zugegangen werden sollte. Da wisperte es neben ihm.

»Herzlichen Dank, lieber Baron, dass Sie mir die Cour ermöglicht haben.«

Wer ihm da etwas ins Ohr geflüstert hatte, war die Freifrau von Treppeln, eine alte Bekannte von ihm, die im letzten Jahr Witwe geworden war.

»Gern geschehen, meine Gnädigste.« Strubensee verbeugte

sich mit leichter, englischer Ironie. »Sie wissen doch: immer zu Diensten.« Schillers *Den Dank, edle Dame, begehr ich nicht* verkniff er sich, denn den begehrte er wohl, und er fürchtete, unschicklich zu erröten.

Der Oberzeremonienmeister gab das Zeichen, und die Defiliercour begann. In langer Reihe schritt man würdevoll und mit einigem Herzklopfen in den Rittersaal, der in weißem Stuck und Marmor gehalten war und dessen Wandflächen von korinthischen Pilastern unterbrochen wurden. Das gewaltige Büfett wies die herrlichsten, noch aus der Regierungszeit Friedrichs I. stammenden silbernen Schaustücke auf, so wie auch die Umrahmungen der Spiegel, die Tische, die Armleuchter und die Kandelaber aus gediegenem Silber gefertigt waren.

Das Kaiserpaar stand unter dem Thronbaldachin aus rotem Samt, der sich an der Längswand des Saales befand. Zu beiden Seiten hatten die Prinzen und Prinzessinnen des Königshauses Aufstellung genommen, während gegenüber die höchsten Hofchargen ihre Plätze einnahmen, so dass eine breite Gasse freigelassen wurde, durch die in streng gegliederter Rangordnung die erschienenen Gäste zogen. Dazu erklang diskret Musik. Ob man nun einzeln durch den Saal schritt oder paarweise, jeder machte vor dem kaiserlichen Paar zwei Verbeugungen. Während des Defilierens erfolgte die Vorstellung der am Hofe neuen Persönlichkeiten durch eine dazu berufene Dame oder einen auserwählten Herren, so zum Beispiel durch die Gemahlin eines Botschafters, den Staatssekretär des Auswärtigen Amtes oder, bei deutschen Damen beispielsweise, die Oberhofmeisterin.

»Charlotte Freifrau von Treppeln«, hieß es nun. »Ihr Schwiegervater, Leutnant Friedrich von Treppeln, war Flügeladjutant Seiner Königlichen Majestät Friedrich Wilhelms IV.«

Wilhelm II. und Kaiserin Auguste Viktoria schenkten ihr

ein so huldvolles Lächeln, dass sie später sagen sollte, sie habe doch recht eigentlich nur für diesen Moment gelebt.

Erich Abendroth kam in letzter Zeit immer nur mürrisch von der Arbeit nach Hause, denn die Berliner Behörden hatten sich auch im neuen Jahr zu keiner Entscheidung durchringen können, und bei Siemens herrschte nach dem Tod des Firmengründers eine alles lähmende Trauerstimmung.

Seine Frau wollte ihm mit Goethes *Schatzgräber* aus der Krise helfen: »*Trinke Mut des reinen Lebens! / Dann verstehst du die Belehrung, / Kommst, mit ängstlicher Beschwörung, / Nicht zurück an diesen Ort. / Grabe hier nicht mehr vergebens!*«

»Und was ist da die Quintessenz?«

Dorothea Abendroth lachte auf. »Dass du dein Glück bei der Firma Siemens & Halske nicht finden wirst. Kein Netz von elektrischen Bahnen in Berlin. Siemens selber ist schon drüber hinweg gestorben.«

»Gott, wenn man einem Ertrinkenden einen Rettungsring hinhält, dann ergreift er ihn doch!«, rief Erich Abendroth.

Nun war es an seiner Frau, eine Aussage kryptisch zu finden. »Wer ist am Ertrinken?«

»Na, die Stadt Berlin: am oder im Straßenverkehr. Jeden Tag gibt es mehr Fußgänger und Fahrzeuge. Das muss über und unter die Erde, sonst kollabiert die Stadt. Aber lieber lassen Hobrecht und seine Beamten das zu, als dass sie sich bewegen. Ach!« Er seufzte und versuchte, seiner Traurigkeit Herr zu werden. »Wohl dem, der das schon alles hinter sich hat – Cammer zum Beispiel.«

»Das weißt du doch gar nicht genau, solange man …« Dorothea Abendroth brach ab. Jetzt von einem Leichnam zu reden hätte ihren Mann noch depressiver gestimmt. »Hast du dich denn mal um Liesbeth Cammer gekümmert?«

»Die hat doch ihre beiden Kinder und ihre deutschen Dichterinnen.«

»Trotzdem.«

»Gut, in den nächsten Tagen schaue ich mal bei ihr vorbei. Aber jetzt ...« Abendroth griff nach dem *Berliner Lokal-Anzeiger*, den seine Frau immer wieder gerne kaufte, obwohl sie ständig erklärte, er sei erheblich unter ihrem Niveau. »Gott, wieder eine ganze Seite über die Defiliercour beim Kaiser.« Er stöhnte auf.

»Wenn du arrangieren könntest, dass wir da auch einmal ...«, sagte sie mit glänzenden Augen.

Abendroth lachte. »Ja, wenn der Kaiser bei der Eröffnungsfahrt unserer Hochbahn dabei ist, werde ich Seine Majestät darauf ansprechen.« Abendroth stutzte und hatte das Gefühl, ein wenig irregeworden zu sein, denn hatte er nicht eben in der Hofberichterstattung das Wort *Hochbahn* gelesen? Erst überflog er den Artikel und las ihn dann, nachdem er auf Anhieb nichts gefunden hatte, Zeile für Zeile. Richtig. Einer der Hofbeamten, ein gewisser Baron Georg von Strubensee, schwärmte von elektrisch betriebenen Hoch- und Unterpflasterbahnen. Abendroth sprang auf. »Du, Dorothea, ich habe eine Idee!«

»Die, mit mir ins Theater zu gehen?«

»Nein, die, den Baron von Strubensee kennenzulernen. Der hat bestimmt Zugang zum Kaiser, und wenn er Seine Majestät von den Vorteilen unserer elektrischen Schnellbahn überzeugen kann, dann haben wir gewonnen. Wenn der Kaiser den Bau unserer Hochbahn anordnet, kann Hobrecht einpacken und Kyritz/Pyritz mit seinen Rieselfeldern beglücken.«

»Und wie willst du diesen Strubensee kennenlernen? Beim Bornimer Jagdrennen vielleicht?«

»Warum nicht? Ich habe früher oft auf einem Pferd gesessen – wenn auch nur auf einem Schaukelpferd.« Abendroth dachte nach. »Nein, aber vielleicht werden wir einmal bei den

Tschellos eingeladen – und da ist bestimmt jemand zugegen, der uns sagen kann, wie ich es anstellen muss, wenn ich mich Strubensee unauffällig nähern will.«

Dorothea Abendroth war entsetzt. »Du willst ihn doch nicht etwa bestechen?«

»Keine Angst, ich will nur ein wenig antichambrieren und ihn von unserer Idee überzeugen.«

»Schade, dass du ihn nicht zu einer Probefahrt einladen kannst.«

»Das wird gar nicht nötig sein.« Abendroth wies auf den Artikel im *Berliner Lokal-Anzeiger*. »Mit unserer Straßenbahn in Lichterfelde ist er schon gefahren.«

So zog er also seine Fäden. Seine Frau musste mit ihrer Freundin Hertha Mahlgast reden und diese bitten, bei Auguste Tschello vorzusprechen und zu fragen, ob es ihr recht wäre, wenn sie die beiden Abendroths beim nächsten Hausmusikabend mitbringen würde.

»Haben sie denn eine gewisse Affinität und ein Faible fürs Geigenspiel?«, fragte Auguste Tschello.

»Kaum«, musste Hertha Mahlgast eingestehen, »aber er ist Oberingenieur im Hause Siemens – und es ist ja nicht ausgeschlossen, dass sie deinen Ernst Moritz eines Tages einmal für eines ihrer Firmenfeste engagieren.«

»Ach!« Auguste Tschello winkte ab. »Nein, wir sind schon genug, wir können doch nicht anbauen.«

Hertha Mahlgast ließ nicht locker. »Denk doch auch mal an deinen Sohn.«

»Was hat mein Sohn mit Abendroth zu tun?«

»Wenn er nach Abschluss seines Studiums in die Firma Siemens & Halske eintreten will, dann wäre Erich Abendroth der Mann, der darüber zu entscheiden hat.«

»Gut, sollen sie kommen, die Abendroths – und lass sie meinetwegen auch noch ihren Großvater mitbringen, nur andauernd husten darf der nicht.«

Damit stand nun fest, dass Dorothea und Erich Abendroth bei den Tschellos antreten durften. Aber prompt bekam er drei Tage vor dem Hauskonzert einen starken Husten. Was tat er nicht alles, um seine Erkältung niederzuringen, jedes Hausmittel war ihm recht, von der heißen Milch mit Honig bis zum Quarkwickel auf der Brust. Viel half es nicht, und er hatte allen Grund, ein Scheitern seines Planes zu befürchten. Doch gerade sein Husten sollte ihm Glück bringen.

Als er bei den Tschellos eintrat, lief er natürlich, kaum hatte er die Frau des Hauses begrüßt, den beiden so ungleichen siamesischen Zwillingen über den Weg: Hermann Mahlgast und Ludolf Tschello.

»Berlin ist doch ’n Dorf. Was machen Sie denn hier, meine Herren?«

Ludolf Tschello lachte. »Pardon, das hier ist mein Elternhaus.«

»Gott, ja.« Erich Abendroth hatte das Gefühl, ein wenig den Überblick verloren zu haben. »Es muss am Fieber liegen, das ich bekommen habe. Meine Influenza.«

»Infizieren Sie ruhig alle, die da im Raume sind«, sagte Ludolf Tschello. »Solange es noch keine Waggons der Hoch- und Unterpflasterbahnen gibt, in denen man sich im dichten Gedränge anhusten kann, muss man das ja notgedrungen zu Hause tun.«

»Ich sehe, dass das Thema elektrische Schnellbahnen Sie noch immer gefangen hält. Wann werden Sie beide denn mit Ihren Studien fertig sein, damit Sie bei uns in die Firma eintreten können?«

»Im nächsten Jahr ganz sicher.«

Abendroth war ein wenig erstaunt. »So spät erst? Ich dachte, Sie …«

»Wir haben mit Cécile eine Menge Zeit verloren und konnten uns nicht richtig auf das Examen konzentrieren«, erklärte Hermann Mahlgast.

»Cécile, das ist die junge Schauspielerin, die …«

»Ja. Wir …«

Weiter kam Ludolf Tschello nicht, denn in diesem Moment bat seine Mutter alle Gäste in das Zimmer, in dem musiziert werden sollte. Erich Abendroth sah sich aufmerksam um und hoffte, unter den Anwesenden auch den Baron von Strubensee zu entdecken, doch vergeblich. Nur schwer konnte er seine Enttäuschung verbergen. Hertha Mahlgast hatte doch fest versprochen, dafür zu sorgen, dass auch Strubensee eingeladen wurde. Am liebsten wäre Abendroth wieder gegangen, denn auf Ernst Moritz Tschello und sein Wimmerholz hätte er gern verzichtet, doch das wäre ein Affront gewesen, den man ihm nie verziehen hätte.

Also ergab er sich in sein Schicksal und lauschte den Tönen des Meisters. Bald aber begann das Rasseln in seiner Brust, das Spiel der Geige zu überlagern und zu stören, und es kostete ihn unheimlich Kraft, gegen einen Hustenanfall anzukämpfen. Er begann zu schwitzen wie im Dampfbad. Vor allem auch deshalb, weil ihm seine Frau schon warnende Blicke zuwarf.

Wer dann aber laut hustete, war nicht er, sondern eine Dame, die man ihnen als Freifrau von Treppeln vorgestellt hatte. Sosehr sie sich auch ihr Tüchlein vor den Mund presste, es half nichts. Sie erhob sich und lief aus dem Zimmer. Abendroth nutzte die Gelegenheit, sich ebenfalls zu empfehlen. Draußen vereinten sie sich dann zum Duett.

»Wie in einer Lungenheilstätte!«, keuchte Abendroth.

»Hoffentlich wird es keine Tuberkulose«, sagte Frau von Treppeln. »Ich muss mich beim Baron von Strubensee angesteckt haben, als wir gestern in seiner Equipage durch den Thiergarten gefahren sind.«

Die besseren Stände der Hauptstadt wie auch der Provinz strömten, sofern sie die Geselligkeit mochten und ein wenig vergnügungssüchtig waren, zu den großen Bällen, boten diese doch – zusammen mit dem Eislaufen auf dem Neuen See im Thiergarten – die größten Winterfreuden, die sich denken ließen.

Ein Stück echten Karneval bot dabei der sogenannte Alpenball im Krollschen Theater. Schon lange vorher las man die Stücke Johann Anzengrubers oder die Romane Ludwig Ganghofers, um sich zünftig zu verkleiden. Derjenige, dessen Kostüm nicht dem Wesen des Festes entsprach, wurde von der Türwache zurückgewiesen. Meisterhaft waren die Räume ausgeschmückt. Der Hauptsaal war als reizvolle Alpenlandschaft hergerichtet. Im Hintergrund leuchteten die schneebedeckten Bergriesen in der Abendsonne, während vorn Hütten mit Veranden lagen und sich Wege durch Föhrenwaldungen emporwanden, um in einer Rutschbahn zu enden. Von der ging es mit sausender Geschwindigkeit und hellen Juchzern herab zum Rande der Tanzfläche. Auf dem Podium saß eine bäuerliche Kapelle und schmetterte ihre Weisen, zu denen sich Jung und Alt im Kreise drehten, während in enger Nachbarschaft ein lustiger Rundgesang erschallte. Ausgelassen ging es zu, und schnell räumte das trauliche Du die Schranken der Etikette hinweg.

Wesentlich vornehmer ging es beim Presseball zu, den der Verein Berlin Presse zum Besten seiner Hilfskassen in den Gesamträumen der Philharmonie veranstaltete. Damit man sich ungestört unterhalten konnte, verzichtete das Festkomitee auf alle Darbietungen theatralischer oder musikalischer Art und beließ es bei einer Damenspende und einer Tombola mit ausgewählten künstlerischen und literarischen Gaben. Zu dem geistigen Berlin, den Schriftstellern, Journalisten und Gelehrten, gesellte sich hier das künstlerische, das diplomatische und das militärische, es erschienen die Vertreter der fremden Großmächte, die obersten Staatsdiener, unter ihnen der Reichskanzler und die Minister, hochgestellte Offiziere, Maler, Bildhauer, Schauspieler und Schauspielerinnen, und neben dieser geistigen und offiziellen Macht war durch einen Kranz holder Frauen und Mädchen in den erlesensten Toiletten auch die Macht der Schönheit und der Anmut vertreten.

Obenan aber stand wohl doch der Subskriptionsball im Königlichen Opernhaus. Er verkörperte für die gesellschaftlichen Novizinnen und Novizen alles Prächtige und Vollkommene, Interessante und Abwechslungsvolle, das die große Gesellschaft, das Berlin und die Crème de la crème der gesamten Provinz in gesellschaftlicher Hinsicht zu bieten vermochte. Seine ganz besondere Anziehungskraft, ja mehr noch, seine Weihe erhielt dieser Ball dadurch, dass sich der Hof mitsamt seiner Kaiserlichen Herrschaften unter die Anwesenden mischte und so an diesem Abend die so streng gehaltenen Gesetze der Etikette fallen ließ.

Auch auf Erich und Dorothea Abendroth übte dieser Ball einen unvergesslichen Zauber aus, und fast vergaß der Siemens-Oberingenieur den eigentlichen Grund seines Erscheinens. Zu berauschend war der Anblick, als er mit seiner Gattin die mit Blattpflanzen und Blumen geschmückten Gänge des Foyers durchschritt und dann in eine der Logen des ersten Ranges trat.

»Oh …« Unbewusst entfuhr Dorothea Abendroth ein Laut der Bewunderung, des Staunens und der Freude. »Dass ich das noch einmal schauen durfte!«

Blendendes Licht ergoss sich über den stolzen Raum und ließ dessen Architektur eindrucksvoll hervortreten.

»Das hast du nur unserer Elektrizität zu verdanken«, sagte Erich Abendroth ohne große gefühlsmäßige Aufwallung. »Werner von Siemens, wir danken dir!«

»Doch nicht so prosaisch, Erich!«, rügte sie ihn.

Die Logen waren bis auf den letzten Platz mit festlich gekleideten Menschen gefüllt. Stimmungsvoll begann das Orchester zu spielen. Im Parkett unten war alles so dicht gedrängt, dass ein Vorwärtskommen nur schwer möglich war.

Erich Abendroth stöhnte auf. »Wie soll ich denn da diesen Strubensee finden?«

»Hoffen wir, dass wir auf Frau von Treppeln stoßen.«

Es war trotz dieser Sorge ein berückendes Schauspiel: die Musik, der lichtdurchflutete Raum, der einschmeichelnde Duft feinen Parfüms, das Blitzen der Diamanten, das Funkeln der goldstrotzenden Uniformen, das Hin-und-her-Wogen der plaudernden, medisierenden und kritisierenden Menge, dieses Meer von weißen Schultern und Armen, von kokett frisierten Mädchenköpfen und schlanken Frauengestalten.

»Es hilft alles nichts: Wenn wir Strubensee finden wollen, müssen wir uns ins Gedränge stürzen«, sagte Erich Abendroth.

Seine Frau lachte. »Ich tue nichts lieber als das.« Für sie war es außerordentlich unterhaltsam, wie sie da im Gewühl langsam und behutsam geschoben und gedrängt wurden. Dabei war stets Neues zu erblicken und von den Augenblicksnachbarn Neues zu hören. Hier war alles vereint, was Berlin an großen und kleinen Berühmtheiten, an mehr oder minder bekannten Tagesgrößen aufzuweisen hatte. Viele Namen flüsterte sie, kamen die nun aus der Welt des Theaters, der Musik, der Literatur, der schönen Künste oder der Börse.

Unter Führung des Intendanten und den Klängen eines Begrüßungsmarsches erfolgte nun von der breiten Freitreppe herab der mehrmalige Umzug durch den Saal, das Kaiserliche Paar voran, hinter ihm, immer zu zweit, die sonstigen fürstlichen Herrschaften und deren Hofstaat. Es war ein langer, glänzender Zug, der sich langsam in einer schmalen Gasse durch das Menschenmeer wand.

»Da steht ja Frau von Treppeln!«, rief Dorothea Abendroth. »Und der noble Herr neben ihr kann nur der Baron von Strubensee sein.«

»Dann nichts wie hin!« Erich Abendroth war versucht, alle Würde zu vergessen und sich so zu verhalten, wie es junge Männer taten, wenn sie Rugby spielten.

Neun

1894

Liesbeth Cammer hatte es zu einem Ritual werden lassen, alle halbe Jahre einmal ins Polizeipräsidium zu gehen und sich dort zu erkundigen, ob die Nachforschungen nach ihrem Mann endlich etwas ergeben hätten.

Max Fleischfresser zog die Akte Germanus Cammer aus dem Regal und schlug sie auf. Dies aber nur, um der armen Frau das Gefühl zu geben, man mühte sich noch immer um die Aufklärung des Falles. In Wahrheit stand die Antwort schon fest. »Tut mir leid, auch diesmal wieder nichts. Nun ist es ja auch schon ...«, er zählte lautlos, »... sechzehn Jahre her, dass er ...« Er brach ab, denn er hatte »von uns gegangen ist« sagen wollen, aber das hätte sie womöglich als zynisch aufgefasst und wäre wieder zum Polizeipräsidenten gelaufen, um sich bei dem über ihn zu beschweren. So versuchte er, sich einfühlsam zu geben. »Doch es gilt ja weiterhin die alte Weisheit: Solange wir seinen Leichnam nicht gefunden haben, ist die Hoffnung nicht gestorben.«

Auch Liesbeth Cammer wiederholte das, was sie bei jedem ihrer Besuche vorbrachte. »Er hätte mich nie im Leben verlassen, um etwa in den Vereinigten Staaten ein neues Leben zu beginnen, und einen Suizid halte ich für völlig ausgeschlossen.«

Ferdinand Kublank schluckte den letzten Bissen seiner Schinkenstulle herunter, ehe er sich an der Unterhaltung beteiligte. »Wird schon wern / mit de Mutter Beern, / mit de Mutter Horn! isset ooch jeworn …« So wurden in Berlin täglich Tausende von Leidtragenden getröstet. Den Nachsatz »Nur Mutter Schmitten / hat jelitten, / der ham se dreimal in't Holzbeen jeschnitten« ließ er lieber weg. »Sie haben det Janze ja ooch jut verkraftet, Frau Cammer, und wenn Ihr Mann jetz plötzlich ufftauchte, denn wär det womöglich 'ne Katastrophe für Sie.«

Diese Bemerkung hatte Liesbeth Cammer noch immer im Ohr, als sie wieder in der Stadtbahn saß. Ja, sie hatte sich nicht unterkriegen lassen und nach dem Verschwinden ihres Mannes ein Leben geführt, auf das sie mit einigem Stolz zurückblicken konnte. Die Kinder waren prächtig gediehen, zumindest zwei von ihnen. Nikolaus war in die Firma Siemens & Halske eingetreten und arbeitete derzeit in der Londoner Dependance. Anna Luise hatte ihren Willen durchgesetzt und war Krankenschwester geworden und in der Diakonissen-Anstalt Bethanien am Mariannenplatz zu Hause. Nur Franz machte ihr Sorgen. Er hatte auf der Schauspielschule nicht reüssieren können und war in letzter Zeit zu einem echten Bummelbruder geworden. Den Verlust seines Vaters hatte er nie recht verwinden können. Neuerdings sprach er davon, in die Vereinigten Staaten zu gehen und dort nach ihm zu suchen. Sie führte es darauf zurück, dass er zu viele Romane dieses Karl May gelesen hatte. Er hoffte, wenn er viel getrunken hatte, wohl, Germanus Cammer an der Seite von Old Shatterhand, Winnetou, Sam Hawkins und Tante Droll finden zu können.

Sie selber konnte mit ihrer literarischen Produktion zufrieden sein. Ihr Nachschlagewerk über die berühmtesten deutschen Dichterinnen verkaufte sich so gut, dass sie von ihrem Verleger gebeten worden war, es doch einmal mit einem Roman zu versuchen. »Ein richtiges Frauenschicksal aber!« Da hatte sie sofort an ihr eigenes gedacht, war aber von ihren Kindern händeringend gebeten worden, davon abzulassen, fürchteten diese doch Enthüllungen, die ihnen auf ihrem weiteren Lebensweg sehr schaden konnten. So war sie auf die Idee gekommen, sich Cäcilie Krummensee zum Vorbild zu nehmen.

Auch heute wieder wollte sie einen Abstecher in die Markusstraße machen, um zu sehen, wie es Cécile in den letzten Wochen ergangen war. Sie stieg am Schlesischen Bahnhof aus der Stadtbahn, nahm den nördlichen Ausgang, bog links in die Koppenstraße ein, um dann durch die Lange Straße zur Markusstraße zu laufen. Dort betrieben Karl-Georg und Sophie Krummensee die Gastwirtschaft »Zum Krummen Säbel«.

Wie immer wurde sie vom Wirt freudig begrüßt. »Hallo, da kommt ja unsere Dichterin!«

Sie setzte sich und bekam erst einmal eine Tasse Kaffee vorgesetzt. Es gab in dieser Vormittagsstunde kaum Gäste, und das Stammessen war auch schon vorbereitet, so dass Sophie Krummensee für fünf Minuten die Küche verlassen und sich zu ihr setzen konnte. Es gab immer etwas, über das man reden konnte. Karl-Georg Krummensee hatte draußen auf der Straße zu tun, denn gerade hatte der Bierkutscher vor dem Lokal gehalten.

»So 'n Bierwagen is ja 'n richtijit Mordinstrument«, sagte Sophie Krummensee.

»Wieso denn das?«

»Ham Se nich jelesen, schon wieda is 'n Fußgänger von 'nem Bierwagen überrollt worden. Uff da Stelle tot. Zehn Stück sind dieset Jahr schon hopsjegangen.«

Liesbeth Cammer seufzte. »Mein Mann hat schon vor zwanzig Jahren gesagt, dass wir eine Hochbahn brauchen – oder eine elektrische Schnellbahn unter der Erde. Aber die kommt ja nun wohl auch in Bälde. Dank Seiner Majestät.«

Die Kabinettsorder vom 22. Mai 1893 betreffend den Bau neuer Verkehrsanlagen hatte auf allerhöchster Ebene den Weg geebnet. War nun aber durch den königlichen Erlass die generelle Genehmigung zum Bau einer elektrischen Hochbahn in Berlin erteilt worden, so musste doch noch um die Zustimmung der Städte Berlin und Charlottenburg sowie der Gemeinde Schöneberg gerungen werden, denn die konnte man als sogenannte Wegeunterhaltungspflichtige nach dem Kleinbahngesetz von 1892 nicht übergehen. Liesbeth Cammer verfolgte dies alles mit lebhaftem Interesse.

Karl-Georg Krummensee hatte dem Bierkutscher die Kellerluke geöffnet und kam an ihren Tisch. Dabei zuppelte er an seinem Zigarrenstummel.

Seine Frau wedelte den Rauch beiseite. »Du mit deine Stinkadorins!«

Er lachte. »Das ist doch die Marke ›Kranker Kaiser Friedrich‹. Lerne leiden, ohne zu klagen.«

Liesbeth Cammer war das zu zynisch, hatte der Monarch doch unter Kehlkopfkrebs gelitten. Sie wechselte das Thema. Über die Fertigstellung des Reichstages war zu diskutieren, über die Meldung, dass der Kaiser dem Tennisspiel verfallen sei und der Marine Order gegeben habe, in Kiel drei Plätze anlegen zu lassen, und über den Berliner Arzt und Schriftsteller Carl Ludwig Schleich.

»Der soll wat erfunden ham, wo man 'ne Zeitlang betäubt is, wenn man et einjeatmet hat«, wusste der Wirt zu berichten. »Mit 'nem Wattebausch.«

»Die Lokalanästhesie«, präzisierte Liesbeth Cammer die Sache.

Sophie Krummensee schüttelte sich. »Ick seh ma schon nachts nach Hause kommen – und da steht dann so 'n Kerl in 'n Hausflur und betäubt ei'm mit 'nem Wattebausch.«

Auch Liesbeth Cammer fand diese Vorstellung nicht sehr anheimelnd und fragte, wie es denn dem Fräulein Tochter ginge.

»Cécile ist noch nicht uffjestanden«, sagte die Wirtin. »Die war jestern inne Urania bei det Jastspiel von die Sandrock.«

Adele Sandrock, die »Blonde Bestie«, begeisterte ganz Berlin. Sie war 1863 in Rotterdam geboren worden und Mitglied des Wiener Hoftheaters.

Liesbeth Cammer zeigte sich erfreut. »Schön, dass sie endlich wieder die Kraft gefunden hat, im Parkett zu sitzen und zuzusehen, wie andere spielen.«

Als sich der Schankraum allmählich mit Gästen gefüllt hatte, die sich auf einen preiswerten Eintopf aus Wirsingkohl oder Möhren freuten, erschien Cécile in der Tür, die die Aufschrift *Privat* trug. Sofort fuhren die Köpfe der Männer herum. Liesbeth Cammer schätzte, dass mindestens die Hälfte von ihnen dieses Anblicks wegen in den »Krummen Säbel« gekommen war. Cécile war immer noch eine atemberaubend schöne Frau – trotz allem, was sie in den letzten drei Jahren an Schwerem durchgemacht hatte. Das herabstürzende Kulissenteil, ein Fenster mit einer Gartenbank davor, hatte ihr fast den rechten Knöchel zerschmettert. Nach zahllosen Operationen war es aber den Ärzten gelungen, sie so wiederherzustellen, dass sie beim Gehen nur ein ganz klein wenig hinkte. Viel schwerwiegender waren die Folgen für ihre Psyche. Weniger durch die Gehirnerschütterung, die sie davongetragen hatte, als vielmehr durch den erlittenen Schock waren ihr Sprachzentrum und ihr Gedächtnis gestört worden. Sie konnte sich keine Texte mehr merken und brauchte oft viele Sekunden, bis sie die richtigen Worte gefunden hatte. Ihre Eltern hatten viele Seelenheiler bemüht und sie immer wieder zur Kur geschickt, doch an eine Fortsetzung ihrer Theaterlaufbahn war nicht mehr zu denken. Wie in Trance erschien sie den anderen, und Liesbeth Cammer hatte ihren Romanentwurf auch mit *Die Schlafwandlerin* überschrieben.

Sie setzte sich mit Cécile in die gute Stube der Krummensees, um mit ihr zu reden. Bei jeder Begegnung fragte sie sich, inwieweit es legitim war, das Schicksal ihrer Heldin so zu lenken, dass es für ihren Roman wirklich etwas hergab. Damit das Mahl opulent wurde, bedurfte es gewisser Zutaten wie Zeugung und Tod, Liebesleid und Liebeslust, Kampf, Niederlage und Erlösung. Endete Cécile als Schankwirtin in der Gaststätte ihrer Eltern, war nicht damit zu rechnen, dass jemand den geplanten Roman druckte oder gar kaufte. Ergiebig war bei Cécile im Augenblick eigentlich nur ihr Schwanken zwischen Hermann Mahlgast und Ludolf Tschello. Beide waren bereit, sie zur Frau nehmen, aber sie konnte sich für keinen entscheiden.

»Nicht, dass es dir wie Buridans Esel ergeht«, warnte Liesbeth Cammer. »Du verschmähst mir beide und endest als alte Jungfer.«

»Wie … wie hätten Sie es denn gerne, dass ich … ich … wieder …« Sie kam nicht auf das Wort Schauspielerin. »Adele … Adele …«

»Sandrock?«, half ihr Liesbeth Cammer weiter. »Was die ist, könntest du auch sein.«

Cécile verfiel sofort in eine gewisse Panik und begann, leise zu zittern. »Ich will nie wieder auf die … auf die …«

»… die Bühne? … Nein, nein, sollst du ja auch nicht.« Liesbeth Cammer suchte nach einem Weg, an die junge Frau heranzukommen. »Aber dein Naturell ist nun einmal, lass mich offen mir dir reden, so beschaffen, dass du gern im Mittelpunkt stehen möchtest, dass du dein Publikum brauchst.«

Cécile versuchte zu begreifen, was die Schriftstellerin mit diesen Sätzen meinte. »Ich, eine … eine …«

»Diva? … Ja.«

»Wie denn?« Das hatte Cécile vollkommen begriffen, dass sie in ihrer derzeitigen Verfassung nicht auf der Bühne stehen konnte.

Liesbeth Cammer wusste auch keine Antwort. Und je öfter sie Cécile gegenübersaß, desto mehr schwanden ihre anfänglichen Sympathien für die junge Frau. Ohne Frage war sie ein hysterischer Charakter. Sie war leicht erregbar und handelte sehr impulsiv, sie legte eine unverhüllte Koketterie an den Tag, sie versuchte ständig, sich durch den übertriebenen Ausdruck von Emotionen in Szene zu setzen, sie war egozentrisch, eitel und anspruchsvoll. Liesbeth Cammer holte, während sich Cécile eine Tasse Kaffee kommen ließ, ihr Notizbuch hervor, um zu den Fragen zu kommen, die sie zu Hause vorbereitet hatte.

Da stürzte Cécile auf sie zu, riss ihr das Büchlein aus der Hand und schleuderte es in Richtung Ofen.

»Du verfluchte Schnüfflerin, du! Du willst mich doch nur aushorchen, damit du deinen Roman zu Ende schreiben kannst. Aber nicht mit mir! Raus hier, du Miststück!«

Auf diese Landpartie hatten sie sich schon lange gefreut. Hermann Mahlgast und Ludolf Tschello waren wegen ihrer Prüfungen an der Technischen Hochschule Charlottenburg zu wahren Stubenhockern geworden, und Cécile hatte seit ihrer Rückkehr von der Kur in Alexisbad Berlin auch nicht mehr verlassen. Alle drei standen pünktlich um acht Uhr morgens auf dem Lehrter Bahnhof, um in den Zug Richtung Hamburg zu steigen. Diese Aktion war aber mit erheblichen Schwierigkeiten verbunden, denn beide wollten Cécile in den Zug helfen, Mahlgast von der linken, Tschello von der rechten Seite aus, was dazu führte, dass sie sich beim Einsteigen verkeilten und nicht weiterkamen.

»Würdest du sie bitte loslassen?«

»Ich werde sie niemals loslassen!«

Es entstand ein kleiner Stau, und als bei den Mitreisenden die ersten Unmutsäußerungen laut wurden, kam der Zugschaffner herbei und löste das Problem dadurch, dass er die Etikette beiseite ließ und Cécile mit einem sanften Druck auf das verlängerte Rückgrat in den Waggon bugsierte. Hermann Mahlgast beschwerte sich lauthals über diese Vorgehensweise, und Ludolf Tschello drohte dem Bahnbeamten sogar eine Tracht Prügel an, doch der war viel zu vierschrötig, um in

Rage zu geraten. Ohne die Herren Ingenieure irgendwie zur Kenntnis zu nehmen, entfernte er sich in Richtung Lokomotive. Immerhin hatte der kleine Vorfall die positive Folge, dass kein anderer Passagier das Abteil mit ihnen teilen wollte und sie allein und ungestört unter sich sein konnten. Es entspann sich ein munterer Diskurs über alles, was die Welt in dieser Zeit bewegte, und die beiden Männer versuchten, sich dabei in Positur zu setzen und Cécile zu imponieren – der eine mit seinem Witz, der andere mit seinem männlichen Ernst.

»Wie … wie findet ihr den … das da, wo das Parla … den Reichstag?«, fragte Cécile.

»Im Dezember will der Kaiser den Schlussstein legen«, sagte Hermann Mahlgast. »Ich finde, dass es ein Gebäude ist, das es mit allem aufnehmen kann, was in Athen auf der Akropolis steht. Paul Wallot ist für mich ein architektonisches Genie.«

»Von wegen!« Ludolf Tschello widersprach ihm heftig. »Das Ding sieht doch aus wie ein neuer Berliner Zentralbahnhof. Der Stadtbaurat Ludwig Hoffmann hat schon recht, wenn er sagt, das Ding wirke wie ein Leichenwagen 1. Klasse.« Noch schlimmer aber würde die Kaiser-Wilhelm-Gedächtniskirche werden, deren Grundstein Wilhelm II. im letzten Jahr gelegt hatte.

Der nächste Streitpunkt waren *Die Weber* von Gerhart Hauptmann. Cécile sagte, sie sei hin- und hergerissen. Einerseits seien Stücke wie dieses für jeden Schauspieler ein gefundenes Fressen, andererseits sollte man das Theater nicht als Versammlungsort der Sozialdemokraten missbrauchen.

»Richtig!«, rief Hermann Mahlgast. »*Die Weber* heizen doch nur den Klassenhass an. Da wird die Plünderung bei Dreißiger zur Heldentat stilisiert. Revolutionäre Reden und Parteipropaganda gehören nicht auf die Bühne.«

»Doch!«, widersprach ihm Ludolf Tschello. »Wenn es um die Menschlichkeit geht und wenn der Dichter ein Genie ist.«

So wetteiferten sie den ganzen Tag über um die Gunst

Céciles, und ein jeder war der festen Meinung, als Sieger aus diesem Ringen hervorzugehen. Bei aller Rivalität aber war kein Hass zwischen ihnen. Immer wieder erklärten sie, dem anderen Cécile zu gönnen und nichts unternehmen zu wollen, was das Glück des Siegers schmälern könnte.

In Wilsnack erwartete sie der Baron Georg von Strubensee am Bahnhof. Er hatte vor kurzem die Freifrau von Treppeln geehelicht und sich mit ihr in der Nähe von Kletzke ein wenig Land gekauft. Nun waren sie dabei, sich ein Herrenhaus in den märkischen Sand setzen zu lassen, um die Sommermonate hier zu verbringen. Um beweglicher zu sein, hatte sich Strubensee eine der neumodischen Motorkutschen zugelegt, die Gottlieb Daimler und Wilhelm Maybach bauten. Nun bat er die drei Berliner, in dieses Gefährt einzusteigen.

»Ex… explodiert die … die auch nicht?«, fragte Cécile, vom knatternden Motor doch ein wenig in Angst und Schrecken versetzt.

»Hier in Wilsnack macht das nichts«, sagte Ludolf Tschello. »In der Nähe der Wunderblutkirche würden wir alle als Engel gen Himmel fahren.«

Trotz dieser Zusicherung wäre es Cécile lieber gewesen, sie hätten sich zu Fuß auf den Weg gemacht, um den gewaltigen Backsteinbau mit seinem schönen gotischen Hochaltar und seinen prächtigen Chorfenstern zu erkunden.

Hermann Mahlgast hatte sich gut auf diesen Ausflug vorbereitet. »Als die Dorfkirche im Jahre 1383 niederbrannte, fanden die Einwohner drei geweihte Hostien völlig unversehrt – und auf jeder zeigte sich ein Blutstropfen.«

Ludolf Tschello lachte. »Irgendein Harz wird es gewesen sein.«

»Psst!«, machte Cécile.

»Schnell verbreitete sich die Kunde vom Wunderblut in alle Richtungen«, fuhr Hermann Mahlgast fort. »In hellen Scharen strömte die gläubige Bevölkerung herbei, und von deren Spenden wurde die Wunderblutkirche erbaut. Wilsnack wurde zu einem richtiggehenden Wallfahrtsort.«

»Wir werden versuchen, das wiederzubeleben«, sagte der Baron. »Das bringt Geld ins Land. Vielleicht könnte man im Kirchenschiff auch Theater spielen. Die Quitzows waren ja in dieser Gegend zu Hause, und deren Geschichte gibt Stoff für gleich mehrere Dramen her.«

»Fehlt uns nur der märkische Shakespeare«, spottete Ludolf Tschello. »Ein Gerhart Hauptmann tut's da nicht.«

»Eher der ... der Hermann ... Hermann ...« Cécile kam nicht auf den Namen Sudermann. Sein Schauspiel *Die Ehre* hatte sie im Lessingtheater gesehen.

Strubensee wollte sie nun in seine Motorkutsche verfrachten, doch das schien zunächst daran zu scheitern, dass es hinten nur zwei Plätze gab und weder Hermann Mahlgast noch Ludolf Tschello darauf verzichten wollten, neben Cécile zu sitzen. Sie diskutierten mehrere Lösungen, insbesondere wie sie sich wann und wo abwechseln sollten, doch schließlich riss dem Baron der Geduldsfaden, und er komplimentierte Cécile nach vorn. »Bitte zu mir auf den Kutscherbock, mein Fräulein. Wenn sich zweie streiten, dann freut sich der Dritte. Aber keine Angst, ich bin ja frisch verheiratet.«

So knatterten und rumpelten sie zunächst ins Dorf Legde, wo ein Denkmal aus Sandstein daran erinnerte, dass Dietrich von Quitzow im Jahre 1593 an dieser Stelle von Landsknechten erschlagen worden war.

Zum Mittagessen, das nur ein besseres Picknick war, fuhren sie mit mäßigem Tempo nach Kletzke.

»Hier stand einst eine feste Burg der Quitzows«, dozierte Hermann Mahlgast. »Von der sind aber heute nur noch einige Mauerreste und Wälle übriggeblieben. Besser haben sich die an der Dorfkirche befindlichen Grabstätten mit den Bildnissen des Achaz von Quitzow und seiner Gemahlin erhalten.«

»Ach ... ach ... ein ... ein schöner Name«, fand Cécile.

»Klingt so nach ... nach ...« Sie schaffte es nicht, den Satz zu vollenden. »Edel ... edel ...«

»Nach einem Edelstein, ja«, stimmte der Baron ihr zu, »einem Achat.«

Cécile sah ihn an. »Wenn ... wenn ich einen Sohn ... dann ...«

»Meinetwegen Achaz!«, rief Ludolf Tschello.

»Meinetwegen auch!«, fügte Hermann Mahlgast hinzu. »Achaz Mahlgast.«

»Achaz Tschello klingt aber wesentlich besser.«

Der Baron schmunzelte. »Am besten wäre natürlich Achaz von Strubensee.«

Als sie zur Baustelle bei Kletzke kamen, hatten die Arbeiter mit Hilfe einiger Mägde aus den angrenzenden Gehöften schon den Tisch für sie gedeckt und für einige deftige, aber schmackhafte Gerichte gesorgt. Eine Schlachtplatte gab es sowie Schüsseln mit Knieperkohl und Schmorgurken. Dazu frischgebackenes Brot und Buttermilch.

»Eines werden Sie natürlich in Kletzke vermissen, meine Herren Ingenieure«, sagte Strubensee, »nämlich Ihre elektrischen Bahnen.«

»Es gibt ja das Gerücht, dass Sie da bei Seiner Majestät ein wenig nachgeholfen haben«, sagte Ludolf Tschello.

Strubensee zeigte auf seine Motorkutsche. »Stellen Sie sich vor, Hunderttausende von Berlinern haben so ein Fahrzeug ... Da brauchen wir dringend elektrische Bahnen, die über oder unter der Erde verkehren. Pferdekutschen sind ja sehr schön, aber ... Wie habe ich diesen Fontane neulich sagen hören: *Wir sollen das Alte würdigen, aber für das Neue recht eigentlich leben.*« Er hob seinen Becher mit Buttermilch. »Prost! Auf die Berliner Hochbahn!«

Sie tranken zu viert auf das Gelingen der Siemens-Pläne, und Strubensee wollte wissen, ob sie schon in die Firma Siemens & Halske eingetreten seien.

»Noch nicht«, wurde ihm von Hermann Mahlgast beschieden. »Aber am nächsten Montag sind wir eingeladen, um mit dem Leiter des Konstruktionsbureaus und einigen anderen Siemens-Beamten zu sprechen.«

Strubensee lächelte. »Wenn wir auf der Rennbahn wären und Sie die edlen Renner, dann würde ich mein ganzes Geld darauf setzen, dass Sie den Zuschlag erhalten, wie groß die Konkurrenz auch sein mag. Ich meine, bei den guten Beziehungen, die Sie zu Erich Abendroth haben …«

Im Konstruktionsbureau von Siemens & Halske hatte man mehr als genug zu tun. Am 20. September 1894 hatte die Berliner Stadtverordnetenversammlung endlich dem Bau einer Hochbahn zwischen Warschauer Brücke und Zoologischem Garten zugestimmt, vorläufig jedenfalls. Zuvor hatte man endlos lange mit den Gemeinden Berlin und Schöneberg verhandelt, aber auch mit dem Königlichen Eisenbahnfiskus, dem das ausgedehnte Gelände zwischen Möckernbrücke, Potsdamer Platz und Dennewitzstraße gehörte, das von der Hochbahn durchschnitten werden sollte. Anfangs hatte die Stadt Berlin von Siemens & Halske für die Konzession eine weitaus höhere Summe gefordert, als man zu zahlen bereit war, und erst im Hinblick auf die für 1896 terminierte Gewerbeausstellung war man konzilianter geworden, hatte man doch mit der elektrischen Hochbahn eine zusätzliche Trumpfkarte.

Viel Zeit und Kraft kostete auch der Bau der U-Bahn in Budapest, der ersten auf dem europäischen Festland. Doch damit nicht genug, mit der Gemeinde Pankow hatte man einen Vertrag über den Bau und Betrieb einer elektrischen Straßenbahn geschlossen, und die Stadt Berlin war dabei, ihren Widerstand gegen die Errichtung einer elektrischen Oberleitung aufzugeben.

Um alle diese Projekte zur Zufriedenheit der Auftraggeber zum Abschluss zu bringen, brauchte man viele junge Ingenieure, und Erich Abendroth wie auch Heinrich Schwieger mussten sich viel Zeit nehmen, um die Auswahlgespräche zu führen.

Den Tag, an dem es um die eventuelle Einstellung von Hermann Mahlgast und Ludolf Tschello ging, hatte sich Erich Abendroth bei Gott nicht herbeigesehnt. Er schlief schlecht, und das Frühstück wollte ihm nicht so recht schmecken.

Sein Frau war besorgt. »Was ist mit dir?« Dann fiel ihr selber ein, was es war, das ihn bedrückte. »Hermann und Ludolf sind heute an der Reihe?«

Er nickte. »So ist es. Und wenn ich etwas hasse, dann ist es Vetternwirtschaft jeglicher Art.«

Sie konnte sich ein anzügliches Lächeln nicht verkneifen. »Du würdest ja auch nie zu einem Mann aus dem Umkreis Seiner Majestät gehen und den bitten, etwas für eure Hochbahn zu tun.«

»Da ging es um eine Sache, die für viele sehr segensreich ist.«

»Insbesondere für die Firma Siemens & Halske.« Dorothea Abendroth konnte nicht anders, als weiterhin zu spötteln. »Aber ich will dich auch gar nicht tadeln, schließlich hast du niemanden gemeuchelt oder dich sonst wie gegen die Gesetze vergangen.«

Erich Abendroth sah die Sache grundsätzlich. »Halte ich ein flammendes Plädoyer für Hermann Mahlgast und Ludolf Tschello, dann heißt es, sollte unsere langjährige Freundschaft publik werden, sie verdankten ihren Vertrag nur mir. Spreche ich mich gegen sie aus, wird man mir das in den Familien Mahlgast und Tschello niemals verzeihen.«

»Sieh doch die Sache nicht so verbissen«, ermahnte sie ihn. »Beide haben doch die Passion Hochbahn, und beider Abschlussnoten sind ausgezeichnet. Euer Risiko ist doch ein minimales.«

»Sicher …«

Dass er so druckste, machte sie hellhörig. »Ich könnte mir auch noch einen anderen Grund vorstellen, dass sich deine Begeisterung in Grenzen hält, die beiden in der Firma Siemens & Halske zu wissen …«

»Da bin ich aber mal gespannt.«

»Sie könnten dann zu Hause davon berichten, wenn dir einmal ein Fehler unterlaufen ist, wenn du bei einer Entscheidung keine Fortüne hattest, wenn Untergebene klammheimlich über dich spotten.«

Erich Abendroth zuckte unwillkürlich zusammen. Sie hatte ihn durchschaut. »Nun ja, meine Liebe …«

»Aber beide haben doch nur ein Ziel und einen Lebenstraum: zu Siemens zu gehen und Hoch- und Unterpflasterbahnen zu bauen. Verfehlen sie ihr Ziel und zerplatzt ihr Traum wie eine Seifenblase, dann werden sie schweren Schaden an Leib und Seele davontragen.«

Er konnte sich die Bemerkung nicht verkneifen, dass sie ja noch ihre Cécile hätten. »Die ist ihnen im Zweifelsfalle wichtiger als die Firma Siemens & Halske.«

»Aber nur einer wird sie haben können«, sagte Dorothea Abendroth. »Und der andere?«

Erich Abendroth wischte sich mit der Serviette das Eigelb von den Lippen. »Dann wäre es doch geradezu salomonisch, die Sache aufzuteilen: Einer bekommt die Anstellung bei uns und der andere Cécile.«

»Du bist ganz schön zynisch.«

Er stand auf und küsste sie. »Nein, meine Liebe, edel, hilfreich und gut. Ich schwöre dir, dass ich mich ohne Wenn und Aber und unter Hintanstellung aller eigenen Interessen für Hermann Mahlgast und Ludolf Tschello einsetzen werde. Beide müssen sie zu Siemens & Halske kommen.«

Seine Frau lobte ihn, und er machte sich einigermaßen gelassen auf den Weg ins Bureau. Aus einem Stapel von Bewerbungen hatten seine Untergebenen ein Dutzend Kandidaten ausgewählt, darunter auch Hermann Mahlgast und Ludolf Tschello, ohne dass er in die Vorauswahl eingegriffen hätte. Sie hatten ja nicht nur gute Zeugnisse, sondern auch schon im Praktikum bewiesen, dass sie eine besondere Affinität zur Firma hatten und zielgerichtet arbeiten konnten.

Die Auswahlkommission bestand aus Heinrich Schwieger, dem Leiter des Konstruktionsbureaus, Erich Abendroth als dem erfahrensten Beamten und dem Ingenieur Emil Dominik, der später einmal besonders eng mit den Neuen zusammenarbeiten sollte. Auf der Liste, die an diesem Vormittag abgearbeitet werden sollte, standen Hermann Mahlgast und Ludolf Tschello an dritter beziehungsweise vierter Stelle. Das hatte Erich Abendroth so gedeichselt, um die Chancen seiner beiden Zöglinge zu erhöhen. Die beiden Herren am Anfang hatten die schlechtesten Zeugnisse und keinerlei Erfahrungen mit elektrischen Bahnen. Waren sie erst aus dem Rennen, würde bei den anderen beiden Juroren, so Abendroths Kalkül, die Bereitschaft wachsen, jemanden einzustellen, denn die Firma brauchte ja für die anstehenden Projekte eine Menge tüchtiger Ingenieure. Der Letzte in der Runde hatte es automatisch schwerer, denn man war müde und gereizt und hatte vor allem die Mittagspause und ein gutes Essen im Sinn.

Und Abendroths Kalkül schien aufzugehen, denn in der Tat wurden die beiden ersten Bewerber vergleichsweise kühl verabschiedet und bekamen in den Akten den Vermerk *Nur bedingt geeignet*, was so viel bedeutete, dass man auf sie nur dann zurückgriff, wenn die Besseren alle abgesagt hatten und Not am Mann war.

Nun war Hermann Mahlgast an der Reihe. Ruhig und selbstsicher trat er in den Raum, dabei aber keine Spur arrogant. Schwieger begrüßte ihn mit festem Händedruck und bat ihn, Platz zu nehmen. Abendroth und Dominik nickten ihm freundlich zu.

Heinrich Schwieger begann mit seiner Standardfrage. »Was

hat Sie eigentlich bewogen, sich mit dem Gedanken zu tragen, in unsere Firma eintreten zu wollen?«

Hermann Mahlgast musste da nicht lange überlegen. »Das ist mir sozusagen in die Wiege gelegt worden, denn ein Onkel von mir war Ingenieur bei Siemens & Halske und hat bei jeder Familienfeier vom geplanten Hochbahnnetz geschwärmt.«

»Ihr Onkel?«, fragte Dominik.

»Ja, Herr Cammer.«

Für einen Augenblick schwieg man. Es war eine Art Gedenkminute für den noch immer verschwundenen Kollegen. Niemand von den drei Siemens-Beamten glaubte, dass Cammer sich wegen irgendwelcher unbekannter Verfehlungen oder persönlicher Probleme aus dem Staub gemacht hatte, alle sahen in ihm das Opfer eines Verbrechens.

»Das tut uns leid«, murmelte Schwieger. »Aber einen besseren Bürgen als Germanus Cammer können Sie uns ja weiß Gott nicht nennen. Nun, sagen Sie uns doch bitte einmal, was Sie an unseren Ideen und Plänen ganz besonders fasziniert.«

Hermann Mahlgast hatte mit einer solchen Frage gerechnet und sich die Antwort schon zurechtgelegt. »Alles eigentlich, vor allem aber die Geschlossenheit des Konzeptes. Dass man Berlin mit einem Netz elektrischer Schnellbahnen überzieht. Als Ergänzung zur dampfbetriebenen Eisenbahn, aber auch in Konkurrenz zu dieser. Nebenbei: Irgendwann in den nächsten Jahrzehnten wird auch die Eisenbahn elektrifiziert werden, Dampfmaschinen auf Rädern wird man sich als Lokomotiven nicht mehr leisten können. Aber so dicht das Netz von Schnellbahnen auch sein wird, man kann nicht jede größere Straße und jeden Platz mit einer Hoch- oder Unterpflasterbahn versehen. Da brauchen wir dann die Straßenbahn.«

»Sehr schön.« Erich Abendroth wusste, dass er dieses Lob wagen konnte, denn seine beiden Kollegen hatten schon beifällig genickt. »Von meiner Seite hätte ich keine weiteren Fragen.«

Der Protokollant hatte noch zwei, drei eher statistische Fragen, dann erhob sich Heinrich Schwieger, um Hermann Mahlgast zur Tür zu geleiten. Er klopfte ihm auf die Schulter.

»Ich hege keinerlei Zweifel daran, junger Mann, dass wir uns in Bälde wiedersehen werden – zur gemeinsamen Arbeit. Herzlichen Glückwunsch! Dann schicken Sie uns doch bitte Ihren Freund herein.«

Erich Abendroth konnte aufatmen. Das war ja alles optimal gelaufen. Er hoffte, dass es bei seinem zweiten Schützling nicht anders sein würde, denn er war den Tschellos zu sehr verbunden und zu Dank verpflichtet, als dass ihn ein Misserfolg ihres Sohnes nicht geschmerzt hätte. Außerdem ordnete er Ludolf Tschello vor Hermann Mahlgast an. Er wusste nicht genau, woran das lag. Vielleicht daran, dass Ludolf Tschello etwas Geniales an sich hatte. Irgendwie spürte Erich Abendroth genau, dass den Bahnen, wie sie Siemens plante, noch das i-Tüpfelchen fehlte, die ganz besondere Handschrift. Wo war der Ingenieur, wo war der Architekt, der dafür sorgen konnte? Er war noch nicht an Bord. Abendroth hatte die spöttische Stimme seiner Frau im Ohr: »Du willst, dass eure Hochbahn ein Weltwunder wird.« Genau das wollte er. Aber wie, wenn da im Konstruktionsbureau nur brave Eklektiker am Werke waren? Ludolf Tschello waren eigene und außergewöhnliche Ideen zuzutrauen.

Als Ludolf Tschello den Raum betrat, zuckte Erich Abendroth unwillkürlich zusammen: In Gang und Körperhaltung ähnelte er seinem Vater, wenn der das Podium betrat und die Leute im Konzertsaal begrüßte. Fehlte nur noch die Verbeugung. Abendroth fragte sich, ob das Berechnung war. Wollte Ludolf Tschello den Siemens-Indianern, wie die Siemens-Bediensteten in Berlin genannt wurden, zu verstehen geben, dass er kein einfacher Ingenieur war, sondern ein Künstler, also mehr als sie?

Schwieger und Dominik registrierten diesen Auftritt mit

einigem Befremden und empfanden ihn als Anmaßung. Nicht sie brauchten diesen jungen Mann, so ihre erste Regung, sondern er brauchte sie. Doch Schwieger ließ sich nichts anmerken und stellte auch Ludolf Tschello die Eingangsfrage: »Was hat Sie eigentlich bewogen, sich mit dem Gedanken zu tragen, in unsere Firma eintreten zu wollen?«

Ludolf Tschello reagierte wie bei einer Soiree in der Wohnung seines Vaters und gab sich heiter. »Was bleibt einem anderes übrig, wenn man in Berlin lebt?!«

Abendroth zuckte zusammen. Im Hause Siemens war ein würdiges Auftreten eine immens wichtige Sache, das schien Ludolf Tschello völlig vergessen zu haben. Dies hier war keine Formsache, und wenn er sich in Sicherheit wiegte, beging er einen großen Fehler. Wie konnte er dem jungen Mann das klarmachen? Er versuchte es, indem er die Augenbrauen hochzog, um damit seinen Tadel am zu leichten Ton des Kandidaten auszudrücken. Zudem machte er ein ernstes Gesicht.

Dominik ergriff das Wort, und es war unschwer zu erkennen, dass er Ludolf Tschello mit einer Frage, die viel zu schwer war, schlecht aussehen lassen wollte.

»Sagen Sie, Herr Tschello, was kann man eigentlich machen, wenn Seine Majestät etwas dagegen hat, über die Straße Unter den Linden eine Oberleitung für unsere Straßenbahn zu spannen?«

Wieder nahm Ludolf Tschello, überzeugt von sich und seinem Talent, alles von der heiteren Seite. »Na, Wilhelm II. in eine Straßenbahn setzen und sehen, wie er reagiert, wenn sie mangels einer Oberleitung plötzlich stehen bleibt.«

Der Protokollant prustete los, und auch Abendroth lachte schallend, denn die Antwort war ja wirklich witzig, aber das verstärkte die Missstimmung auf Seiten der Herren Schwieger und Dominik noch um ein Erhebliches.

»Wir sind hier nicht im Viktoria-Theater!«, sagte Dominik. »Ich hatte Sie als Ingenieur gefragt und nicht als Komiker.«

»Pardon!« Ludolf Tschello suchte nun nach einer fachgerechten Antwort und sagte, man müsse, um Streckenteile ohne Oberleitung zu überwinden, halt Akkumulatoren in die Triebwagen einbauen.

»So …« Nun war es an Heinrich Schweiger, Heiterkeit an den Tag zu legen. »Haben Sie denn schon einmal überlegt, was Akkumulatoren für Nachteile haben?«

»Nein, aber …« Ludolf Tschello dachte nach. »Sie sind möglicherweise zu schwer, sie benötigen viel Platz, und man kann weniger Fahrgäste befördern, sie sind sehr schnell leer, und wenn ihre Säure ausläuft, ist das für alle weniger schön.«

»Und trotzdem plädieren Sie für Akkumulatoren?«, fragte Dominik mit hörbarer Schadenfreude.

»Ja, wenn es denn keine Oberleitung sein darf.« Ludolf Tschello hatte aber noch eine grandiose Idee. »Die Straße Unter den Linden kann man aber auch mit Hilfe eines Straßenbahntunnels überwinden.«

Schwieger schüttelte den Kopf. »Nur in den Witzblättern.«

Abendroth wollte seinem Schützling helfen. »Herr Tschello, Sie sind doch über die Möglichkeiten der Unterleitung bestes informiert …«

»Ja, bei unserer Hochbahn, da soll es ja eine von oben bestrichene Stromschiene geben, die neben den Gleisen verläuft.«

»Sehr praktisch bei einer Straßenbahn«, sagte Dominik. »Man muss nur aufpassen, dass die Fußgänger darüber hinwegsteigen und sich keinen tödlichen Stromschlag holen.«

Abendroth ignorierte den Einwurf. »Denken Sie doch einmal an Lichterfelde.«

»Man kann den Strom durch die beiden Schienen in den Wagen leiten.«

»Aber nur bei vergleichsweise geringen Spannungen«, wandte Schwieger ein. »Und wenn man mehr als 180 Volt benötigt, was dann?«

»Bleiben einem nur Hoch- oder Unterpflasterbahnen.«

»Richtig. Aber welche Lösungen sind im Falle der Straßenbahn schon entwickelt worden?«

Ludolf Tschello wusste es nicht. »Mein Arbeitsgebiet soll doch nicht die Straßenbahn sein.«

»Trotzdem.« Dominik belehrte ihn. »Es gibt Patente, bei denen sich zwischen den beiden Schienen eine Art Kanal befindet, in dem die Stromschiene liegt. Durch einen Schlitz oben zieht dann der Triebwagen ein Kontaktwägelchen oder einen Schleifschuh.«

»Aber warum stehen wir dieser Lösung sehr skeptisch gegenüber?«, fragte Schwieger.

Ludolf Tschello war um eine Antwort nicht verlegen. »Wenn es kräftig regnet, gibt es den schönsten Kurzschluss.«

»Das auch, aber einmal rein technisch gesehen?«

Ludolf Tschello zuckte mit den Schultern und ließ erkennen, dass ihn diese Frage nicht sonderlich interessierte. »Darüber nachzudenken halte ich für müßig, denn eine Straßenbahn ist sowohl technisch wie auch ökonomisch nur sinnvoll, wenn ich sie mittels einer Oberleitung verkehren lasse. Bei einer Untergrund- beziehungsweise Unterpflasterbahn ist eine Oberleitung dagegen wenig sinnvoll, da ich den Tunnel wesentlich höher bauen muss, was sehr viel kostet. Ob eine Hochbahn besser mit einer Oberleitung oder einer Stromschiene ausgestattet werden sollte, ist eine sehr interessante Frage. Die seitliche Stromschiene ist technisch die beste Lösung, aber dann kann ich die Bahn nicht ohne erheblichen Mehraufwand zugleich auch als Niveaubahn verkehren lassen, wie wir das ja mit der Wilmersdorfer Bahn ins Auge gefasst haben. Oder ist es nicht doch der Königsweg, die Züge sowohl mit einem Bügelstromabnehmer für oben als auch einem Schleifschuh für unten auszurüsten? Darüber zu arbeiten und zu forschen würde mir große Freude machen.«

Abendroth fand, dass sich Ludolf Tschello damit geradezu

brillant aus der Affäre gezogen hatte, doch Schwieger ließ sich nicht ablenken und wollte partout wissen, warum eine Unterleitung bei Straßenbahnen in der Praxis so schwer zu realisieren war. »Na …?«

»Können wir nicht bei unserer Hochbahn bleiben?«, fragte Ludolf Tschello.

»Unserer?« Dominik war leicht pikiert.

Abendroth sprang seinem Schützling bei. »Herr Tschello hat im Praktikum sehr eifrig und mit sichtbarem Erfolg an der Planung unserer Linien mitgewirkt.«

Schwieger wurde jetzt laut. »Unterleitungen bei Straßenbahnen haben ihre Schwachstelle bei den Weichen.«

»Wie auch bei den Oberleitungen«, ergänzte oder vielmehr korrigierte ihn Ludolf Tschello. »Insbesondere bei Stangenstromabnehmern sind die sogenannten Luftweichen das große Problem.«

»Nicht bei Lyrabügeln«, warf Dominik ein.

Heinrich Schwieger schaute auf die Uhr und erhob sich. »Ich danke Ihnen, Herr Tschello. Ich glaube, wir haben uns ein umfassendes Bild von Ihnen machen können.«

»Wann darf ich denn anfangen?«, fragte Ludolf Tschello, während er Schwieger und den anderen drei Herren die Hand gab. »Wir werden Sie rechtzeitig benachrichtigen.«

Als Ludolf Tschello den Raum verlassen hatte, setzte Schwieger zu einer längeren Rede an.

»Nun, ich hege ernsthafte Zweifel daran, dass Herr Ingenieur Tschello von seinem Wesen her für die Gemeinschaft unseres Bureaus besonders geeignet ist. Wäre ich Theaterintendant, würde ich sagen: Eine Primadonna macht mir mein ganzes schönes Ensemble kaputt. Lehrjahre sind ja bekanntlich keine Herrenjahre, und die ersten Jahre eines jungen Ingenieurs bei uns sind durchaus noch Lehrjahre, und jemand, der sich nicht einfügen kann, ist ein erhebliches Hemmnis.«

Erich Abendroth wusste, dass die Organisation des Hauses Siemens, bei allem sozialen Engagement und aller Fürsorglichkeit des Gründers, am Militär ausgerichtet war, also am Prinzip von Befehl und Gehorsam, und dass der Ausruf Friedrichs des Großen, »Räsoniere Er nicht!«, in der Betriebsordnung ganz oben stand. So zu tun, als sei er sein eigener Herr und habe sich nicht um die Meinung und Einstellung der Ranghöheren zu kümmern, hatte Ludolf Tschello bei Schwieger viele Minuspunkte eingebracht. Hinzu mochte kommen, dass der Leiter des Konstruktionsbureaus Menschen nicht mochte, die wie Künstler wirkten: etwas wirr das dunkle Haar, durchgeistigt der Blick, immer etwas abgehoben und verschroben. Und wenn er, Abendroth, sich nun allzu sehr für Ludolf Tschello einsetzte, lief er Gefahr, in der Wertschätzungsskala seines Vorgesetzten so tief zu rutschen, dass seine nächste Beförderung fraglich wurde. Er riskierte also einiges, wenn er zu widersprechen wagte.

Er deutete in Richtung Schwieger eine Verbeugung an. »Selbstverständlich ist Ihnen in allem recht zu geben, aber gestatten Sie mir eine kleine Ergänzung. Wo sich Menschen zusammentun, um gemeinsam etwas zu erreichen, ist in der Regel die Gruppe am erfolgreichsten, wenn zu den fleißigen und verlässlichen Mitgliedern ein Filou hinzukommt, ein Mann mit viel Phantasie und unorthodoxen Ideen. Ideen, über die wir heute lachen, die morgen aber Erfolg bedeuten können. Was haben wir gelacht, als Ludolf Tschello vorgeschlagen hatte, unsere Wilmersdorfer Linie so zu führen, dass sie in Wilmersdorf Anschluss an die Ringbahn erhält – aber ist das nicht eine zukunftsträchtige Idee, sich nicht gegenseitig Konkurrenz zu machen, sondern den Reisenden viele Umsteigemöglichkeiten zwischen der Dampf- und der elektrischen Bahn zu bieten und sie dadurch anzulocken? Ich meine: Ja! Und darum geht mein Plädoyer dahin, Herrn Tschello trotz aller Bedenken, die auch ich ihm gegenüber habe, in unser Konstruktionsbureau zu holen.«

Heinrich Schwieger nickte zwar, war aber nicht gewillt, seine tiefe persönliche Antipathie gegenüber Ludolf Tschello beiseitezulassen.

»Nun gut. Einer ist für Tschello, einer gegen ihn. Entscheidend wird also Ihr Votum, Herr Dominik.«

Dominik zögerte keine Sekunde, sein Urteil kundzutun. »Mahlgast: ja, Tschello: nein. Dies auch, um zu verhindern, dass die beiden, so eng, wie sie miteinander befreundet sind, eine Clique bilden, gegen die sich bei den anderen Untergeordneten schnell ein für uns unangenehmer Widerstand entwickeln könnte.«

Schwieger blickte in Richtung des Protokollführers. »Danke. So beschlossen und verkündet. Ich bitte, es so festzuhalten.«

Zehn

1895

Cécile Krummensee und Liesbeth Cammer hatten sich längst wieder ausgesöhnt und saßen im Frühstücksraum des Hotels »König von Portugal« in der Burgstraße 16, ganz in der Nähe der Spree. Das Haus war 1699 erbaut worden und prunkte mit seiner von Karl Friedrich Schinkel veredelten Fassade. Franz Grillparzer, Gotthold Ephraim Lessing, Wilhelm Hauff, Fritz Reuter und E. T. A. Hoffmann hatten es zum Schauplatz ihrer Werke gemacht.

»*Minna von Barnhelm* spielt hier«, schwärmte Liesbeth Cammer.

»Und ich ... ich spiele ... spiele nicht in der *Minna von ...*«, sagte Cécile. Das war das Entscheidende. Was sie am meisten interessierte, war das Interieur des Hotels, denn sie suchte immer nach Anregungen, um die Destillation ihrer Eltern zu verschönern.

Liesbeth Cammer wollte nicht mit der Tür ins Haus fallen und das Thema Hermann oder Ludolf anschneiden. Deshalb begann sie von der Frau zu schwärmen, die sie im Augenblick von allen Frauenrechtlerinnen am meisten verehrte: Helene Lange. »Sie kommt aus Oldenburg und ist Lehrerin von Beruf. Hast du mal ihre Zeitschrift gelesen – *Die Frau*?«

»Nein.« Cécile las eigentlich nur *Die Gartenlaube*.

»Haben sie dort auch schon etwas über Käthe Paulus gebracht?«

»Wer ist Käthe Paulus?«, fragte Cécile.

»Kind!« Liesbeth Cammer war entsetzt über die Unbildung der Cäcilie Krummensee. »Das ist Deutschlands mutigste Frau. Sie hat den Doppelabsturz kreiert. Erst springt sie aus einem Ballon, dann löst sie sich vom ersten Fallschirm, stürzt in die Tiefe und schwebt mit einem zweiten zu Boden.«

»Ja, jetzt erinnere ich mich wieder.« Cécile wollte ihr Leben als Schauspielerin um jeden Preis vergessen und war nun völlig darauf fixiert, Ehefrau und Mutter zu werden. Sie wusste, dass sie, wollte sie die Karriere ihres Mannes fördern, private Gesellschaften geben musste und dafür einen Salon mit prunkhafter Ausstattung brauchte. Dieser Salon sollte die Bühne werden, auf der sie ihre Auftritte hatte. Mit Gouvernante, Köchin und Dienstmädchen als Statisten, die auf ihr Kommando hörten.

Liesbeth Cammer begann nun, vom Bund Deutscher Frauenvereine zu erzählen, der im März unter dem Vorsitz von Auguste Schmidt gegründet worden war. »Natürlich bin ich Mitglied dort. Was mich aber zurzeit am meisten interessiert, ist der neue Roman von Theodor Fontane, der in Kürze erscheinen wird: *Effi Briest*. Es geht um das Schicksal einer Frau, die an den Moralvorstellungen der Gesellschaft zerbricht. Sie heiratet mit siebzehn Jahren, ihr Mann ist zwanzig Jahre älter und verschleppt sie in die Ödnis eines Kaffs an der Ostsee. Oft lässt er sie allein, und in ihrer Einsamkeit verstrickt sie sich in eine Liebesbeziehung mit einem Major. Ihr Mann erschießt dann ihren Liebhaber, entzieht ihr das gemeinsame Kind … Leidend stirbt sie.«

Cécile sah die Freundin prüfend an. »Die Frauen … die Männer. Du hast drei … drei Kinder, du warst lange … lange Jahre verheiratet, aber …«

Liesbeth Cammer rührte in ihrer Kaffeetasse und verfolgte, wie der Mahlstrom einzelne Partikel der leicht geronnenen Milch nach unten zog. Das Geständnis fiel ihr schwer, aber

Germanus war nun seit siebzehn Jahren aus der Welt, und sie war gefestigt genug. »Du schwörst mir absolutes Stillschweigen?«

»Ja.«

»Nun … Mein Mann hat mich nicht nur, aber vor allem geheiratet, um …«

Cécile lächelte. »Die ganze … ganze Welt ist eine … eine Bühne.« Und unter Schauspielern sei die Neigung zum eigenen Geschlecht nicht gerade selten.

»Man muss sich nur arrangieren können, und das haben wir.« Nun trank Liesbeth Cammer ihren Kaffee. »Du aber bist nicht nur auf einen Mann ausgerichtet, sondern gleich auf zwei – und das macht die Sache auch nicht gerade leichter.«

Cécile lächelte und sagte, dass sie sich entschieden habe. Die Freundin möge raten, für wen.

Liesbeth Cammer überlegte nur kurz. »Für Ludolf Tschello natürlich, denn er ist ein Traum von einem Mann, feurig und elegant wie ein Argentinier.«

»Nein, für … für Hermann.« Sie brauche einen soliden Menschen, einen Halt, einen Fels in der Brandung. Er sei Ingenieur bei Siemens, und das sei die beste Versicherung für ein sorgenfreies und gehobenes Leben.

Christian Itritz betrieb in Rixdorf an der Reuter-, Ecke Kaiser-Friedrich-Straße eine gutgehende Gaststätte. Als Georg Grasmuck sie betrat, fand er nur noch einen freien Tisch, natürlich den in unmittelbarer Nähe der Toiletten. Er rümpfte zwar ein wenig die Nase, rückte sich aber dennoch einen der hölzernen Stühle zurecht und ließ sich nieder. Vielleicht besserte sich seine Stimmung, wenn er ein großes Glas Schwarzbier trank und sich noch einen doppelten Rum aus Jamaika hinter die Binde kippte. Dazu ein Solei und eine Bulette.

»Ach ja …«, seufzte er. Die Geschäfte gingen immer schlechter. Die Zeit der Pferdeomnibusse und Pferdestraßenbahnen näherte sich ihrem Ende, alle Gesellschaften planten die Elektrifizierung ihrer Strecken. Und nun hatte der Kaiser auch noch diese dreimal verfluchte Hochbahn genehmigt. Außerdem waren diese Motorkutschen dabei, die Welt zu erobern. Wozu wurden da noch Pferde gebraucht? Höchstens zum Reiten und für die Jagd- und Galopprennen. Aber er züchtete Arbeitspferde …

»Ja, wenn man auf das falsche Pferd gesetzt hat«, murmelte er.

In diesem Augenblick fuhr Grasmuck zusammen und wurde leichenblass, denn in der Tür stand Germanus Cammer. Jedenfalls ein Mann, der Cammer unheimlich ähnlich sah. Sollte er damals nur scheintot gewesen sein und später … Unsinn, das gab es nur bei der Marlitt. Aber der Mann trat nicht ein, sondern wandte sich wieder um, nachdem er ihn erblickt hatte, und lief in Richtung Hermannplatz davon. Grasmuck sprang auf, um ihm zu folgen. Doch der andere war nicht mehr zu sehen, als er auf dem Trottoir stand. Wie vom Erdboden verschluckt. Wahrscheinlich war er in einem der Hauseingänge verschwunden.

Für einen Augenblick wusste Grasmuck nicht, wo er war. Ein Zittern lief durch seinen Körper. Als hätte er einen Stromschlag erlitten. Immer wieder machte sich seine mysteriöse Krankheit bemerkbar, aber zu einem Arzt wagte er nicht zu gehen, zu groß war seine Angst, dabei ein Geständnis abzulegen.

Er atmete einige Male tief durch, dann ging es wieder. Er kehrte zu seinem Platz zurück. Unmöglich, dass Cammer noch lebte. Oder? Vielleicht hatte Krischan ihn gar nicht richtig vergraben, sondern nur irgendwo abgelegt. Er war dann wieder zu sich gekommen und hatte die Gelegenheit genutzt. Vielleicht hatte er einen Grund gehabt, unterzutauchen und ein Leben unter anderer Identität zu führen. Möglich war alles. Nicht nur im Roman.

»Bitte, was darf es sein, mein Herr?«, fragte der Ober, der sich endlich bequemt hatte, ihn wahrzunehmen.

Grasmuck sah ihn prüfend an. »Sie sind neu hier?«

»Ja, wenn Sie mich so fragen.«

»Wo ist denn der Wirt?«

»Nur kurz im Keller.«

»Na schön, dann wird er ja bald wiederauftauchen.« Grasmuck gab seine Bestellung auf und fuhr fort, seinen Gedanken nachzuhängen. Weg von Cammer, hin zu dem, was ihn aktuell bewegte. Möglicherweise ließen sich die elektrischen Bahnen nicht mehr verhindern, aber aufhalten ließen sie sich dennoch. James Hobrecht hatte dies ja bewiesen. Jetzt, als langsam feststand, durch welche Straßen die Hochbahn führen würde, konnte man mit den Anwohnern reden und sie aufhetzen. Vor allem gegen Siemens.

Der Ober kam mit dem Essen, und Grasmucks Blick ging an ihm vorbei in die Küche. Dort hatte eine Mamsell die Pfanne und einige Ringe vom Herd genommen und war gerade dabei, neue Eierkohlen ins Feuer zu schütten. Hoch loderten die Flammen. Grasmuck nahm das als Wink des Schicksals. Wenn es im Siemens-Konstruktionsbureau oder in den Remisen der Straßenbahnen brennen würde, dann …

»Sehr zum Wohle!« Der Ober stellte ihm Bier, Rum und das Essen auf den Tisch.

»Danke.« Grasmuck hatte sich so darauf gefreut, nun aber merkte er, dass er weder Durst noch Hunger hatte. Wenigstens nicht so richtig. Der Appetit kam ihm auch beim Essen nicht. Vielleicht lag es an der Begegnung mit Cammers Doppelgänger, vielleicht auch daran, dass er so lange keine Frau mehr gehabt hatte. Seine eigene war andauernd krank und glaubte, am Herzschlag zu sterben, wenn er sich zu ihr legte. Nein, das war es nicht, was ihn so niederdrückte. Jedenfalls nicht allein.

Christian Itritz, der Wirt, erblickte ihn und setzte sich sofort in Bewegung, um ihn zu begrüßen.

»Herzlich willkommen bei uns, Herr Grasmuck!«, rief er mit einer Überschwenglichkeit, die etwas Parodistisches an sich an. »Fühlen Sie sich wie zu Hause bei uns.«

»Das fällt mir nicht weiter schwer«, sagte Grasmuck mit gedämpfter Stimme. »An sich gehört mir ja die ganze Destille hier.«

»So kann man das aber nicht sehen.«

»Doch, Krischan, doch.«

Itritz ließ sich nicht beirren. »Alles ist auf meinen Namen eingetragen.«

»Und löst sich in Luft auf, wenn ich zur Polizei gehe.«

»Psst!«, machte der Wirt. »Sicher, wir haben beide was zu verlieren, Sie aber mehr als ich.«

Grasmuck musste zugeben, dass sein früherer Knecht mit dieser Bemerkung nicht einmal unrecht hatte. Ihm, Georg Grasmuck, drohte der Galgen oder die Guillotine, wenn Krischan vor Gericht erklärte, er habe gesehen, wie sein Herr Cammer mit der Axt erschlagen habe. Krischan selber, der Cammers Leichnam weit weg vergraben hatte, kam mit einer vergleichsweise geringen Strafe für Beihilfe davon, zumal wenn er behauptete, mit Morddrohungen dazu gezwungen worden zu sein. Dazu kam noch Erpressung. »Entweder Sie kaufen mir das Restaurant in der Kaiser-Friedrich-Straße, oder ich zeige Sie an.« Was war Grasmuck da übriggeblieben, als tief in die Tasche zu greifen. Auch jetzt hatte er immer wieder ein wenig Geld nachzuschießen, wenn Krischan nicht genügend Umsatz machte.

Grasmuck hatte die anderen Gäste die ganze Zeit über beobachtet und festgestellt, dass die meisten ein Bier nach dem anderen bestellten. »Scheint ja alles bestens zu laufen?«

»Danke für die gütige Nachfrage.« Christian Itritz hatte neulich im *Berliner Lokal-Anzeiger* gelesen, dass der Bierabsatz in der Hauptstadt stieg und stieg. Waren es im Jahre 1875 nur rund 1,9 Millionen Hektoliter gewesen, so hoffte man, es bis zur Jahrhundertwende auf fünf Millionen gebracht zu haben. »Aber die kleinen Brauereien werden immer weniger, die großen schlucken alle und erhöhen dann die Preise.«

»Hauptsache, sie bringen das Bier nicht mit Motorkutschen oder mit der elektrischen Straßenbahn von der Brauerei zu euch«, sagte Grasmuck, »sondern mit Pferd und Wagen.« Die dicken Brauereipferde waren seine letzte große Einnahmequelle.

»Wie geht es Ihrer Frau Gemahlin?«, fragte der Wirt.

»Wieder gut.« Fast hätte Grasmuck »leider« hinzugefügt. Seine Hoffnungen, der Herr würde seine Gertrud bald heimholen in die Ewigkeit, hatten sich auch diesmal nicht erfüllt. Betrat er sein Haus am Kupfergraben, fühlte er sich auch nicht elender als kurz vor einer standrechtlichen Erschießung. Jedenfalls eröffnete sie auch heute wieder das Feuer, kaum dass er eingetreten war.

»Du stinkst schon wieder nach Bier und Fusel!«

»Vielleicht haben sie bald mal etwas erfunden, was nicht so riecht.«

Sie gab sich weiterhin inquisitorisch. »Wo hast du denn wieder so lange gesteckt?«

»Ich?«

»Nee, du!«

Er zögerte mit einer Antwort. Von Krischan Itritz zu sprechen schien ihm zu gefährlich. Er hatte ihr damals erzählt, dass er den Knecht wegen Aufsässigkeit entlassen habe. Was würde sie ihm am ehesten glauben? Dass er in Geschäften unterwegs gewesen war. Also erzählte er ihr, dass er mit der Rixdorfer Vereinsbrauerei gesprochen habe, wie es denn mit neuen Pferden stünde.

Sie lachte schallend. »Deine Pferde kenne ich! Ich würde sie aber eher Pferdchen nennen.«

Grasmuck verstand nicht sofort. »Was für Pferdchen?« Er habe sich doch nie mit Ponys abgegeben.

»Mensch, die Pferdchen, die von den Luden auf die Straße geschickt werden. Die besseren haben aber ihr eigenes Liebesnest, die … die …« Auf das Wort Mätresse kam sie nicht.

Er zeigte sich empört. »Ich zahl doch nicht dafür.«

Sie sah die Chance zum Blattschuss. »Und woher kommen die regelmäßigen Abbuchungen von deinem Bankkonto?«

»Du hast also wieder herumgeschnüffelt?«

»Das ist keine Antwort auf meine Frage!«

Grasmuck merkte, dass er in der Falle saß. Was sollte er tun? Wahrscheinlich war es klüger, eine Geliebte oder ein uneheliches Kind vorzuschieben, als ihr von Christian Itritz und dem toten Germanus Cammer zu erzählen. »Ja, sie heißt Christine … wie die Gemahlin Friedrichs des Großen.«

Was ihn vor einer spontanen Strafaktion bewahrte, war das Lärmen der elektrischen Klingel. Seine Frau hatte darauf bestanden, dass sie sich so ein neumodisches Ding zulegten. Er stutzte. Vor der Tür stand ein ihm bis dato unbekannter junger Mann von leicht südländischem Aussehen.

»Sie kommen von der Zeitung?« Auch das noch. Wieder ein Artikel über das Ende der Pferdebahn. »Von welcher denn?«

»Nein, nein, von keiner, ich bin privat hier.«

»Und in welcher Sache?«

»Gestatten Sie erst einmal, dass ich mich vorstelle: Tschello mein Name, Ludolf Tschello, ich bin Ingenieur und suche nach einer passenden Anstellung.«

Grasmuck war erstaunt. »Und da kommen Sie zu mir?«

»Ja. Ich verstehe mich auf elektrische Bahnen, und ich weiß, dass Sie Pferdestraßenbahnen betreiben. Da können Sie nur überleben, wenn Sie rechtzeitig an eine Elektrifizierung denken.«

Grasmuck lächelte. »Ich wollte eher die Elektrifizierung bekämpfen.«

»Auch da könnte ich Ihnen behilflich sein«, sagte Ludolf Tschello.

Max Fleischfresser galt als das, was man später eine Allzweckwaffe nennen sollte. Herrschte in einer Abteilung Personalmangel, hatte er dort einzuspringen. So etwa bei der Politischen Polizei, als es galt, einem Fall von Majestätsbeleidigung nachzugehen.

»Ein Rufmord ist auch ein Mord«, sagte er zu seinem Adlatus.

»Ick weeß nich.« Ferdinand Kublank mochte dieser These nicht so ohne weiteres zustimmen. »Ohne Brille habe ick Matjesbeleidigung jelesen und jedacht: Wie kann man eenen Hering beleidigen?«

»Kublank, wir reden hier von Seiner Majestät!«

»Pardon! Aber ein Bismarckhering is ja nu ooch nich so weit von Seiner Majestät entfernt.«

Fleischfresser musste, bevor er die passenden Worte fand, erst einmal einen Augenblick nachdenken. Dabei zog er eine Zigarre aus seiner Schublade und suchte nach einer Schere, um die Spitze abzuschneiden.

Kublank warf nun auch einen Blick auf den Hausdurchsuchungsbefehl, den sein Vorgesetzter auf dem Schreibtisch liegen hatte. *Theodor Blumenthal, wohnhaft Lützowstraße 17.* Der hatte Wilhelm II. in einer kleinen, aber prinzipiell öffentlichen Versammlung eine »Knallcharge« genannt, die ins Walhalla-Theater gehöre und nicht an die Spitze des Deutschen Reiches. Und weiter: »Wir sollten die Monarchie abschaffen, ehe es zu spät ist und der Größenwahn dieses Mannes das ganze Volk ins Elend stürzt.«

»Dieser Blumenthal ist ja nicht nur ein Sozialdemokrat, der ist auch ein Anarchist«, sagte Fleischfresser.

Kublank nickte. »Bevor wir ihm auf die Pelle rücken, darf ich da noch mal schnell …?«

»Was denn?«

»Wie sage ich immer: Bleibe im Lande, und entleere dich redlich. Ich bitte, auf den Abtritt abtreten zu dürfen.«

»Tun Sie, was Sie nicht lassen können.«

Als Kublank zurück war, machten sie sich auf den Weg zur Lützowstraße.

Theodor Blumenthal war erschrocken, als er die Polizeibeamten mit ihrem Durchsuchungsbefehl vor seiner Tür stehen sah, obwohl er eigentlich hätte ahnen müssen, dass man auch auf ihn Jagd machen würde, seit er kein Abgeordnetenmandat mehr hatte, denn Seine Majestät hatte auf die verschärfte Anwendung der preußischen Gesetze auf die Sozialdemokratie gedrängt – dies zuerst in Form eines Trinkspruches: »Dann rufe ich Sie, um der hochverräterischen Schar zu wehren, um einen Kampf zu führen, der uns befreit von solchen Elementen.« Permanent waren die Sozialdemokraten dabei, ihn zu ärgern. Der Errichtung des Denkmals für den ersten Deutschen Kaiser und König von Preußen, Wilhelm I., traten sie mit demonstrativem Desinteresse gegenüber, und an den Feierlichkeiten zum 25. Jahrestag der Schlacht bei Sedan wollten sie nicht teilnehmen.

»Dann durchsucht mal schön«, murmelte Theodor Blumenthal und ließ die beiden eintreten. »Darf ich mich inzwischen in meine Küche zurückziehen und zu Ende frühstücken?«

»Sie dürfen«, sagte Kublank.

»Wo steckt denn Ihre Frau?«, wollte Fleischfresser wissen.

»Ich bin nicht verheiratet«, antwortete Blumenthal. »Und meine Aufwartung kommt erst später.«

»Nun gut.«

Während Kublank nicht gern in den Sachen anderer Leute wühlte und alles sehr oberflächlich nahm, hatte Max Fleischfresser nicht nur eine sehr dezidierte Auffassung von seinen dienstlichen Pflichten, sondern auch eine ausgeprägte Lust am Schnüffeln. Sein besonderes Interesse galt dabei dem Liebesleben der Leute. Immer wieder gab es welche, die aufschrieben, was sie in dieser Hinsicht erlebten. Noch ergiebiger waren aber jene, die ihre erotischen und sexuellen Phantasien zu Papier brachten. So nahm Fleischfresser nicht nur Theodor Blumenthais politische Korrespondenz unter die Lupe, sondern suchte auch nach privaten Briefen. Skandal war immer das Süßeste.

Doch bei Theodor Blumenthal schien er Pech zu haben. Weder fand er Belege für einen geplanten Umsturzversuch noch Briefe, die den Sozialdemokraten desavouiert hätten.

»Im Arbeitszimmer ist nichts zu finden!«, rief er zu Kublank hinüber, der sich im Herrenzimmer zu schaffen machte.

»Hier auch nicht.« Kublank hatte aber auch nicht intensiv gesucht, sondern sich in eine Photographie vertieft, auf der sich mehrere kraftstrotzende Männer eines Vereins für Schwerathletik zu einer Pyramide aufgebaut hatten. Einer von den Kerlen schien sein Schwager zu sein.

Fleischfresser war inzwischen ins Schlafzimmer gegangen und hatte in den Tiefen des Nachttisches gewühlt. »Was ist denn das hier?« Oben auf einem Stapel mit einem Band zusammengeschnürter Briefe hatte er den Namen *Cammer* entdeckt. *Germanus Cammer.*

Er zerriss das Band und begann zu lesen. Da stand plötzlich Theodor Blumenthal in der Tür, sah, was der Kriminale da tat, verlor die Contenance und stürzte sich auf ihn. »Geben Sie das her, das geht Sie gar nichts an!«

Doch Fleischfresser dachte nicht daran, sich seine Beute wieder abjagen zu lassen, und rief Kublank zu Hilfe. Mit vereinten Kräften schafften sie es, Blumenthal zu bändigen und ihm Handschellen anzulegen. »Das gibt ein Verfahren gegen Sie wegen Widerstandes gegen die Staatsgewalt.«

Theodor Blumenthal lehnte sich gegen die Wand und schloss die Augen. Alles würde nun seinen Lauf nehmen.

Bald hatte Fleischfresser die Briefe gefunden, die Theodor Blumenthal kompromittierten. »Sie Schwein!«, rief er denn auch.

Es waren Liebesbriefe, die er und Germanus Cammer ausgetauscht hatten. Dass dies jetzt offenkundig wurde, war schon schlimm genug, noch schlimmer aber war etwas anderes.

»*Wir dürfen nicht länger schweigen, wir sind doch keine Verbrecher. Ich kann und will so nicht mehr leben.*« Laut las Fleischfresser vor, was Germanus Cammer kurz vor seinem mysteriösen Verschwinden an Theodor Blumenthal geschrieben hatte. »*Lass uns gemeinsam in den Tod gehen, Theo. Erst tötest du mich, dann dich selber. Du bist der Stärkere von uns beiden. Oder besser noch: Wir werfen uns gemeinsam vor die Eisenbahn. Wenn du nicht einwilligst, tue ich es allein.*«

Als Theodor Blumenthal zu schluchzen begann, wertete Fleischfresser dies als Geständnis.

»Und da haben Sie dann also den Entschluss gefasst, den Freund zu töten, bevor er darangehen konnte, Ihre politische Karriere zu zerstören. Legen Sie ein Geständnis ab, Blumenthal, und sagen Sie uns, wo Sie Cammer hingeschafft haben!«

Elf

1896

Das neue Jahr war gerade einmal zehn Minuten alt, als die Menschen, die sich bei Gustav und Hertha Mahlgast in der Belle-Alliance-Straße eingefunden hatten, um Silvester zu feiern, einen ersten Höhepunkt erleben sollten.

Seit langem war es ein liebgewordenes Ritual gewesen, abwechselnd bei Gustav Mahlgast und Ernst Moritz Tschello ins neue Jahr zu rutschen. Zum Jahreswechsel 1895/96 waren nun wieder einmal die Mahlgasts an der Reihe. Über der Gästeliste hatte man schon seit Herbstbeginn grübelnd gesessen, denn es gab da einige Problemfälle. Hertha Mahlgast hätte gern ihre alte Freundin Dorothea Abendroth bei sich gesehen, doch es stand zu befürchten, dass sich ihr Mann und Ludolf Tschello feindselig gegeneinander verhalten würden, seit die Firma Siemens & Halske dem jungen Ingenieur die Tür gewiesen hatte und er nun bei der Konkurrenz angestellt war. Am meisten Sorgen aber machte ihnen Cécile. War sie zugegen, verhielten sich Hermann und Ludolf wie Hirsche in der Brunft und gingen allen anderen gehörig auf die Nerven. Schön, das war man gewohnt, aber diesmal hatte Cécile darauf bestanden, dass auch ihre Eltern eingeladen wurden, und Sophie und Karl-Georg waren nun in Hertha Mahlgasts Augen nicht unbedingt standesgemäß.

»Gustav!«, beschwor sie ihren Mann. »Wir können es nicht wagen, den Baron von Strubensee und die Freifrau einzuladen, wenn die Krummensees anwesend sind. Kneipenwirt! Wie die schon riechen! Nach saurem Bier und kaltem Zigarrenrauch, so richtig nach armen Leuten.«

Ihr Mann versuchte, sie zu beruhigen. »Es sind Deutsche wie wir, es sind Menschen wie wir.«

»Aber im Stand so weit unter uns, dass wir uns etwas vergeben, wenn wir sie zu unserer Feier einladen«, kam der Einwand seiner Frau.

Gustav Mahlgast war um Vermittlung bemüht. »Und vergiss nicht, eines Tages könnten sie unsere Verwandten sein.«

»Ich bete jeden Abend zu Gott, dass Cécile sich für Ludolf Tschello entscheiden wird.«

Gustav Mahlgast murmelte, dass er genau das Gegenteil täte, wagte aber nicht, dieses Bekenntnis lauthals abzulegen, sondern gab sich diplomatisch. »Wenn Cécile sich für Hermann entscheidet und er sie zur Frau nehmen will, dann müssen wir der Stimme des Herzens Folge leisten.«

»Das klingt mir sehr nach *Gartenlaube*. Hast du wieder drin geblättert?«

»Nein, habe ich nicht, denn meine liebe Schwägerin hat mich quasi gezwungen, etwas von ihrer neuen Lieblingsschriftstellerin zu lesen, dieser Emma Vely.«

»Ach ja, Liesbeth!«, rief Hertha Mahlgast. »Die müssen wir natürlich auch einladen, die kann doch nicht Silvester allein zu Hause sitzen und um ihren Germanus trauern.«

So kamen sie auf elf Personen, denen mit der üblichen Floskel *U. A. w. g.* entzückende Billetts zugestellt wurden. Auf einige Absagen hatten sie gehofft, andere befürchtet, als die gesetzte Frist aber abgelaufen war, stellte sich heraus, dass es dreizehn Zusagen gab.

Hertha Mahlgast sah ihren Mann fragend an. »Erkläret mir, Graf Örindur, diesen Zwiespalt der Natur!«

Ihr Mann notierte sich alle Namen noch einmal auf einem Bierdeckel und zählte nach. Dann hatte er die Lösung. »Das

Plus von zwei ergibt sich dadurch, dass der Baron seinen Sohn mitbringen möchte und Liesbeth eine junge Freundin mit Namen Friederike Fischer.«

In Hertha Mahlgast keimte neue Hoffnung auf. »Vielleicht fängt Hermann da Feuer und lässt endlich ab von Cécile.«

Gustav Mahlgast nickte nur ergeben. Die Bemerkung, dass er das Gefühl habe, Liesbeth Cammer fühle sich sehr zu Frauen hingezogen und diese Friederike sei sicher ihre neueste Eroberung, verkniff er sich lieber. Das wurde unter Verweis auf Sappho im Geheimen lustvoll diskutiert, und viele sahen darin den Grund, dass sich ihr Mann diesem Theodor Blumenthal zugewandt hatte – mit dem bekannten Ergebnis. »Abgründe gibt es!«, murmelte er. Wie wenig wusste man doch von anderen Menschen, und wie wenig konnte man hinter ihre Fassade schauen!

Als es so weit war, hatte man den Altjahrsabend, wie die meisten Silvester nannten, nach besten Kräften vorbereitet. Erst sollte es Mohnpielen geben, dann Karpfen mit Meerrettich und später Rippenspeer mit Kompott, zum Schluss eine Eisbombe. Großen Wert legte man auf die Weinmeisterbowle. Sie anzusetzen wurde Hermann übertragen. Um Frieda, das Dienstmädchen, zu entlasten, wurde ein Lohndiener engagiert.

Gegen neun Uhr waren alle Gäste eingetrudelt. Zuerst waren alle noch etwas befangen, dann aber, je mehr der Bowle zugesprochen wurde, lockerte sich die Stimmung zusehends. Gesprächsstoff gab es genügend. Das letzte Großereignis hatte gerade einmal vor vierzehn Tagen stattgefunden: Die Berolina-Statue war auf dem Alexanderplatz aufgestellt worden.

»Scheußlich!«, rief Ernst Moritz Tschello. »Aber was soll man schon von einem Künstler erwarten, der Emil Hundrieser heißt!«

»Da muss ich aber heftig widersprechen!«, rief Liesbeth

Cammer. »Für mich ist sie das Symbol für den wachsenden Einfluss der Frau in der Gesellschaft. Bei mir heißt sie nur: Frau Bürgermeisterin.«

»Weiß jemand, warum sie ihre linke Hand so weit ausstreckt?«, fragte Erich Abendroth und gab auch gleich die Antwort: »Sie will neue Steuern von uns.«

Karl-Georg Krummensee, der Gastwirt, widersprach ihm. »Nee, det nich! Die zeigt die Landstreicher, wo se langjehn müssen, wenn se in't Obdachlosenasyl wolln, in de ›Palme‹.«

Seine Frau, die neben ihm saß, nutzte die Chance, auch einmal zu Worte zu kommen, da ja nun alle Blicke ohnehin in ihre Richtung gingen. »Weeß jemand, wat der dicke Prinz of Wales neulich jefragt hat?«

Es dauerte eine Weile, bis die anderen begriffen hatten, was sie meinte, denn sie hatte den in Frage stehenden Teil Großbritanniens so ausgesprochen, als würde sie in ihrem Lokal zu einem aufsässigen Esser sagen: »Ein Hering hat nun mal nicht die Größe eines Wales.«

»Was hat denn der Prince of Wäilz nun gesagt?«, fragte Hertha Mahlgast, als die Pause zu peinlich wurde.

Nun war Sophie Krummensee ein wenig verwirrt, denn Wales wie Wähler und Wälzer kam ihr komisch vor. »Ach so, ja, meinetwegen, aba ick meine imma: Deutscher, sprich deutsch! Also ... Jeder weeß doch, det der Herr Prince of ... seinen Neffen nich riechen kann, unsan Kaiser. Nu will a aba dieset Jahr mit seiner Jeliebten wieda zur Kur nach Bad Homburg und frächt eenen Berlina, der jerade in England is: ›Wie komme ick nur dahin, ohne det ick den Willem treffe?‹ Antwort: ›Fahrn Se üba Berlin, der Kaiser is doch nie zu Hause.‹«

»Ich muss doch sehr bitten!« Der Baron von Strubensee zeigte sich empört. »Seine Majestät ist immer zugegen, es sei denn, dringende Angelegenheiten rufen ihn in andere Teile des Reiches. Am 1. September jedenfalls war er in Berlin, da habe ich ihm von Angesicht zu Angesicht gegenübergestanden.« Da war die Kaiser-Wilhelm-Gedächtniskirche auf dem Auguste-Viktoria-Platz feierlich eingeweiht worden.

»Ursprünglich hatte die Kirche auf dem Wittenbergplatz errichtet werden sollen«, ergänzte Gustav Mahlgast. »Aber da war der Baugrund zu teuer, und die Gemeinde Charlottenburg war so großherzig, Seiner Majestät den neuen Bauplatz zu schenken.«

Ernst Moritz Tschello fragte nun die Anwesenden, ob sie denn schon Arthur Nikisch, den neuen Dirigenten des Philharmonischen Orchesters gesehen und gehört hätten, den Nachfolger des im vergangenen Jahr verstorbenen Hans von Bülow. »Mächtig, energisch und voller Selbstbeherrschung ist der Nikisch. Alles ist Zauberei bei ihm. Begonnen haben wir mit der dritten Leonoren-Ouvertüre von Beethoven, dann haben wir das E-Moll-Klavierkonzert von Chopin und Wagners Tannhäuser-Ouvertüre gebracht, die Krönung aber war die 5. Symphonie von Tschaikowski. Hinreißend, wie er die interpretiert hat.«

Tschello hatte ja seit vielen Jahren im Orchester von Benjamin Bilse gespielt, als es im März 1882 zum großen Krach zwischen dem Musikdirektor und einem Großteil seiner Leute gekommen war. Er hatte ihnen bei einer Konzertreise nach Warschau nur Fahrkarten der 4. Klasse zahlen wollen. Eine Reihe von Musikern, unter ihnen auch Ernst Moritz Tschello, hatte daraufhin beschlossen, ihr eigenes Orchester zu gründen. Seit 1887 führte es den Namen Berliner Philharmonisches Orchester, und Tschello war sehr stolz darauf, ihm anzugehören.

»Ich hoffe nur, mein Ellenbogen ist bald wieder ausgeheilt.« Irgendetwas war da entzündet, und das war für einen Geiger eine schreckliche Sache.

»Sie sollten mal zu Röntgen nach Würzburg fahren«, riet

ihm Dorothea Abendroth. »Der hat doch diese X-Strahlen entdeckt, die durch das Fleisch hindurchgehen, so dass man die Knochen sehen kann.«

»Seine Majestät hat ihn eingeladen, und im Januar wird Wilhelm Conrad Röntgen nach Berlin kommen«, wusste der Baron von Strubensee zu berichten. »Aber ein ›von‹ hat er abgelehnt, dafür ist er zu bescheiden.«

»Bald jehn die Leute aba nick mehr in't Konzert bei Sie, sondern lieba bei dem Sklada … oder wie der heeßt … und kucken sich de laufenden Bilda an«, sagte Karl-Georg Krummensee.

»Und in Ihre Destille kommen sie auch nicht mehr!«, gab Auguste Tschello giftig zurück.

Über Max Skladanowsky und seine »lebenden Photographien«, also Filme, wurde nun ebenso diskutiert wie über den festen Neubau des Zirkus Busch neben dem S-Bahnhof Börse. Constanze Busch führte sechzig Hengste vor, Kraftkünstler, Kettensprenger und Zauberer traten auf.

»Bald kommt die Zeit, wo niemand mehr ein Buch in die Hand nehmen und lesen wird«, klagte Friederike Fischer, die neue Favoritin Liesbeth Cammers.

»Ich werde immer lesen«, sagte der Baron von Strubensee. »Und zwar in den Augen schöner Frauen.« Dabei starrte er alles an, was weiblich war, und als die Dame seines Herzens, die Freifrau von Treppeln, dagegen protestierte, küsste er sie wie auf der Bühne. Beifall brandete auf.

Auguste Tschello stieß ihrem Mann den Ellenbogen in die Seite. »Ernst Moritz, da steht ein Klavier, spiel uns mal was vor!«

An sich fand er es unter seiner Würde als Philharmoniker, auch war das Piano nicht sein Instrument, aber im Elternhaus wie auch während seines Studiums auf dem Konservatorium hatte er so viel geübt und gelernt, dass es für den Hausgebrauch und mittlere Konzertbühnen allemal reichte. Er spielte Lieder, die alle mitsingen konnten, wie *Wohlauf noch getrunken den funkelnden Wein!*, und bis auf Cécile, Hermann Mahlgast und Ludolf Tschello waren alle bester Laune.

Die drei saßen, getrennt voneinander, abseits in den Ecken und spürten instinktiv, dass der Tag gekommen war, an dem es Abschied zu nehmen galt. Abschied von ihrer Kindheit und Jugend, von ihrem Glück und ihrer Unschuld. Sie wussten, dass bald alles unwiederbringlich dahin sein würde, was ihr bisheriges Leben ausgemacht hatte. Band sich Cécile an einen der beiden Freunde, verlor nicht nur der andere viel, sondern auch sie. Alles war so unsagbar schmerzlich. Alle drei hatten nur den einen Wunsch, alldem zu fliehen. Wohin auch immer. Auch in den Tod. Gemeinsam. Taten sie es nicht, gab es die große Katastrophe. Sie wussten es, aber was konnten sie anderes tun, als alles so hinzunehmen, wie es kam. So nahm denn alles seinen Lauf.

Erich Abendroth ging auf Ludolf Tschello zu und sagte ihm, dass ihm die Entscheidung, ihn nicht an Bord der Firma Siemens & Halske zu holen, noch immer leid täte. »Aber sosehr ich auch für Sie gekämpft habe, ich hatte meinen Vorgesetzten und den Kollegen gegen mich. Sie haben mich mit zwei zu eins überstimmt.«

Ludolf Tschello nahm einen Schluck aus seinem Bowleglas, an dem als Merker ein gläsernes Kleeblatt hing. »Herzlichen Dank auch. Aber Sie wissen ja, dass wir bei der AEG auch elektrische Schnellbahnen bauen werden.«

»Das klingt ja sehr nach Krieg«, sagte Botho von Strubensee, der zufällig in ihrer Nähe stand und Hauptmann bei den Gardekürassieren war. »Aber wie hat doch der Feldmarschall von dem Knesebeck einmal gereimt: *Der Krieg ist gut! Im Reiben seiner Kräfte / Ist für die Welt Gewinn.*«

»Hören Sie auf damit!« Friederike Fischer, die pazifistischen Werten den Vorzug gab, kam hinzu, um sich einzumischen.

Cécile hatte Stores und Gardine zur Seite gezogen und

starrte zum Himmel hinauf. Es hatte sich aber zugezogen, kein Stern war zu sehen.

»Wo ist denn Cécile?«, hörte sie Liesbeth Cammer fragen.

»Hinterm Vorhang«, antwortete Hermann Mahlgast.

Als Cécile das Wort Vorhang hörte, zuckte sie zusammen. Für sie hob sich kein Vorhang mehr, um die Bühne freizugeben für ein Stück, in dem sie die Hauptrolle spielte.

»Jeder Tag ist für mich, als würde ich meine eigene Beerdigung erleben«, hatte sie zu Liesbeth Cammer gesagt und zur Antwort bekommen, dass sie immer an eine Sentenz von Theodor Fontane denken möge: »*Eigentlich ist es ein Glück, ein Leben lang an einer Sehnsucht zu lutschen.*« Und sie könne ihre Träume vom Glück auf der Bühne ja auf ihre Kinder vererben.

»Die letzten zehn Minuten des alten Jahres sind angebrochen!«, rief Hertha Mahlgast und holte die Sektkelche aus der Anrichte. »Hermann, mach die Flaschen auf!«

Kaum war er mit allem fertig, schlug die große Standuhr im Zimmer nebenan auch schon zwölf. Alle hoben die Gläser, riefen »Prosit Neujahr!«, stießen miteinander an und wünschten sich alles Liebe und Gute. Dann drängten sie sich an die Balkontür, um das Feuerwerk zu bewundern, das allenthalben abgebrannt wurde.

»Ville isset ja nich«, sagte Karl-Georg Krummensee. »Dazu sind se in die Jejend hier zu vornehm. Treptow in Flammen is da janz wat anderet jejen.«

Als sich alle wieder am Tisch versammelt hatten und auf die Pfannkuchen warteten, wurde gegen ein Glas geklopft. Es war der Hausherr selbst.

»Werte Gäste, meine Lieben, hiermit erlaube ich mir – sozusagen als ersten offiziellen Akt des Jahres 1896 – die Verlobung meines Sohnes Hermann mit Fräulein Cäcilie Krummensee, genannt Cécile, bekanntzugeben.«

Obwohl er diese Ankündigung so sachlich gehalten hatte

wie die Ankündigung einer Preiserhöhung für Backwaren, wurden nun Hochrufe ausgebracht, und im allgemeinen Jubel küsste Hermann Mahlgast seine Braut und steckte ihr den Verlobungsring an den Finger.

Ludolf Tschello stand auf der Treptower Seite am grünen Strand der Spree und sah nach Stralau hinüber, wo die Morgensonne den Kirchturm rötlich färbte. Dass Karl Friedrich Schinkel das kleine Gotteshaus renoviert hatte, wusste er, aber nicht dadurch war das alte wendische Fischerdorf, das in diesen Jahren größtenteils aus Landhäusern und Gastwirtschaften bestand, in ganz Berlin bekannt geworden, sondern durch sein Volksfest, den Stralauer Fischzug, der immer am 24. August, dem Bartholomäustag, gefeiert wurde. Die Spree war dann mit einer Unmenge von Gondeln und Booten bedeckt, und an den nahen Ufern und umliegenden Wiesen lärmten, aßen und tranken fröhlich die Menschen. Da sie fast ausnahmslos aus den niederen Ständen kamen, hatten Ludolfs Eltern und die Mahlgasts den Stralauer Fischzug als degoutant bezeichnet und nach Kräften gemieden, in seiner Studentenzeit aber war er des Öfteren hier gewesen und hatte unter den Dienstmädchen, Verkäuferinnen und Fabrikarbeiterinnen nach Beute gesucht.

Heute stand Stralau für etwas anderes, nämlich für den Tunnel unter der Spree. Die AEG wollte ihn bauen, um zu beweisen, dass auch in Berlin eine U-Bahn nach Londoner Vorbild möglich war, der *Tube*. Bei Georg Grasmuck hatte sich auf Dauer keine sinnvolle Arbeit für ihn finden lassen, und so hatte Ludolf Tschello nach anderen Möglichkeiten gesucht, um seinen Lebenstraum, elektrische Bahnen zu bauen, zu verwirklichen. Zuerst bei der Firma Thompson-Houston-International-Electronic-Company aus Hamburg, die es auch in Berlin versuchen wollte, dann beim Zivilingenieur Otto Peine, der Pläne für eine U-Bahn schmiedete, und schließlich bei zwei Männern, die in Berlin eine Schwebebahn nach Wuppertaler Vorbild errichten wollten, dem Ingenieur Schweder, der sie vom Schlesischen Bahnhof bis zum Zoologischen Garten fahren lassen wollte, und dem Geheimen Kommerzienrat Eugen Langen aus Köln. Doch alles kam nicht recht voran und diente nur dazu, Druck auf Siemens & Halske auszuüben, und so war er schließlich zur AEG gegangen. Die bot ihm die besten Chancen, sich an Siemens zu rächen. Dass sie ihn dort nicht genommen hatten, war eine ungeheure Kränkung für ihn, etwas, das er nie verwinden sollte.

Der Tunnel von Treptow nach Stralau war eine enorme technische Herausforderung, und ein Probestück sollte die Sensation der für 1896 terminierten Gewerbeausstellung werden. Zur Ausführung dieses Planes tat sich die AEG mit der Baufirma Philipp Holzmann AG aus Frankfurt/Main, der Deutschen Bank und einigen anderen Unternehmen zusammen und gründete die »Gesellschaft für den Bau von Untergrundbahnen GmbH«. Die Baustelle im Treptower Park hatte man schon im Sommer 1895 eingerichtet, aber die Anlieferung des Brustschildes hatte sich immer wieder verzögert, so dass erst im Februar 1896 mit dem Bau begonnen werden konnte. Jetzt konnte es gar nicht schnell genug gehen.

»Ruppin, mal ein bisschen Tempo!«, schrie Ludolf Tschello. »Eine Schnecke ist ja schneller als Sie.«

»Eine Schnecke hat auch keine Schubkarre mit Zementmörtel zu schieben«, brummte der Arbeiter.

Ludolf Tschello sah den Lastkähnen hinterher, die hoch beladen mit oberschlesischer Kohle von einem mächtig qualmenden Dampfer in Richtung Osthafen geschleppt wurden. Hinter ihm erklangen Stimmen, die ihm fremd vorkamen. Das waren nicht die rauen Töne, die er von den Arbeitern kannte, keine rotzigen Berliner Wendungen, da wurde vornehm parliert. Als er sich umdrehte, erkannte er Berthold Blumenthal vom Berliner Magistrat und Siegfried Schlinsog, seinen Vorgesetzten bei der AEG. Er begrüßte die beiden Herren fast ein wenig herablassend. Zum einen hasste er es, devot zu erscheinen, und zum anderen fühlte er sich sowohl Schlinsog als auch Blumenthal gegenüber maßlos überlegen. Er war das technische Genie, sie waren subalterne Beschäftigte, medioker in allem und zu nichts anderem berufen, als zu dienen und das auszuführen, was andere sich ausgedacht hatten und anordneten.

»Ich kann Ihnen Ihre Skepsis förmlich vom Gesicht ablesen, mein lieber Herr Blumenthal«, sagte Schlinsog.

Der nickte. »Da lesen Sie absolut richtig. Sie müssen hier unter der Spree durch wasserdurchtränkten Schwemmsand hindurch, und der wird Ihnen immer wieder nachrutschen, der wird Ihre Tunnelröhre immer wieder verschieben und knicken – mit einer Kraft, wie sie das Eis hatte, als es uns von Schweden her mächtige Granitblöcke in die Norddeutsche Tiefebene schob. Apropos Felsblöcke: Auf die können Sie jede Sekunde stoßen – und dann ist Ihr ganzer herrlicher Vortriebsschild verbogen wie die Blechbüchse hier, auf die ich gerade getreten bin.«

»Wir gehen streng bergmännisch vor – und was woanders klappt, in London beispielsweise, warum sollte das nicht auch bei uns gelingen? Herr Tschello wird einmal so nett sein und Ihnen erklären, wie wir die Sache anpacken.«

Ludolf Tschello tat das bereitwillig, denn wenn man den Magistrat überzeugen konnte, dass es auch in Berlin möglich war, richtige Untergrundbahnen zu bauen, und die AEG den Auftrag einer Nord-Süd-Bahn bekam, dann war das ein harter Schlag für Siemens.

»Wie schon gesagt, wollen wir die Spree mittels Schildvortrieb auf einer Länge von 195 Metern unterqueren. Der gesamte Tunnel wird eine Länge von 454 Metern und einen Durchmesser von 4 Metern haben. Sein Tiefpunkt wird 12 Meter unter dem mittleren Wasserspiegel der Spree liegen.

Der dann schon fertige Teil des Tunnels wird den Besuchern der Gewerbeausstellung zugänglich gemacht werden. Nun zu unserer Vorgehensweise ... Wenn Sie mir bitte folgen wollen ... Ganz vorn sehen Sie unseren Arbeitsraum. Dessen vorderen Abschluss bildet der Brustschild eines gewissen F. Mackensen, ein vorn schräg abgeschnittenes Rohr, das durch eine eiserne Wand geschlossen ist. Dieser Arbeitsraum ist in zwei Kammern geteilt. In der vorderen lösen wir den Sand und schaffen ihn ins Freie, in der hinteren findet die Fertigstellung des Tunnelmantels statt. Die Tunnelröhre ist kreisförmig und wird aus ringförmigen Gliedern von 50 bis 65 Zentimetern Breite zusammengefügt. Jeder Ring für sich besteht aus neun gusseisernen Platten. Alles das wird zu einem fortlaufenden Rohrstrang verbunden.«

Blumenthal schüttelte den Kopf. »In der Spree haben wir zwar kein Salzwasser, aber das rostet Ihnen doch über kurz oder lang alles durch.«

»Gegen den Rost wird die Tunnelröhre außen mit einem acht und innen mit einem zwölf Zentimeter dicken Überzug aus Zementmörtel versehen«, erklärte Schlinsog.

»Das verringert aber die lichte Weite Ihres Tunnels«, gab Blumenthal zu bedenken.

»Ja, auf 3,80 Meter«, erwiderte Ludolf Tschello. »Aber man kann ja wie bei der Londoner U-Bahn die Wagen so bauen, dass sie sich dem Tunnelprofil anpassen, also auf beiden Seiten sozusagen Bäuche haben. Das schafft mehr Platz für die Sitze.«

»Und wer nur einen Stehplatz bekommt? Die Berliner sind zwar keine Riesen, aber auch keine Pygmäen. Wenn Sie zudem die Stromzuführung auch noch mit einer Oberleitung vornehmen wollen ...« Blumenthal blieb weiterhin skeptisch. »Das funktioniert doch nie und nimmer, meine Herren!«

»Doch, lieber Herr Blumenthal, doch.« Siegfried Schlinsog fasste den Magistratsbeamten am Arm und führte ihn zu einem Automobil. »Wenn Sie noch ein Stündchen Zeit für uns haben. Herr Ludolf Tschello und ich würden Ihnen gerne einmal unser Modell einer Röhrenbahn zeigen. Es ist zwar noch keine fertige Untergrundbahn, aber schon im Maßstab 1:1 gehalten.«

Blumenthal stimmte zu, und sie fuhren zu dritt zum ausgedehnten Werksgelände im Wedding. Dort hatte der Architekt Franz Heinrich Schwechten ein prächtiges Eingangstor errichtet, dort ratterte seit kurzem auch unter der Voltastraße eine normalspurige und per Oberleitung betriebene Werksbahn der AEG und transportierte auf einer 1,5 Kilometer langen Strecke Menschen und Güter zwischen den Werksteilen an Acker- und Brunnenstraße.

»Das ist der Beweis: Wir haben keine Kanalisation zerstört, wir haben keine elektrischen Leitungen durchtrennt, wir müssen nicht kniehoch im Wasser waten!«, erklärte Ludolf Tschello mit einigem Pathos. »Und da wir weder das Stadtbild verschandeln noch mit unseren Stützen den Straßenverkehr behindern, muss doch jedem einsichtig sein, dass die Untergrundbahn der AEG der Hochbahn von Siemens & Halske um Längen überlegen ist. Das Beste, was der Magistrat tun kann, ist, die Hochbahnpläne endgültig ad acta zu legen. Noch kann man die Fehlplanung aufhalten. Handeln Sie um Gottes willen, Herr Blumenthal!«

Nachdem er zweimal mit der Bahn hin- und hergefahren war, zeigte sich Berthold Blumenthal höchst angetan und versprach, im Sinne Tschellos auf seine Vorgesetzten wie auch die Stadtverordneten Einfluss zu nehmen. »Obwohl ich im Augenblick wegen meines Bruders auf gewisse Vorbehalte stoße. Wir haben zwar keine Sippenhaft mehr, aber dennoch ...«

Gottfried Ruppin war nun vierzig Jahre alt und hatte als gestandener Familienvater für seine Frau und fünf Kinder zu sorgen, galt aber immer noch als Feuerkopf, wenn es darum ging, gegen die herrschende Klasse zu kämpfen und den Arbeitern bessere Löhne und mehr Rechte zu sichern. Das Land befand sich in einer großen Wirtschaftskrise, ausgelöst durch die andauernde Überproduktion. In den düsteren Hinterhöfen spielten schlechternährte Kinder mit toten Ratten, man zählte mehrere hunderttausend Männer, die in Obdachlosenasylen übernachten mussten. Die Löhne sanken, die Preise schnellten in die Höhe. Die Zahl der Arbeitslosen stieg und stieg. Der kaiserliche Staat ignorierte sie. Man gab sich nicht einmal die Mühe, sie statistisch zu erfassen. Um nicht zu verhungern, rissen sich viele förmlich um die Abfälle des Schlachthofes.

In der SPD stritt man sich um den richtigen Kurs. Im rechten Flügel forderte Eduard Bernstein, auf das Ziel einer Revolution zu verzichten, im linken wollten Bruno Wille und andere gerade das Gegenteil. Der Parteivorstand war in der Mitte angesiedelt und versuchte zu vermitteln. »Vermeiden wir einerseits den Sumpf opportunistischer Regierungspolitik«, predigte Wilhelm Liebknecht, »hüten wir uns andererseits vor anarchistischen Tollheiten.«

Eine eigenständige Arbeiterkultur war entstanden, und Gottfried Ruppin war mit seiner Familie ganz in sie eingebunden. Man kaufte in der Konsumgenossenschaft und spottete: »Arbeiter, meidet den Alkohol, kauft euren Schnaps im Konsum.« Man trank sein Bier im Parteilokal, las den *Vorwärts*, sang im Deutschen Arbeiter-Sängerbund, trieb Sport im Turnverein Fichte, hörte Vorträge im Arbeiterbildungsverein und besuchte Theateraufführungen der Freien Volksbühne.

Mit der Aufhebung des Sozialistengesetzes 1890 wurden gewerkschaftliche Zusammenschlüsse wieder zugelassen, und auch da zählte Gottfried Ruppin zu den Aktivisten. Im Februar 1892 war er dabei, damals selber ohne Beschäftigung, als Tausende von Arbeitslosen bei kaltem Dauerregen vor das Schloss gezogen waren, um Maßnahmen städtischer Arbeitsbeschaffung zu fordern, zum Beispiel bei öffentlichen Bauten oder bei der Straßenreinigung.

Gottfried Ruppin hatte insofern Glück, als er von der Philipp Holzmann AG für den Bau des Stralauer Tunnels eingestellt worden war. Da Paula, seine Frau, immer wieder etwas dazuverdiente, indem sie für einige Damen der höheren Stände nähte, ihnen die Wäsche wusch und flickte und bei häuslichen Gesellschaften als Köchin einsprang, war ihre Not längst nicht so bitter wie die anderer Arbeiterfamilien. 1882 hatten sie geheiratet, und bald darauf war auch das erste Kind zur Welt gekommen, ein Sohn. Der war nun bald so weit, in die Lehre zu kommen, und konnte auch schon den einen oder anderen Pfennig nach Hause bringen. Ihr Nesthäkchen war vier Jahre alt und damit auch schon aus dem Gröbsten heraus. Man hatte sich eine kleine Wohnung in der Uthmannstraße in Rixdorf gemietet. Zu den beiden Zimmern im Hinterhaus kamen Küche und Flur sowie eine Toilette auf halber Treppe, die man mit zwei anderen Parteien zu teilen hatte. Es war ein Katzensprung bis zur Bergstraße, und wenn man Besuch erwartete, brauchte man nur sagen, dass am Eckhaus von »Koffer Panneck« abzubiegen war. Zur Arbeit fuhr Gottfried Ruppin zumeist mit dem Fahrrad, bei Eis und Schnee hatte er es aber auch nicht weit bis zum Ringbahnhof Rixdorf.

Gähnend saß er am Frühstückstisch und aß Mehlsuppe mit Klietern, während seine Frau dabei war, ihm die Stullen für den langen Arbeitstag zu schmieren. Die Kinder schliefen noch.

»Ick komm heut später nach Hause«, sagte Ruppin.

»Warum 'n ditte?«

Ruppin sah auf. »Wir protestieren für den Theodor Blumenthal seine Freilassung.«

»Ham se den imma noch einjesperrt?«

»Ja, reine Schikane.« Da man wusste, dass die Indizien nicht ausreichten, um Theodor Blumenthal wegen des Mordes an

Germanus Cammer zu verurteilen, zögerte man die Entscheidung über die Eröffnung eines Prozesses immer weiter hinaus und hielt ihn in der Untersuchungshaft fest. »Schweine, die!«

»Pass bloß uff, det se dir nich ma uff 'ne schwarze Liste setzen – denn kriegste keene Arbeit mehr.«

Gottfried Ruppin lachte. »Se wern mich eines Tages noch umbringen, weil ick ihnen als Arbeitaführa zu mächtig jeworn bin.«

»Nu schieb ma ab, sonst kommste zu spät uff Arbeet.«

Sie packte ihm die Stullenbüchse und die Kruke mit Malzkaffee in den Rucksack und brachte ihn zur Tür. Mit einem kleinen Küsschen verabschiedeten sie sich voneinander. Ruppin holte sein Fahrrad aus dem Kellerverschlag und machte sich auf den Weg nach Stralau. Bei Lichte besehen, war er rundum glücklich. Mehr konnte man vom Leben nicht erwarten, wenn man als kleiner Leute Kind auf die Welt gekommen war. Und so schlecht sah die Zukunft auch nicht aus. Wenn sie wirklich die Hochbahn bauten und vielleicht auch noch eine Untergrundbahn, gab es für Leute wie ihn immer etwas zu tun. Und je stärker die Sozialdemokratie in Deutschland wurde, desto höhere Löhne waren zu erwarten.

Hinten über Johannisthal und Britz ging die Sonne auf, doch deren Anblick konnte er nicht genießen, denn er musste zunächst in die entgegengesetzte Richtung radeln. Zwischen Rixdorf und Treptow gab es noch keine Brücke über den Landwehrkanal und seine Neuköllner Anhängsel, erst am Kottbusser Damm kam er auf die andere Seite hinüber. Von da ging es dann sozusagen wieder zurück und am Görlitzer Bahnhof vorbei nach Treptow. Es war ein elender Umweg, aber er sparte das Fahrgeld für die Ringbahn, denn nur so konnte ihr Ältester ein neues Paar Schuhe bekommen.

Obwohl es fünf Minuten vor der Zeit war, schnauzte ihn der Polier an, wo er denn so lange bliebe. Am 1. Mai sollte die Gewerbeausstellung eröffnet werden, und bis dahin musste der Tunnel unter der Spree eine respektable Länge erreicht haben und voll begehbar sein.

»Du kümmerst da mal um det Röhrenteil, wat da oben am Flaschenzug hängt. Det hat sich irjendwie verklemmt.«

Ruppin machte sich an die Arbeit. Die Spree aufwärts nach Schöneweide und Cöpenick glich der Himmel einer riesigen Kulisse. Kein Künstler kam an die Natur heran, wenn es darum ging, einen Sonnenaufgang darzustellen.

Das ging ihm gerade durch den Sinn, als sich das schwere Eisenteil über ihm ganz überraschend löste und auf ihn niedersauste. Er schaffte es nicht mehr ganz, zur Seite zu springen.

Ludolf Tschello konnte alles ertragen, nur eines nicht: Verlierer zu sein. Und nun hatte er zwei entscheidende Schlachten verloren: die um die große Liebe seines Lebens und die, bei Siemens & Halske Oberingenieur und Leiter des Konstruktionsbureaus zu werden. Zudem musste er nun ohne seinen besten Freund auskommen, und Hermann Mahlgast und er hatten doch ein Vierteljahrhundert zusammengehangen wie siamesische Zwillinge.

Was blieb ihm da anderes übrig, als sich eine Kugel in den Kopf zu jagen? Die Waffe hatte er schon in der Schublade seines Schreibtisches liegen.

Als er zu studieren begonnen hatte, war er zu Hause ausgezogen, und seither wohnte er in der Schützenstraße bei der Witwe Wölsicke zur Untermiete. Schon immer war er mit der Einsamkeit schwer fertig geworden, nun aber war sie wie eine Folter für ihn. Er liebte es, im Mittelpunkt zu stehen, zu erobern, außergewöhnlich zu sein und zu gefallen.

Die Witwe Wölsicke klopfte an die Tür und war schon eingetreten, bevor er »Herein!« gerufen hatte. Sofort begann sie zu keifen.

»Wieder haben Sie beim Waschen so gespritzt! Sie ruinieren mir noch die teure Tapete hinter der Waschkommode!«

Ihn mit solchen Banalitäten zu stören erschien ihm bei den Sorgen, die er hatte, nicht nur albern, es machte ihn auch furchtbar wütend. Für einen Augenblick kam ihm der Gedanke, seinen Revolver zu nehmen und das alte Schrapnell einfach über den Haufen zu schießen. Doch er beließ es dabei, sie anzuknurren.

»Ihre Tapete? Die war doch schon ein alter Fetzen Papier, als ich hier eingezogen bin.«

»Sie, ich hole gleich meinen Schwager! Der sitzt nebenan und trinkt Kaffee.«

Da stand Konrad Wölsicke auch schon in der Tür und zeigte ihm die rechte Faust. »Da könn Se mal dran schnuppern: Een Schlag, und die Neese sitzt hinten, der zweete wäre Leichenschändung.«

Ludolf Tschello brummte etwas von Kroppzeug und sagte, die beiden sollten verschwinden, sonst würde er die Polizei holen und ihren Schwager festnehmen lassen. Dann fasste er in eine Seitentasche seines Rockes, holte ein Geldstück hervor und warf es dem Schwager zu. »Hier, für die Reparatur der Wand hinter der Waschkommode.« Dabei zielte er aber mit Absicht so schlecht, dass der Mann die Münze nicht fangen konnte und sich bücken musste, wenn er sie haben wollte. Das tat er dann auch, und Ludolf Tschello verfolgte es mit Genugtuung.

Ein Welle von Selbstmitleid erfasste ihn. Gott, wie tief war er gesunken! Statt eine herrschaftliche Wohnung zu besitzen oder gar eine Villa in einer der neuentstandenen Kolonien am Stadtrand, hauste er noch immer in einer elenden Studentenbude und musste sich mit diesem Pöbel hier auseinandersetzen.

Er setzte sich an den Schreibtisch, zog die Schublade auf und nahm den Revolver heraus. Sechs Kugeln steckten in der Trommel. Bis auf eine nahm er nun alle heraus.

»Wenn ich überall verliere, dann gewinne ich vielleicht

beim Russischen Roulette.« Er lachte und kam sich erstmals seit langem wieder einmal großartig vor. Wer war schon so mutig wie er? Keiner, und ein Stubenhocker und Korinthenkacker wie Hermann Mahlgast schon gar nicht. Cécile hatte einen Hampelmann bekommen und keinen Mann.

Ludolf Tschello schloss die Augen und drehte die Trommel so lange, bis es völlig unmöglich geworden war, noch zu wissen, wo die Kugel steckte. Dann setzte er sich den Lauf an die rechte Schläfe.

»Ade, Cécile, ade, meine Hochbahn, ade, ihr Träume alle! Verzeih mir, Mutter, verzeih mir, Vater, ich kann nicht anders!«

Es war so leicht, Abschied zu nehmen vom Leben. Der Tod kam als Erlösung. Die Jahre, die vor ihm lagen, waren ja doch nur Qual und Trauer.

Ohne jedes Zögern drückte er ab.

Cécile hatte sich an diesem Abend zeitig in ihre Kammer zurückgezogen. Sie war müde, weil sie den größten Teil des Tages damit verbracht hatte, mit ihrer Mutter zusammen bei Gerson und Rudolph Hertzog all das zusammenzutragen, was von alters her zur Aussteuer einer Braut und zu einem jungen Haushalt gehörte. Auch um eine standesgemäße Wohnung hatten sie sich schon bemüht, doch da gab es zwischen ihr und ihrem Hermann noch einige Differenzen. Sie wäre gern im Osten der Stadt geblieben und ans Wasser gezogen, nach Treptow vielleicht oder gar nach Schöneweide, während er den Westen und Nordwesten favorisierte, dies vor allem deshalb, weil Siemens & Halske sich anschickte, auf dem völlig unbebauten und zu Spandau gehörenden Gelände an der Nonnendammallee eine Reihe von Fertigungsstätten zu errichten, aber auch Wohnsiedlungen für die vielen tausend Arbeiter und Angestellten, damit diese zwischen Wohnung und Arbeitsplatz nicht so weit zu pendeln hatten. Nun gut, das war einzusehen und bereitete ihr nur wenig Kummer. Schön, es gab keine Theater da draußen, und ihre Eltern sah sie dann auch nicht mehr so oft, aber bald würden sie ja Kinder haben. »Übt mal schon dafür«, flachste ihr Vater immer und verließ für längere Zeit das Zimmer, wenn sie zusammensaßen, aber in dieser Hinsicht war sie sehr altmodisch und wollte unbedingt rein in die Ehe gehen. Außerdem verspürte sie kein großes Kribbeln, wenn Hermann sie küsste, und eigentlich hatte sie jetzt schon ein wenig Angst vor dem Vollzug der Ehe. Öfter musste sie an den Ratschlag denken, den ihre Mutter jungen Frauen in ähnlichen Fällen mit auf den Weg gegeben hatte: »Kind, Oogen zu und durch. Tu et für dein Vaterland – det braucht juten Nachwuchs.« Ansonsten hatte sie ja als Frau eines Siemens-Ingenieurs bis an ihr Lebensende ausgesorgt und konnte, war er gar irgendwann bis zum Werksleiter oder Chef des Konstruktionsbureaus aufgestiegen, auf Reisen nach Frankreich und Italien hoffen. Und die Kinder konnten einmal Ärzte und Gelehrte werden, eine der Töchter vielleicht auch Schauspielerin.

Cécile hatte sich eingerichtet mit allem, und es schmerzte sie nur noch ganz gelegentlich, dass sie nie eine zweite Henriette Sontag oder Adele Sandrock werden würde und keinen feurigen Liebhaber zum Manne hatte, sondern nur einen biederen Siemens-Oberbeamten. Letzten Endes hatte ihre Mutter recht: »Kind, im Leben kann man nich allet ham.«

Sie war gerade dabei, sich ihre Haare zu lösen und dann im Schein ihrer Petroleumlampe noch ein wenig in ihrer *Gartenlaube* zu lesen, als es an der Fensterscheibe ihres Zimmers kratzte.

»Hau ab, du Mistvieh!«

Offenbar war der Kater ihrer Nachbarsleute wieder dabei, nach Bücklingspellen zu betteln.

»Ich bin's!«

Sie fuhr zusammen, denn sie hatte eine panische Angst

vor Geistern. Die alte Kulicke aus dem ersten Stock war im letzten Jahr gestorben und sollte angeblich noch umgehen. Wieder wisperte es draußen vor dem Fenster, und hinter dem zugezogenen Vorhang sah sie einen Schatten. Wie eine riesige Fledermaus sah es aus. Sie überlegte, ob sie schreiend zu ihren Eltern in die Gaststube laufen oder sich im Bett verkriechen sollte.

Da war die Stimme wieder, diesmal etwas lauter. »Bitte, öffne mir, Cécile, ich bin's.«

Ihr Herzschlag setzte aus. Ludolf Tschello.

Nein, nein, nein! Ihre innere Stimme warnte sie, laut und herrisch. Sie wusste es instinktiv, warum er gekommen war. Nein, es durfte nicht sein. Und sie beschloss, sich tot zu stellen. Wenn sie sich nicht regte, würde er wieder gehen.

Sekunden vergingen, Minuten, und sie glaubte schon, den Kampf gewonnen zu haben, da schob sie eine Kraft, gegen die anzukommen nicht möglich war, in Richtung Fenster. Wie eine Schlafwandlerin ging sie durch ihre Kammer, und gegen ihren Willen öffnete sie den Riegel und zog den Fensterflügel auf.

Ludolf war mächtig erregt, und sie spürte sein Fieber. Genau das war es, was ihr bei Hermann ein jedes Mal fehlte, wenn er sie in den Arm nahm. Und in dieser Sekunde war ihr auch klar, dass sie in ihrem Leben das vermissen würde, was ihr der andere in dieser Nacht noch schenkte, wenn sie ihn einließ.

»Bitte, Cécile!«, flehte Ludolf Tschello. »Lass mich zu dir! Er hat es ein ganzes Leben lang, ich will es doch nur dieses eine Mal.«

Plötzlich sah sie es ganz realistisch. »Hermann merkt doch, dass ich keine … keine … mehr bin.«

»Nein, der merkt es nicht, der ist doch viel zu unerfahren in Liebesdingen, und da gibt es kleine Tricks.«

»Geh! Du bist ja … wahnsinnig!«

»Ja, wahnsinnig verrückt nach dir. Es muss sein, Cécile, es muss!«

»Nichts muss …«

»Doch! Du treibst mich sonst in den Tod.« Er griff mit beiden Armen nach ihr und bekam sie zu fassen.

Sie erbebte, zischte aber, er solle sie wieder loslassen. »Sonst schreie ich laut um Hilfe!«

Zwölf

1896

Hermann Mahlgast arbeitete so viel und so konzentriert, wie er noch nie in seinem Leben gearbeitet hatte, denn nun wurde es wirklich Ernst mit der Berliner Hochbahn. Nachdem James Hobrecht mehr und mehr an Einfluss verloren hatte und seine Amtszeit langsam aber sicher zu Ende ging, hatte man fast alle administrativen Hindernisse überwinden können und den ersten Spatenstich auf den 10. September 1896 terminiert. Nun ging es an die Details, vieles war noch zu klären. Immer wieder saß man im Siemens-Konstruktionsbureau beisammen und zerbrach sich den Kopf.

»Schon wieder ein Querschuss!« Heinrich Schwieger stöhnte anhaltend, als sie beim Jour fixe zusammensaßen.

»Was ist denn passiert?«, fragte Erich Abendroth.

Hermann Mahlgast hatte die Fakten zusammengetragen und referierte sie nun. »Der Architekten-Verein zu Berlin hat zum Schinkelfest einen Preis für eine Arbeit auf dem Gebiet des Ingenieurwesens ausgeschrieben, und das Thema für die einzureichende Arbeit lautet *Entwurf zum Umbau der Potsdamer Brücke über den Landwehrkanal in Berlin.* Ich darf einmal aus dem Ausschreibungstext zitieren: *Im Zuge des Landwehrkanals und über der Mitte desselben soll auf eisernem Unterbau eine elektrische Hochbahn geführt werden, die die Brücke in einer Überführung kreuzt. An der Kreuzungsstelle ist eine überdeckte Haltestelle der Bahn an-*

zulegen. So weit der Text. Es ist nun durchgesickert, dass der erste Preis an einen Herrn mit Namen Otto Schulze gehen soll, für seinen Entwurf einer Doppelbrücke. Dabei ist ein Stützensystem vorgesehen, das sich über den Landwehrkanal spannt.«

»In den Papierkorb damit!«, rief Heinrich Schwieger. »Ich lasse mir doch von diesem Herrn nicht ins Handwerk pfuschen.«

Abendroth zögerte nicht, ihm beizupflichten. »Seit dem letzten Jahr haben wir rechtsgültige Verträge mit den wegeunterhaltspflichtigen Gemeinden Berlin und Schöneberg sowie dem Eisenbahnfiskus und seit dem 15. März dieses Jahres auch die landespolizeiliche Genehmigung für die Hochbahnstrecke Warschauer Brücke–Nollendorfplatz, nachdem wir fast zwanzig Jahre darum gerungen haben. Nun wird nicht mehr diskutiert, nun wird endlich gebaut!«

»Und eine Verschandelung der Potsdamer Brücke kommt nicht in Frage«, fügte Heinrich Schwieger hinzu. »Es bleibt dabei, dass wir den Kanal weiter östlich auf einer eigenen Brücke überqueren und es keinen Bahnhof Potsdamer Brücke geben wird. Punkt!«

Hermann Mahlgast blickte auf seine Unterlagen. »Ich darf daran erinnern, dass die Genehmigung für die gesamte Strecke, also den Abschnitt zwischen Nollendorfplatz und Zoologischem Garten sowie den Abzweig zum Potsdamer Platz, noch immer nicht vorliegt.«

»Die bekommen wir schon, wenn die ersten Bahnhöfe und Streckenteile fertig sind.« Heinrich Schwieger setzte auf die normative Kraft des Faktischen.

»Außerdem wird ja im Mai unsere U-Bahn in Budapest in Betrieb gehen, und wir haben eine Referenz, gegen die nicht anzukommen ist«, sagte Abendroth.

»Apropos Budapest …« Heinrich Schwieger sah seine beiden Mitarbeiter an, den jungen wie den altgedienten. »Ich würde mich freuen, wenn Sie mich beide zu den Einweihungsfeierlichkeiten begleiten würden.«

Hermann Mahlgast ging beglückt in sein Bureau zurück. Die Einladung zur Reise in die ungarische Hauptstadt wertete er als besondere Auszeichnung.

Wieder am Schreibtisch, widmete er sich der Detailplanung der einzelnen Bahnhöfe. Recht schnell war man sich bei Siemens & Halske darüber klargeworden, dass man nicht die Kapazitäten hatte, alle Stationen selber zu gestalten. Nun galt es, sich nach Männern umzusehen, die man für die Mitarbeit gewinnen konnte. Die Zeit wurde langsam knapp, obwohl die Eröffnung der Stammstrecke erst für 1902 vorgesehen war. Das waren noch sechs Jahre, aber man hatte ja quasi, abgesehen von der eigenen elektrischen Straßenbahn und den Erfahrungen in Budapest, praktisch bei null angefangen.

Was würde aus ihm geworden sein, wie würde er sich fühlen, wenn sich der erste Zug zur Ministerfahrt in Bewegung setzte? Hermann Mahlgast trat ans Fenster und sah zum Himmel hinauf. 1902 – da konnte ihr erstes Kind fast schon in die Schule gehen und Cécile mit dem dritten schwanger sein. Alle würden ihn um seine selten schöne Frau und seine glückliche Familie beneiden. Sie würden eine große Wohnung haben, irgendwo in Charlottenburg, ganz in der Nähe seiner elektrischen Bahn. Einige im Hause Siemens träumten ja schon davon, die Stammlinie im Westen vom Knie bis zum Reichskanzlerplatz zu verlängern, und am Lietzensee gab es dann sicherlich feudale Wohnungen.

Trotz aller Belastungen machte Hermann Mahlgast aber heute vergleichsweise pünktlich Feierabend, denn er hatte seinen Eltern versprochen, zum Abendessen bei ihnen in der Belle-Alliance-Straße vorbeizuschauen. Wieder einmal. Seine Besuche dort waren selten geworden, seit er Cécile mehrmals in der Woche sah. Mal gingen sie ins Theater oder ins Konzert, manchmal auch einfach nur ins Café oder in eine

Speisegaststätte. Im Hinblick auf die Hochzeit und das eigene Heim war immer eine Menge zu besprechen. Außerdem genoss er es, Cécile nun endlich ganz für sich allein zu haben und Arm in Arm mit ihr durch die Friedrichstraße zu bummeln, nicht immer mit Ludolf Tschello als Bremser an der Seite.

Als er bei seinen Eltern am Tisch saß, kam man natürlich auch auf den alten Freund zu sprechen. Ob er ihn denn überhaupt noch sehen würde, fragte seine Mutter.

»Kaum noch«, musste er zugeben. »Eigentlich nur bei offiziellen Veranstaltungen des Ingenieur-Vereins, oder wenn er als AEG- und ich als Siemens-Mann etwas zu verhandeln haben.«

»Schade«, sagte seine Mutter.

»Alles hat seine Zeit«, fügte sein Vater hinzu. »Auch Freundschaften entstehen und vergehen wieder.«

»Ich treffe mich doch auch noch regelmäßig mit meiner Freundin Auguste Tschello!«, rief Hertha Mahlgast.

»Mutter«, sagte Hermann Mahlgast nicht ohne eine gewisse Schärfe im Ton, »ihr habt auch nicht jahrelang um denselben Mann gerungen – und eine hat gewonnen, und die andere hat verloren.«

»Du meinst, Ludolf wird dir nie verzeihen, dass du ihn ausgestochen hast?«, fragte sein Vater.

»Nein, sein Naturell ist nicht so. Mir tut es leid, dass Cécile uns auseinandergerissen hat. Aber das ist nun einmal der Preis, den ich zahlen muss. Sein Verlust ist aber noch viel größer als meiner. Er hat außer unserer Freundschaft auch noch Cécile verloren.« Hermann Mahlgast machte sich über seinen ersten Kartoffelpuffer her. Nur zu Hause bekam er sein Leibgericht so, wie er es liebte.

»Die Zeit heilt alle Wunden«, sagte Hertha Mahlgast.

Hermann Mahlgast verzog das Gesicht. Er hasste Plattitüden dieser Art, obwohl sie meistens doch auch ein Körnchen

Wahrheit enthielten. »Mal sehen, was ist, wenn Ludolf auch eine Braut gefunden hat und die beiden Frauen sich gut verstehen sollten. Vielleicht ist er dann froh und glücklich darüber, dass es mit Cécile nicht geklappt hat.«

Seine Mutter schwieg nun, aber er wusste auch so, dass sie mit Cécile als Schwiegertochter gar nicht einverstanden war. Neulich hatte er sie flüstern hören, Cécile sei ihr nicht solide genug. »Eine aus der Kneipe, eine vom Theater ...« Aber andererseits konnte sich ihr Sohn auf allen Gesellschaften mir ihr sehen lassen und gewann durch sie einiges an Reputation und Chancen. Seine Vorgesetzten würden sich darum reißen, mit Cécile zu plaudern und zu tanzen, sofern ihr lädierter Knöchel dies zuließ und sie beim Reden nicht allzu sehr ins Stottern kam. Doch man würde Mitleid mit ihr haben und sich geneigt zeigen, wenn sie sich etwas wünschte, was ihrem Manne wichtig war.

Gustav Mahlgast hatte gegen die Wahl seines Sohnes nichts einzuwenden, sah er doch in Cécile eine Femme fatale, wie manch Mann sie brauchte, um sich Appetit zu holen. Damit lockte man immer illustre Gäste ins Haus. Bei so einer schönen Mutter waren auch liebreizende Enkelkinder zu erwarten. Ein bisschen aber hatte er auch Angst um das Glück seines Sohnes, denn je kapriziöser ein Weib war, desto schwerer hatte es der Mann, es zu halten. Wie hatte er es neulich bei Theodor Fontane gelesen: *Keine Frau ist schlimm, aber immer noch besser als eine schlechte*. Cécile war der Typ von Frau, der einen permanenten Ehekrieg befürchten ließ, und irgendwie tat ihm sein Sohn auch leid. Aber was sollte er sich da einmischen! Meistens war es am besten, dass man die Dinge so laufen ließ, wie sie gerade kamen. Sein Lehrgeld hatte jeder selbst zu bezahlen.

Hermann Mahlgast fand es besser, dass so vieles, was Cécile und ihn betraf, ungesagt blieb, denn er stand hundertprozentig zu ihr, zu sich und zu ihrer Liebe. Das Schicksal hatte sie beide füreinander bestimmt, warum auch immer. Es war alles so gekommen, wie es hatte kommen müssen.

»Ein Wenn und Aber wird es immer geben«, sagte er, als er sich von seinen Eltern verabschiedete, um nach Hause zu laufen. »Doch eines steht fest: Cécile ist mein großes Glück.«

Beschwingt lief er durch die Straßen, und manchmal schien es ihm, als würde er schweben. Wie Ludolf Tschello wohnte auch er zur Untermiete, und zwar in der Markgrafenstraße. Als er sein Zimmer betrat, fand er auf der Waschkommode die Post. Wie immer war es nicht viel. Ein Freund aus dem Stralauer Ruderverein hatte eine Karte aus Chicago geschickt, wo es seit drei Jahren eine Hochbahn gab. Eine Cousine über drei Ecken hatte sich in Landsberg an der Warthe mit einem Offizier verlobt. Der Dentist wollte für seine Bemühungen um einen vereiterten Backenzahn endlich das Honorar überwiesen haben. Ganz unten lag ein weißes Couvert, bei dem Absender und Empfänger nicht mit Tinte oder Kopierstift geschrieben waren, sondern mit einer Maschine. Das war ungewöhnlich. Diese Ungetüme mit den Typenhebeln, die sich immer wieder ineinander verhakten, gab es, zum Beispiel von Remington, schon seit über zwanzig Jahren, aber im privaten Schriftverkehr galten sie als unhöflich. Hermann Mahlgast stutzte also, als er bemerkte, dass der Absender keine Firma war, sondern ein *A. Nonymus*. Er kannte keinen Nonymus. Erst auf den zweiten Blick erfasste er den Zusammenhang. Ein Anonymus hatte ihm also etwas geschickt. Er zögerte einen Augenblick. Einerseits galt die alte Regel, dass anonyme Schreiben in den Papierkorb oder den Ofen gehörten, andererseits war er zu neugierig, um das Couvert so einfach wegzuwerfen. Mit einer Nagelschere schlitzte er den Umschlag auf. Auch der Brief war auf einer Maschine geschrieben.

Werther Herr Mahlgast!
Da ich Sie sehr schätze und an Ihrem Schicksal starken Anteil nehme, möchte ich Ihnen hiermit die Augen öffnen und verhindern, dass Sie sich ins Elend stürzen. Ich muss Ihnen nämlich mitteilen, dass sich Ihre Braut, Fräulein Cäcilie Krummensee, genannt Cécile, in der Nacht von vorgestern zu gestern Ihrem Freund Ludolf Tschello mehrfach hingegeben hat. Er ist eine Stunde vor Mitternacht durch das Fenster in ihre Kammer gestiegen und hat ihr Bett erst im Morgengrauen wieder verlassen.
Einer, der es gut mit Ihnen meint!

Hermann Mahlgast brauchte einige Sekunden, um den Inhalt dieses Briefes zu begreifen. Erst lachte er auf und hielt es für den üblen Spaß eines Untergebenen, den er irgendwie gekränkt hatte, dann aber begann das Gift zu wirken. Schon immer hatte er Cécile im Verdacht gehabt … Einer, die vom Theater kam, war alles zuzutrauen. Und auch Ludolf Tschello hielt er für fähig, diesen Schurkenstreich begangen zu haben. Etwas Dunkles schlummerte in seinem besten Freund, das wusste er schon lange.

Aber nein! Cécile hatte ihn gewählt, und sie freute sich auf das Leben mit ihm. Nein, das musste eine dunkle Intrige sein. Wahrscheinlich war alles erstunken und erlogen, und Ludolf Tschello hatte diesen Brief geschrieben, auf dass er, Hermann, sich von Cécile lossagte.

Er stürzte wieder aus dem Zimmer und lief auf die Straße hinunter, um Cécile den Brief zu zeigen und sie zu bitten, ihm zu schwören, dass das alles nicht der Wahrheit entsprach.

Von der Markgrafen- bis zur Markusstraße war es nicht weit, aber auch jemand, der gut zu Fuß war, brauchte seine dreißig bis vierzig Minuten. Sie kamen Hermann Mahlgast vor wie eine Ewigkeit. Er hätte sich eine Droschke nehmen können, aber er brauchte die Bewegung, um sich abzureagieren. Er fürchtete, hatte Cécile ihn wirklich betrogen, den eigenen Zorn – dass er sich zu einer Tat hinreißen ließ, die ihn hinter Gitter brachte. So weit kannte er sich und das Leben schon, dass er wusste, welche atavistischen Kräfte gerade in behaglichen Naturen steckten, wie er eine war. Stille Wasser waren tief.

Er wollte so schnell wie möglich im »Krummen Säbel« sein, um mit Cécile zu reden, und zugleich hatte er den brennenden Wunsch, dass dieser Augenblick so bald nicht kommen werde. Mal war er sich absolut sicher, dass der anonyme Brief eine üble Verleumdung war, dann wieder hielt er seinen Inhalt für wahr. Es zerriss ihn, es schmerzte so sehr, dass er hoffte, über einen lockeren Pflasterstein zu stolpern, lang hinzuschlagen und das Bewusstsein zu verlieren. Auch merkte er nun, wie allein er war. Bis vor kurzem hatte er in Situationen wie dieser den Freund neben sich gehabt, Ludolf Tschello, und der hatte ihn gestützt und ihm Mut und Kraft verliehen.

Mehrmals verlief er sich, endlich aber stand er an der Spree. Dunkel und drohend lag sie unter ihm. Irgendwie verspürte er den Impuls, sich in den Fluss zu stürzen und forttreiben zu lassen. Er widerstand ihm und fand eine Brücke. Offenbar die Michaelbrücke. Da war er also viel zu weit nach Osten geraten. Vor ihm ragten die Viadukte der Stadtbahn in den nächtlichen Himmel, und an ihnen konnte er sich orientieren.

Endlich stand er vor der Tür der Gastwirtschaft in der Markusstraße. Trotz der späten Stunde herrschte noch reger Betrieb. Vielen Menschen ging es so schlecht, dass sie Bier und Schnäpse brauchten, um über den Tag zu kommen.

Hermann Mahlgast zögerte, die Klinke nach unten zu drücken und einzutreten. Noch konnte er den Rückzug antreten und Cécile gegenüber so tun, als hätte er den Brief nie erhalten. Ihn einfach vernichten und das Leben so leben, wie sie es geplant hatten. Nein, das ging nicht mehr, dazu war er zu geradlinig. Oder? Er schwankte.

Da kam eine Schar neuer Gäste und nahm ihm die Entscheidung ab. Er wurde in den »Krummen Säbel« gespült. Die Wirtin, die gerade ein Tablett mit vollgefüllten Biergläsern durch den Raum balancierte, entdeckte ihn sofort.

»Na, Herr Schwiegersohn, Sehnsucht nach die Braut?«

»Ja, aber …«

»Dann ma Tempo, Cécile is in ihre Kammer.«

Hermann Mahlgast arbeitete sich durch den Schankraum und hatte einige Karambolagen mit leicht angetrunkenen Männern zu bestehen, ehe er die Tür mit der Aufschrift *Privat* erreicht hatte. Erst jetzt fiel ihm ein, dass er sich keine Strategie überlegt hatte. Wie sollte er Cécile gegenübertreten? Gleich schreiend und als Ankläger oder als jemand, der behutsam und listig auf das Thema zusteuerte? Er wusste es nicht. Der Augenblick musste entscheiden. Er klopfte an ihre Kammer.

»Du, Cécile …«

»Ja?«, kam es unwirsch.

Da riss er die Tür auf, und es brach aus ihm heraus: »Entschuldige, dass ich nicht durchs Fenster komme.«

»Was redest du da?« Sie hatte gerade vor dem Spiegel gesessen und sich im Scheine ihrer Petroleumlampe gekämmt.

Ohne sich weiter zu besinnen, warf er ihr den anonymen Brief auf die Frisierkommode. »Davon rede ich!«

Cécile nahm den Brief und überflog ihn. Seine Augen hingen an ihrem Gesicht. Würde es sich verfärben? Würde sie in Tränen ausbrechen?

Nein, nichts. Cécile zeigte keine Regung, und ihr Antlitz erschien ihm wie in Stein gemeißelt.

Er trat dicht hinter sie und hatte nur über den Spiegel Blickkontakt mit ihr.

»Was ist nun?«, drängte er. »Sprich endlich!« Er legte seine Hände auf ihre Schulterblätter und knetete sie, bis es ihr weh tun musste.

Cécile wusste, dass das der Augenblick war, der über ihr Leben entschied. Leugnete sie alles, und tat sie dies mit Überzeugung, sie war ja schließlich gelernte Schauspielerin, dann würde er ihr glauben – und der Weg zum Traualtar war frei. Gab sie zu, dass sie sich Ludolf Tschello hingegeben hatte, war alles aus – und womöglich erwürgte er sie. Wer nur hatte diesen verdammten Brief geschrieben? Ludolf Tschello ganz sicher nicht. Oder doch? Damit Hermann sie von sich stieß und er das Spiel um sie doch noch gewonnen hatte? Schon möglich. Aber sie wollte nicht Ludolfs Frau werden.

»Du schweigst!«, rief er. »Soll ich das als ein Geständnis werten?«

»Ja.« Sie drehte sich zu ihm um, den Brief in der Hand, und nun hatte sie Tränen in den Augen. Sie hatte keinen freien Willen mehr, es brach aus ihr heraus: »Es stimmt alles, was hier geschrieben steht.«

1896 war für die Ungarn ein außergewöhnliches Jahr, war doch im Jahre 896, also vor genau tausend Jahren, ihr Staat gegründet worden. Unter dem Großfürsten Árpád hatten die Magyaren, von den Türken aus Südrussland vertrieben, eine neue Heimat gefunden.

Als zentraler Platz für die große Tausendjahrfeier war das Stadtwäldchen (Városliget) in Budapest auserkoren worden. Aber wie sollte man die Besuchermassen dorthin bringen? Mit Droschken, Pferdebussen und -bahnen ging das nicht. Da entsann sich Mór Balázs, der Direktor der Straßenbahngesellschaft BVVV, der U-Bahn-Pläne der Firma Siemens & Halske, die schon seit einiger Zeit in den Schubladen lagen. Begonnen hatte es 1893 mit den Bemühungen der Straßen- und Pferdebahngesellschaft, gemeinsam eine Konzession für den Betrieb einer elektrischen Straßenbahn auf der *Andrássy út* zu erhalten. Nun konnte man sozusagen den zweiten Schritt vor dem ersten tun und der ungarischen Hauptstadt zu den

Jubiläumsfeierlichkeiten eine Sensation ersten Ranges sichern: die erste Untergrundbahn auf dem europäischen Kontinent. Siemens & Halske versprach auch, der *Földalatti* (»die Unterirdische«) einen mondänen Charakter zu geben.

Was in Berlin fast dreißig Jahre gedauert hatte, war in Budapest in einem Jahr erledigt, und am 29. Dezember 1894 konnten die Bauarbeiten beginnen. Die Strecke sollte 3,68 Kilometer lang werden, davon waren 3,22 Kilometer Tunnel und 460 Meter oberirdisch. Die *Földalatti* wurde als reine Unterpflasterbahn gebaut, sie lag nirgendwo mehr als drei Meter tief unter der Erde. Neun Bahnhöfe waren vorgesehen, alle mit Seitenbahnsteigen ausgestattet: Gizella tér, Deák Ferenc tér, Opera, Oktogon, Vörösmarty utca, Köröd, Bajza utca, Aréna út und Artézi fürdö. Die Werkstatt sollte in der Nähe der Station Aréna út am Stadtwäldchen entstehen.

Hermann Mahlgast hatte die Planungen für die *Földalatti* nur am Rande verfolgen können, war aber liebend gern nach Ungarn gereist. Zum einen ließ sich von Budapest sicherlich einiges lernen, obwohl es ja in Berlin zunächst nur um eine Hochbahn ging, und zum anderen war dieser Ausflug in die k. u. k.-Monarchie ein probates Mittel, um über den Schmerz und den Verlust Céciles hinwegzukommen. Selbstverständlich hatte er noch in der Minute ihres Geständnisses die Verlobung gelöst.

»Dann geh doch hin zu ihm, zu deinem Ludolf! Nicht mit mir!«

Wenn sie ihn um Verzeihung gebeten, ihn angefleht hätte, ihr zu vergeben, wäre er wahrscheinlich weich geworden, doch sie hatte nichts dergleichen getan, sondern nur immer wieder gesagt: »Es kommt immer alles, wie es kommen muss« und »Gegen die Natur kommt keiner an«.

Seine Eltern hatten ihm recht gegeben. »Sie ist entehrt worden, und so eine heiratet man nicht.«

Was ihn quälte, was ihn marterte, war der Gedanke, dass es

Ludolf Tschello gewesen war, dem sie sich als Erstem hingegeben hatte. Bei einem anderen hätte er ihr wohl verziehen, war sie doch Opfer archaischer Triebe, aber bei ihm war es ein Verrat, der niemals zu verzeihen war.

Die kleine Siemens-Delegation aus Berlin, unter ihnen auch Heinrich Schwieger, Erich Abendroth und Hermann Mahlgast, weilte über eine Woche in Budapest, denn am 2. Mai 1896 sollte die *Földalatti* eröffnet werden, aber erst am 8. Mai kam Franz Joseph I., um die U-Bahn selber in Augenschein zu nehmen.

Heinrich Schwieger sah der Premiere mit Spannung entgegen. »Wenn hier ein Missgeschick passiert, steht es am nächsten Tag in den Berliner Gazetten, und wir müssen mit weiteren Behinderungen rechnen.«

Hermann Mahlgast musste ihm recht geben. »Und hoffentlich bringen sie keine Photographien von den Zügen. Die sehen ja aus wie Grubenlokomotiven. Irgendwie sind das Missgeburten.«

Auch Erich Abendroth war von diesen urigen Fahrzeugen aus Holz und Metall nicht sonderlich begeistert. »Sie stammen von der Schlick Vasöntö és Gépgyár, Siemens & Halske hat ja nur die elektrische Ausrüstung geliefert. Aber es ist nicht die Schuld dieser Maschinenbauanstalt, dass die Wagen so gedrungen aussehen, denn der Tunnel ist mit einer lichten Höhe von 2,85 Metern wirklich sehr niedrig geraten. Aber hätten wir ihn höher gebaut, wären die Baukosten noch weiter angestiegen – und wir haben unseren Etat ohnehin schon um ein Erhebliches überzogen.«

»Wer ist denn auf die unselige Idee gekommen, die Stromschiene unter der Decke anzubringen?«, fragte Hermann Mahlgast.

»Das ist aus Gründen der Sicherheit so angeordnet worden.«

»Hoffentlich macht das nicht Schule«, fürchtete Hermann

Mahlgast. »Sonst müssen wir auch unsere Hochbahn in Berlin mit einer Oberleitung versehen.«

Erich Abendroth seufzte. »Malen Sie bloß nicht den Teufel an die Wand, denn die von oben bestrichene Stromschiene, wie wir sie vorgesehen haben, ist zwar von den Kosten her die günstigste Lösung, aber auch am gefährlichsten.«

»Zumal wir eine höhere Fahrspannung haben werden als die Budapester hier mit ihren 350 Volt.«

Die Inbetriebnahme der *Földalatti* verlief ohne nennenswerte Probleme, aber auch ohne jeden Pomp. Der Monarch kam ja erst sechs Tage später.

»In Berlin sollten wir sehen, dass Seine Majestät wirklich mit dem ersten Zug fährt«, sagte Hermann Mahlgast.

Abendroth winkte ab. »Ich glaube nicht, dass er das tun wird, das Wagnis erscheint den gekrönten Häuptern dann doch zu groß. Wir werden vor der Aufnahme des öffentlichen Betriebes höchstens eine Ministerfahrt haben.«

Heinrich Schwieger war etwas bedrückt. »Schade, dass Werner von Siemens so früh von uns gegangen ist. Wie schön wäre es gewesen, wenn er die erste Fahrt seiner elektrischen Bahn noch selber erlebt hätte – wenn auch nicht in Berlin ... Als Deutscher kann man richtig neidisch werden. Wie viele Jahre werden wohl vergehen, bevor wir so weit sind?«

»In diesem Jahrhundert wird es wohl nichts mehr werden«, war Abendroths Antwort. »Aber lassen wir uns das Leben deshalb nicht verdrießen, und genießen wir bis zur eigentlichen Eröffnung der *Földalatti* das schöne Budapest.«

Das taten er und Heinrich Schwieger dann auch, doch Hermann Mahlgast trieb nur dahin wie in Trance und hatte keinen Sinn für die Schönheiten der Stadt. Am liebsten hätte er sich ans Ufer der Donau gesetzt und stundenlang auf das ostwärts fließende Wasser gestarrt, doch er wagte es nicht, aus dem Siemens-Verband auszuscheren. Sichtbar krank war er nicht, und zuzugeben, dass er unter Schwermut litt, hätte seinen guten Ruf gefährdet. Also verblieb er beim Rudel und versuchte, sich auf das zu konzentrieren, was der Stadtführer ihnen erzählte.

»Die Keimzelle Budapests ist das römische Aquincum, gegründet im Jahre 89 nach Christus. 106 wird es Hauptstadt der Provinz Pannonia. Ein Jahr später beginnt Kaiser Hadrian mit dem Bau des Statthalterpalastes. 896 kommt es dann zur Besiedlung des Beckens durch die Magyaren ... Es entstehen die Städte Buda und Pest. *Buda* heißt auf lateinisch Ofen – und diesen Namen hat es wegen seiner warmen Quellen bekommen.«

Hermann Mahlgasts Gedanken schweiften immer wieder ab. Beim Wort Pannonia fiel ihm ein, dass Cécile so gern paniertes Fleisch gegessen hatte, und bei Buda musste er daran denken, dass sie ihren Vater immer einen »Budiker« genannt hatte. Budike stand für Kneipe.

»Ab 1446 griffen die Türken immer wieder Ungarn an«, fuhr der Stadtführer fort. »1526 fiel ihnen dann Pest in die Hände. Buda, durch seine Burg geschützt, erst fünfzehn Jahre später. Dann traten die Habsburger auf den Plan und vertrieben die Osmanen. 1848 hatten wir die ungarische Revolution, und in deren Folge wurden wir Ungarn 1867 fast unabhängig. Einmal im Jahr kommt Kaiser Franz Joseph I. für mehrere Wochen nach Budapest und residiert als König von Ungarn auf der Burg in Buda, trägt eine ungarische Uniform und hält seine Reden auf Ungarisch.«

Hermann Mahlgast sah Cécile vor sich, wie sie in der Küche des »Krummen Säbels« stand und ungarisches Gulasch kochte. »Scharf wie die Liebe«, hatte ihr Vater immer gefordert.

»Dann wollen wir uns mal die Stadt ansehen«, sagte ihr Cicerone. »Wir befinden uns ja hier am östlichen Ufer der Donau, also auf der flachen Pester Seite. Drüben auf der Budaer Seite sehen Sie den Gellértberg mit Freiheitsstatue und Zitadelle.«

Hermann Mahlgast sah sich mit Cécile und Ludolf Tschello auf der Spandauer Zitadelle. Fast auf den Tag genau vor einem Jahr musste es gewesen sein. Was hatten sie da nicht zusammen gelacht und gescherzt. Keiner hatte geahnt, dass sie die Krankheit schon in sich trugen, die Krankheit, die da hieß: Liebe und Leidenschaft. Wie naiv, wie blind waren sie doch gewesen! Alle drei. Sie hätten doch ahnen müssen, dass das alles in einer Katastrophe enden würde. Eine Ehe zu dritt war weder in der Natur des Menschen noch in der Gesellschaft vorgesehen. Vielleicht hätten Cécile und Ludolf Tschello es geschafft, aber er wäre nie in der Lage gewesen, sich zu arrangieren.

»Wir gehen jetzt den kleinen Ring entlang, der in etwa der früheren Pester Stadtmauer folgt, und kommen zuerst zur Großen Synagoge in Dohány-utca.«

Hermann Mahlgast schaltete nun völlig ab und trottete den anderen nur noch hinterher. Erst als sie sich auf dem großen Ring befanden und den achteckigen Platz Oktogon erreicht hatten, hörte er wieder hin, weil das Wort U-Bahn fiel.

»Hier wird der Ring von der Andrássy-Straße gekreuzt, die den Stadtkern mit dem Stadtwäldchen verbindet. Sie ist eine Allee, 2,4 Kilometer lang, und wird von herrlichen Wohnpalästen gesäumt. Auch die Ungarische Staatsoper finden Sie in ihrem Verlauf und den Heldenplatz. Unter ihr verkehrt unsere U-Bahn ... Aber wem sage ich das?! Und bald kommt ja auch der Kaiser.«

Am 8. Mai war es dann so weit. Franz Joseph I., Kaiser von Österreich und König von Ungarn, auf Ungarisch I. Ferencz József, stieg an der Station Gizella tér in den Zug und fuhr in einem eigens für ihn hergerichteten Waggon bis zur Endstation, wo er sich bei allen, die am Bau mitgewirkt hatten, herzlich bedankte. Auch der Siemens-Delegation drückte er die Hand. Als ihm die Vertreter der Bahngesellschaft ein prächtiges Album mit Bildern der *Földalatti* überreichten, gab er als Dankeschön bekannt, dass die U-Bahn in Zukunft seinen Namen tragen dürfe. So war sie von nun an die *Ferencz József Földalatti Villamos Vasút* (»Elektrische Untergrundbahn Franz Joseph«).

»Das sollten wir auch auf Berlin übertragen«, sagte Heinrich Schwieger. »Es lebe die Kaiser-Wilhelm-Hochbahn!«

Erich Abendroth war schon lange aufgefallen, dass Hermann Mahlgast ziemlich neben sich stand, und so nahm er ihn am Abend, als sie ins Hotel zurückgekehrt waren, kurz beiseite.

»Ihre Traurigkeit steckt mich langsam an, lieber Hermann. Ich hatte mir von dieser Reise versprochen, dass Sie endlich loskommen von dieser Cécile, und nun scheint es eher schlimmer zu werden mit Ihnen.«

»Ich bitte um Entschuldigung.«

Abendroth winkte ab. »Ach was, das sind so die Naturgewalten, gegen die man schwer ankommen kann. Aber sehen Sie sich doch einmal die Schönheiten an, die hier flanieren, all die Julischkas. Es gibt doch noch so viele Céciles auf dieser Welt!«

»Danke, mir ist der Appetit vergangen!«, rief Hermann Mahlgast.

»Der kommt bekanntlich beim Essen.«

»Lassen Sie uns lieber von der Hochbahn reden.«

Abendroth lachte. »Die können Sie aber nicht heiraten.«

»Doch«, entgegnete Hermann Mahlgast. »Mit der werde ich in den nächsten Jahren verheiratet sein.«

Berlin dachte im Frühjahr 1896 an alles andere, nur nicht an die Hochbahn. Im Mittelpunkt stand zunächst die Gewerbeausstellung im Treptower Park. Man hätte sie gern nach Pariser Vorbild »Weltausstellung« genannt, unterließ es aber mit Rücksicht auf den Kaiser, denn es war bekannt geworden, was der aus Norwegen an Reichskanzler Leo von Caprivi geschrieben hatte: *Paris ist das größte Freudenhaus der Welt. In Berlin gibt's nichts, den Fremden zu fesseln, daher bin ich gegen eine Weltausstellung.*

»Nu jrade!«, sagten sich die Berliner und richteten das 900 000 Quadratmeter große Gelände im neuen Treptower Park entsprechend her.

Da die AEG einen Teil der sensationell neuen elektrischen Beleuchtung installiert hatte und den staunenden Besuchern auch den fertigen Teil des Spree-Tunnels präsentierte, war auch Ludolf Tschello mit von der Partie. An diesem Sonntag aber nicht als Ingenieur, der den Leuten dumme Fragen zu beantworten hatte, sondern als Privatmann. Dennoch stand er immerzu im Mittelpunkt. Das lag aber nicht an ihm, sondern an der Frau an seiner Seite.

»Das ist ja … ungemein … ungemein praktisch!«, rief Cécile, die soeben auf den neuerfundenen Druckknopf aufmerksam geworden war. »Da braucht man ja keine … keine Knopflöcher mehr einzufassen.«

»Näh dir überall Druckknöpfe an«, flüsterte ihr Ludolf Tschello ins Ohr. »Dann geht es schneller, bis wir …«

»Du Ferkel!« Sie küsste ihn. So schnell, dass keiner Zeit hatte, es unschicklich zu finden.

Cécile blühte hier im Treptower Park regelrecht auf. »Komm weiter!« Immer wieder zerrte sie Ludolf Tschello von dem weg, was ihn begeisterte, von den Kesselanlagen der Julius Pintsch AG, den Lokomotiven von Borsig und den Werkzeugmaschinen von Schwarzkopff. Sie wollte Kaffee auf dem nachgebauten Deck der kaiserlichen Yacht *Hohenzollern* trinken, sie wollte für zwanzig Pfennige die Cheops-Pyramide erklimmen, die ein Reiseveranstalter nachgebaut hatte, sie wollte lebende Eingeborene aus den deutschen Kolonien in Afrika bestaunen, vor allem aber wollte sie sehen, was die sechshundert Berliner Bekleidungsfirmen und ihre Zwischenmeister zu bieten hatten.

»Aber ja, mein Täubchen.« Ludolf Tschello gab ihr in allem nach.

»Schau mal, dieses … dieses Brautkleid hier! Das würde mir doch … doch wunderbar stehen.«

Ludolf Tschello lachte. »Kaufen wir doch auch gleich die Sachen fürs Baby.«

»Eine gute … Idee.«

Sie waren beide bester Laune, bis sie an einen Stand kamen, an dem eine Dampfmaschine der Firma Borsig an Dynamos von Siemens & Halske gekoppelt war. Da fiel Ludolf Tschello wieder ein, dass er sich ja morgens eine spezielle Zange eingesteckt hatte.

»Ich hasse alles, was mit Siemens zu tun hat«, flüsterte er Cécile ins Ohr. »Pass mal auf …« Dann wartete er auf einen Augenblick, da sie von niemandem beobachtet wurden, und durchtrennte einen der entscheidenden Drähte.

Sekunden später gab es einen Kurzschluss, und während alle aufschrien, kam das ganze Wunderwerk der Technik zum Stillstand.

»Das war erst der Anfang«, sagte Ludolf Tschello, als sie sich vom Tatort entfernt hatten. »Die werden es noch einmal mächtig bereuen, mich nicht genommen zu haben.«

Am 10. September 1896 hatten sich das Siemens-Konstruktionsbureau und eine Reihe bedeutender Kommunalpolitiker in der Gitschiner Straße vor dem Patentamt versammelt, um den berühmten ersten Spatenstich für die Berliner Hochbahn vorzunehmen.

Hermann Mahlgast war die Ehre zugefallen, das dafür erforderliche Werkzeug käuflich zu erwerben, und nun stand er mit dem blitzenden Spaten in der Hand wartend in vorderster Reihe. Aber weder der stellvertretende Baurat Blumenthal noch der Baron von Strubensee als Vertreter Seiner Majestät oder auch Wilhelm von Siemens waren vorgefahren. So fand der erste Spatenstich für die Berliner Hochbahn nur geringe Beachtung, und nicht nur Hermann Mahlgast war ziemlich enttäuscht darüber. Mit Cécile hatte er schon auf die falsche Frau gesetzt, sollte er nun auch mit der Hoch- und U-Bahn beruflich auf das falsche Pferd gesetzt haben?

Dreizehn

1897

Die Markuskirche, an der Weberstraße nördlich der Großen Frankfurter Straße gelegen, erlebte nicht jede Woche eine Hochzeit wie die zwischen Ludolf Tschello und seiner Cécile, über die im Kiez derart heftig geklatscht wurde. Cécile war überall als »die hinkende Tänzerin« bekannt. Das war ebenso bösartig wie mitfühlend. Die Frauen waren teils voller Mitleid mit ihr, teils neideten sie ihr die Anmut und Grazie, auch verdammten sie Cécile wegen ihres unkeuschen Lebenswandels – bei den meisten mischten sich diese Gefühle. Bei den Männern war dies nicht anders. Unter ihnen gab es kaum einen, der Cécile nicht liebend gern besessen hätte. Wer sich dies eingestand, begegnete ihr offen und anhimmelnd, wer es verdrängen und sich für sein Verlangen geißeln musste, warf ihr hasserfüllte Blicke zu und erging sich in übler Nachrede.

Cécile war sich all dessen bewusst. Sie hatte die Gabe, das, was die Leute fühlten und dachten, so in sich aufzunehmen und zu verstehen wie ein Zugvogel die magnetischen Felder der Erde. Als Schauspielerin und Tänzerin hatte sie es von klein auf gelernt, ein äußerst feines Gespür für die Stimmungen und Gedanken jener zu entwickeln, denen sie gefallen wollte. Da sie ständig übermäßig wach war, konnte sie auch blitzschnell einschätzen, mit welchen Manövern sie das gewünschte Ziel erreichen konnte.

So schrie sie jetzt auf, griff sich ans Herz und fiel mit den Worten »Herr, vergib mir alle meine Sünden!« in Ohnmacht.

Ludolf Tschello sank neben ihr zu Boden, beugte sich über sie und schluchzte.

Die Wirkung war gewaltig. Kein Mensch, der nun nicht gerührt war. Die meisten hatten Tränen in den Augen.

Damit hatte die Hochzeit ihren ersten Höhepunkt gefunden. Nachdem man Cécile mit einigen Riechwässerchen wieder zum Leben erweckt hatte, konnte die Zeremonie fortgesetzt werden. Nach dem Tausch der Ringe zog man zum festlichen Schmaus in den »Krummen Säbel«, der an diesem Tage das Schild mit der Aufschrift *Geschlossene Gesellschaft* an der Eingangstür hängen hatte.

Die Gästeliste war lang und konnte sich sehen lassen. An der Spitze standen zweifellos der Baron Georg von Strubensee sowie seine ihm Angetraute, die Freifrau von Treppeln. Neben Musikerkollegen Ernst Moritz Tschellos und der »buckligen Verwandtschaft« waren weiterhin auch der Pferdezüchter und Transportunternehmer Georg Grasmuck mit seiner wieder genesenen Gattin erschienen, der Ingenieur Rudolph Rademacher, Ludolf Tschellos neuer Vorgesetzter bei der AEG, und Liesbeth Cammer mit ihrer Gefährtin Friederike Fischer. Das reichte allemal, um den Klatschreporter vom *Berliner Lokal-Anzeiger* anzulocken.

Ludolf Tschello konnte also insgesamt mit diesem Tag zufrieden sein. Er wusste aber auch, was über ihn gesprochen wurde, wenn er außer Hörweite war. Einerseits war er der strahlende Sieger, der sich die schöne Cécile im Handstreich erobert hatte, andererseits aber war sein Vorgehen moralisch höchst anfechtbar. Das tat man einfach nicht, dem Freund die Braut zu entreißen.

Ludolf Tschello ahnte, dass er ein Leben lang in Céciles Schatten stehen würde, wenn ihm nicht mehr gelang, als bei der AEG einer unter vielen Ingenieuren zu sein. Jetzt hatte er sie – und nun? Sein Begehren wurde mit jedem Akt geringer, und es war abzusehen, wann er nur noch von den »ehelichen Pflichten« sprechen würde. Und schon jetzt war es unerträglich für ihn, wie sie sich jeden Tag selbst inszenierte, jeden kleinen Dialog zum großen Auftritt machte. Was sollte erst werden, wenn ihre Sprachprobleme gänzlich behoben waren und es der Cammer und dem Baron von Strubensee gelang, sie wieder beim Theater unterzubringen? Das konnte er zunächst nur verhindern, indem er sie schwängerte. Möglicherweise war sie schon gesegneten Leibes. Doch wenn das Balg erst da war, rückte er vielleicht erst recht immer weiter in den Hintergrund. Wer ihm jetzt am meisten fehlte, war Hermann Mahlgast. Ein Leben lang war er es gewohnt gewesen, mit ihm über alles zu sprechen, was ihn bewegte. Und nun? Gemeinsam hatten sie die Welt erobern wollen, nun musste jeder für sich durchs Leben gehen, und Hermann hatte dabei die besseren Karten, denn bei Siemens bauten sie die Hochbahn, nur dort konnte man die Lorbeeren ernten. Er aber … Bei der AEG war er ein Fremdkörper geblieben, und auch Rademacher konnte daran nicht viel ändern.

Ludolf Tschello hatte sich zurückgezogen und saß mit einem halbgefüllten Sektglas auf Céciles Bett. Wäre er nicht in ihre Kammer eingedrungen und hätte sie erobert, würde er heute Gast auf einer anderen Hochzeit sein – auf der von Hermann und Cécile. Dann wäre er heute auch nicht glücklicher … Am besten, er machte seinem Leben ein Ende. Hätte er in diesem Augenblick eine geladene Pistole gehabt …

Seine Schwiegermutter stand in der Tür. »Los, keene Müdigkeit vorschützen! Der Brauttanz jeht los.«

Er folgte ihr. Was sein musste, das musste eben sein.

Hermann Mahlgast arbeitete zwölf Stunden am Tag, auch sonnabends, und für den Sonntag nahm er sich zumeist noch Unterlagen mit nach Hause oder besichtigte die schon eingerichteten Baustellen. Auch seine Spaziergänge unternahm er meistens entlang der geplanten Hochbahntrasse. Mit einem Anflug von Selbstironie meinte er, die Hochbahn sei nun, da er Cécile nicht mehr habe, seine große Liebe und Leidenschaft. Auch das Rudern hatte er aufgegeben, weil ihm jede Form von Frohsinn in dieser Phase seines Lebens generell zuwider war, und seine Freunde aus Stralau verspotteten ihn als »Hochbahnmönch«.

Organisatorisch tat sich einiges. Um das Hochbahnprojekt finanziell abzusichern, hatte Siemens & Halske im April 1897 zusammen mit der Deutschen Bank die »Gesellschaft für elektrische Hoch- und Untergrundbahnen in Berlin« gegründet, kurz die Hochbahngesellschaft. Deren Geschäftspartner wurde Siemens nun. Zu den Aufgaben der Firma gehörte es laut Vertrag, *die Bahnanlage für Rechnung der Gesellschaft nach Massgabe der von der Fa. erworbenen Genehmigungsurkunden zur Ausübung zu bringen, hierfür alle Verhandlungen zu führen, die Entwürfe für die Ausführung anzufertigen, weiterhin den Betrieb nach eigenem Ermessen einzurichten und zu entwickeln und zu diesem Zwecke während des ersten Betriebsjahres selbständig zuführen.*

Hermann Mahlgast war befördert worden und leitete nun eine Art Koordinierungsbureau. Damit hatte er sich nicht nur um fachliche Belange zu kümmern, sondern auch um die Anleitung und Kontrolle einer Reihe von Mitarbeitern. Da ging es tagsüber hoch her, und wenn er wirklich ungestört konzeptionell arbeiten wollte, dann musste er schon weit vor den anderen am Schreibtisch sitzen. So trat er an diesem Montag schon fünf Minuten vor sechs an die Pförtnerloge, um sich vom Pförtner den Schlüssel für sein Zimmer geben zu lassen.

»Morjen, Herr Direktor!«, sagte dieser. Der Pförtner grüßte alle höheren Siemens-Beamten mit »Herr Direktor«, denn schaden konnte es nie. »Na, wieda hintat Jold her?«

Hermann Mahlgast musste einen Augenblick überlegen,

was der Mann meinte, bis er auf die Morgenstunde kam, die so fruchtbar sein sollte. Was er in seinem Bureau fand, war allerdings kein Gold, sondern ein Mann, der blutüberströmt am Boden lag: der Nachtwächter. Hermann Mahlgast prallte zurück, schrie auf und lief zur Pförtnerloge zurück.

»Mucke, schnell einen Arzt und die Polizei! Zinke liegt bei mir im Bureau. Jemand muss ihn erschlagen haben!«

Der Pförtner begann zu telefonieren, doch so früh am Morgen schien das eine oder andere Fräulein auf dem Amt noch nicht so richtig zu funktionieren. Es dauerte seine Zeit, bis alles seinen Gang nahm.

Der Arzt stellte fest, dass Zinke noch lebte, so schrecklich seine Wunde am Kopf auch sein mochte, und ganz sicher durchkommen werde. Man schaffte ihn in die Charité.

Wenig später erschien auch Max Fleischfresser und begann mit seinen Ermittlungen. Da hatte Hermann Mahlgast schon herausgefunden, dass in sein Bureau ganz offensichtlich eingebrochen worden war.

»Ist was gestohlen worden?«, fragte Fleischfresser.

»Nein, soweit ich das auf die Schnelle beurteilen kann. Man hat nur alles durchwühlt. Dann muss wohl der Nachtwächter gekommen sein und den Täter überrascht haben.«

Fleischfresser nickte. »So könnte es gewesen sein. Müssen wir mal abwarten, bis Ihr Nachtwächter bei Bewusstsein ist. Vielleicht kann er uns zweckdienliche Hinweise geben. Was kann man denn bei Ihnen gesucht haben?«

»Eigentlich nichts.«

»Wegen nichts schlägt man keinen Nachtwächter nieder und riskiert ein Lebenslänglich oder den Strick.«

Hermann Mahlgast überlegte. »Aber bei mir gibt es nichts weiter zu holen als die Pläne für die Berliner Hochbahn.«

Fleischfresser stutzte, denn in diesem Augenblick hatte er eine halbgeöffnete Streichholzschachtel auf dem Fußboden entdeckt. Er hob sie auf. »Ist das Ihre?«

»Nein, ich rauche nicht.«

Der Kriminale begann zu kombinieren. »Es scheint mir so, als würde jemand versucht haben, Ihr Bureau in Brand zu stecken.«

»Wer könnte ein Interesse daran haben, dass hier …« Hermann Mahlgast konnte kein Motiv erkennen.

Fleischfresser dagegen fand die Antwort auf diese Frage so einfach, dass er sich fast mit dem Zeigefinger gegen die Stirn getippt hätte. »Gott, jemand, der den Hochbahnbau verhindern will. Vielleicht sind es dieselben Leute, die Ihren Vorgänger aus dem Verkehr gezogen haben, den Germanus Cammer.«

Hermann Mahlgast konnte nicht verhindern, ein wenig bleich zu werden. »Mein Gott, das wäre ja … Meinen Sie, dass ich nun auch …«

»Na, schauen wir mal.«

Hermann Mahlgast sank in seinen Bureausessel, als Fleischfresser gegangen war. Er fühlte sich alt, schwach und hilflos. Unter den Gegnern der Hoch- und Untergrundbahn musste es einen geben, der auch vor einem Mord nicht zurückschreckte. Ein krankes Hirn. Erst hatte es Cammer getroffen, jetzt war er auf die Abschussliste geraten. Es klopfte. Er sprang auf und floh hinter seinen Aktenschrank.

»Ja, herein!«

Es war nur die Putzkolonne, die den Fußboden vom Blut des Nachtwächters säubern wollte.

Langsam bekam sich Hermann Mahlgast wieder in den Griff. Allmählich fanden sich auch seine Mitarbeiter ein, und die Arbeit lenkte ihn zunehmend ab.

August Zehma, der Bureaudiener, kam mit der Nachricht, dass man ihnen die landespolizeiliche Genehmigung für die gesamte Strecke einschließlich des Abzweigs zum Potsdamer Platz für den 5. November 1897 in Aussicht gestellt habe.

»Na, mal was Erfreuliches.« Aber vielleicht hatte gerade das ihre Gegner zu ihrem Angriff auf sein Bureau bewegt.

Als Nächstes stand eine Besprechung mit seinen engsten Mitarbeitern an, mit Röppisch und Göltzsch.

Albert Röppisch, gerade 31 Jahre alt geworden, war Bauingenieur und so geradlinig und nüchtern, wie man sich einen Märker vorstellte, gleichzeitig aber auch einer, der gerne spottete und für jeden Blödsinn zu haben war. Er war doppelter Brandenburger, wie er immer sagte, geboren und aufgewachsen nicht nur in der Provinz Brandenburg, sondern auch noch in der gleichnamigen Stadt. Er spielte Rugby und Fußball und hatte bei seinen Vereinskameraden den Spitznamen »der Einserne«. Das Eisen war auch beruflich seine Passion. »Zum Teufel mit Holz und Stein«, hörte man ihn immer wieder sagen. »Wir bauen nur noch mit Eisen und Stahl.«

Gottfried Göltzsch war vierzig Jahre alt und kam aus Kaditz, das in der Nähe von Dresden lag. Die Prachtbauten am Elbufer hatten den Wunsch in ihm ausgelöst, Architekt zu werden. Er fühlte sich durch und durch als Künstler und malte in seiner freien Zeit – vornehmlich Bahnhöfe und Eisenbahnen. Siemens & Halske hatte ihn eingestellt, um der wachsenden Kritik an den ästhetischen Defiziten der Berliner Hochbahn zu begegnen.

Hermann Mahlgast begrüßte die beiden und kam sofort zur Tagesordnung. »Zwei Probleme gibt es zu erörtern: erstens die Umfahrung der Kaiser-Wilhelm-Gedächtniskirche und zweitens die Kreuzung der Hoch- mit der Stadtbahn am Zoologischen Garten.«

Göltzsch begann. Die Hochbahngesellschaft habe sich vertraglich verpflichten müssen, *»behufs Vermeidung einer Beeinträchtigung des Anblicks der Kaiser-Wilhelm-Gedächtniskirche das Eckgrundstück der Tauentzienstraße und des Kurfürstendamms zu erwerben und mit einem Neubau zu versehen, welcher in Verbindung mit dem anschließenden*

Hochbahnviadukt und der Umwehrungsmauer des Zoologischen Gartens am Auguste-Viktoria-Platz nach den von dem Königlichen Baurat Schwechten aufgestellten, von Sr. Majestät dem Kaiser und König genehmigten Projekt in echtem Material auszuführenden und dauernd in gutem baulichem Zustande zu erhalten ist.«

Sofort ging Röppisch dazwischen. »Was heißt hier ›*in echtem Material*‹?! Ist Eisen vielleicht ein unechtes Material?«

Göltzsch nickte. »Ja, Eisen muss erst per Verhüttung gewonnen werden, den Stein finden wir hingegen fertig in den Brüchen.«

»Insbesondere den Backstein!«, höhnte Röppisch.

Hermann Mahlgast hatte mit den beiden Kampfhähnen seine liebe Not und musste immer wieder schlichtend eingreifen. »Alles an der richtigen Stelle ... Kein Mensch wird Ihnen Ihr Eisen streitig machen, lieber Röppisch.«

»Die Eisenzeit hatten wir vom 8. Jahrhundert vor Christus bis zu dessen Geburt«, erklärte Göltzsch. »Die ist längst vorbei.«

Sichtlich genervt setzte Hermann Mahlgast von neuem an. »Kein Mensch wird Ihnen Ihr Eisen streitig machen, lieber Röppisch, aber an der Stelle, wo laut Vertrag ein massives Haus zu stehen hat, können sie keine Halle aus Blech und Eisen hinsetzen. Außerdem haben wir den Entwurf von Schwechten schon vorliegen, das Pendant zu seiner Gedächtniskirche.«

»Das hat er sich doch von seinem Jüngsten entwerfen lassen«, spottete Röppisch. »Und zwar mit Hilfe eines großen Anker-Steinbaukastens.«

Hermann Mahlgast konnte nicht umhin, ihm recht zu geben. »Ein bisschen gewöhnungsbedürftig sieht das Gebäude schon aus: die vielen Türmchen, die asymmetrische Front und vor allem die Hausdurchfahrt. Es sieht aus, als würden die Züge in einem riesigen Scheunentor verschwinden.«

»Sicher ist das ein Problem«, musste auch Göltzsch eingestehen. »Wenn ein Zug darin verschwindet oder herauskommt, mag es ja noch angehen, aber ohne Züge sieht das Ganze aus wie ein großes Loch, als wäre gerade eine gewaltige Kanonenkugel eingeschlagen.«

»Sie können ja riesige Scheunentore anbringen lassen, Herr Kollege«, sagte Röppisch.

»Aus Eisen, ja!«, entgegnete Göltzsch.

Hermann Mahlgast blickte ratlos auf den Schwechten-Entwurf. »Als Zeichnung, als Lithographie oder Radierung ist das Ganze sicherlich künstlerisch wertvoll, aber in natura scheint es mir den ganzen Platz zu verschandeln. Die Charlottenburger werden sich das nicht bieten lassen. Und dass auf der Mauer des Zoologischen Gartens Züge rollen sollen, scheint mir auch keine allzu glückliche Lösung zu sein. Zum einen sieht es etwas kindisch aus, und zum anderen wird uns der Zoodirektor aufs Dach steigen, weil der Lärm seine Tiere stören könnte.« Er sah seine beiden Mitarbeiter an. »Da bleibt doch nur noch eines … Na?«

»Dass wir in den Untergrund gehen«, sagte Röppisch.

»Ein Tunnel bietet doch nun die wenigsten Möglichkeiten für eine künstlerische Ausgestaltung«, brummte Göltzsch.

Röppisch lachte. »Wenn Sie den Kampf der Neger im Tunnel malen, kann ich mir schon vorstellen, dass es ein wundervolles Kunstwerk wird.«

»Ich kann ja auch Sie malen: Der Mann aus der Eisenzeit.«

»Schluss jetzt!«, rief Hermann Mahlgast. »Mit dem Schwechten-Bau am Auguste-Viktoria-Platz kommen wir nicht weiter. Bleibt zu hoffen, dass die Charlottenburger plötzlich auf einer Unterpflasterbahn bestehen, nachdem sie jahrelang erbittert gegen diese gekämpft haben. Es geht das Gerücht, dass eine Delegation nach Budapest fahren will, um sich dort die *Földalatti* anzusehen.«

»Dann hätte ja dieser schreckliche Schwechten-Entwurf doch noch seinen Sinn und Nutzen gehabt«, sagte Röppisch.

Hermann Mahlgast warf einen Blick auf seine Taschenuhr. »Zum zweiten Punkt: Gibt es denn schon dezidierte Vorstellungen Ihrerseits, meine Herren, wie sich die Kreuzung von Stadt- und Hochbahn bewerkstelligen lässt?«

Röppisch stöhnte auf. »Es ist die Quadratur des Zirkels. Die Stadtbahn ist schon da und kann nicht mehr verändert werden, also müssen wir mit unserer Hochbahn über sie hinweg. Technisch ginge das natürlich, wir bräuchten aber eine Rampe. Und die würde das Stadtbild noch mehr verschandeln, als dies schon bei der Kaiser-Wilhelm-Gedächtniskirche und Zoologischer Garten der Fall ist.«

Göltzsch dagegen geriet ins Schwärmen. »Man könnte die Station Zoologischer Garten zu einem wundervollen Turmbahnhof gestalten. Im Parterre Gaststätten und Ladengeschäfte, in der ersten Etage die Stadtbahn und in der zweiten, im rechten Winkel zu ihr, unsere Hochbahn.«

»Und wir bezahlen das alles aus der Portokasse«, sagte Hermann Mahlgast, der ansonsten nicht dazu neigte, sarkastisch zu werden. »Dann schon lieber unter die Erde. Auch wenn wir uns Hochbahngesellschaft genannt haben.«

»Einen unterirdischen Bahnhof bekommen Sie doch auch nicht umsonst!«, rief Göltzsch. »Und vor allem: Es sieht ihn keiner.«

»Was ja durchaus ein Vorteil sein kann«, lästerte Röppisch. »Man weiß ja nie, wer ihn entwirft.«

»Nun ist es aber gut!« Hermann Mahlgast war heute etwas gereizt. Nüsse nicht knacken zu können war etwas Schlimmes für ihn.

Aber seine Laune sollte sich noch erheblich verschlechtern, denn in diesem Moment kam Eitel von Plöhn herein, ein junger Kaufmann, der von der Familie Siemens protegiert wurde und für höhere Aufgaben vorgesehen war. Dass wie überall in Deutschland auch in seiner Firma in vielen Fällen Adel vor Tüchtigkeit kam, ärgerte Hermann Mahlgast ganz gewaltig.

Dazu kam, dass der Herr von Plöhn an Arroganz kaum zu übertreffen war. Mit seinem Schmiss auf der rechten Wange, seiner zackigen Art und seiner schnarrenden Stimme kam er den späteren Karikaturen aus dem *Simplicissimus* ziemlich nahe.

»Entschuldigung, dass ich die Herren Ingenieure bei ihrem kleinen Plauderstündchen störe«, schnarrte er.

»Sie stören überhaupt nicht«, entgegnete Albert Röppisch. »Wir freuen uns immer, wenn wir bei unserer ernsten Arbeit einmal Grund zur Heiterkeit haben.«

Von Plöhn gab sich erhaben. »Ich darf mich setzen. Danke. Nun …« Er räusperte sich bedeutungsvoll. Dass er andauernd hüsteln musste, war schon ein Tick. »Ich wollte Ihnen nur etwas verraten, meine Herren: nämlich die Tatsache, dass wir mit der Hochbahngesellschaft ein Unternehmen vor uns haben, das Gewinne zu machen verpflichtet ist.«

»Wie?«, fragte Röppisch. »Ich dachte immer, wir sind ein Wohltätigkeitsverein, der nur um das Glück derer besorgt ist, deren Passion es ist, Hoch- und Unterpflasterbahn zu fahren, und denen der Weg nach Budapest zu weit ist.«

»Herr Röppisch, ich bitte Sie!« Hermann Mahlgast ging das zu weit, und er fürchtete, von Plöhn würde wieder zu Wilhelm von Siemens laufen und sich beschweren.

»Zur Sache!«, rief der Mann vom kaufmännischen Vorstand. »Herr Regierungsrat a. D. Gustav Kemmann hat gerade eine Expertise über die Rentabilität der zukünftigen Hochbahn erstellt, und so darf ich aus gegebenem Anlass noch einmal an Sie appellieren, praktisch und billig zu bauen. Alles ist ein Kostenfaktor.« Er öffnete seine Aktenmappe und zog eine Photomontage heraus. »Hier, der Bahnhof Stralauer Thor: Warum muss es da eine Überdeckung des Ganges zwischen Treppenhaus und Bahnsteig geben?«

»Damit die Leute nicht nass werden, wenn es regnet«, antwortete ihm Hermann Mahlgast ganz nüchtern und naiv.

»Das Dach verschwindet bitte.«

»Das ist doch von der Ästhetik her unverantwortlich«, klagte Göltzsch.

Röppisch lachte. »Nehmen Sie's leicht, ich bin mir sicher, dass der Aufsichtsrat beschließen wird, den Gang doch wieder zu überdachen.«

Auch Hermann Mahlgast war dieser Ansicht. Im Aufsichtsrat der Hochbahngesellschaft, die in allen Fragen des Baus der ersten Linie das letzte Wort hatte, saßen Vertreter der Gründungsunternehmen und ausgewiesene Fachleute, unter anderen Wilhelm von Siemens, Heinrich Schwieger und Gustav Kemmann. Vorsitzender war der Staatsminister a.D. Exzellenz Arthur Hobrecht, von 1872 bis 1878 Oberbürgermeister von Berlin.

Eitel von Plöhn warf einen bösen Blick zu Röppisch hinüber. »Müssen Sie immer das letzte Wort haben?«

»Woher soll ich wissen, dass Sie nichts mehr sagen wollen?«, fragte der Ingenieur.

Hermann Mahlgast stöhnte auf. Wie sollte man mit Männern, die sich so kindisch verhielten, ein Meisterwerk der Ingenieurskunst zustande bringen!

Ludolf Tschello hasste den weiten Weg, den er jeden Morgen von der Landsberger Straße, wo er mit Cécile eine geräumige Wohnung gefunden hatte, zur AEG am Wedding zurückzulegen hatte, und er hasste die Arbeit, die ihn dort erwartete: sich Gedanken über die Möglichkeiten einer Schwebebahn zu machen, die den Gesundbrunnen mit Neukölln verbinden sollte. Schwebebahnen waren ihm zutiefst zuwider, er empfand sie als Perversität. Bahnen hatten auf Rädern über Schienen zu rollen – und nicht an einem Gestänge zu hängen. Sollten sie seinetwegen so etwas in Barmen und Elberfeld bauen, aber nicht in Berlin! Dieser Eugen Langen aus Köln, der sie überall propagierte, war in seinen Augen ein Vollidiot.

Genaugenommen wollte die AEG aber gar keine Schwebebahn bauen, sondern nur ausloten, wie die Chancen der Continentalen Gesellschaft für elektrische Unternehmungen aus Nürnberg standen. Die nämlich wollte eine Schwebebahn auf fast derselben Route errichten, die man bei der AEG für die seit langem geplante Untergrundbahn in der Nord-Süd-Richtung vorgesehen hatte. »Wir müssen alles tun, um uns in die Gedanken unserer Konkurrenten hineinzuversetzen«, hatte ihm sein Vorgesetzter erklärt.

Realistisch gesehen, und das wusste Ludolf Tschello ganz genau, konnte es noch zehn bis fünfzehn Jahre dauern, ehe die AEG mit einer eigenen Hoch- oder Untergrundbahn begann. Für ihn war das ein unerträglich langer Zeitraum. Ehe er eine Chance bekam, sich zu profilieren, war Hermann Mahlgast bei Siemens & Halske schon bis in den Vorstand aufgestiegen. In der Ingenieurszunft kannte jeder jeden, und was man von Hermann Mahlgast hörte, waren wahre Wunderdinge. Er sollte schuften wie ein Berserker und den Bau der Hochbahn vorantreiben wie kein Zweiter.

»Wir sollten versuchen, ihm ein wenig Sand ins Getriebe zu streuen«, sagte Ludolf Tschello, als er am Abend mit Georg Grasmuck im »Krummen Säbel« saß und Pläne schmiedete.

Grasmuck grinste. »Sie haben ja schon …«

»Wieso?«

»Na, der Einbruch bei Siemens & Halske und der Versuch, das Konstruktionsbureau in Flammen aufgehen zu lassen.«

Ludolf Tschello lachte. »Ich dachte, das wären Sie gewesen … Na, wenigstens ist es kein Totschlag, denn dem Nachtwächter, der niedergeschlagen worden ist, soll es ja wieder gutgehen.«

»Ich kann es ja gar nicht gewesen sein«, sagte Grasmuck, »denn zur Tatzeit habe ich bei Ihnen in der Wohnung gesessen und mit Ihnen und Ihrer Frau Gemahlin Skat gespielt.«

»Wie?« Ludolf Tschello reagierte etwas langsam. »Brauchen Sie ein Alibi?«

»Nein, Sie brauchen eines.«

Ein jeder misstraute dem anderen beziehungsweise traute ihm alles zu, und Grasmuck meinte, dass das doch allemal eine solide Basis für eine innige Freundschaft sei.

Grasmuck hob sein Glas. »Ich als der Ältere biete Ihnen hiermit das Du an. Prost, Ludolf!«

Ludolf Tschello willigte ein. »Prost, Georg!«

Nachdem sie Brüderschaft getrunken hatten, berieten sie das gemeinsame Vorgehen gegen Siemens. So suchten sie den Schöneberger Gemeindevorsteher sowie die Eigentümer der umliegenden Häuser auf und ermunterten sie zu Protesten und Klagen gegen Siemens & Halske und die Hochbahngesellschaft. Man kritisierte die zu erwartende Lärmbelästigung sowie die Verschlechterung der Lichtverhältnisse in den Wohnungen, die eine empfindliche Wertminderung der anliegenden Häuser nach sich ziehen würde. Deshalb forderte man einen entsprechenden Wertausgleich und drohte, dass man sonst alles daransetzen würde, ein gerichtliches Verbot der Baumaßnahmen zu erwirken.

Als Siemens und die Hochbahngesellschaft ausweichend reagierten und auf die bestehenden Verträge verwiesen, bezahlte Grasmuck einige Männer, die für gewöhnlich mit der Schnapsflasche in der Hand am Alex und im Scheunenviertel herumlungerten, dafür, dass sie am Sedanufer einen Bauwagen umstürzten und einiges Werkzeug in den Landwehrkanal schmissen.

Ludolf Tschello und Georg Grasmuck hielten es nun für klüger, sich nicht mehr gemeinsam in aller Öffentlichkeit sehen zu lassen, und trafen sich nur noch bei Tschello in der Landsberger Straße. Cécile hatte inzwischen das Skatspiel erlernt, so dass es stets lustige Abende wurden.

Gerade hatte Ludolf Tschello einen Grand mit Vieren gewonnen, da begann die elektrische Klingel zu lärmen. Die hatten die Tschellos vor vielen anderen, auch wenn bei ihnen in den Zimmern noch keine elektrische Beleuchtung installiert werden konnte, sie sich also wie alle anderen mit flackernden Gaslampen begnügen mussten.

»Hoffentlich nicht meine Frau«, sagte Grasmuck. »Nicht, dass mich Madame wieder heimholt, bevor es so richtig gemütlich wird.«

Nein, draußen standen zwei Kriminale, der Kommissarius Max Fleischfresser mit einem neuen, spindeldürren Adlatus, der auf den schönen Namen Hubertus Hühnerkoch hörte. Als sie sich vorgestellt hatten, bemühte sich Ludolf Tschello, witzig zu sein.

»Ah, Sie sind wegen Stilpe hier?«

»Wer ist Stilpe?«, fragte Fleischfresser.

Willibald Stilpe war der Held eines vielgelesenen Romans von Otto Julius Bierbaum, in dem das Leben der Berliner Boheme geschildert wurde. »Aber Stilpe ist doch nicht umgebracht worden, der hat doch Selbstmord begangen.«

»Ich bin nicht hergekommen, um mir Ihre dummen Scherze anzuhören!«, schnauzte Fleischfresser ihn an. »Dürfen wir eintreten?«

»Ja, bitte, treten Sie.« Ludolf Tschello ließ die beiden Beamten herein, führte sie ins Wohnzimmer und stellte ihnen seine Frau und Georg Grasmuck vor.

»Danke!« Fleischfresser zeigte zur Tür. »Die Dame lässt uns bitte mal einen Augenblick allein?« Er wartete, bis Cécile den Raum verlassen hatte, um dann kühl und knurrig fortzufahren. »Hühnerkoch, erzählen Sie den beiden Herren einmal, was wir inzwischen herausgefunden haben.«

»Nun, also … Bei Siemens & Halske ist ins Konstruktionsbureau eingebrochen worden. Man hat einen Nachtwächter niedergeschlagen und danach versucht, Feuer zu legen. Eine Zündholzschachtel ist sichergestellt worden, und auf der findet sich ein Hinweis auf die Firma Georg Grasmuck.«

Grasmuck lachte. »Bei mir sind Dutzende von Arbeitern beschäftigt, und dauernd wechselt das Personal.«

»Sie haben aber allen Grund, der Firma Siemens & Halske feindlich gesonnen zu sein«, sagte Fleischfresser. »Deren elektrische Bahnen ruinieren Ihr Gewerbe.«

Grasmuck seufzte. »Das lässt sich leider nicht bestreiten, aber deswegen zum Brandstifter und Mörder werden ... Nein, meine Herren!«

»Wo waren Sie denn zur Zeit der Tat?«, fragte Fleischfresser.

»Wann soll denn das gewesen sein?«, fragte Grasmuck und ließ sich die Daten nennen. »Lassen Sie mich einen Augenblick überlegen ... Am Mittwoch? Am Mittwoch, da war ich hier bei den Tschellos, um mit ihnen Karten zu spielen. Wie jeden Mittwoch.«

Als Ludolf Tschello und Cécile das bestätigten, mussten Fleischfresser und Hühnerkoch wieder abziehen.

Ludolf Tschello dachte, dass die Sache damit abgetan war, täuschte sich aber insofern, als er am nächsten Vormittag zu seinem Vorgesetzten ins Bureau gerufen wurde.

Rudolph Rademacher sah ihn lange an. »Mein lieber Tschello, sosehr ich Ihnen persönlich auch verbunden sein mag, so muss ich Ihnen doch mitteilen, dass wir es in unserem Hause gar nicht gern sehen, wenn die Polizei hier erscheint und einen unserer angestellten Ingenieure verdächtigt, eine Straftat begangen zu haben.«

Ludolf Tschello zuckte zwar zusammen und hatte gegen die aufwallende Hitze anzukämpfen, schaffte es aber, gelassen zu wirken. »Ich weiß nicht, von wem Sie da reden.«

»Von Ihnen natürlich.«

»Oh, warum denn das?«

»Man verdächtigt Sie, mit diesem Pferdezüchter, diesem Grasmuck, zusammen bei der Firma Siemens & Halske eingedrungen zu sein, um ...« Rudolph Rademacher brach ab. »Sie kennen das ja von der Zeitung her – beziehungsweise von dem Besuch des Kommissars bei Ihnen zu Hause. Tschello, selbst wenn Sie es auch für die AEG getan haben sollten …«

Ludolf Tschello sprang auf. »Ich habe es nicht getan! Für was halten Sie mich denn?«

»Für jemanden, der voller Rachedurst und damit zu allem fähig ist.«

»Zu allem nicht, aber dazu!«, schrie Ludolf Tschello und versetzte Rademacher eine so kräftige Ohrfeige, dass dem das künstliche Gebiss aus dem Mund flog und auf dem Schreibtisch landete.

Noch in derselben Stunde bekam Ludolf Tschello seine Papiere in die Hand gedrückt. Von einer Strafanzeige sah man aber ab, auch nahm man ihn in Schutz, was den Vorwurf des Einbruchs bei Siemens betraf, weil das dem Ruf des Hauses geschadet hätte.

Vierzehn

1898

Hermann Mahlgast genoss das Leben als Junggeselle keinesfalls und war alles andere als der geborene Hagestolz. Den Verlust Céciles hatte er noch immer nicht verwunden und mied jede Damenbekanntschaft. Alle Versuche seiner Mutter, ihm eine neue Verlobte zuzuführen, hatte er scheitern lassen.

Albert Röppisch, der allmählich vom Kollegen zum Freund wurde, hatte schon gespottet: »Wann stellen Sie denn Ihre Mutter bei Siemens & Halske ein?«

»Wieso?«

»Wir fragen uns tagtäglich, wie wir die Wagen unserer Hochbahnzüge am besten aneinanderkuppeln können – und sie versteht sich doch aufs Kuppeln.«

Dennoch besuchte Hermann Mahlgast seine Eltern mindestens einmal die Woche, schon um wenigstens einmal vernünftig zu speisen, und oft kam er in Begleitung von Albert Röppisch. Das schützte ihn auch vor allzu peinlichen Vertraulichkeiten seiner Mutter. Die Idee, so zu tun, als seien sie ein Liebespaar, hatte Albert Röppisch gehabt. »So hört sie wenigstens auf, Ihnen andauernd neue potentielle Bräute anzuschleppen.«

Dies war nun allerdings ein Irrtum, denn als sie an einem Sonntag in der Belle-Alliance-Straße erschienen, teilte ihnen Hertha Mahlgast mit, dass sie heute zum Abendessen noch andere Gäste erwarten würde.

»Doch nicht etwa Auguste und Ernst Moritz Tschello?«,

rief Hermann Mahlgast. Er wusste, dass sich seine Mutter heimlich mit ihrer alten Freundin traf.

»Nein, das nicht, leider ... Es sind der Herr Leutnant Botho von Strubensee, ferner Liesbeth Cammer und eine Bekannte von ihr, ein Fräulein Fischer, und schließlich ein Kollege von Vater aus der Stadtverwaltung, der Herr Blumenthal.«

Hermann Mahlgast horchte auf. »Doch nicht etwa der, der bei Baurat James Hobrecht gearbeitet hat – Berthold mit Vornamen?«

Seine Mutter ging zur Schale mit den Visitenkarten und sah nach. »Doch, Berthold Blumenthal. Er wird mit seiner Gattin kommen.«

»Nicht mit seinem Bruder?«, fragte Albert Röppisch. »Den fände ich interessanter.«

»Der steht doch noch immer unter Hausarrest«, sagte Hermann Mahlgast.

Gern hätte die Justiz Theodor Blumenthal den Garaus gemacht, doch die Indizien reichten nicht aus, um den Prozess gegen ihn zu eröffnen. In Untersuchungshaft konnte man ihn auch nicht mehr halten, und so war man auf die Idee mit dem Hausarrest gekommen, denn wieder in Freiheit, hätte er sich sofort auf den Weg in die Vereinigten Staaten gemacht.

Hermann Mahlgast freute sich, mit Berthold Blumenthal über das eine oder andere zu reden, was die Hochbahn betraf, doch als er das Ehepaar eintreten sah, war er nahe daran, einen Wutanfall zu bekommen und über den Dienstbotenaufgang die Wohnung seiner Eltern fluchtartig wieder zu verlassen, denn die beiden hatten ihre Tochter mitgebracht. Dabei hatte er seiner Mutter immer wieder zu verstehen gegeben, dass er es satt habe, sich von ihr verkuppeln zu lassen. Er beschloss, Elisabeth Blumenthal, mit diesem Vornamen wurde sie ihm vorgestellt, den ganzen Abend über feindselig zu begegnen. Und nicht nur das, um seine Mutter zu ärgern, wollte er auch diese Friederike Fischer anhimmeln, obwohl alle zu wissen glaubten, dass Liesbeth Cammer und sie ein Paar waren. Eigentlich hätte er sich ja darüber aufregen müssen, dass seine Mutter Liesbeth Cammer eingeladen hatte, denn es war bekannt, dass sie weiterhin in Kontakt zu Cécile, jetzt ja Cäcilie Tschello, stand, aber wegen dieser Friederike ließ er es. Außerdem war er, obwohl er mit diesem Kapitel seines Lebens völlig abgeschlossen hatte, doch am Schicksal Céciles wie auch an dem seines einstmals engsten Freundes interessiert. Eine Versöhnung würde es nie geben, da war er sich absolut sicher, aber so etwas wie eine wissenschaftliche Neugier gestand er sich schon zu.

Beim Souper, Frikassee vom Huhn hatte Hertha Mahlgast auftischen lassen, gab es viel zu plaudern. Nicht die Abfütterung, wie Albert Röppisch das nannte, sondern die Causerie war ja der eigentliche Grund des Zusammenkommens. Nichts, was sich in letzter Zeit ereignet und die Gemüter bewegt hatte, wurde ausgelassen, und ein jeder suchte immerfort nach einem Anlass, um mit besonderen Anekdoten und Statements bei den anderen Gehör zu finden.

Als Botho von Strubensee den Stuhl von Liesbeth Cammer, der nicht dicht genug an der Tischkante stand, zurechtrückte, rief Albert Röppisch sofort: »Bravo, wie Apollon!« Das war der Athlet, der im Reichshallentheater allabendlich ein Klavier mitsamt dem Spieler in die Höhe stemmte.

Der Leutnant lachte. »Warum Apollon? Mir sagt man immer nach, ich würde Josef Kainz zum Verwechseln ähnlich sehen.« Kainz, gebürtiger Ungar und Günstling des bayerischen Königs Ludwig II., galt als größter lebender Schauspieler und hatte in Berlin mit großem Erfolg den Romeo gegeben.

»Das passt ja wunderbar zusammen«, sagte Berthold Blumenthal. »Denn meiner Frau sagt man nach, wie eine Zwillingsschwester der Duse auszusehen.« Eleonore Duse, von Hause aus Italienerin, galt als die größte Schauspielerin Europas und Nordamerikas.

Magdalena Blumenthal errötete. »Bitte, Berthold, da übermachst du aber gewaltig. Und du weißt ja, dass solche Scherze nicht nach meinem Schmack sind und von mir als Ungüte gewertet werden. Die Duse geht schon auf die vierzig zu.«

Ihre Tochter versuchte, sie zu beschwichtigen. »Sei doch nicht so empfindlich, Mutter.« Und sie fügte mit leiser Ironie ein antiquiertes Wort hinzu: »Vater hat doch nicht vom Vergrünen gesprochen.«

Elisabeth Blumenthal, 25 Jahre alt, hatte sich schon lange, bevor sie auf ein renommiertes Lyzeum gekommen war, den Ruf eines Trotzkopfs erworben. Sie hasste alles, was zur Erziehung einer höheren Tochter gehörte: das Nähen, Häkeln und Stricken ebenso wie das Kochen und das Klavierspielen. Reiten hätte sie noch akzeptiert, aber nicht in der Berliner Innenstadt. Ihre Mutter machte sich große Sorgen um Bettis Zukunft und führte ihre Verirrung auf ihren Onkel Theo zurück. Früh war Elisabeth aufgefallen, dass in Preußen, wie auch im übrigen Deutschland, außerhalb der eigenen vier Wände nahezu ausschließlich die Männer das Sagen hatten und die Frauen das hinnahmen wie die Tatsache, dass Silvester sieben Tage nach dem Heiligen Abend gefeiert wurde. Warum eigentlich? »Weil die Frau dazu erschaffen worden ist, Kinder zur Welt zu bringen und sie aufzuziehen«, war die Antwort ihrer Mutter. Vor ihrem dreißigsten Geburtstag aber wollte Elisabeth die Rolle der züchtigen Hausfrau noch nicht übernehmen und strebte an, sich nach der Schule als Krankenschwester ausbilden zu lassen und dann Ärztin zu werden.

»Kind, das ist doch nichts als Träumerei, das ist doch völlig ausgeschlossen!«, hatte ihre Mutter ausgerufen.

Ihr Vater, der sich selbst einmal als radikalen Pragmatiker bezeichnet hatte, war gleichmütig geblieben. »Soll sie's doch versuchen, mehr als scheitern kann sie nicht.«

Die Lehre als Krankenschwester hatte sie hinter sich gebracht und dann wirklich mit dem Studium der Medizin begonnen – in London und Rom. Jetzt studierte sie im vergleichsweise liberalen Halle. Den Begriff »Ärztin« gab es noch nicht, und der weibliche Arzt war fast so selten wie ein Komet am nächtlichen Himmel. Mit Ausnahme von Leipzig standen die deutschen Universitäten, aber auch die in England, Frankreich und den Vereinigten Staaten, dem Medizinstudium für Frauen höchst ablehnend gegenüber. Auch 1898 kämpften die Frauen in Deutschland noch immer erbittert darum, zu den Staatsprüfungen in Medizin, Zahnmedizin und Pharmazie zugelassen zu werden.

»Man fürchtet, dass bei einem hohen Anteil von Frauen das Niveau der Ärzteschaft sinkt«, erklärte Botho von Strubensee, als über dieses Thema lang und breit diskutiert wurde. »Und nur wenige Frauen dürften ja auch den geistigen und körperlichen Strapazen des Medizinstudiums gewachsen sein.«

»Die lieben Kommilitonen versuchen wirklich alles, um uns zu vergraulen«, sagte Elisabeth Blumenthal. »Letzte Woche haben sie mir einen von einer Leiche abgeschnittenen Penis neben mein Frühstücksbrot gelegt.«

Es herrschte Totenstille. Dann hüstelten einige pikiert. Hertha Mahlgast stürzte nach draußen, um sich zu erbrechen. Liesbeth Cammer und Friederike Fischer brachen in schallendes Gelächter aus.

Albert Röppisch ließ seiner Phantasie freien Lauf. »Wie würde das denn umgekehrt gehen, wenn ich der einzige Mann unter lauter Medizinstudentinnen wäre?«

»Ich glaube, das geht nun doch zu weit«, sagte Botho von Strubensee.

Hermann Mahlgast fand das Fräulein Blumenthal mehr als scheußlich. Sie hatte etwas von einer vertrockneten englischen Gouvernante an sich und war vom Liebreiz einer Cécile so weit entfernt wie der Polarstern von der Erde. Um seiner

Mutter zu signalisieren, dass sie nicht sein Typ war, machte er augenblicklich Front gegen Elisabeth, als diese wieder auf das Vergrünen zurückkam.

»Vergrünen ... Ich würde es nie wagen, Fräulein Blumenthal, in Gesellschaft Kritik an meiner Mutter zu üben.«

Sie blitzte ihn an. »Darf ich Ihnen vielleicht den Unterschied zwischen liebevollem Spötteln und beißender Kritik erläutern? Ich weiß, Sie sind Ingenieur, und da ...«

»Bitte, Elisabeth!« Berthold Blumenthal fürchtete ein wenig um die Harmonie des Abends.

»Das ist die Emanzipation der Frau!«, rief Botho von Strubensee. »Dagegen sind wir Männer hilflos. Haben Sie schon gehört, dass es in Verden an der Aller die erste deutsche Rechtsanwältin gibt, eine gewisse Anita Augspurg?«

»Das ist doch noch gar nichts«, fügte Liesbeth Cammer hinzu. »Wir haben allenthalben Frauen in Männerberufen: fast vierhundert in der Huf- und Nagelschmiede, über dreihundert bei den Steinmetzen, fast vierzig als Dachdeckerinnen und zwanzig in der Eisen- und Glockengießerei.«

Albert Röppisch lachte. »Aber es gibt ja auch noch Männer in Frauenberufen.«

»Wie?«

»Na, denken Sie an die vielen Köche in den Hotels und Gaststätten.«

Hertha Mahlgast, wieder an die Tafel zurückgekehrt, ergriff nun das Wort und berichtete von der Italienreise, die sie im Herbst mit ihrem Mann unternommen hatte. Als sie die anderen zu langweilen begann, nutzte Albert Röppisch, als das Wort Petersdom gefallen war, die Gelegenheit, sie zum Verstummen zu bringen.

»Wie denn das?«, rief er. »Hat denn der Peters jetzt seinen eigenen Dom bekommen?«

Sofort brachen alle in schallendes Gelächter aus, denn im April letzten Jahres war der 41-jährige Dr. Carl Peters,

Reichskommissar und Afrikaforscher, von einem Berliner Gericht eines Dienstvergehens für schuldig befunden und zur Entlassung ohne Pensionsanspruch verurteilt worden. Er hatte in einem ostafrikanischen Dorf einen seiner Diener hängen lassen. Das Gericht sei davon überzeugt, hieß es im Urteil, »dass die geschlechtlichen Beziehungen des Dieners zu den Weibern, mit denen auch Peters verkehrte, zu dem harten Vorgehen Peters' wesentlich beigetragen haben«.

»Kinder«, sagte Albert Röppisch, »liebt euren Kaiser und sonst niemanden, dann lauft ihr nicht Gefahr, vor Gericht erscheinen zu müssen.«

Berthold Blumenthal klatschte Beifall und sagte, er freue sich, in dem Ingenieur einen freien, liberalen Geist vor sich zu haben.

»Lieb und liberal – hängt das irgendwie zusammen?«, fragte Friederike Fischer.

»Ich muss doch sehr bitten!«, rief Botho von Strubensee. »Sie haben hier einen Angehörigen des Kaiserlichen Heeres vor sich. Und die Meinung meiner Kameraden zum Hochbahnbau, mein lieber Röppisch, ist durchaus nicht unmaßgebend.«

»Wieso?«, fragte Berthold Blumenthal, der schon einiges an Rotwein intus hatte. »Brauchen Sie die Hochbahn auch für Ihre Truppentransporte?«

»Köstlich!«, rief Liesbeth Cammer. »Das muss ich mir sofort aufschreiben.«

Strubensee junior konnte nun nicht anders, als in das allgemeine Gelächter mit einzustimmen. »Wir schlagen die britischen und französischen Truppen am Bahnhof Zoologischer Garten in die Flucht und schaffen unsere Soldaten mit der Hochbahn im Nu zur Warschauer Brücke, um dort die Russen unter Feuer zu nehmen.«

Hermann Mahlgast hatte, obwohl sich der Leutnant nun so heiter zeigte, dennoch Angst, er könnte sich gekränkt fühlen und mit den Beziehungen seines Vaters den Hochbahnbau torpedieren. In keiner anderen Welt- und Hauptstadt spielte das Militär eine so hervorragende Rolle wie in Berlin. Alle zehn Schritte begegnete man einem Soldaten. Auch als Fahrgäste der Hochbahn waren sie ein bedeutender Faktor, und Hermann Mahlgast beschloss, bald einmal ausgewählte Offiziere zu Besichtigungen einzuladen.

Sein Vater winkte ihn heran. »Hermann, unser Weißwein geht zu Ende, eilst du bitte einmal in die Speisekammer und organisierst den Nachschub? Danke!«

Hermann Mahlgast verließ das Zimmer, um der Bitte nachzukommen. Auf dem Flur lief er Liesbeth Cammer in die Arme.

»Möchtest du gar nicht wissen, wie es um Cécile bestellt ist?«, fragte sie ihn.

Er hatte sich vorgenommen, keinerlei Regungen erkennen zu lassen. »Nein. Sie ist gestorben für mich.«

Liesbeth Cammer sah ihn tadelnd an. »Richte nicht, auf dass du nicht gerichtet wirst. Sieh doch Cécile auch einmal als Opfer.«

Hermann Mahlgast lachte bitter. »Und Ludolf auch?«

»Bist du nicht Christ und sprichst bei jedem Besuch in der Kirche: … *wie wir vergeben unsern Schuldigern*?«

Jetzt verlor er doch die Contenance. »Was ich jetzt am wenigsten gebrauchen kann, ist eine Betschwester!« Damit wandte er sich ab und lief in die Küche. Am liebsten wäre er aus dem Haus gestürzt und ins Bureau gegangen. Das war der einzige Ort, an dem er seinen Frieden fand.

Cécile glich einer Schlafwandlerin. Stundenlang lag sie auf dem Bett und starrte gegen die Decke, stundenlang lief sie durch die Straßen, ohne zu wissen, wohin und wozu. Beifallsstürme erreichten sie, die Leute verlangten nach einer Zugabe. Sie stand auf der Bühne und verneigte sich. Das war die Realität. Ihre Ehe, ihre Schwangerschaft, das alles war Fiktion. Ein schrecklicher Traum. Ein Mann, der zu Hause saß und Gott und die Welt verfluchte.

Sie ließ sich treiben. Von der Schlossbrücke bis zum Brandenburger Thor. Kommandantur, Zeughaus, die Oper, das Kronprinzessinnenpalais. Sie hielt alles nur für Kulissen. Hinter den Fassaden gab es nur hölzerne Streben und Stützen. Überall war nichts als Leere.

Vor der Habelschen Weinhandlung blieb sie stehen. War das der »Krumme Säbel«? Nein. Ihre Eltern waren nirgendwo zu sehen. Wohnte sie im Hotel de Rome? Nein. Sie geriet in die Kaiser-Galerie und erinnerte sich, wie gern sie als Kind mit ihrem Vater Castans Panoptikum besucht hatte. Damals hatte sie richtig gelebt, heute wandelte sie als Tote durch die Stadt.

Im Victoria Café traf sie auf Liesbeth Cammer, die dabei war, für ihren Roman Milieustudien zu betreiben, und Friederike Fischer gerade schilderte, wie sie die jungen Damen Berlins in sechs Typen einteilen wollte. »Da drüben sitzt die süße, kleine Alberne, die über alles lacht, sogar über ihre eigene Naivität. Dann haben wir zweitens die schmachtende Einsilbige, die mit einem seelenvollen Blick den Oberkellner mustert. Drittens, da drüben mit der Zeitung in der Hand, die kecke Realistin, die sich keinen blauen Dunst vormachen lässt und der Schrecken aller weniger geistreichen Herren ist. Hinter ihr, viertens, mit dem Buch in der Hand, das ist die ausgesprochene Gelehrte, mit der noch weniger gut Kirschen essen ist. Fünftens haben wir die Hyperbolische, die alles himmlisch und entzückend findet, und sechstens die Säuerliche, die über alles die Nase rümpft.«

Cécile begrüßte die beiden, ohne sie recht wahrzunehmen, und setzte sich auf den freien Stuhl neben Friederike Fischer.

»Du kommst eine geschlagene halbe Stunde zu spät«, sagte Liesbeth Cammer.

»Wieso das?« Cécile wusste gar nicht, dass sie hier verabredet waren – sie hielt ihr Zusammentreffen für bloßen Zufall.

»Wieso das?«, wiederholte Friederike Fischer die Frage. »Weil wir drei hier verabredet waren.«

»Geht es dir nicht gut?«, fragte Liesbeth Cammer. Wohl mehr, um jede Regung ihrer Heldin zu protokollieren, als aus tiefempfundenem Mitgefühl.

Friederike Fischer lachte. »Das musst du doch besser wissen als sie.«

»Wovon redet ihr?«, fragte Cécile.

»Von dir«, sagte Liesbeth Cammer.

Cécile sah sie mit großen Augen an. »Was steht denn von mir in den Zeitungen? Jubeln sie über meine Premiere? Was schreibt Theodor Fontane über mich?«

»Kind, wach auf!«, rief Liesbeth Cammer.

»Das wird mit ihrer Schwangerschaft zu tun haben«, vermutete Friederike Fischer.

Liesbeth Cammer winkte ab. »Ich war auch gelegentlich mal schwanger, ohne je die Bodenhaftung zu verlieren.« Sie warf einen ebenso besorgten wie spöttischen Blick auf Cécile. »Du bist nicht die Prinzessin von Homburg: *Wach ich oder träum ich?*«

Cécile bestellte sich ein Stück Torte und eine Tasse Kaffee. »Ach, wäre doch alles nur ein böser Traum, aus dem ich mit dem ersten Hahnenschrei erwachen würde!«

»Kind, sei doch endlich glücklich, das Leben gibt dir doch so viel. Es schenkt dir eine Tochter oder einen Sohn, und von deinem Sprachfehler bist du nun auch endgültig geheilt. Nichts ist dir mehr anzumerken. Und einst wird kommen der Tag, da du wieder auf der Bühne stehen wirst.« Liesbeth Cammer legte ihr den Arm um die Schultern.

»Ach!« Cécile wehrte sich gegen die Berührung. »Ich weiß auch nicht, was mit mir los ist. Ich bin völlig durcheinander.«

»Du trauerst doch nicht etwa deinem Hermann nach?«, fragte Friederike Fischer, wohl wissend, dass diese Frage nicht besonders feinfühlig war, aber ihre Eifersucht auf Cécile vermochte sie nie ganz zu unterdrücken.

»Wer ist Hermann?«, fragte Cécile.

»Na, Hermann Mahlgast, der jetzt andauernd in den Gazetten auftaucht, weil er den Bau der Hochbahn so tatkräftig vorantreibt.«

Cécile stand wortlos auf und verließ das Café, ohne sich noch einmal nach den beiden Frauen umzudrehen. Liesbeth Cammer wollte aufspringen und sie zurückhalten, doch Friederike Fischer drückte sie auf ihren Stuhl zurück.

»Sie muss ihren Weg schon alleine gehen.«

»Und wenn sie sich nun etwas antut?«

»Dann kannst du das sowieso nicht verhindern.«

Cécile hörte es nicht mehr. Irgendwie geriet sie auf die Friedrichstraße und wandte sich südwärts, um dann in die Leipziger Straße abzubiegen. Es zog sie zum Potsdamer Platz, zum Potsdamer Bahnhof. Sie sah sich schon am Schalter stehen und eine Fahrkarte nach Italien kaufen. Einfach in den Zug steigen und losfahren. Berlin und das alte Leben hinter sich lassen.

Sie kam auch bis dicht an das Bahnhofsgebäude, da sah sie Hermann Mahlgast. Er stand inmitten einer Gruppe wichtig erscheinender Männer und war in eine heftig geführte Diskussion verwickelt.

»Wir brauchen unbedingt eine Kehranlage hinter dem Bahnhof«, hörte sie ihn sagen. »Kehren am Gleis ist immer nur ein Provisorium und mit erheblichen Gefahren verbunden. Wenn nämlich der ausfahrende Zug …« Er stockte, denn in diesem Augenblick hatte er Cécile entdeckt.

Sie flüchtete sich hinter eine Litfaßsäule. Wenn er nun kam und sie in die Arme nahm? »Ich verzeihe dir alles, komm zurück zu mir.«

Doch Hermann Mahlgast drehte sich nur um und fuhr fort, sich seine Kehranlage zu erkämpfen.

Hermann Mahlgast wurde immer mehr zum Stellvertreter Heinrich Schwiegers und saß an manchen Tagen kaum noch an seinem Schreibtisch, da immer mehr Termine vor Ort wahrzunehmen waren. Zwar hatte man mit den Bauarbeiten am östlichen Ende der Strecke begonnen, aber auch dort war noch längst nicht alles geklärt.

Schon kurz nach dem Frühstück stand er mit seinen Mitarbeitern Albert Röppisch und Gottfried Göltzsch sowie dem Architekten Paul Wittig vor dem Stadtbahngraben an der Warschauer Straße. Auf dem Gelände, auf dem der Bahnhof der Hochbahn errichtet werden sollte, hatten sich bis 1890 die Teiche und Maschinenanlagen der Städtischen Wasserwerke befunden, und erst vor kurzem waren sie durch Straßen erschlossen worden. Die westliche Seite der Warschauer Straße war noch unbebaut.

»Wie genial!«, spottete Albert Röppisch mit Blick auf die Pläne der Hochbahngesellschaft. »Wir bauen unseren Bahnhof so, dass die Fahrgäste, die zur Stadtbahn umsteigen wollen, einen längeren Fußmarsch einlegen müssen. Aber das Wandern ist ja des Müllers Lust und hält gesund.«

Hermann Mahlgast konnte nicht anders, als ihm recht zu geben. »Ursprünglich hatten wir geplant, die Hochbahn nach Norden bis zur Station Zentralschlachtviehhof weiterzuführen, doch das ist uns nicht genehmigt worden. Jetzt soll unsere Flachbahn dorthin gehen, eine Straßenbahn. Die kann ja dann direkt vor dem Hochbahnhof halten.«

»Und wer noch zur Stadtbahn umsteigen und mit der Konkurrenz weiterfahren will, der ist selber schuld«, fügte Albert Röppisch hinzu.

Hermann Mahlgast zuckte mit den Schultern. »Weiß ich nicht. Jedenfalls haben uns die Koofmichs um Eitel von Plöhn den Kreuzungsbahnhof mit der Stadtbahn gestrichen, weil er viel zu teuer sei.«

»Und der Hochbahnhof sieht aus wie eine Fabrikhalle«, bemängelte Göltzsch.

»Darum haben wir ja Herrn Wittig hier, damit er uns ein wunderschönes Treppenhaus entwirft.«

»Wir sollten nicht ent-, sondern wegwerfen«, sagte Albert Röppisch. »Nämlich den ganzen Bahnhof Stralauer Thor.« Der war gerade einmal 320 Meter vom Endbahnhof Warschauer Brücke entfernt.

Hermann Mahlgast nickte. »Ich gebe ja zu, dass er nur Sinn gemacht hätte, wenn die Station Warschauer Brücke wirklich über der Stadtbahn gebaut worden wäre, also um einiges weiter nördlich.«

»Und warum hat da unser lieber Eitel von Plöhn nicht zugeschlagen?«, fragte Albert Röppisch. »Da hätte er doch Unsummen sparen können.«

Hermann Mahlgast wusste es auch nicht. Wahrscheinlich, weil die Station von Heinrich Schwieger und Emil Dominik ohne Beteiligung von Architekten entwickelt und von der Firma Siemens & Halske schon jetzt unter Denkmalsschutz gestellt worden war.

Paul Wittig schwärmte regelrecht vom Stralauer Thor. »Sehen Sie doch einmal diesen herrlichen Kontrast zwischen der Oberbaumbrücke, wie sie Otto Stahn geschaffen hat, und der modernen Konstruktion aus Eisen und Glas.«

»Da freuen sich aber die Sportfreunde vom Berliner Ruderclub und der Berliner Schwimmschule, wenn sie Stralauer Thor aussteigen«, sagte Albert Röppisch. »Es sind zwar nur zehn Leutchen pro Tag, aber immerhin …«

Hermann Mahlgast zog seine Uhr aus der Tasche. »Dann wollen wir mal weiter.« Nachdem sie sich von Paul Wittig verabschiedet hatten, machten sie sich auf den Weg. Auch Albert Röppisch mochte diese Streckenbegehungen, nur Göltzsch maulte, denn er hasste längere Märsche und hatte furchtbar empfindliche Füße.

Zum Bahnhof Stralauer Thor war alles gesagt, was zu sagen war, und erst auf der Oberbaumbrücke gab es wieder etwas zu diskutieren und zu streiten.

»Diese herrliche Backsteinarchitektur!«, schwärmte Göltzsch.

»Wie sich der Kollege Otto Stahn in seiner Formensprache auf mittelalterliche märkisch-brandenburgische Elemente bezieht!«

Albert Röppisch zeigte sich erfreut. »Sehr praktisch, dass man nicht extra nach Prenzlau fahren muss, wenn man den berühmten Mitteltorturm von Prenzlau sehen will, sondern nur zur Oberbaumbrücke. Schön, wie Stahn den hier nachempfunden hat.«

»Wir können dieses wunderbare Bauwerk nicht dadurch schänden, dass wir für unsere Hochbahn eine kahle Eisenkonstruktion auf die Brückenfahrbahn setzen!«, rief Göltzsch. »Die tragende Stahlkonstruktion muss unbedingt mit Backsteinmauerwerk verkleidet werden. Ich sehe eine Reihe von Bögen vor meinem geistigen Auge, schöner als bei der Stadtbahn muss es werden! Ein Kreuzgewölbe muss her, damit man sich wie in einer Wandelhalle über der Spree fühlen kann.«

»Die Kaufleute werden in lauten Jubel ausbrechen«, sagte Hermann Mahlgast. Aber auch er war für eine künstlerische Ausgestaltung der Hochbahntrasse auf der Oberbaumbrücke, denn damit nahm man auch den Gegnern im noblen Westen der Stadt den Wind aus den Segeln und konnte deren ästhetischen Bedenken wirksam begegnen.

Göltzsch fühlte, dass er heute Oberwasser hatte, und gab seiner Hoffnung Ausdruck, dass man am Schlesischen Thor wirklich das baute, was die Architekten Hans Grisebach und August Georg Dinklage entworfen hatten: einen Bahnhof im

Stile der deutschen Renaissance. »Ein Traum ist das! Der unregelmäßige Grundriss, die stark bewegte Fassade, die vielen Polygonalvorsprünge, der emporragende runde Treppenturm, die großen Arkadenöffnungen im Untergeschoss, die galerieartig angeordneten Bogenfenster im Obergeschoss, der reiche plastische Schmuck an Portalen und Kapitellen.«

»Hauptsache, die Leute erkennen noch, dass es ein Hochbahnhof ist«, sagte Albert Röppisch, dem dieser ganze architektonische Schnickschnack ein Greuel war. »Aber macht nichts, wer den Bau für ein Museum hält, zahlt ja auch Eintritt, und wenn der höher ist als der Fahrpreis, dann ist ja auch der Herr von Plöhn glücklich und zufrieden.«

Hermann Mahlgast versuchte, zwischen beiden Denkweisen und Richtungen zu vermitteln. »Wir müssen beides tun, wenn unsere Hochbahn ein Erfolg werden soll: den ästhetischen Ansprüchen genügen wie auch dem modernen Bauen mit Stahl und Eisen Rechnung tragen. Wenn die Oberbaumbrücke und der Bahnhof Schlesisches Thor an eine mittelalterliche Burganlage erinnern, dann sollen die anderen Stationen bis zum Gleisdreieck unseren minimalistischen Entwürfen von 1891 entsprechen: also viel Eisen und Wellblech und nur ganz wenig Stein.«

Um den Stein kam man aber bei den Fundamenten der Viaduktstützen auf keinen Fall herum, und wie die Eisenkonstruktion auf ihnen ruhte, konnten sie in der Skalitzer Straße in Augenschein nehmen, wo man schon am 1. Juni letzten Jahres mit den Bauarbeiten begonnen hatte. Die Viadukte gingen auf den Entwurf Heinrich Schwiegers aus dem Jahre 1891 zurück. Die Konstruktion sollte sich gut in das Straßenbild einfügen, wenig Platz wegnehmen und die Straße nicht zu sehr verdunkeln und bei möglichst geringem Material- und Arbeitsaufwand die größtmögliche Stand- und Betriebssicherheit gewährleisten.

»Ich finde das schön«, fiel dann auch Albert Röppischs

Urteil beim Anblick der fertigen Abschnitte mehr als positiv aus. »Die Fachwerkkonstruktion ist leicht und durchsichtig, die genieteten Stahlträger haben ihren ganz besonderen Charme.«

»Für Sie vielleicht«, widersprach ihm Göltzsch, »aber nicht für mich. Diese kilometerlange Monotonie.«

»Die Haltestellen unterbrechen sie doch in regelmäßigen Abständen«, argumentierte Albert Röppisch.

Göltzsch lachte. »Das sind doch auch nur Blechbüchsen, da muss eine halbierte Botanisiertrommel Pate gestanden haben.«

Hermann Mahlgast hatte anfangs die Sichtweise der Ingenieure favorisiert, nämlich die spezifischen Eigenschaften und den Reiz des Eisens wirkungsvoll zur Geltung zu bringen und die Viaduktstützen einfach aus Stahlprofilen, Winkeleisen und Blechen mittels großer runder Nieten zusammenzufügen, sah aber langsam ein, dass man kaum umhinkam, dem Druck der Öffentlichkeit nachzugeben, und gezwungen war, überall dekorative Elemente anzuheften.

»Und außerdem, lieber Röppisch, werden wir wohl die Stützen und das Tragwerk doch ein wenig robuster bauen müssen, denn es gibt inzwischen Erkenntnisse darüber, dass die Fundamente auf die Vibrationen durch die Züge sehr empfindlich reagieren.«

»Am sichersten wäre doch ein durchgehender Eisenblock«, war Albert Röppischs Kommentar. »Und ab und an bohren wir mal ein Loch hinein, damit die Leute auf die andere Straßenseite krabbeln können.«

»Für mich ist der Stadtbahnviadukt das Nonplusultra«, sagte Göltzsch. »Stein, steinerne Gewölbe, Mauerwerk.«

Albert Röppisch klopfte ihm die Schulter. »Unser Mann aus der Steinzeit!«

»Könnten wir bitte eine Droschke nehmen?«, bat Göltzsch. »Ich kann nicht mehr laufen.«

Doch der erste Droschkenkutscher, den sie heranwinkten, weigerte sich, sie mitzunehmen.

»Ihnen kenn ick, Sie sind doch die Hohnbahnfritzen von Siemens & Halske, die mir mein Jeschäft kaputtmachen. Und mit Ihre Straßenbahnen ooch noch, wenn die alle kommen tun. Nee, Sie könn loofen – am besten bis inne Hölle, wo Se alle hinjehörn.«

Albert Röppisch schüttelte den Kopf. »Da denkt man nun, man beglückt die Menschheit, und dann wollen gar nicht alle beglückt werden.«

Schließlich fanden sie doch noch einen Kutscher und ließen sich Richtung Gleisdreieck fahren. Zuerst ging es die Skalitzer Straße entlang. Zwischen der Emmauskirche auf dem Lausitzer Platz und der Kreuzung mit der Manteuffelstraße sollte der Bahnhof Oranienstraße errichtet werden.

Wieder hatte Albert Röppisch Grund zum Spotten. »Eigentlich sollte die Station ja Görlitzer Bahnhof heißen, soll sie doch dem Übergang von der Fern- und Vorortbahn zur Hochbahn dienen, aber nachdem uns aufgefallen ist, dass bis zum Görlitzer Bahnhof am Spreewaldplatz ein Fußmarsch von einem halben Kilometer zurückzulegen ist, und das mit einem schweren Koffer, wollen wir sie lieber Oranienstraße nennen – damit uns hinterher keiner erschlägt.«

»Das müsste doch ihr Traumbahnhof sein, lieber Röppisch«, sagte Hermann Mahlgast. »Oranienstraße verkörpert doch – wie auch Kottbusser Thor und Möckernbrücke – den reinen Ingenieurbau: Eisen als dominierendes Material und klare, schnörkellose Formen.«

»Schrecklich!«, rief Göltzsch.

»Ja, schrecklich sind die Kompromisse, die Sie und Ihre Glaubensgenossen beigesteuert haben!«, sagte Albert Röppisch. »Die arkadische Gliederung der langen Seitenfassaden und die sogenannten Schmuckelemente auf den Treppenabgängen, diese Türmchen im Zuckerbäckerstil!«

Hermann Mahlgast versuchte, den Streit mit der kleinen Variation eines alten Spruches zu schlichten: »Das Auge fährt eben mit.«

»Und sieht alles verschwommen, wenn sein Besitzer im Regen steht.« Damit spielte Albert Röppisch darauf an, dass man sich über die Länge der Bahnhöfe nicht einig werden konnte. Auf achtzig Meter hatte man sie schließlich ausgelegt, aber davon sollten nur fünfzig Meter überdacht sein. Bei großem Andrang und bei Zügen, die nicht nur drei, sondern sechs Wagen lang waren, mussten halt einige Fahrgäste im Regen stehen. »Wir machen da, glaube ich, einen Denkfehler, indem wir uns nicht die Eisen- und die Stadtbahn zum Vorbild nehmen, sondern die Straßenbahn, wie sie unser Gott, Werner von Siemens, in Lichterfelde erschaffen hat. Aber die Hochbahn ist mehr als eine Straßenbahn auf Säulen.«

Hermann Mahlgast musste zugeben, dass Albert Röppisch in dieser Hinsicht kaum zu widersprechen war und die Berliner Hoch- und Untergrundbahn schon so etwas wie ein Zwitter zwischen Eisen- und Straßenbahn war. Aber vielleicht lag gerade darin ihre Stärke.

Nicht eben glücklich waren sie auch über den Bahnhof Prinzenstraße. Da der Mittelstreifen in der Gitschiner Straße schmaler war als in der Skalitzer Straße, würden die Bahnsteige hier über die Fahrbahn hinausragen. Mochte das noch angehen, so war es gleichermaßen teuer wie unästhetisch, dass man die Zugänge nicht unter dem Bahnhof anlegen konnte, sondern Brückenzugänge von den gegenüberliegenden Straßenseiten notwendig waren.

»Auf den Zeichnungen sieht das schrecklich aus«, sagte Göltzsch. »Wie ein Schleusentor sperrt es die Straße.«

»Können wir nicht aus ästhetischen Gründen auf alle Zu- und Abgänge verzichten?«, fragte Albert Röppisch.

Hermann Mahlgast sah ihn an wie einen Geisteskranken. »Wozu sollte die Station sonst da sein?«

»Na, wenn man sich verfahren hat, kann man da aussteigen und zurückfahren.«

Fast hätte sich Hermann Mahlgast gegen die Stirn getippt. »Wie das? Bei zwei Seitenbahnsteigen?«

»So viel turnerische Qualitäten wird doch noch ein jeder Deutsche haben, dass er es schafft, über die Gleise ...«

»Und die Stromschiene?«

»Da springt man drüber hinweg.«

»Und wird vom nächsten Zug erfasst.«

Albert Röppisch musste sich geschlagen geben. »Na schön, bleibt man eben auf dem Bahnsteig stehen und wartet auf den nächsten Zug in dieselbe Richtung. Besonders die Damen werden von dieser Gelegenheit gern Gebrauch machen, wenn ihnen im Waggon unwohl geworden ist.«

Göltzsch war, was selten vorkam, von der Idee seines Kollegen begeistert. »Wir machen den Bahnhof Prinzenstraße zu einer Kunsthalle. Wer aussteigt, kann sich, bis der nächste Zug kommt, Gemälde ansehen.«

Hermann Mahlgast war wenig angetan vom humorvollen Geplänkel seiner Mitarbeiter und ließ die Droschke halten, als sie das Ufer des Landwehrkanals erreicht hatten. Hier waren mehrere Rotten von Bauarbeitern dabei, in regelmäßigen Abständen die steinerne Kanalböschung aufzubrechen, denn die Pfeilerfundamente für den Hochbahnviadukt erforderten eine tiefe Gründung. Am Sedan- und am Halleschen Ufer hing die Hochbahn fast über dem Landwehrkanal, und das Ganze wirkte dadurch richtiggehend kühn.

Hermann Mahlgast ging auf den Vorarbeiter zu. »Na, Ruppin, alles im Lot, kommen Sie mit Ihren Leuten gut voran?«

»Ja, und ertrunken is mir ooch noch keena.«

»Und wie geht es sonst so?«

»Danke. Essen und Trinken schmeckt, meine Frau und den Kindan jeht et jut, und von meiner alten Verletzung spür ick ooch nischt mehr.«

»Na, wunderbar.« Hermann Mahlgast blickte auf seine Taschenuhr. »Dann werden wir mal wieder, denn um zwölf Uhr sind wir mit Stadtbaurat Krause an der Trebbiner Straße verabredet.«

Stadtbaurat Friedrich Krause war seit 1897 im Amt und befürwortete, im Gegensatz zu seinem Vorgänger James Hobrecht, den Bau von Hoch- und Unterpflasterbahnen. Er war am 1. März 1856 in der Nähe von Königsberg geboren worden, hatte erste Meriten in der Stettiner Kommunalverwaltung erworben und war von der Oder in die deutsche Hauptstadt gekommen. Sein Hauptwerk sollte die Nord-Süd-Bahn werden, aber mit deren Genehmigung dauerte es noch bis zum Jahre 1905. Auch sollte sie in kommunaler Regie gebaut und betrieben werden. Von der Siemens-Hochbahn wollte Friedrich Krause lernen, wie man es machte und wie nicht.

Hermann Mahlgast sah ihn mit Berthold Blumenthal an der Ecke Tempelhofer Ufer, Trebbiner Straße stehen. Man begrüßte sich mit der gebotenen Förmlichkeit und kam schnell zu den einzelnen Tagesordnungspunkten.

Friedrich Krause blickte nach oben. »Hier wollen Sie also ein monumentales Wohnhaus mit einer Tordurchfahrt für die Hochbahn errichten?«

»Ja. Das Grundstück gehört der Hochbahngesellschaft schon lange und soll genutzt werden. Kein Geringerer als Paul Wittig ist mit dem Entwurf betraut. Und nebenan wird unser Kraftwerk entstehen.«

Der Stadtbaurat sah nicht ganz so begeistert aus, wie sich Hermann Mahlgast das erhofft hatte. »Hausdurchfahrten sind nicht gerade das, was ich im Hinblick auf die notwendige Verschönerung Berlins für optimal halte. Es wird ja nicht die einzige sein?«

Hermann Mahlgast nickte. »Die Hochbahngesellschaft hat die Häuser Dennewitzstraße 22 und Bülowstraße 70 gekauft, und wir haben nun die Wahl, das Vorderhaus der Bülow 70 abzureißen und unsere Trasse durch die entstandene Schneise zu legen – oder aber die Hausdurchfahrt zu bauen.«

»Das ist so kurios, dass die Leute aus ganz Europa kommen werden, um sich das anzusehen«, sagte Albert Röppisch. »Und die Postkarten mit dem Motiv *Hausdurchfahrt der Hochbahn* werden weggehen wie warme Semmeln.«

Friedrich Krause blieb skeptisch. »Und die Mieter der angrenzenden Wohnungen werden wir in die Irrenanstalt einweisen müssen.«

Albert Röppisch versuchte, ihn zu beruhigen. »Die Rampe wird sozusagen ein Tunnel in der Luft, so dass der Schall nicht nach außen dringen kann, und bei der Hausdurchfahrt selber werden wir für separate Fundamente sorgen.«

»Gut.« Der Stadtbaurat schien nicht auf langwierige Streitereien aus zu sein. »Bleiben noch zwei Punkte in Ihrem Konzept, die bei mir mit einem Fragezeichen versehen sind: das Anschlussdreieck hier auf dem Gelände vor uns und die Kehranlage am Potsdamer Platz.«

»Gott, ja …« Hermann Mahlgast musste etwas ausholen, um Friedrich Krause mit der Vorgeschichte des Gleisdreiecks vertraut zu machen. »Unsere Hochbahn rechnet sich ja nur, wenn sie darauf Rücksicht nimmt, wohin die Leute wollen – und sie wollen nun einmal in die Mitte der Stadt. Nun hat man uns aber die Route dicht am südlichen Rand der Innenstadt verwehrt. Was blieb uns da anderes übrig, als wenigstens einen Abzweig zum Potsdamer Platz zu bauen? Nun kann das Ganze aber nur dann als sinnvoll bezeichnet werden, wenn die Züge nicht nur in der Relation Warschauer Brücke–Potsdamer Platz und Zoologischer Garten–Potsdamer Platz verkehren, sondern auch direkt zwischen Warschauer Brücke und Zoologischem Garten, damit jene Fahrgäste, die zum Beispiel von der Prinzen- zur Bülowstraße wollen, nicht den lästigen Umweg über den Potsdamer Platz machen müssen.«

Friedrich Krause musste einen Blick auf die Pläne werfen,

die Albert Röppisch ihm hinhielt, um das Ganze zu begreifen. »An einen Bahnhof Anschlussdreieck ist aber nicht gedacht?«

»Nein.«

»Hm ...« Es dauerte eine Weile, bis der Stadtbaurat das System der komplizierten Unter- und Überführungen, das notwendig war, um unnötige Gleiskreuzungen zu vermeiden, begriffen hatte. »Sehr schön, was der Kollege Gustav Kemmann da entworfen hat, aber dennoch sehe ich hier einen erheblichen Schwachpunkt Ihrer Konzeption. Mir wäre es lieber, Herr Mahlgast, Sie würden drei getrennte Linien betreiben, um mögliche Zugkollisionen auszuschließen.«

Hermann Mahlgast stöhnte auf. »Ja, wie denn? Sie wollen uns ja am Potsdamer Platz nicht einmal eine Kehranlage hinter dem Bahnsteig zugestehen.«

»Hören Sie auf mit dem Tunnelbau zum Potsdamer Platz!«, rief Berthold Blumenthal. »In der Köthener Straße müssten ganze Mietshäuser dafür abgerissen werden.«

»Wir bauen sie ja nachher wieder auf«, versicherte ihm Hermann Mahlgast.

»Diese Umstände!«

Friedrich Krause lachte. »Ein schönes Übungsobjekt für Sie, denn wie man hört, will ja die Gemeinde Charlottenburg dem Weiterbau in ihr Zentrum am Wilhelmplatz nur dann zustimmen, wenn die gesamte auf ihrem Gebiet liegende Strecke als Unterpflasterbahn ausgeführt wird.«

»Uns soll es recht sein«, entgegnete Hermann Mahlgast. »Dann sind wir das leidige Problem los, wie man die Kaiser-Wilhelm-Gedächtniskirche umfahren kann, ohne Anstoß zu erregen. Auch die Kreuzung mit der Stadtbahn am Bahnhof ist damit wesentlich einfacher geworden.«

Als Hermann Mahlgast sich von Berthold Blumenthal verabschiedete, wechselte dieser kurz vom Dienstlichen ins Private. »Ich soll Sie schön von meiner Tochter grüßen.«

Hermann Mahlgast stutzte und brauchte einige Sekunden,

um sich daran zu erinnern, dass der andere eine Tochter hatte. »An Bettina, ah ja …«

»Nein, Elisabeth! Sie ist eine große Bewunderin der Ingenieurskunst und kann es gar nicht erwarten, mit der neuen Hochbahn zu fahren.«

Vor Schreck vergaß Hermann Mahlgast, ihr einen schönen Gruß bestellen zu lassen. Wieder im Bureau, wartete die nächste Überraschung auf ihn. Es lag eine Nachricht auf seinem Schreibtisch, er möge sich doch umgehend bei Arnold von Siemens einfinden. Das war nun so, als wäre er zu seinem Fürsten gerufen worden, denn Arnold von Siemens war nicht nur der Sohn des großen und legendären Werner von Siemens, sondern auch »der Chef vons Janze«, wie die Berliner sagten. So nahm Hermann Mahlgast denn auch regelrecht Haltung an, als er vor dessen Schreibtisch stand.

»Rühren!«, rief Arnold von Siemens dann auch mit leiser Ironie. »Wir sind ja, bei aller Notwendigkeit der Disziplin, nicht die Hochbahnkompanie des Heeres. Nehmen Sie also ruhig Platz, Herr Mahlgast, und denken Sie sich, wir würden jetzt beide bei Habel sitzen und einen Schoppen Wein leeren.«

Hermann Mahlgast blieb misstrauisch. Nach einer solchen Einleitung war zwar nicht zu befürchten, dass man ihm das Ausscheiden aus dem Hause Siemens nahelegen würde, aber es lag etwas in der Luft, dass ganz nach einem Sonderauftrag aussah. Ganz vorsichtig kam sein »Ja, bitte?«.

»Sie sind mir als besonders tüchtig und engagiert geschildert worden, und solch einen Mann brauche ich für eine ganz besondere Unternehmung.« Arnold von Siemens machte eine kleine Pause. »Wir haben nämlich den Auftrag bekommen, eine elektrische Straßenbahn in Peking zu bauen. Dort darf die Eisenbahn, *Feuerwolf* genannt, nicht durch die Tore der Stadtmauer fahren, so dass der Bahnhof weit vor der Stadt gelegen ist. Die kaiserliche chinesische Regierung hat uns nun bevollmächtigt, eine 2,9 Kilometer lange elektrische Straßenbahn zwischen dem Bahnhof und dem Südtor zu bauen, immer an der Mauer entlang. Und Sie sollen der Leiter dieses Projektes werden.«

Hermann Mahlgast schluckte. Einerseits war es ehrenvoll, nach China zu gehen, und brachte ihm im Hinblick auf seine weitere Karriere im Hause Siemens sicherlich viele Pluspunkte ein, andererseits aber … Er zögerte.

»Na, mein lieber Mahlgast, was ist?«, fragte Arnold von Siemens, der mit einem freudigen Ja gerechnet hatte.

»Darf ich eine Bitte äußern, Herr von Siemens?«, kam es mit gepresster Stimme.

»Sie wollen Ihre Braut mit nach China nehmen?«

Hermann Mahlgasts Spannung entlud sich in einem vielleicht zu lautem Auflachen. »Nein, das geht leider nicht, denn die steht ja sozusagen fest verankert in der Erde.«

»Wie das?«

»Ich meine die Hochbahn, meine Hochbahn. Alle sagen ja, dass ich mit der verheiratet sei«, bekannte Hermann Mahlgast. »Und ich bitte ebenso um Verständnis wie um Vergebung, dass ich ihr die Treue halten möchte – bis zur feierlichen Eröffnung, mindestens aber bis zur Ministerfahrt.«

Fünfzehn

1899

Ludolf Tschello wusste genau, dass er im Grunde als Bettler durchs Leben ging. Er saß zwar nicht mit dem Hut neben sich auf dem Alexanderplatz und wartete auf eine milde Gabe vorübereilender Straßenpassanten, aber wenn ihn nicht seine und Céciles Eltern unterstützt hätten, wären sie längst verhungert oder wenigstens im städtischen Armenhaus gelandet. Seit der kleine Achaz auf der Welt war, hatten sie noch mehr Schulden und noch kleinere Portionen auf dem Teller. Und Arbeit als Ingenieur fand er auch keine, sooft er auch bei den großen und kleinen Firmen seiner Branche nachfragte. In gewisser Hinsicht war Berlin immer noch ein Dorf, und es hatte sich in den einschlägigen Kreisen schnell herumgesprochen, dass sie ihn bei Siemens & Halske nicht hatten haben wollen und er von der AEG auf die Straße gesetzt worden war. Überall wurde kolportiert, er sei ein schwieriger Charakter, aufsässig und empfindsam wie eine Primaballerina, mehr Künstler als Ingenieur. Das müsse an dem liegen, was ihm sein Vater vererbt habe. Manche gingen sogar so weit, ihm nachzusagen, er habe diabolische Züge.

»Ich weiß auch, wer hinter allem steckt«, sagte er zu seinem Vater. »Kein anderer als Hermann Mahlgast. Er will sich dafür rächen, dass ich ihm Cécile geraubt habe, er will mich vernichten.«

Ernst Moritz Tschello glaubte nicht an solche Verschwörungstheorien. »Ach, Ludolf, es scheint mir eher daran zu liegen, dass du nicht dazu geboren bist, im Orchester zu spielen.«

Ludolf Tschello schlug mit der flachen Hand auf den Tisch. »Ich bin so, wie ich bin, und ich bleibe, wie ich bin!«

»Psst!«, machte Auguste Tschello. »Der Junge wird wach.«

Achaz lag in seiner Wiege und schlief in tiefstem Frieden. Die Großeltern kamen gern in die Landsberger Straße, um nach ihm zu sehen.

»Ein Fluch scheint über mir zu liegen«, sagte Ludolf Tschello düster. »Ich weiß nicht, was ich verbrochen habe, aber …« Er brach ab, denn Cécile kam vom Markt zurück. Viel einzukaufen gab es nicht, nur das Nötigste.

Danach saßen sie noch ein Weilchen bei einer Tasse Tee beisammen. Die Stimmung war so trübe, dass sein Vater sagte, er fühle sich wie bei einer Beerdigung.

»Wir haben ja auch das Liebste, was wir hatten, beerdigen müssen«, sagte Ludolf Tschello. »Unsere Träume: Cécile ihr Theater, ich meine Hochbahn.«

»Versündige dich nur nicht!«, rief seine Mutter. »Das Liebste, was ihr habt, ist doch euer Kind.«

Cécile seufzte. »Ach, gäbe es doch nur einen Lichtstreif am Horizont!«

»Ich bete jeden Abend darum«, sagte Auguste Tschello.

Am nächsten Tag kam aus Rathenow die Nachricht, dass Tante Emilie völlig überraschend nach einem Herzanfall verstorben sei.

»Jetzt weiß ich, worum Mutter gebetet hat«, sagte Ludolf Tschello.

»Du bist pietätlos«, warf ihm Cécile vor, doch sie lachte dabei.

»Muss man echte Trauer zeigen, wenn ein Ekelpaket wie sie eingeht in die Ewigkeit?«, fragte Ludolf Tschello und gab sich gleich selbst die Antwort darauf. »Man muss, wenn man im Testament als Erbe eingesetzt worden ist und es überhaupt etwas zu erben gibt.«

Das war die Frage, die sie in den nächsten Tagen in Atem hielt. Zur Testamentseröffnung fuhr Ludolf Tschello mit seiner Mutter nach Rathenow. Sein Vater konnte wegen einer Orchesterprobe nicht mitkommen, Cécile hatte beim Baby zu bleiben.

Im Zug schwankte seine Mutter zwischen Hoffen und Bangen. »Einerseits sind wir ja die einzigen noch lebenden Angehörigen, andererseits aber hat sie ja immer wieder davon gesprochen, ihr Erbe wohltätigen Zwecken zuzuführen.«

»Ja, den Diakonissen. Ach ja, alles ist be…«

»Ludolf!«

»… bescheiden schön.«

Seine Mutter sah ihn prüfend an. »Du wirst immer verbitterter.«

»Ich? Wieso denn, ich habe doch die schönste Frau der Welt und das süßeste Kind.«

»Versündige dich nicht.«

Ludolf Tschello fühlte sich bei der Testamentseröffnung wie ein römischer Gladiator nach dem Kampf. Wohin ging der Daumen des Caesaren: nach oben oder nach unten? Erbte er, konnte er sich endlich eine Existenz aufbauen – erbte er nicht, konnte er sich einen Strick nehmen und aufhängen.

Und er erbte. So viel, dass es reichte, große Pläne zu schmieden. Schon auf der Rückfahrt nach Berlin ging ihm vieles wirr durch den Kopf. Wie konnte er seine Ressourcen richtig nutzen, um der Firma Siemens zu schaden und Hermann Mahlgast die Tour zu vermasseln? Das war die große Frage, die über allem stand.

Ich kaufe mich ein bei der Lauchhammer AG, besteche einen der Ingenieure und sorge dafür, dass der Hochbahnviadukt fehlerhaft gebaut wird und bei der ersten Probefahrt in sich zusammenstürzt.

Ich gründe eine Firma und lasse überall Omnibusse fahren, so dass Siemens mit seiner Firma pleitegeht.

Ich mache Siemens Konkurrenz, indem ich ganz Berlin mit Schwebebahnen überziehe.

Wieder zu Hause, machte er sich sofort daran zu prüfen, was denn machbar war.

An die Aktien der Lauchhammer AG, die von Siemens & Halske mit dem Bau der Hochbahnviadukte westlich des Gleisdreiecks beauftragt war, kam er nicht heran, und erste Kontaktaufnahmen mit den Ingenieuren scheiterten. Man mied ihn und wollte nicht einmal ein Bier mit ihm trinken.

Als Nächstes machte er sich kundig, wie es mit den Omnibussen aussah. Die Pferdeomnibusse waren am Aussterben, immer mehr Strecken wurden elektrifiziert und von Straßenbahnen bedient. Da half es auch nicht viel, dass bei den Pferdeomnibussen die Preise bis auf fünf Pfennig pro Fahrt gesenkt wurden.

Die Zukunft schien in einem anderen Antrieb als dem des Pferdes zu liegen. Die Neue Berliner Omnibus-Aktien-Gesellschaft wollte im Herbst einen neuartig konstruierten Akkumulatoromnibus auf der Strecke zwischen Kreuzberg und dem Stettiner Bahnhof einsetzen. Es hieß aber, die Wagen seien zu schwer.

Um alles ausführlich zu erörtern, traf er sich mit Georg Grasmuck im Restaurant von Christian Itritz in Rixdorf an der Reuter-, Ecke Kaiser-Friedrich-Straße.

»Der Akkumulatoromnibus hat keine Zukunft«, sagte Grasmuck. »Er ist zu schwer, und die Straßen sind zu schlecht, da werden denen dauernd die Achsen brechen.«

»Aber man kann doch nicht durch jede etwas breitere Straße Schienen legen und eine elektrische Straßenbahn fahren lassen!«, rief Ludolf Tschello. »Geschweige denn eine Hoch- oder Unterpflasterbahn bauen. Es wird doch immer Omnibusse geben müssen. Auch, weil es billiger ist. Die Straßen sind doch schon vorhanden und müssen nicht extra gebaut werden.«

»Ja und nein. Ohne Asphaltierung wird es auf Dauer nicht gehen. Schienen sind nun einmal glatter als ein Kopfsteinpflaster. Aber der Omnibus hat nur eine Zukunft als Motoromnibus.«

»Dann bauen wir Motoromnibusse!«, rief Ludolf Tschello.

Grasmuck winkte ab. »Bei der Daimler-Motoren-Gesellschaft heißt es, dass man wohl noch fünf Jahre brauchen werde, um betriebsfähige Motoromnibusse anbieten zu können. Die Wagenkästen sollen bei der Wagenbauanstalt Falkenried in Hamburg gefertigt werden.«

Das alles klang recht vielversprechend, aber doch nicht derart hoffnungsvoll, dass Ludolf Tschello nicht auch über neue Schwebebahnprojekte nachgedacht hätte, obwohl er dieses Verkehrsmittel eigentlich ja hasste. Aber die Zeiten waren andere geworden. In Barmen, Elberfeld und Vohwinkel hatte man mit dem Bau der Schwebebahn begonnen, und was dort im Tal der Wupper möglich war, sollte doch auch in Berlin gelingen. Es war zu hören, dass die Continentale Gesellschaft für elektrische Unternehmungen auf diesem Gebiet auch wieder tätig werden wollte. Also war die Sache noch immer ein heißes Eisen, zumindest was die dringend erforderliche Nord-Süd-Verbindung anging.

So schwankte Ludolf Tschello lange. Auf welches Pferd sollte er setzen, auf den Motoromnibus oder die Schwebebahn? Um beide Projekte im großen Stil voranzutreiben, schien ihm das Geld, das er geerbt hatte, dann noch nicht zu reichen, zumal auch Cécile ihre Ansprüche gestellt hatte.

»Du könntest mir ein Theater kaufen«, sagte sie wie nebenbei.

Er lachte. »Wenn's weiter nichts ist.«

»Ich könnte die Intendanz übernehmen und dann auch wieder auf der Bühne stehen. Wer es nicht weiß, merkt ja gar nicht mehr, dass ich ein wenig hinke.« Sie verwies auf das Wallner-Theater in der Blumenstraße und das Ostendtheater an der Großen Frankfurter Straße 132, die andauernd ihre Besitzer wechselten und immer wieder pleitegingen. »Erbbegräbnisse« hießen sie bei Eingeweihten.

»Dafür ist mir mein Geld zu schade«, sagte Ludolf Tschello.

»Ich dachte immer, für mich ist dir nichts zu schade«, entgegnete ihm Cécile.

Hermann Mahlgast wusste nicht mehr, wo ihm der Kopf stand. Auch wenn er am Sonntag ins Bureau eilte, war die Arbeit kaum zu schaffen. Er sei mit seiner Hochbahn nicht nur verheiratet, war seine stehende Wendung, sondern führte auch eine äußerst anstrengende Ehe mit viel Ärger und Zwist. Inzwischen war er aufgestiegen zum Oberingenieur.

Die Leitung des gesamten Bauvorhabens lag, was die Firma Siemens & Halske betraf, in den bewährten Händen des Direktors Heinrich Schwieger. Hermann Mahlgast als seinem Stellvertreter oblag es, auf die Einhaltung der gesetzten Termine zu achten und die verschiedenen Aktivitäten zu koordinieren. Da gab es viele Köche, bei denen darauf zu achten war, dass sie den Brei nicht verdarben.

Und Hermann Mahlgast brauchte schon ein gutes Namensgedächtnis, um da nicht von einer peinlichen Situation in die andere zu geraten, wenn er die Namen all der Herren der Geschäftsführung und des Aufsichtsrates durcheinanderbrachte. Denn die hohen Herren waren sehr empfindlich, wenn man sie in ihrer Einzigartigkeit mit anderen verwechselte. So wäre er am liebsten vor Scham im Boden versunken, als er auf dem Flur vor seinem Bureau Arnold von Siemens mit dem Regierungsrat a. D. Gustav Kemmann verwechselte.

Der Bureaudiener versuchte, ihn zu trösten. »Wat macht dit schon? Beede machen se doch beim Kacken die Knie krumm.«

»Würden Sie sich bitte mäßigen, Zehma!«, rief Hermann Mahlgast.

»Det sind doch ooch bloß Menschen«, meinte August Zehma, bevor er mit seinem Karren weiterzog. »Und da sind wa alle gleich.«

»Ja, vor Gott«, sagte Röppisch. »Das ist jedenfalls nicht auszuschließen. Nicht jedoch, was Stand und Gehalt betrifft. Und Ihnen ist es strikt untersagt, sich Ihre Oberen bei der Verrichtung ihrer Notdurft vorzustellen.«

»Wobei darf ick se mir denn vorstellen?«, fragte Zehma und grinste anzüglich.

»Nun, dabei erst recht nicht«, meinte Göltzsch und machte sich daran, seine Begabung als Zeichner zu nutzen.

Hermann Mahlgast entriss ihm das Blatt, zerknüllte es und warf es in den Papierkorb. »Wir werden nicht dafür bezahlt, dass wir hier Unsinn machen.«

Röppisch lachte. »Nein, den sollen die machen, die mehr verdienen als wir. Beispielsweise die Herren vom Berliner Magistrat und von der Gemeindeverwaltung Schöneberg, die von uns verlangen, dass wir die bereits errichteten Teile der Hochbahn wieder abreißen, um schon am Halleschen Thor in den Untergrund zu gehen. Für den Übergang von der Hoch- zur Untergrundbahn sind uns fünf Stellen vorgeschlagen worden: a) zwischen der Frobenstraße und dem Nollendorfplatz, b) zwischen der Potsdamer und der Ziethenstraße, c) zwischen dem Dennewitzplatz und der Steinmetzstraße, d) auf dem Gelände des Potsdamer Außenbahnhofs und e) in der Gitschiner Straße. Die Schöneberger wollen um alles in der Welt verhindern, dass wir ihren angeblich so schönen Nollendorfplatz mit unserer Rampe verschandeln.«

»Da hoffe ich immer noch, dass uns unser Freund Eitel von Plöhn retten wird«, sagte Hermann Mahlgast. »Er hat nämlich anhand der ihm unterbreiteten Entwürfe und Berechnungen herausgefunden, dass sich die dadurch verursachten Mehrkosten allein bei der Variante d), also auf dem Gelände des Potsdamer Außenbahnhofs, auf etwa sieben Millionen Mark belaufen würden. Und da der Magistrat einiges davon selber tragen müsste, wird er sicherlich alle radikalen Änderungswünsche ablehnen.«

»Hurra!«, rief Röppisch. »Werden wir also letztendlich im Kampf um die Rampe auf dem Nollendorfplatz als Sieger dastehen. Heil dir im Siegerkranz!«

Hermann Mahlgast sah den Kollegen ebenso verwundert wie tadelnd an. Verwundert deshalb, weil der es als Rangniederer wagte, eine Äußerung seines Chefs nach Art eines Humoristen zu kommentieren, und tadelnd, weil er solche Töne in einem Siemens-Bureau ebenso unpassend fand wie eine Rolle Toilettenpapier auf dem Haupt der Kaiserin. Aber er nahm es wortlos hin, denn Röppisch war ja inzwischen mehr als nur ein Kollege wie viele andere, er war längst sein Freund geworden und in gewisser Weise an die Stelle Ludolf Tschellos getreten, obwohl es nie dieselbe Nähe geben konnte, wie sie zwischen ihm und Ludolf bestanden hatte, denn um diese zu erreichen, musste man gemeinsam aufgewachsen sein. Aber immerhin duzte er sich mit Röppisch schon, wenn auch nur in der Freizeit und nicht bei der Arbeit, wenn andere zuhörten, und sie sprachen viel über persönliche Dinge, zum Beispiel darüber, wie er es endlich schaffen könnte, von Cécile loszukommen.

»Such dir endlich ein anderes Weib!«, rief Röppisch immer wieder. »Du wirst überrascht sein, dass andere dasselbe haben wie Cecile.«

»Ich will nicht wieder enttäuscht werden. Ein zweites Mal würde ich nicht darüber hinwegkommen.«

Röppisch lachte. »Es sei denn, Siemens baut eine zweite Hochbahn.«

Solche Dialoge führten sie indessen nur privat, bei Siemens hielten sie ihre Freundschaft geheim, als sei sie etwas Verbotenes. Hermann Mahlgast wollte es so, damit bei seinen anderen Untergebenen nicht das Gefühl einer Benachteiligung aufkommen konnte.

Nächster Punkt der Tagesordnung war die Kehranlage am Potsdamer Platz.

»Ich lese einmal vor, worum es sich handelt«, sagte Hermann Mahlgast und nahm ein Schriftstück zur Hand: »... *um die Genehmigung für den Bau eines unterirdischen Durchgangsbahnhofs anstelle des genehmigten Kopfbahnhofs zu erlangen, derart, dass die Züge, welche in den Bahnhof einlaufen, behufs Erzielung schnellster Zugfolge, in einem die Verlängerung der Hauptbahn darstellenden Ausziehgleis in die umgekehrte Fahrtrichtung umsetzen können, ohne den nachfolgenden Zug aufzuhalten oder von dem voraufgehenden Zuge behindert zu werden. Hierzu wird die Unterfahrung eines Teiles des Potsdamer Platzes erforderlich.*«

»Das muss man uns doch genehmigen«, sagte Röppisch, »schließlich heißt es doch: Ein jeder kehre vor seiner Tür. Also müssen wir doch auch vor unserem eigenen Bahnhof kehren dürfen.«

»Ja, vor, aber nicht hinter ihm«, korrigierte ihn Göltzsch.

»Das reicht, meine Herren!« Hermann Mahlgast war nicht zum Scherzen zumute. »Dass Stadtbaurat Friedrich Krause im Gegensatz zu James Hobrecht Hoch- und U-Bahn heiß befürwortet, haben wir immer als Vorteil angesehen, nun aber scheint diese seine Liebe zur elektrischen Bahn für uns schädlich zu werden, denn er denkt an Linien, die von der Stadt betrieben werden, und fürchtet, dass wir die Kehranlage am Potsdamer Platz ausnutzen könnten, um unsere Strecke ins Stadtinnere zu verlängern, sie wäre sozusagen deren Beginn.«

»Womit er ja recht hat«, sagte Röppisch.

In diesem Augenblick stand Eitel von Plöhn in der Tür. Anzuklopfen hielt er für unter seiner Würde. Er hüstelte kurz, um die Anwesenden dazu zu bringen, Haltung anzunehmen.

Das taten sie dann auch automatisch, selbst Röppisch, indem sie ihr Gespräch unterbrachen und sich steil aufsetzten.

»Meine Herren«, begann von Plöhn, »wir müssen noch stärkere Anstrengungen unternehmen, um die Kosten zu senken, denn gerade habe ich gehört, dass ein neuer Konkurrent aufgetreten ist, der uns mit einer Schwebebahn in Nord-Süd-Richtung und vor allem mit Scharen billiger Motoromnibusse die Fahrgäste abtrünnig machen will.«

»Wer ist es denn?«, fragte Hermann Mahlgast.

»Ein Ingenieurbureau Ludolf Tschello.«

Hermann Mahlgast zuckte zusammen. Er hatte es kommen sehen, seit seine Mutter von Auguste Tschello erfahren hatte, dass die Erbtante aus Wassersuppe gestorben war. Ludolfs krankhafter Ehrgeiz ging womöglich dahin, eines Tages mächtiger zu werden als Siemens & Halske und die Firma dann aufzukaufen.

Gott, wäre er doch nur nach Peking gegangen! Dort hatten sie am 24. Juni die Straßenbahn eröffnet, und das Ganze war für Siemens & Halske ein Riesenerfolg. Es war ein Fluch, so sehr an der Hochbahn zu hängen.

Er hatte Mühe, sich wieder auf das Gespräch mit von Plöhn zu konzentrieren. Im Augenblick war Göltzsch dabei, kräftig zu zetern.

»Wenn wir sparen sollen, Herr von Plöhn, dann aber nicht an der … ich will es einmal so ausdrücken: Veredelung der Bausubstanz. Den Zuschlag für weitere Hoch- und U-Bahnbauten werden wir nämlich nur bekommen, wenn die Bevölkerung unsere Bahn als Gesamtkunstwerk ansieht. Um es auf den Punkt zu bringen: Das Auge fährt mit. Und dieses wird sich nur verwirklichen lassen, wenn wir eine Reihe künstlerischer Mitarbeiter gewinnen und bezahlen, die für die würdige Ausgestaltung des großen Ingenieurwerks sorgen.« Und er nannte eine Reihe von Namen. »Professor Oskar Laske haben wir ja schon für die Entwicklung der ersten künstlerischen

Grundzüge gewinnen können. Zu uns gestoßen sind – oder werden es in Kürze tun – die Architekten Hans Grisebach und August Georg Dinklage für den Bahnhof Schlesisches Thor und Hermann Solf und Franz Wichards für den Bahnhof Hallesches Thor. Herr Wittig selbst übernimmt ja die architektonische Ausgestaltung der Hochbrücke über den Landwehrkanal, der Baugruppe am Tempelhofer Ufer mit Hochbahneinfahrt und Kraftwerk und einer Anzahl kleinerer Architekturstücke, unter anderem des Treppengebäudes für den Bahnhof Prinzenstraße.«

»Und gegen Wittig werden Sie nicht ankommen, Herr von Plöhn«, sagte Röppisch mit einem unausgesprochenen »Ätsch!« in seiner Stimme. Paul Wittig war Aufsichtsratsvorsitzender der Hochbahngesellschaft.

Eitel von Plöhn war ziemlich ungehalten. »Ihr fürchterlicher architektonischer Firlefanz führt nur dazu, dass wir den avisierten Eröffnungstermin von Ende 1900 nicht werden halten können. Wenn ich den Begriff ›Architektonische Durchbildung der Hochbahn‹ auch nur höre, packt mich das Grausen. Wer Kunst will, soll in die Nationalgalerie gehen und nicht mit der Hochbahn fahren. Einen guten Tag noch, meine Herren!« Damit rauschte er wieder hinaus.

»Pfennigfuchser«, murmelte Göltzsch.

»Man merkt, dass sein Vater General war«, sagte Röppisch. »Am liebsten hätte er die Hochbahn von einem Pionierbataillon bauen lassen. Wie eine militärische Feldbahn. Statt der Waggons hätten die Fahrgäste in offenen Loren gesessen.«

Hermann Mahlgast blickte auf seine Taschenuhr. »Wir müssen, meine Herren, um zwölf Uhr sind wir am Bahnhof Zoologischer Garten verabredet.«

Hier galt es, die Unterfahrung der Stadtbahn mit deren Betriebsverwaltung und den leitenden Herren der Gesellschaft für den Bau von Untergrundbahnen, die als Subunternehmer fungierten, zu besprechen.

Direktor Rothschuh erläuterte die Problematik. »Es ist nötig, mit dem Tunnel durch zwei eiserne Stützenreihen der Stadtbahn hindurchzugehen. Das Grundmauerwerk dieser Stützen ist leider nicht so tief geführt, wie es für die Ausführung des Tunnels erforderlich wäre. Wir werden also die Stadtbahnstützen niederlegen und die Fundamente herausnehmen müssen, um neue zu gründen und die Säulen wieder zu errichten. Die Träger der Stadtbahn werden wir dabei mit einem Holzgerüst abfangen.«

»Nein!«, rief da der Vertreter der Stadtbahn. »Schon die geringsten Setzungen der Auflagerpunkte führen dazu, dass sich die Schienen verschieben und mir die Züge entgleisen.«

Hermann Mahlgast versuchte, ihn zu beruhigen. »Keine Angst, wir werden das Holzgerüst auf Topfschrauben stellen, um bei eventuell eintretenden geringen Senkungen ein sofortiges Wiederanheben der Auflagerpunkte zu ermöglichen.«

»Das muss aber durch sorgfältige Nachmessungen der Höhenlage der Stadtbahnträger ständig kontrolliert werden.«

»Das garantieren wir Ihnen«, sagte Direktor Rothschuh.

»Gut, aber ich stimme alldem nur zu, wenn sie uns einen Beamten bezahlen, der andauernd zur Stelle ist und Anweisung hat, nötigenfalls sofort die Stadtbahn zu besteigen und ihre Züge beiderseits der Brücke anzuhalten.«

Hermann Mahlgast garantierte dem besorgten Stadtbahnbeamten auch dies, war aber schon nicht mehr ganz bei der Sache, denn sein Blick war auf eine junge Frau gefallen, deren Figur ihn noch mehr fesselte als die Ausführungen des Direktors. Was er mit kühler wissenschaftlicher Beobachtungsgabe bei sich registrierte, war nur mit dem Wort Begehren zu erfassen. Sie hatte ihm den Rücken zugekehrt, und er stellte sich vor, ihr Gesäß mit den Hände zu kneten und dann unter ihren Rock zu fahren. Sie zu besitzen musste das Größte sein, was das Weltall einem Mann zu bieten hatte.

Als sich die junge Schöne umdrehte, erstarrte er und wäre

vor Scham am liebsten im Boden versunken, denn es war keine andere als Elisabeth Blumenthal – bei ihrer ersten Begegnung noch das hässliche Entlein.

Berthold und Magdalena Blumenthal war lange Zeit nicht zum Feiern zumute gewesen, aber nun war ja der Prozess gegen ihren Bruder beziehungsweise Schwager vorüber, und Theodor war freigesprochen worden. Die Beweise reichten zwar nicht aus, aber dennoch galt er nicht mehr als unberührbar. Mit ihm als Mittelpunkt hatten die Blumenthals eine Reihe von Freunden zu einem kleinen Abendessen eingeladen. Auch sollte sich Elisabeth ein wenig in der Kunst üben, eine vollendete Gastgeberin zu werden. An den hausfraulichen Tugenden nämlich mangelte es ihr nach Ansicht ihrer Mutter noch erheblich, so vorteilhaft sie sich sonst auch entwickelt haben mochte.

»Immer wieder muss ich dich aufmahnen«, sagte ihre Mutter auch an diesem Abend. »Für einen deutschen Mann wirkst du mir immer noch etwas zu ausheimisch.« Sie meinte dies im Sinne einer strengen englischen Gouvernante. »Ein Blaustrumpf hat es schwer, unter die Haube zu kommen.«

»Ich kann auch ohne Haube leben«, sagte Elisabeth.

Ihre Mutter lachte. »Lass nur einen Dränger kommen, und wir haben doch noch einen Eidam. Einen, der für deine Leibzucht sorgt.«

»Wie?!« Elisabeth zuckte zusammen, denn sie verstand darunter das, was man später als Vergewaltigung in der Ehe bezeichnen sollte.

Ihr Mutter beruhigte sie, denn Leibzucht meinte nichts anderes als den Lebensunterhalt.

»Den kann ich mir auch selber verschaffen«, sagte Elisabeth. Schon knapp ein halbes Dutzend Ärztinnen praktizierte in Deutschland. Alle hatten sie ihr Studium im Ausland abschließen müssen, und wenn es denn sein musste, ging sie im nächsten Jahr wieder nach Rom.

Als erster Gast erschien Theodor Blumenthal. Er arbeitete jetzt wieder als Korrespondent verschiedener in- und ausländischer Blätter und machte einen relativ gefestigten Eindruck. »Aber richtig erlöst von allem werde ich erst sein, wenn man den Mörder Cammers gefunden und seiner gerechten Strafe zugeführt hat«, erklärte er immer wieder. »Oder Germanus Cammer selber, tot oder lebendig. Oder sollte hinter allem ein Geheimnis stecken und Germanus Cammer sich klammheimlich aus Berlin davongestohlen haben?«

Was er mit seinen Verwandten diskutierte, bevor die nächsten Gäste erschienen, war Politisches.

»Denkt euch, wen ich neulich getroffen und befragt habe: Eduard Bernstein, unseren Revisionisten. Er wandte sich gegen die Auffassung, dass wir auf der Schwelle des Zusammenbruchs der bestehenden Ordnung stehen.«

»Da kann man ihm kaum widersprechen«, sagte Berthold Blumenthal. »Bei uns bricht nichts zusammen, nicht mal die neue Hochbahn.«

»Also«, fuhr sein Bruder fort, »müssen wir uns von einer Phraseologie befreien, die überholt ist. Die Sozialdemokratie muss die Arbeiterklasse politisch organisieren und sie zur Demokratie erziehen. Wir brauchen Reformen und nicht den großen Umsturz.«

»Vor allem keine Revolution mit Waffengewalt«, stimmte seine Nichte ihm zu. Elisabeth Blumenthal war eine begeisterte Anhängerin von Bertha von Suttner. Seit sie deren Buch *Die Waffen nieder!* gelesen hatte, ließ sie keine öffentliche Versammlung der Deutschen Friedensgesellschaft aus, in deren Vorstand unter anderem der Verlagsbuchhändler und Journalist Alfred Hermann Fried, der Astronom Professor Wilhelm Foerster und der Schriftsteller Friedrich Spielhagen saßen.

Da wurde am Klingelzug gerissen, und als Elisabeth Blumenthal in Vertretung des Dienstmädchens, das gerade mit dem Begießen des Bratens beschäftigt war, nach draußen eilte, um den Neuankömmling einzulassen, lachte ihr Vater.

»Kind, nicht so schnell, draußen steht sowieso nur jemand, der dich abscheulich findet.«

Elisabeth Blumenthal tippte auf den neuen Vorgesetzten ihres Vaters, der ein rechter Hagestolz war und für sie nichts anderes übrig hatte als bissige Bemerkungen.

Doch draußen stand mit zwei großen Blumensträußen in der Hand Hermann Mahlgast.

Ludolf Tschello hatte sein Ingenieurbureau in einem Gewerbehof am Kottbusser Ufer eröffnet, genauer gesagt, zwischen Mariannen- und Manteuffelstraße. Beim Besichtigen der Räume hatte ihm der Makler gesagt, dass die Hochbahn ja bald verkehren würde und es seine Leute bis zur Station Kottbusser Thor nicht weit haben würden.

»Dann will ich sie nicht.«

»Warum denn das?«

»Weil ich ...« Dass er die Hochbahn hasste, konnte er dem anderen schwer verständlich machen. Also begründete er seine Abneigung mit dem Lärm, den die Züge machen würden.

»Aber der dringt doch nicht bis hierher.«

»Na gut, wenn Sie es sagen.«

Zum Bureau am Landwehrkanal kam eine Fabrikhalle in der Nähe des Ringbahnhofs Rixdorf, in der sich sowohl die Stützen seiner Schwebebahn als auch die Karosserien und Motoren seines Kraftomnibusses fertigen ließen. Das Geld reichte nun doch, um zweigleisig zu fahren, es reichte sogar, um sich im Ostendtheater einzukaufen und seiner Frau genügend Einfluss in der Intendanz zu sichern.

Ludolf Tschello verbrachte jeden Tag mindestens zwölf Stunden im Bureau, und da sich auch Cécile mit Feuereifer auf ihre neue Arbeit stürzte, sahen sie sich nur noch selten. Für den kleinen Achaz hatte man sich eine Amme aus dem Spreewald kommen lassen. Die meiste Zeit verbrachte das Kind bei seiner Großmutter im »Krummen Säbel«. Sophie Krummensee war in den Kleinen vernarrt und verwöhnte ihn gegen alle Regeln der herrschenden Pädagogik.

»Es geht steil bergauf mit unseren Kindern«, sagte Karl-Georg Krummensee mit einigem Stolz, wenn er hinter dem Tresen stand und seine Biere zapfte. »Ludolf baut sich eine Firma auf, die es bald mit Siemens und Borsig aufnehmen kann, und Cécile kommt im Theater groß heraus.«

Einer der ersten Besucher am Kottbusser Ufer war Georg Grasmuck. »Ich hoffe, du wirst mich noch wiedererkennen. Seit der Hochzeit sind wir uns ja nicht mehr über den Weg gelaufen.«

»Nein, leider nicht mehr.« Ludolf Tschello stand auf, um den Gast gebührend zu begrüßen. »Wie geht es dir so, wie stehen die Aktien?«

»Nicht so gut, was die Pferdebahn betrifft.« Grasmuck folgte Tschellos Aufforderung und nahm erst einmal Platz.

»Das tut mir leid. Das Zeitalter des Pferdes ist aber offenbar vorbei, wenn man vom Militär absieht.« Er bot Grasmuck eine Zigarre an.

»Danke sehr.« Grasmuck machte sich daran, sie zum Qualmen zu bringen. »Und beim Militär ... ach Gott, Ludolf, da werden sie über kurz oder lang auch gepanzerte Automobile haben. Du hast recht: Mit den Pferden, auch mit den Remontepferden ist es vorbei, und darum will ich mein Gestüt auch verkaufen und das Geld gut anlegen. Unter Umständen auch bei dir, denn die Idee mit den Motoromnibussen finde ich äußerst interessant. Was hältst du davon, wenn ich bei dir einsteige?«

Ludolf Tschello musste da nicht lange überlegen. »Eine Menge. Zu viel Kapital kann nie schaden, und du verfügst ja auch über eine gehörige Erfahrung im Transportgewerbe.«

»Dann lass uns zu einem Advokaten gehen und einen Vertrag aufsetzen.«

Ludolf Tschello holte eine Flasche Cognac und zwei Gläser aus dem Schreibtisch. »Tschello und Grasmuck gegen Siemens – das müssen wir begießen!«

Sechzehn

1900

Hermann Mahlgast war allein im Zimmer sitzen geblieben, während die anderen zum Bleigießen in die Küche geeilt waren. Das neue Jahr war zwanzig Minuten alt, aber nicht nur das neue Jahr, sondern auch das neue Jahrhundert. Was würde es ihnen, was dem deutschen Vaterland bringen? 1866 war er zur Welt gekommen, und seit er schreiben gelernt hatte, schrieb man *18..*, jetzt aber würde es bis zu seinem Lebensende *19..* heißen. Schenkte ihm der liebe Herrgott siebzig Jahre, dann würde auf seinem Grabstein stehen: *Geb. 1866, gest. 1936.* Unvorstellbar. Sein Großvater hatte auf dem Totenbett gesagt, ihm schiene es, als habe er nur einen Tag gelebt. Der Mensch als Eintagsfliege.

Er dachte zurück. Wie lange war es her, dass er sich Neujahr mit Cécile verlobt hatte? Vier Jahre. Manchmal erschien es ihm wie eine Ewigkeit, manchmal aber auch, als wäre es erst gestern gewesen. Hätte es die Katastrophe nicht gegeben, wäre er jetzt schon Vater. Dass er es nicht war, schmerzte ihn mehr als der Verlust Céciles. Auf seinem Schreibtisch standen Modelle der Hochbahn, und wie gern hätte er mit seinem Sohn kleine Züge über selbstgebaute Schienen geschoben.

Die Blumenthals hatten sie zur Silvesterfeier in die Kurstraße eingeladen. Es hatte sich so ergeben, als er Berthold Blumenthal zwischen Weihnachten und Neujahr im Rathaus zufällig über den Weg gelaufen war.

»Was machen Sie denn Silvester?«, hatte dieser gefragt.

Hermann Mahlgast hatte gezögert. »Ich verkrieche mich am liebsten.«

»Na, ehe Sie Trübsal blasen, können Sie auch zu uns kommen. Wir feiern in kleinem Kreise. Und Ihre Eltern bringen Sie mit.«

Da hatte er automatisch »Ja, gern« gemurmelt.

Nun saß Hermann Mahlgast hier und langweilte sich. Auch Sekt und Bowle halfen da nicht viel. Als man jetzt vom Bleigießen zurückkam, wurde immer noch über die Höhepunkte des vergangenen Jahres diskutiert. Er bedauerte immer mehr, den Silvesterabend nicht mit Albert Röppisch im Apollo-Theater verbracht zu haben. Dort hatte es die Premiere der Operette *Frau Luna* von Paul Lincke gegeben.

Theodor Blumenthal setzte sich auf den freien Stuhl neben ihm. »Na, mein lieber Siemens-Indianer, was war für Sie im alten Jahr das Köstlichste?«

»Was die elektrischen Bahnen betrifft, ganz sicher die Eröffnung der südlichen Vorortbahn Rixdorf–Schöneberg–Tempelhof und Britz zurück nach Rixdorf.«

»Ich weiß: die Wüstenbahn.« So hieß die neue Straßenbahnlinie bei den Berlinern, weil sie auf ihrem südlichen Teil durch weithin unbebautes Gelände führte.

Elisabeth Blumenthal, die ihm gegenüber Platz genommen hatte, hob ihr Glas. »Ein Hoch auf das Wohl Ihrer Bahn!«

Er prostete ihr zu. »Danke.« Er lächelte ihr zu und fühlte sich dabei wie ein Schauspieler, denn sein Lächeln kam nicht aus dem Innern, sondern war nur aufgesetzt und dem Druck geschuldet, den die anderen auf ihn ausübten. Alle glaubten, dass er sich in dieser Nacht erklären würde und sie beide ein Paar würden. Doch Elisabeth war ihm irgendwie fremd geblieben. Noch immer konnte er sich nicht erklären, was geschehen war, als er sie am Bahnhof Zoologischer Garten getroffen hatte. Da hatte er sie von hinten gesehen, ohne zu wissen, dass sie es war, und heißes Begehren war in ihm aufgestiegen. Als sie sich dann aber umgedreht hatte und ihm bewusst geworden war, wen er vor sich hatte, war aller erotischer Zauber dahin gewesen, und am liebsten hätte er die Flucht ergriffen. Und wie sie nun dasaß und über die Kunst als solche philosophierte, da hatte er richtig Angst vor ihr und sehnte sich nach einem naiven Geschöpf wie Cécile.

»Ach ja, die Secession«, sagte Elisabeth Blumenthal. »Max Liebermann hat geschrieben, dass es für ihn und seine Malergenossen keine allein seligmachende Richtung in der Kunst gäbe, sondern dass alles ein Kunstwerk sei, in dem sich eine aufrichtige Empfindung verkörpere.«

Hermann Mahlgast widersprach ihr heftiger, als er es eigentlich vorgehabt hatte. »Wenn ich Walter Leistikows *Märkische Seenlandschaft* vor mir sehe, dann habe ich nur die Empfindung, dass hier einer den Kampf der Indianer im Tunnel dargestellt hat. Nicht der Neger, denn nichts ist ja so richtig schwarz, sondern alles rötlichbraun.«

Sein Vater lachte. »Vielleicht hat er diese Farbe bei seinem Händler billiger bekommen.«

Magdalena Blumenthal nahm das Thema ernst. »Ich glaube, es ist eine neue Denkzeit angebrochen, sintemal die Photographie die penible Wiedergabe der Wirklichkeit durch den Kunstmaler unnötig macht. Darüber sollte es keinen Span mehr geben.«

»Was bitte?«, fragte Hermann Mahlgast.

»Keine Misshelligkeit, keine Uneinigkeit.« Sie verzog das Gesicht und presste die Hand auf den Oberbauch. »Ah, wieder meine Undauung!« Das war eine Schwäche ihres Magens, der bestimmte Speisen nicht richtig verdauen konnte.

Hermann Mahlgast schauderte ein wenig bei dem Gedanken, in diese Familie einzuheiraten. Die Braut war eine verhinderte Gelehrte und schien ihm trotz ihrer göttlichen Figur eine zutiefst unfrauliche Frau zu sein, die Mutter hatte das, was man im Volksmund einen gelinden Dachschaden nannte, und der Onkel galt als Anarchist, liebte Männer und stand im Verdacht, einen Mord begangen zu haben. Nur der Vater war ein normaler Mensch und ein durch und durch ehrbarer preußischer Beamter. Aber das allein reichte wohl kaum, eine glückliche Ehe zu führen.

»Woran denken Sie?«, fragte ihn Elisabeth Blumenthal.

Er schreckte hoch. »Ich? ... An meine Hochbahn«, log er. Auf diesem Feld war er unschlagbar, und außerdem musste sie dieses Thema abschrecken, denn es eignete sich absolut nicht für schöngeistiges Wortgeklingele.

»Die Hochbahn, so ...« Sie lächelte. »Wird denn nun der Entwurf von Bruno Möhring umgesetzt?«

Er fiel aus allen Wolken. »Sie kennen Bruno Möhring?«

»Ja, warum nicht?« Dann bewies sie ihm, dass sie über alles bestens unterrichtet war. »Da war doch der Wettbewerb, den Siemens & Halske unter allen deutschen Architekten und Ingenieuren ausgeschrieben hat. Es ging um die künstlerische Ausgestaltung der Bahnhöfe auf der Weststrecke. Damit die Bürger dem Ganzen überhaupt ihre Zustimmung geben. Ein erster Preis wurde nicht vergeben, aber den zweiten Preis erhielt Bruno Möhring mit seinen beiden befreundeten Ingenieuren Schumacher und Schellewald für den Bahnhofsentwurf mit dem Kennwort *Halt*. Was wird denn nun damit?«

Hermann Mahlgast war so perplex, dass er erst einmal zu seinem Glas greifen und einen Schluck Bowle trinken musste. »Möhring, ja ... Was ist mit dessen Entwurf?« Er hatte völlig den Faden verloren.

Elisabeth Blumenthal lachte, ja lachte ihn sogar aus. »Das müssen Sie doch wissen! Wenn nicht, dann ist das ja so schlimm, als würde ein Arzt den Blinddarm zwischen den Mandeln suchen.«

»In Ihrer Gegenwart bin ich immer ganz verwirrt.« Das war ebenso das Geständnis seiner Niederlage wie auch der zaghafte Versuch eines Flirts.

»Woran das wohl liegen mag?«

Er begann zu stottern. »Ich bin Frauen gegenüber ... Seit ich ...«

Sie sah ihn offen an. »Cécile, ich weiß. So etwas spricht sich herum. Aber viele Krankheiten lassen sich heilen.«

Jetzt hatte er sich wieder so weit im Griff, dass er ihr ausweichen konnte. »Zurück zu Bruno Möhring. Wenn es Sie beruhigt: Wir haben ihm die Gestaltung des Bahnhofs Bülowstraße übertragen. Es wird ein monumentales Bauwerk werden, mit deutlichen Anklängen an Otto Wagner und die Wiener Stadtbahn. Ein besonderer Augenschmaus dürfte das Geländer über der Straßenbrücke werden.«

Wieder zeigte Elisabeth Blumenthal ein Lächeln, für das er keine Worte finden konnte. War es maliziös, war es hochmütig, war es strahlend, war es gewinnend? »Was ich an Ihnen so schätze, Herr Mahlgast, das ist, dass man mit Ihnen über alles reden kann – sogar über die Hochbahn.«

Erneut fühlte er sich hilflos. Sollte er sich vergackeiert fühlen und beleidigt sein, sollte er sie für ihre Chuzpe bewundern? Er wusste es nicht. Wahrscheinlich war beides richtig. Doch was sie von ihm erwartete, war sicherlich männliche Souveränität. Oder gerade nicht. Liebte sie einen Mann nur, wenn sie ihn zappeln sah? Aber wollte er überhaupt von ihr geliebt werden? War das nicht eher sein Verderben?

Wer ihn schließlich von seinen Qualen erlösen konnte, war sein Freund Albert Röppisch. Der hatte nahebei in der Kommandantenstraße bei Verwandten gefeiert und war schnell auf einen Sprung vorbeigekommen, um mit Hermann Mahlgast auf ein glückliches und erfolgreiches neues Jahr anzustoßen.

»Auf dass alles in Fahrt kommt: unsere Hochbahn ebenso wie unser Eheglück!« Auch er war noch unbeweibt.

»Die Hochbahn ganz sicher.«

Elisabeth Blumenthal lachte. »Sofern nicht Ludolf Tschello den Magistrat beschließen lässt, alles wieder abzureißen und statt der Hochbahn eine Schwebebahn zu bauen – über den Landwehrkanal, wo sie am wenigsten stört.«

Albert Röppisch staunte. »Sie wissen aber auch alles, Mademoiselle.«

»Ja, aber nur, weil mich Ihr Freund an allem teilhaben lässt, was ihn bewegt.«

Hermann Mahlgast konnte nicht verhindern, dass er verlegen zu Boden blickte, statt ihr in die himmelblauen Augen zu schauen. »Das ist mir neu, dass ich das …«

Elisabeth Blumenthal blies ihm eine bunte Luftschlange ins Gesicht. »Wir Frauen können eben Gedanken lesen, und was Sie da im Hinblick auf mich schon alles gedacht haben …« Damit ließ sie die beiden stehen und wandte sich wieder einer Gruppe einflussreicher Männer zu, die sich um ihren Onkel geschart hatten.

»Mensch, Hermann!« Albert Röppisch umarmte den Freund. »Die musst du dir unbedingt warmhalten, das ist die Frau fürs Leben.«

»Mit Volldampf voraus!«, hieß die Parole, die Kaiser Wilhelm II. für das neue Jahrhundert ausgegeben hatte, und Gottfried Ruppin war tatkräftig dabei, ihr Folge zu leisten. Am 14. Juli 1900 begannen auf Schöneberger und Charlottenburger Gebiet die Bauarbeiten am Tunnel der Unterpflasterbahn.

»Endlich!«, riefen alle bei Siemens & Halske und der Hochbahngesellschaft, denn man lag erheblich hinter dem Zeitplan zurück, wollte man die Strecke zwischen der Warschauer Brücke und dem Zoologischen Garten wirklich in etwas mehr als anderthalb Jahren eröffnen. Zur Beschleunigung der Arbeiten war beschlossen worden, an beiden Seiten gleichzeitig anzufangen, also am Nollendorfplatz und am

Zoologischen Garten, und jeweils in Tag- und Nachtschichten zu arbeiten.

Für Gottfried Ruppin war die Nachtarbeit eine ziemliche Qual, war er doch inzwischen 45 Jahre alt und konnte sich an den neuen Lebensrhythmus nur schwer gewöhnen. Zudem verstärkten sich die körperlichen Beschwerden, die ihm schon tagsüber zu schaffen gemacht hatten, des Nachts erheblich. Aber was blieb ihm anderes übrig, als jeden Abend zur festgesetzten Stunde seine Schicht zu beginnen, schließlich war er Vorarbeiter, und eine so gut bezahlte Arbeit bekam er nirgendwo anders. Außerdem hatte die Nachtschicht den Vorteil, dass man den Lärm der Dampframme nicht ertragen musste.

Gearbeitet wurde nach dem sogenannten Berliner Verbau, gemäß dem auf jeder Seite des geplanten Tunnels in bestimmten Abständen Doppel-T-Träger in den Boden gerammt wurden. Später konnte man sie mit Bohlen abfassen. Die gegenüberliegenden Rammträger wurden dann noch mit Querhölzern versteift. Zwischen ihnen konnte nun die Erde ausgehoben und abtransportiert werden. An Straßenkreuzungen und vor Hausdurchfahrten konnte man die Baugrube abdecken, so dass sich Fußgängern und Fahrzeugen kein unüberwindbares Hindernis mehr darbot.

Ruppin liebte den Geruch der feuchten Erde. Seine Frau sagte immer, er sei der geborene Maulwurf. Im nächsten Jahr wollten sie irgendwo im Grünen eine Parzelle kaufen oder pachten und darauf ein kleines Holzhäuschen errichten. Laubenkolonien wurden ja im Augenblick überall gegründet. Da könne er dann zu Hause und zum Nutzen der Familie nach Herzenslust buddeln.

Seine Arbeiter ließen ihn, emsig wie sie zu Werke gingen, an Ameisen denken. Unter ihnen waren Deutsche, etliche Polen, Italiener und Slowaken, aber Sprachprobleme gab es kaum, denn er hatte nur wenige Anweisungen zu geben, die Arbeit erklärte sich von selbst. Mit Hacken war die Erde zu lockern, dann musste der märkische Sand, der umso weißer wurde, je tiefer sie gruben, in Feldbahnloren geschaufelt werden. Waren genügend von denen gefüllt, und zwar mit einem Berg oben drauf, kam der Kollege mit dem Pferdegespann und zog sie auf den fragil wirkenden Schienen die Rampe hinauf. Oben an der Verladeanlage warteten Pferdefuhrwerke, um den Sand zum nächstgelegenen Güterbahnhof zu schaffen. Direktor von Plöhn regte sich darüber fürchterlich auf und beschuldigte die Ingenieure der Stümperei und der Verschwendung, weil sie keinen Streckenteil auf einem Bahndamm vorgesehen hatten. Dafür hätte man die ausgehobene Erde kostengünstig wiederverwenden können.

Kurz vor Mitternacht erschienen einige Herren vom Konstruktionsbureau, und Ruppin nahm unwillkürlich Haltung an, entspannte sich aber wieder, als er Hermann Mahlgast und Albert Röppisch erkannte. Das waren keine scharfen Hunde, mit denen ließ sich's leben, obwohl ihm Mahlgast zuweilen korrekter erschien, als es nötig war. Von weitem hörte er schon, wie Albert Röppisch wieder lästerte.

»Auf den Plänen ist mir das gar nicht so aufgefallen, aber jetzt in natura, wo ich die Baugrube vor Augen habe: Das wird doch alles viel zu schmal.«

Hermann Mahlgast versuchte, ihn zu beruhigen. »Wir haben den Tunnel schon viel breiter gemacht als in Ungarn, und mehr als durchschnittlich 6,24 Meter hat von Plöhn nicht genehmigt, weil jeder weitere Zentimeter die Kosten überproportional in die Höhe treibt.«

»Das sind doch alles Fuchsröhren! Und die Bahnsteige erst!« An den Bahnhöfen hatte man die Tunnelbreite auf 12,64 Meter etwa verdoppelt, was für die Seitenbahnsteige jeweils 3,50 Meter Platz ließ. »In Budapest hatten wir immerhin acht Meter. Wer bekommt da keine Angst, vor den einfahrenden Zug zu stürzen?!«

»Jetzt ist daran nichts mehr zu ändern.«

Damit hatten Mahlgast und Röppisch ihr Zwiegespräch beendet und fanden nun Zeit, sich Ruppin zuzuwenden. Sie begrüßten ihn und fragten nach, wie denn alles so liefe.

»Hier läuft alles«, meldete er.

»Hoffentlich nicht auch das Grundwasser in die Baugrube«, sagte Albert Röppisch.

Das war, wie alle schon vorher gewusst oder vielmehr befürchtet hatten, das größte Problem bei der Berliner Bauweise. Die Sohle des Tunnels lag etwa sieben Meter unter dem Straßenniveau, da aber das Grundwasser schon in einer Tiefe von zwei bis vier Metern stand, musste es vor dem Bau erheblich abgesenkt werden. Dies besorgten Kreiselpumpen, die von Dampflokomobilen betrieben wurden.

Aus dem Dunkel kam Eitel von Plöhn, und Ruppin zuckte unwillkürlich zusammen, denn nun gab es sicherlich wieder einen Anschiss wegen angeblich fehlender Bohlen und die Verdächtigung, er habe sie als Feuerholz für den Winter nach Hause geschleppt. Nein, diesmal konnte er aufatmen, denn der Kaufmännische Direktor hatte es ganz offensichtlich auf Mahlgast und Röppisch abgesehen.

»Was höre ich da, meine Herren?«, fragte er.

Albert Röppisch spitzte die Ohren. »Das Tropfen des abgepumpten Grundwassers ... Sollen wir es auffangen und in der Kantine als Berliner Mineralwasser verkaufen?«

»Lassen Sie doch Ihre Scherze! Nein, ich meine die teueren Doppel-T-Träger hier. Wo verbleiben die bitte nach Beendigung der Bauarbeiten?«

»Na, hier in der Erde«, antwortete Hermann Mahlgast.

»Eine derartige Verschwendung ist mir noch nicht vorgekommen!« Von Plöhn war empört. »Das ist ja so, als würde ich meinen silbernen Löffel, nachdem ich meine Suppe gegessen habe, in den Mülleimer werfen. Also lassen Sie bitte eine Methode entwickeln, mit der sich die Träger nach dem

Betonieren wieder aus dem Boden ziehen und erneut verwenden lassen.«

Albert Röppisch nickte. »Ich verstehe: eine Dampframme, die von unten, also von Australien und Neuseeland her, die Träger wieder aus der Erde treibt. Ich werde gleich morgen mit den Kollegen sprechen.«

Der Kaufmännische Direktor hatte andere Vorstellungen von Scherz, Satire, Ironie und deren tieferer Bedeutung und entfernte sich, indem er etwas in seinen Bart brummte, das die anderen nicht mehr verstanden.

»Gleich wird der Grundwasserspiegel erheblich ansteigen«, sagte Albert Röppisch.

Ruppin erschrak. »Wieso denn das? Lässt Herr von Plöhn die Pumpen abstellen, um bei den Dampflokomobilen Brennstoff zu sparen?«

Albert Röppisch schüttelte den Kopf. »Nein, weil ich dahinten in die Nische treten und meinen Harn lassen werde.«

Georg Grasmuck hatte sich damit abgefunden, dass das Ende des Pferdeomnibusses ebenso wenig aufzuhalten war wie der Sonnenuntergang am Ende eines jeden Tages. Manchmal empfand er das als Strafe für das Verbrechen, das er begangen hatte. Was sich noch hielt, waren die Nachtomnibusse. Hier hatten kleine Gesellschaften wie seine noch eine Chance, aber auch nur so lange, bis das Netz der Straßenbahnen eng genug geworden war und die ersten Motoromnibusse zum Einsatz kamen – die von Tschello & Grasmuck. Die schafften es dann quer durch die ganze Stadt, während es die Pferdeomnibuslinien nur auf maximal acht Kilometer brachten.

Fast jeden Tag fuhr er jetzt mit der Ringbahn hinaus nach Rixdorf, um die Arbeiten in der angemieteten Fabrikhalle zu überwachen. Dort standen zwei seiner alten Pferdeomnibusse und ein ausrangierter Akkumulatoromnibus der Neuen Berliner Omnibus-Aktien-Gesellschaft, den man billig erworben hatte, und ein Dutzend Ingenieure und Techniker mühte sich, sie mit Motoren auszustatten und zum Rollen zu bringen.

»Es hat keinen Sinn, den Benzinmotor wie einen Akkumulator unter dem Wagen anzubringen«, sagte Naujocks, der Chefingenieur. »Dazu ist er viel zu schwer und zu klobig. Wir müssen ihn vor das Fahrzeug setzen.«

»Getrennt von ihm?«, fragte Grasmuck. »Etwa so wie eine Dampflokomotive vor einem Zug?«

»Nein, schon verbunden mit dem Chassis.«

»Das Fahrzeug wird vorne eine Schnauze haben.« Ein Techniker hielt ihm eine Zeichnung hin.

»Sieht aber komisch aus«, sagte Grasmuck. »Und dann müssen Sie ja ein völlig neues Fahrzeug konstruieren und können die alten Wagen nicht so einfach umbauen.«

»Ja, so ist es.«

»Was das kostet!«, rief Grasmuck. »Aber schön, wenn es nicht anders geht, dann geht es eben nicht anders. Ich werde einmal mit Herrn Tschello darüber reden.«

Zu Fuß machte er sich auf zum Kottbusser Thor. Sein Arzt hatte ihm viel Bewegung angeraten. Und weniger Bier und Schnaps. Auf halbem Wege aber bekam er fürchterlichen Durst und beschloss, bei Christian Itritz an der Reuter-, Ecke Kaiser-Friedrich-Straße Station zu machen. Doch als er vor dem Restaurant stand, entdeckte er an der Tür ein großes Pappschild: *Wegen Trauerfall heute geschlossen!*

»Der Kellner oder der Wirt selber?«, fragte Grasmuck einen alten Mann, der neben ihm stehen geblieben war.

»Der Krischan selber.« Der alte Mann stutzte. »Und da freuen Sie sich noch drüber?«

»Ja«, sagte Grasmuck, als er weiterging. Es war wie eine Erlösung für ihn. Keinen Mitwisser gab es mehr und keinen Erpresser. Bis in alle Ewigkeit würde niemand erfahren, wer Germanus Cammer erschlagen hatte.

Hermann Mahlgast schlief schlecht, obwohl er jeden Abend total erschöpft ins Bett sank. Immer wieder schreckte er hoch. Mal drückte ihn die Blase, mal war es ein Wadenkrampf. In anderen Nächten schnarchte er so heftig, dass er selber davon wach wurde, oder aber er litt unter plötzlicher Atemnot. Meistens aber waren es die Träume, die ihn plagten. Ein Horrorbild jagte das andere. Da stürzte ein Hochbahnzug vom stählernen Viadukt und versank im Landwehrkanal, da brach die Tunneldecke auf dem Bahnhof Potsdamer Platz krachend zusammen und begrub Hunderte von Fahrgästen unter sich. Sein Arzt riet ihm zu einer längeren Kur in Karlsbad, um seine überreizten Nerven zu kurieren, doch er hatte nur Zeit für eine Woche in Ahlbeck. Die Arbeiten an Hoch- und Unterpflasterbahn mussten mit aller Kraft vorangetrieben werden. Jeder Tag brachte neue Probleme, manchmal kleine, meistens aber große.

»Der Pfarrer von der Kirche am Dennewitzplatz beschwert sich, weil die Hochbahn zu dicht an seiner Kirche entlangführt«, berichtete Gottfried Göltzsch. »Die Züge würden seine Predigt stören.«

»Dann muss er eben eine künstlerische Pause machen, wenn die Züge vorbeidonnern«, sagte Albert Röppisch.

Hermann Mahlgast sah sich die Pläne noch einmal an. »Gut, verschieben wir die Trasse noch weiter an die Häuser heran, so dass der Abstand zur Lutherkirche so groß wie irgend möglich wird.«

Doch kaum war das im Hause bekannt geworden, stand Eitel von Plöhn bei ihm im Zimmer und bedeutete ihm, dass er gegen diese Änderung sein Veto einlegen müsse.

»Wieso?«, fragte Albert Röppisch. »Wollen Sie, dass wir eine Station Lutherkirche bauen? Mit einem Sonderausgang: vom Bahnsteig gleich auf die Kirchenbank.«

»Mir ist nicht zum Spaßen zumute«, sagte der Mann von der kaufmännischen Leitung und wedelte mit einem Briefbogen. »Die Eigentümer der Häuser Bülowstraße 71–73 verlangen nämlich eine Entschädigung dafür, dass die Züge so dicht an den Wohnungen im ersten Stock vorbeifahren werden. Die seien nicht mehr zu vermieten, weil die Leute Angst haben, man würde ihnen auf den Teller gucken können.«

»Sollen sie doch von den Fahrgästen Geld dafür nehmen«, lautete Albert Röppischs Vorschlag.

»Mit Ihnen kann man nicht ernsthaft reden.«

»Das ist ja das Schöne an mir, Herr von Plöhn.«

Hermann Mahlgast musste dazwischengehen, ehe sich die beiden wieder einmal ernsthaft stritten. »Gut, ich werde mich darum kümmern. Vielleicht können wir noch ein paar Meter von den Häusern wegrücken.«

»Dann fällt aber der Kirchturm mitten auf die Gleise, wenn er mal umkippen sollte«, wandte Albert Röppisch ein. »Und was das erst kostet, Herr von Plöhn!«

Es gab Tage, da verfluchte Hermann Mahlgast die Tatsache, dass ausgerechnet die Hoch- und Unterpflasterbahn seine große Leidenschaft war. Wäre es die Liebe zu Afrika gewesen, säße er jetzt in Kamerun, Togo oder Deutsch-Ostafrika und könnte den lieben Gott einen guten Mann sein lassen.

Noch zerbrach er sich den Kopf über den Dennewitzplatz, da stand schon die nächste Entscheidung ins Haus. Begonnen hatte es vor einiger Zeit mit einer nur scheinbar naiven Frage seines Freundes Albert Röppisch: »Du, sag mal, Hermann, ist dir noch nichts aufgefallen?«

»Nein.«

»Mir schon. Dass dir nämlich der schönste Hochbahnviadukt nichts nützt, wenn du keine Züge hast, die auf ihm fahren. Es sei denn, wir lassen die Leute zu Fuß oben auf der Trasse laufen. Immer von Schwelle zu Schwelle. Aber was ist mit denen, die Angst davor haben?«

»Mein Gott!« Hermann Mahlgast hatte sich an den Kopf gefasst und war zu seinen Vorgesetzten geeilt. Und in der Tat, man hatte der Entwicklung und Bestellung passender Waggons bis jetzt zu wenig Aufmerksamkeit geschenkt. Nun tat Eile not. Schnell bestellte man bei der Waggonfabrik Zypen & Charlier in Köln einen Probewagen, aber der war so vornehm, dass er für den Alltagsbetrieb kaum geeignet schien. Er sollte erst am 16. März 1908 zum Einsatz kommen, als Kaiser Wilhelm II. in ihm vom Leipziger Platz zum Reichskanzlerplatz fuhr, um die neue Strecke nach Westend zu eröffnen. Über die optimale Gestaltung und Ausstattung der Wagen musste noch intensiv nachgedacht werden.

»Wir greifen auf das Wagenmaterial zurück, das wir für Budapest angeschafft haben«, war von Plöhns Vorschlag. »Das kostet uns am wenigsten.«

»Nur das nicht!«, rief Göltzsch. »Die Wagen sind so scheußlich, dass die Berliner sie vor Entsetzen nie besteigen werden.«

Hermann Mahlgast konnte ihm in diesem Punkt nicht ganz unrecht geben. »Außerdem haben sie nur eine Tür in der Mitte, und das behindert das Ein- und Aussteigen ganz erheblich.«

Albert Röppisch stimmte ihm zu. »Gerade in Berlin, wo immer alles ganz schnell gehen muss. Diejenigen, die draußen stehen, wollen schon einsteigen, bevor die anderen ausgestiegen sind. Genial wäre es, wir ließen die Züge zwischen zwei Bahnsteigen halten. Rechts in Fahrtrichtung wird dann aus- und links eingestiegen.«

Eitel von Plöhn war entsetzt. »Was das kostet! Nur über meine Leiche!«

»Na, dann machen wir es auf alle Fälle«, murmelte Albert Röppisch.

»Wir brauchen auf alle Fälle zwei Türen, eine vorn und eine hinten«, sagte Hermann Mahlgast.

Der Kaufmann sah ihn an. »Aber bitte nicht auf jeder Seite des Wagens, denn jede Tür kostet, sondern nur rechts in Fahrtrichtung.«

»Am billigsten wäre es natürlich, wir würden gar keine Türen vorsehen«, sagte Albert Röppisch. »Ich fürchte aber, dass das die Einnahmen aus dem Fahrscheinverkauf etwas mindern würde, was Ihnen doch auch nicht recht sein könnte.«

Wieder musste Hermann Mahlgast die Debatte versachlichen. »Ihre Überlegung ist durchaus richtig, Herr von Plöhn, und sie würde uns auch ersparen, darüber nachzudenken, wie wir es verhindern können, dass die Fahrgäste die Türen öffnen, die nicht auf der Bahnsteig-, sondern auf der gegenüberliegenden Seite liegen, auf das Gegengleis stürzen und von einem einfahrenden Zug überrollt werden. Aber das setzt voraus, dass wir von vornherein auf Mittelbahnsteige verzichten.«

»Und warum wollen Sie das nicht?«

»Weil es in Zukunft Kreuzungsbahnhöfe geben könnte, und bei denen sind Seitenbahnsteige meist unpraktisch. Außerdem brauchen Sie bei Seitenbahnsteigen doppelt so viele Ein- und Ausgänge, und die kosten ja auch.«

»Trotzdem.« Eitel von Plöhn war immer noch fasziniert von seiner Idee, in den Wagen nur Türen rechts in Fahrtrichtung zu haben. »Je weniger Türen, umso besser. Türen kosten in der Konstruktion, Türen sind immer ein Unsicherheitsfaktor: Sie können defekt werden, Fahrgäste können herausstürzen.«

Hermann Mahlgast versuchte, ihm die Grenzen seiner Vorstellungen aufzuzeigen. »Haben Sie nur rechts Türen in den Wagen und rechts Seitenbahnsteige, so können Sie nur einen eingleisigen Verkehr durchführen und bräuchten bei mehr als einem Zug Ausweichen auf der Strecke.«

Die Augen des Kaufmanns verengten sich. »Eingleisig, nicht schlecht!«

Hermann Mahlgast erschrak. »Nein, völlig unmöglich bei dem Fahrgastaufkommen, das wir erwarten.«

»Der Ausweg wäre an jedem Ende der Strecke, auch am

Potsdamer Platz, eine Wendeschleife«, sagte Göltzsch. »Dann kämen wir wirklich mit je zwei Seitentüren pro Wagen aus.«

»Das kostet aber Hunderttausende mehr!«, rief Albert Röppisch.

»Na schön.« Eitel von Plöhn musste sich geschlagen geben. »Also vier Türen je Wagen. Aber bei der anderen Frage, da bleibe ich hart: Bitte möglichst wenig Sitzplätze, damit viele Menschen in den Wagen passen, und wenn schon, dann Längssitze, weil dadurch auch mehr Stehplätze entstehen. Bei den Probewagen mit ihren Quersitzen war mir das alles viel zu eng.«

»Bei der Stadtbahn haben Sie auch Quersitze mit kleinen Abteilen«, kam der Einwand von Göltzsch. »Und die Leute finden das sehr gemütlich. Bei Längssitzen könne man nicht so gut lesen, und dauernd würde einem einer beim Durchgehen auf die Füße treten.«

»Die Wagen bei Stadt- und Fernbahn sind auch um einiges breiter«, sagte Hermann Mahlgast. »Und der Polizeipräsident fordert eine Sitzbreite von mindestens 49 Zentimetern.«

»Dann müssen wir eben auch noch Kontrolleure einstellen, die bei jedem Fahrgast vor Betreten des Wagens die Arschbreite nachmessen«, sagte Albert Röppisch.

»Machen wir es doch wie bei der Straßenbahn«, schlug Hermann Mahlgast vor. »Quersitze, aber nicht zwei auf jeder Seite des Mittelganges, sondern zwei und einer.«

»Ich bestehe auf Längssitzen!«, rief Eitel von Plöhn. »Ende der Debatte!«

Kaum war das vom Tisch, folgte das Theater um den Bau des Bahnhofs Hallesches Thor. Schon an der Bülowstraße hatte es einigen Ärger gegeben, als Bruno Möhrings Entwürfe *Halt* und *Strom* noch in einer ganzen Reihe von Punkten geändert werden mussten. Seine Pfeilerformen schienen den nüchternen Ingenieuren dann doch zu bewegt.

»Das geht doch nicht!«, rief Albert Röppisch, als er Möhrings Pfeilerbekrönungen vor sich liegen hatte. Da züngelten hoch oben auf der Brücke in ihrer Symbolik stark übertriebene Blitze auf einer Art Leuchtbake, wie man sie von der Nordsee her kannte. »Wer steigt denn unter diesen Umständen noch in einen Hochbahnzug ein, wenn er Angst haben muss, einen Stromschlag zu bekommen, der ihn töten kann!«

Auch Hermann Mahlgast war von diesem Zierrat wenig begeistert, hatte er doch ein Gespräch zwischen Elisabeth Blumenthal, Liesbeth Cammer und Friederike Fischer belauscht, in dem sich die Damen über die Herren Hochbahnbauer furchtbar lustig gemacht hatten.

»Jeder Pfeiler ist doch nichts weiter als ein Phallussymbol, und man könnte meinen, der Bahnhof Bülowstraße sei dazu gedacht, ein riesiges Bordell zu werden.«

Einige bewegte Berliner forderten auch, den Bahnhof nicht Bülowstraße, sondern Potsdamer Straße zu nennen, weil diese doch viel bedeutender sei.

Beim Bahnhof Hallesches Thor schlugen die Wogen noch höher. Obwohl Göltzsch das heftig beklagte, hatte man wegen der geringen Breite der Uferstraße und weil die Bahnhofshalle schon über der Kanalböschung hing, zu den Seiten hin nur wenig Spielraum für größeren architektonischen Aufwand und musste sich mit dem Normaltyp von Siemens mit seiner raumsparenden Konstruktion zufriedengeben.

»Dann will ich aber die Stirnseite künstlerisch ausgestaltet sehen«, forderte Göltzsch. »Das ist den prächtigen Bauten an der Königgrätzer Straße und dem Belle-Alliance-Platz geschuldet.«

Man engagierte also den Architekten Alfred Messel, nach dessen Plänen schon seit vier Jahren das Warenhaus Wertheim am Leipziger Platz hochgezogen wurde. Lange vor seiner Fertigstellung galt es als einzigartig und brachte Messel viel Ruhm und Anerkennung ein. Und die Lösung, die er für den Bahnhof Hallesches Thor fand, war auch wirklich originell, trennte er doch die nüchterne Bahnhofshalle vom phantasievoll gestalteten Empfangsgebäude ab, man stieg also auf verglasten Treppen von den Seitenbahnsteigen herab und durchquerte dann auf Straßenniveau ein separates, turmähnliches Gebäude mit hohem Giebeldach und Dachreitern. Ganz oben saß ein Türmchen mit Uhr, Haube und Wetterfahne. Während im Erdgeschoss die Eingangshalle lag, gab es im Obergeschoss eine Durchfahrt für die Hochbahn.

Göltzsch war begeistert von Messels Entwurf. »Das ist doch ein prächtiges Pendant zum Bahnhof Schlesisches Thor.«

Hermann Mahlgast war davon zwar nicht ganz so angetan, hätte aber kein Veto eingelegt. Auch die kaufmännische Seite nickte alles ab. Doch die Behörde wollte die Sache nicht genehmigen.

»Der Zweck der separaten Aufstellung des Kopfbaus ist uns nicht recht einsichtig«, sagte Berthold Blumenthal. »Wir hätten es gern so monumental, wie es dem Charakter der Bauten in der näheren Umgebung entspricht.«

»Also als Kaserne?«, fragte Albert Röppisch. »Das leuchtet ein, werden doch hier ganz besonders viele Soldaten die Hochbahn frequentieren.«

»Nein, aber denken Sie mal an einen Giebelvorbau mit hoch aufragenden Pfeilern und vielen Schmuckmotiven. Ein bisschen Renaissance sollte schon sein, sagt meine Frau.«

»Nicht Ihre Tochter?«, fragte Albert Röppisch, um seinen Freund in Verlegenheit zu bringen.

»Lassen wir das Private.« Blumenthal verwies darauf, dass man in seiner Behörde den alternativen Entwurf der Architekten Hermann Solf und Franz Wichards präferieren würde.

»Der ist mir zu protzig«, sagte Göltzsch.

»Unter Wilhelm II. kann nichts zu protzig sein«, belehrte ihn Albert Röppisch.

Nachdem auch das geklärt war, konnte sich Hermann Mahlgast dem Problem Nollendorfplatz und der Rampe zum unterirdischen Bahnhof Wittenbergplatz zuwenden. Da gab es eine Idee Wilhelm Cauers, die Göltzsch als epochal bezeichnete, geeignet, Berlin eine Art neues Weltwunder zu schenken. Cauer wollte nämlich auf dem weiten Nollendorfplatz einen künstlichen Felsen aufschütten und in dessen Innern die Hochbahn auf kühnen Wendeln im Kreis bis zur Tunnelsohle absenken.

Hermann Mahlgast kämpfte erbittert für Cauers Entwurf, weil ihn Elisabeth Blumenthal entzückend fand, hatte aber keine Chance gegen die Phalanx seiner Gegner.

»Die Leute kriegen doch einen Drehwurm, wenn sie immer im Kreis herumfahren«, sagte Albert Röppisch. »Vor allem aber ist der Radius so klein, dass wir nur im Schrittempo fahren können.«

Auch Eitel von Plöhn war dagegen. »Die Mehrkosten dieses Monstrums können wir uns nicht leisten, zudem sich die Fahrzeit gegenüber einer normalen Rampe um einiges verlängert und wir womöglich einen Zug mehr im Umlauf haben würden.«

Widerstand kam schließlich auch von der Gemeinde Schöneberg und deren Anliegern. Es gelte, den Nollendorfplatz nicht nur als Schmuckplatz zu erhalten, sondern ihn *durch die hervorragenden Bauwerke, die jetzt auf ihm dastehen, zu einem besonderen Anziehungspunkt in dem Bilde der vornehmen westlichen Stadtgegend* zu machen. Außerdem wollte man eine eigene U-Bahn bauen und sah die Anschlussmöglichkeit zur Siemens-Bahn gefährdet.

So erhielten schließlich die Berliner Architekten Wilhelm Cremer und Richard Wolffenstein den Zuschlag zum Bau des Hochbahnhofs Nollendorfplatz. Die Halle lehnte sich an Möhring und den Bahnhof Bülowstraße an, charakteristisch für ihren Entwurf aber war der gewaltige Kuppelbau an der Westseite, also zur Rampe hin. Die Walmkuppel war aus vier sphärischen Dreiecken zusammengesetzt und ruhte auf genieteten Eisenträgern. Eine barock gestaltete Laterne krönte sie. Eingefasst und abgefangen wurde sie von vier hoch aufragenden Pylonen, die wie Minarette wirkten.

»Schreibt bloß ›Hochbahn‹ ran«, lästerte Albert Röppisch. »Sonst könnte man das Ganze für das KreDeWe halten.«

»Für was?«, fragte Hermann Mahlgast.

»Für das neue Krematorium des Westens.«

Hermann Mahlgast hatte sich langsam daran gewöhnt, dass es bei seinem Freund ohne Spott und Lästerei nicht ging. Ludolf Tschello war da ein ganz anderer Mensch gewesen. Oder? Manchmal konnte er sich gar nicht mehr erinnern, wie ähnliche Dialoge bei ihnen abgelaufen waren, viel ernsthafter wahrscheinlich. Auch hatte der eine immer besser sein wollen als der andere, während Albert Röppisch ein Mensch ohne jeden Ehrgeiz war. Für ihn zählte nur, ob sich aus einer Situation Funken schlagen ließen oder nicht.

Viel Gehirnschmalz, wie Albert Röppisch es ausdrückte, erforderte auch die künstlerische Rettung der Hochbahnbrücke über dem Landwehrkanal und der ihn an dieser Stelle überspannenden Brücke der Anhalter Bahn. Mit ihren siebzig Metern Spannweite war die Fachträgerkonstruktion mit ihren trapezförmigen Tragwänden vielen als fürchterlich karg erschienen, und Paul Wittig hatte sich schließlich erbarmt, sie durch farbige Akzentuierungen und dekorative Details aufzuwerten.

Göltzsch war begeistert. »Wunderschön, diese vergoldeten Gehänge.«

»Mein Gehänge ist nicht vergoldet und genügt dennoch höheren Ansprüchen«, brummte Albert Röppisch. »Und wenn die Zugführer die Wappen von Berlin, Schöneberg und Charlottenburg über den Portalen sehen, werden sie vor lauter Freude Tränen in den Augen haben und nicht mehr sehen können, wo sie hinfahren. Hoffentlich nicht gegen einen Baum.«

Göltzsch hatte andere Sorgen. »Was wir bisher vollkommen vergessen haben, sind die Zu- und Abgänge sowie die Fahrkartenhäuschen bei den unterirdischen Stationen.«

Albert Röppisch variierte die Kurzfassung von Schillers *Glocke*. »Loch in die Erde, Treppe rin, Abgang fertig, is nich schlimm.«

»Banause«, brummte Göltzsch. »Denken Sie doch nur einmal an die wunderschönen Eingänge zur Pariser Métro, wie sie Hector Guimard geschaffen hat. Grazil, vegetabilisch, phantasievoll – Art Nouveau in Vollendung.« Er hörte gar nicht auf zu schwärmen.

»Warum vegetarisch?«, fragte Albert Röppisch. »Kann man die Portale essen?«

Göltzsch ließ sich nicht beirren. »So falsch liegen Sie damit gar nicht, denn vegetabilisch meint schon pflanzlich – dass nämlich die Eingangsportale wie Pflanzen, wie hochaufragende Bambusgewächse gestaltet sind.«

Hermann Mahlgast horchte auf. Mochte man im ersten Augenblick auch schmunzeln über das, was Göltzsch da bewegte, so hatte er doch recht, wenn er darauf hinwies, dass einem eine Unterpflasterbahn nicht wie die Hochbahn sofort ins Auge fiel, sondern man etwas tun musste, damit mögliche Fahrgäste von ihr Kenntnis nahmen. Und mit Albert Röppischs »Loch in die Erde« war es dabei nicht getan, insbesondere wenn man mit Paris konkurrieren wollte. Aber unter den Architekten und Künstlern, mit denen sie es bisher zu tun gehabt hatten, war ihm keiner aufgefallen, der sich für diese Aufgabe angeboten hätte. Die einen waren schon zu arriviert, die anderen nicht begabt genug. Er fragte Elisabeth Blumenthal, die sich in der Architektenszene gut auskannte, und bekam den Namen Alfred Grenander genannt.

So gewappnet, ließ er sich einen Termin bei Heinrich Schwieger geben, um dem die Sache vorzutragen. Der gab ihm recht, was die Wichtigkeit von Eingangsportalen und Fahrkartenhäuschen betraf, und versprach, Erkundigungen über Grenander einzuziehen.

Ein paar Tage später wurde Grenander eingestellt und damit betraut, bereits vorhandene Ingenieurkonstruktionen künstlerisch zu überarbeiten, aber auch selber Portale und Fahrkartenhäuschen zu entwerfen, angefangen mit denen am Bahnhof Potsdamer Platz, dann aber auch die auf dem Wittenbergplatz und am Bahnhof Zoologischer Garten.

Alfred Grenander war am 26. Juni 1863 im schwedischen Skövde geboren worden. Aufgewachsen in Stockholm, begann er 1881, Architektur zu studieren. 1885 kam er nach Berlin und wurde an der Technischen Hochschule Charlottenburg immatrikuliert. Gern fuhr er mit der Stadtbahn, die seit 1882 auf ihren Viaduktbögen Berlin durchquerte, und studierte unter anderem auch bei Johann Eduard Jacobsthal, der als leitender Architekt an ihrem Bau mitgewirkt und die Stationen Bellevue und Alexanderplatz entworfen hatte. Im Studienjahr 1888/89 arbeitete er im Bureau von Alfred Messel. Es folgte eine Studienreise nach Süddeutschland und Italien, dann lernte er im Bureau von Wilhelm Martens, dem Schwiegersohn und Schüler von Martin Gropius, wie Gebrauchsarchitektur beschaffen sein muss. Im Januar 1890 erhielt Grenander sein Abgangszeugnis der Technischen Hochschule Charlottenburg und verdiente sich sein Geld im Reichstagsbaubureau bei Paul Wallot, wo er dessen Entwürfe ins Reine zu zeichnen hatte. Das allein füllte ihn jedoch nicht aus, und so heiratete er erst einmal und gründete mit seinem Schwager Otto Wilhelm Spalding ein gemeinsames Architektenbureau, die Firma Spalding & Grenander. Mit einem Landhaus in Südende hatten sie einigen Erfolg, und Grenander wurde Mitglied im Werkring, einer Künstlergruppe, die sich mit moderner Haus- und Wohnkunst beschäftigte. Im Oktober 1897 wurde er als Dozent an die Unterrichtsanstalt des Kunstgewerbemuseums in der Prinz-Albrecht-Straße 7 berufen. Er begann mit Skizzierübungen in einer Ergänzungsklasse, übernahm dann die Fachklassen und wurde so zu einem derart engagierten und kompetenten Lehrer, dass man ihn später zum Professor berufen sollte.

»Ich glaube, mit Grenander haben wir das große Los gezogen«, sagte Hermann Mahlgast, als er mit Elisabeth Blumenthal im Parkett des Deutschen Theaters saß, um sich Henrik Ibsens *Gespenster* anzusehen. Otto Brahm hatte das Drama sehr naturalistisch inszeniert, und Max Reinhardt spielte den Tischler Engstrand.

Als er sich in der Pause nach dem Ersten Akt ein wenig umsah, entdeckte er in einer der Logen Ludolf Tschello und Cécile. Auch sie mussten ihn erkannt haben. Schnell legte er seinen Arm um Elisabeth.

Liesbeth Cammer saß hinten im Ostendtheater und sah Cécile bei den Proben zu. Sie hatte sich für ihre Premiere als Intendantin und Hauptdarstellerin keinen Geringeren als Shakespeare gewählt und unbedingt den *Othello* auf die Bühne bringen wollen. Es sei schon immer ihr Traum gewesen, die Desdemona zu spielen. Sie waren gerade in der vierten Szene des dritten Aktes.

OTHELLO: Mich plagt ein widerwärtiger, böser Schnupfen.
Leih mir dein Taschentuch.
DESDEMONA: Hier, mein Gemahl.
OTHELLO: Das, welches ich dir gab.
DESDEMONA: Ich hab's nicht bei mir.
OTHELLO: Nicht?
DESDEMONA: Wirklich nicht, mein Teurer.
OTHELLO : Das muss ich tadeln …

Liesbeth Cammer fand, dass sie einen Dialog wie diesen auch zustande gebracht hätte, aber dies war die Schlüsselszene des größten Eifersuchtsdramas der Literaturgeschichte. Die entscheidende Frage lautete, ob sich Cécile mit dem *Othello* übernommen hatte – oder ob er der Beginn eines kometenhaften Aufstiegs war. Was wäre ihr denn für ihren Roman lieber gewesen, was gab die größeren Effekte? Sie wagte nicht, es zu entscheiden. Als schönsten Schluss hätte sie sich vorstellen können, dass Cécile in der Gosse landete und dann von Hermann Mahlgast gerettet wurde, der ihr alles verzieh und sie und das Kind zu sich nahm, nachdem sich Ludolf Tschello vor einen Hochbahnzug geworfen hatte und getötet worden war.

Auf der Bühne gab es Streit, weil der Othello sich beklagte, Cécile würde ihn an die Wand spielen wollen. Sie stritt das zwar heftig ab, aber der Regisseur konnte nicht umhin, dem Schauspieler, einem gereiften Mann, recht zu geben.

Cécile stampfte mit den Fuß auf den Boden. »Das ist mein Stück, und das ist mein Geld. Und wenn es euch nicht passt, dann verschwindet doch von hier!«

Was blieb den beiden Männern anderes übrig, als einzulenken? Othello versprach, sich zurückzunehmen.

Liesbeth Cammer machte sich ihre Notizen: *Cécile lässt keine Gelegenheit aus, sich durch übertriebenen Ausdruck von Emotionen in Szene zu setzen. Will ständig die Aufmerksamkeit anderer auf sich lenken. Heftiges Verlangen nach Aktivität und Aufregung. Übertriebenes Reagieren auf geringfügige Ereignisse. Irrationale Wutausbrüche.*

Cécile hatte, wie alle Menschen ihres Charaktertyps, ein feines Gespür für die Stimmungen und Gefühle anderer und begriff, dass ihr Othello die Nase voll hatte und drauf und dran war, alles hinzuschmeißen. Damit hätte sie aber ihr Zugpferd und viel Zeit verloren. Also ging sie zu ihm hin, umarmte ihn und flüsterte ihm ins Ohr, dass sie ihn brauchte wie keinen anderen Mann auf der Welt.

In diesem Augenblick betrat Ludolf Tschello den Zuschauerraum.

»Was soll denn das da?«, schrie er. »Das gehört doch keinesfalls zum Stück!«

»Doch«, murmelte Liesbeth Cammer. »Rasende Eifersucht gehört durchaus zum Stück.« Wäre es gut für ihren Roman, wenn Cécile eines Tages von Ludolf Tschello umgebracht würde?

Siebzehn

1900

Die zweite Hälfte des Jahres 1900 brachte für Hermann Mahlgast wiederum einigen Ärger. So äußerte sich im September der 32-jährige Theaterkritiker und Schriftsteller Alfred Kerr ziemlich vernichtend über die Berliner Hochbahn:

Die Bülowstraße hat sich verändert [...]. *Welcher verblüffende Anblick: Das Eisengestell einer Überbahn, rot lackiert und grau gestrichen, steigt in plumper Scheußlichkeit empor zwischen den Häusern, zwischen den Bäumchen. Barbarischer, ekliger, gottverlassener, blöder, bedauernswerter, mickriger, schändlicher, gerupfter, auf den Schwanz getretener sieht nichts in der Welt aus. Aber diese Stadt war ja von jeher gebenedeit in Kunstdingen* [...]. *Während ruppiger sechs Wochen sind hier Bahnen nach Wannsee elektrisch geworden, neue Verkehrsstränge wurden der Kurfürstenstraße einverleibt, das Eisengerüst wuchs aus der Erde – überall Fortschritt, Entwicklung, Arbeit, Technik und Verhunzung. Ist Technik und Verhunzung nicht zu trennen?*

Göltzsch schäumte vor Wut und wäre am liebsten losgegangen, um den Kritiker auf der Stelle zu lynchen, während Röppisch gelassen blieb.

»Ach Gott, dieser Kerr ist nichts weiter als eine Kerze – spendet wenig Licht und verlischt in kurzer Zeit, während unsere Hochbahn noch nach hundert Jahren fahren und den Menschen Nutzen bringen wird.«

Hermann Mahlgast wusste, dass die hohen Herren bei Siemens & Halske wie auch bei der Hochbahngesellschaft nun noch mehr Wert auf die künstlerische Ausgestaltung des Westteils der Strecke legen würden und es damit völlig unmöglich geworden war, die Höhenflüge der Künstler und Architekten zu stoppen. Als Ingenieur ging ihm das fürchterlich gegen den Strich, denn an vorderster Stelle stand für ihn immer die Funktion, dann erst die Ausgestaltung. Und warum eine Bahnstation, die lediglich dem schnellen und sicheren Fahrgastwechsel dienen sollte, auszusehen hatte wie eine Kathedrale, ein Pantheon oder eine mittelalterliche Burganlage, wollte sich ihm beim besten Willen nicht erschließen. Schön, wenn seine Vorgesetzten das so wollten, dann nickte er dazu, aber seiner inneren Überzeugung entsprach das nicht. Und Schöngeister wie diesen Alfred Kerr verachtete er aus tiefstem Herzen. Selber unfähig, Bleibendes zu schaffen, waren sie zu nichts anderem in der Lage, als über das herzuziehen, was andere mit viel Mühe und Kunstfertigkeit hervorgebracht hatten.

Am 26. Oktober begannen nun auch die Bauarbeiten am Bahnhof Zoologischer Garten. Hermann Mahlgast und seine Leute waren dabei, als an der Begrenzungsmauer des Zoologischen Gartens, genau gegenüber der Kaiser-Wilhelm-Gedächtniskirche, das Gewicht der Dampframme zischend nach unten fuhr und auf den Eisenträger krachte, den es galt, tief in die Erde zu treiben. Der Lärm war so infernalisch, dass die Elefanten zu trompeten begannen und die Löwen so schrecklich brüllten, wie sonst nur ins Karl Mays Romanen. Man musste fürchten, dass die Türme des nahen Gotteshauses ins Wanken gerieten und, alles unter sich begrabend, auf die Straße stürzten. Der Bote einer Weinhandlung, der zufällig mit seinem Handkarren des Weges gekommen war, hätte sich am liebsten schützend auf seine Flaschen und Glasballons geworfen.

»Wir arbeiten hier neben der Kirche nach einer etwas anderen Methode«, erklärte Hermann Mahlgast einem Berichterstatter vom *Berliner Lokal-Anzeiger*. »Zuerst rammen wir eine äußere Bohlenwand in den Boden. Dann erfolgt die Ausschachtung bis zur Grundwasserhöhe. Innerhalb der Grube wird dann eine zweite Bohlenreihe eingetrieben, und zwar bis zur Baugrubensohle. Zwischen den beiden Holzwänden haben die Entwässerungsbrunnen und -leitungen ihren Platz.«

»Und die eisernen Pfähle müssen nicht mehr wie früher eingespült werden?«

»Nein. Dadurch verhindern wir auch, dass der Baugrund unnötig aufgelockert wird …«

Weiter kam er nicht, die Schläge des Rammbären und das Zischen des ausströmenden Dampfes ließen ihm keine Chance, sich verständlich zu machen.

»Und wie bewerkstelligen Sie die Abdichtung des Tunnels nach oben und nach unten?«, kam die nächste Frage des Zeitungsmannes, als es wieder etwas ruhiger geworden war.

Hermann Mahlgast fasste ihn am Ärmel. »Kommen Sie mit zur Tauentzienstraße, da sind wir an einer Stelle schon so weit.«

An Ort und Stelle wurde ihm erklärt, wie die Sache vonstattenging. »Auf dem Beton wird Asphaltpappe oder Asphaltfilz verklebt, also Dachpappe, und zwar mit Bitumen oder Gudron. Bis zu fünf Lagen können es werden.«

»Welche Gudrun macht da mit?«

»Mit O hinten: Gudron. Das ist eine Substanz aus Ungarn, die sich beim Bau der Budapester U-Bahn bestens bewährt hat.«

Alles schien sich planmäßig zu entwickeln, und sie waren bester Laune, als sie ins Bureau zurückkehrten.

»Was liegt denn da auf meinem Schreibtisch?«, fragte Röppisch.

Hermann Mahlgast lachte. »Das wird ein Liebesbrief sein. Die Tochter von Liesbeth Cammer hat neulich nach dir gefragt, die Anna Luise.«

»Na, besser die als ihre Mutter.«

»Sie ist noch unverheiratet und möchte eigentlich Ärztin werden«, verriet ihm Hermann Mahlgast.

»Als Frau, das geht doch gar nicht.«

»Bei Elisabeth Blumenthal geht es doch auch.«

»Aber stell dir mal vor, ich habe was an der Prostata und …« Röppisch wollte gerade zu einem etwas gewagten Scherz ansetzen, da fiel sein Blick auf den Absender des Briefes: Es war das Personalbureau des Hauses Siemens. »Hurra!«, rief er. »Jetzt werde ich endlich zum Oberingenieur befördert. Wird ja auch mal Zeit.« Doch als er den Umschlag aufgerissen und den Text überflogen hatte, wurde er bleich, fasste sich ans Herz und sank auf seinen Stuhl.

»Albert, was ist?« Erschrocken sprang Hermann Mahlgast zu ihm hin.

»Sie wollen mich entlassen.«

»Wieso denn das?«

»Aus disziplinarischen Gründen.«

Hermann Mahlgast riss ihn hoch. »Komm, wir gehen sofort zu Schwieger. Das muss ein Irrtum sein.«

Sie schafften es, sofort vorgelassen zu werden. Der Direktor empfing sie steif und förmlich. Er bat sie, Platz zu nehmen und ihr Anliegen vorzutragen. Viel Zeit habe er nicht. Schließlich ginge es nicht um das Eigentliche, die termingerechte Fertigstellung der Hochbahn.

»Doch, Herr Direktor!«, rief Hermann Mahlgast. »Denn ohne Herrn Röppisch geht es nicht. Nicht nur seine fachliche Kompetenz als Ingenieur ist unentbehrlich für unser Wirken, sondern auch die Art, wie er, ich möchte es einmal so ausdrücken, für die gute Stimmung in der Truppe sorgt.«

Schwieger lächelte. »Ja, auf Kosten eines Dritten.«

»Nicht auf Ihre«, sagte Röppisch.

»Nein, aber auf die unseres Kaufmännischen Direktors Herrn von Plöhn.«

Hermann Mahlgast hätte am liebsten laut losgelacht und gerufen, dass der nun leider Gottes eine komische Figur sei, durch und durch degenerierter Adel, konnte sich aber gerade noch bremsen. Da war von Plöhn also heimlich zum Vorstand gelaufen und hatte veranlasst, dass man Röppisch entließ.

Dieser zögerte mit einer Reaktion. Zwar kränkte es ihn, dass man ihn quasi mit dem Finger wegschnipste, auch hing er an der Hochbahn, aber das hieß nicht, dass er der Firma Siemens & Halske auf Gedeih und Verderb ausgeliefert war und Selbstmord beging, wenn er hier den Schreibtisch räumen musste. Er fand auch anderswo gutbezahlte Arbeit.

»Nun, Herr Direktor«, begann er schließlich, »wenn Sie meinen, dass Scherz, Satire und Humor nicht zur Würde des Hauses passen, dann ist das Ihre Meinung, und die zählt hier, dann sollten Sie aber konsequenterweise auch darauf achten, dass Menschen, die auf andere lächerlich wirken, bei Ihnen nicht in führender Stellung tätig sind.«

»Ist das wieder ein Seitenhieb auf Herrn von Plöhn?«, fragte Schwieger.

»Nein«, sagte Hermann Mahlgast, »das ist eine berechtigte Kritik an einem Mann, der mit seiner Pedanterie und Pfennigfuchserei einfach nur stört.«

Schwieger kniff die Augen zusammen. »Herr Mahlgast, ich schätze Sie sehr, aber … Nun, es geht hier nicht um Sie, es geht auch nicht um Herrn von Plöhn, sondern es geht um Herrn Röppisch.«

»Nein, es geht um den Erfolg des Hauses Siemens!«, rief Hermann Mahlgast.

»Genau. Und um den sicherzustellen, wollen wir in Zukunft auf die Dienste von Herrn Röppisch verzichten.«

Hermann Mahlgast geriet immer mehr in Rage. »Er ist nicht nur mein wichtigster Mitarbeiter, er ist auch mein bester Freund.« Er sprang auf. »Wenn Albert geht, gehe auch ich. Und wenn wir beide bei Tschello anfangen, dann wird Sie und Ihren ehrenwerten Herrn von Plöhn die Sache noch teuer zu stehen kommen!«

Ludolf Tschello war ein Getriebener. Es war schon viel, wenn er sich am Tag zehn Minuten Zeit nahm, um mit seinem kleinen Sohn zu spielen und zu schäkern, und auch mit Cécile wusste er kaum noch etwas anzufangen. Ihre Welt, die Welt des Theaters, langweilte ihn in höchstem Maße, und wenn er sie, was gelegentlich noch einmal vorkam, in ihrem Bett besuchte, war der Genuss nicht größer als beim Leeren eines Glases Mosel. Nichts anderes als sein Motoromnibus fesselte ihn in diesen Monaten, und sein Leben galt nur noch einem Ziel: die erste Buslinie an dem Tage in Betrieb zu nehmen, an dem die Siemens-Hochbahn den Verkehr aufnahm. Parallel zu ihr sollte sein Omnibus verkehren und der Hoch- und Unterpflasterbahn dadurch die Fahrgäste wegnehmen, dass er billiger war und mehr Haltestellen anzubieten hatte. Die längeren Fahrzeiten würden durch die kürzeren Fußwege mehr als kompensiert werden. Und die Leute mussten nicht mühsam nach oben oder unten klettern, sie konnte auf der Straße bleiben, was insbesondere für die Damen mit ihren hinderlichen langen Röcken bedeutsam war.

Über seinem Bett wie auch im Bureau und in der Fabrikhalle hingen große Plakate mit der Aufschrift: *Wir werden Siemens besiegen!*

Jeden Morgen um sechs Uhr stand Ludolf Tschello in der Werkstatt und versuchte, mit seinen Ingenieuren einen Motor zu entwickeln, der stark genug war, um einen mit fünfzig Fahrgästen besetzten Omnibus zuverlässig und schnell anzutreiben. Da er von Verbrennungsmotoren wenig gewusst hatte, war er für zwei Monate in den deutschen Süden gereist, um bei Daimler und Maybach zu hospitieren.

Naujocks war guter Hoffnung, es bis zum Februar 1902 mit dem Hochbahnomnibus zu schaffen. So nannte man im internen Sprachgebrauch die Kraftbuslinie, die neben beziehungsweise unter und über der Siemens-Bahn verkehren sollte.

»Da gibt es aber noch ein drittes Problem«, sagte Naujocks und zwirbelte seinen Bart. »Neben Motor und Fahrzeug …«

»Das da wäre?«, fragte Ludolf Tschello.

»Die Berliner Straßen. Ich bin die Route, die wir planen, gestern einmal mit meinem Veloziped abgefahren …«

»Und?«

»Wollen Sie einmal meine Sitzfläche sehen?«, fragte Naujocks und machte Anstalten, sich umzudrehen und seinen grauen Kittel etwas anzuheben.

»Nein, danke!«

»Wahrscheinlich habe ich mir Hämorrhoiden geholt«, klagte Naujocks. »Das Pflaster ist ja derart schlecht. Völlig unmöglich, dass wir da mit hölzernen Rädern fahren können, auf die eiserne Reifen gezogen sind. Das schüttelt nicht nur die Fahrgäste furchtbar durch und treibt sie zur Hochbahn, das erfordert auch einen ungemein stabilen Wagenkasten und ein Chassis mit viel Eisen und gewaltigen Achsen, so dass wir auf ein immer höheres Gewicht kommen. Und je schwerer unser Omnibus wird, desto stärker muss der Motor werden – und je stärker der Motor wird, desto schwerer ist er. Das ist ein Teufelskreis. Abgesehen davon, dass wir einen solch starken Motor noch nicht haben.«

»Dazu sind Sie doch da, ihn zu entwickeln«, sagte Ludolf

Tschello. »Aber abgesehen davon, werde ich mich beim Magistrat darum bemühen, dass auf die Straßen, die für uns wichtig sind, eine Asphaltdecke aufgetragen wird. Außerdem sollten wir uns eine Firma suchen, die Gummireifen für Omnibusse herstellen kann. Der Rennwagen von Daimler, der im Bergrennen bei Nizza den Sieg davongetragen hat, ist schon mit solchen ausgestattet worden.«

»Wir werden alles versuchen, damit unser Prototyp Mitte nächsten Jahres aus der Halle rollen kann«, versprach ihm Naujocks.

Ludolf Tschello rechnete kurz. »Die Siemens-Bahn ist rund zehn Kilometer lang, und wenn unsere Motoromnibusse diese Strecke in einer halben Stunde schaffen, dann brauchen wir bei einem Abstand von fünf Minuten ...« Ein Lehrjunge kam heran und signalisierte ihm, dass etwas Dringliches zu melden sei. »Ja, was ist denn?«

»Sie solln sofort an't Telephon, Ihre Mutta is dran.«

Ludolf Tschello war ungehalten. Wahrscheinlich kam sie ihm wieder mit irgendeiner Nichtigkeit. Leise schimpfend griff er nach dem Hörer, der neben dem Apparat hing.

»Ja, was ist denn nun schon wieder?«

»Komm bitte sofort, dein Vater liegt im Sterben.«

Auch das noch, dachte er, jetzt, wo er jede Minute zum Arbeiten brauchte. Im ersten Augenblick hielt er es für eine weitere Gemeinheit seines Vaters. Der hatte nie verwunden, dass sein Sohn kein begnadeter Klaviervirtuose oder Opernsänger geworden war, sondern nur ein tumber Ingenieur. Ein Nichts also.

Er ließ sich eine Droschke kommen und fuhr zu seinen Eltern. Als er vor der Wohnungstür stand, glaubte er, seinen Ohren nicht zu trauen, denn drinnen spielten sie eine vergleichsweise heitere Weise. Es klang nach Mozart, und mindestens drei Streicher mussten es sein. Seine Mutter hatte ihn kommen hören, öffnete die Tür und umarmte ihn.

»Vater hat es sich für seine letzte Stunde so gewünscht.« Sie brach in Tränen aus.

Ernst Moritz Tschello lag auf seinem Bett und wirkte schon, da er leichenblass aussah und sich nicht regte, wie aufgebahrt. Der Arzt machte, als er den Sohn bemerkte, eine hilflose Geste. Auch er wusste nicht genau, warum der Musiker im Sterben lag. Vielleicht war es ein Schlaganfall, vielleicht eine Krankheit des Herzens, möglicherweise aber auch ein Karzinom an Leber oder Bauchspeicheldrüse. Dass nur eine Autopsie die Antwort bringen konnte, wollte er den Angehörigen nicht sagen.

Ludolf Tschello trat dicht zu seinem Vater heran und strich ihm mit den Fingerspitzen über die Stirn.

»Danke«, flüsterte er, ohne genau zu wissen, wofür. Dass er ihn gezeugt hatte? Manchmal wäre es ihm lieber gewesen, wenn er nicht in die Welt gesetzt worden wäre. Dass er mitgeholfen hatte, ihm eine schöne Kindheit und Jugend zu bereiten? Sicher, aber das alles hatte nicht dazu geführt, dass er nun von sich sagen konnte, ein glücklicher Mensch geworden zu sein. Aber war das die Schuld seines Vaters? Ja und nein, wer wollte das entscheiden? Schmerzlich war es allemal, von ihm Abschied zu nehmen, denn alles war ja unwiederbringlich dahin, und einen neuen Vater bekam er nicht.

Seine Mutter hatte auch nach Cécile schicken lassen, und als die nun eintraf, fühlte er sich amüsiert und dadurch erleichtert. Sie wurde ihrem Ruf als Schauspielerin überaus gerecht, sank vor dem Sterbenden in die Knie, brach in Tränen aus und dankte ihm dafür, dass er sie, seine Schwiegertochter, stets als Künstlerin verstanden und gefördert habe. Beide waren sie etwas Besonderes und standen weit über den anderen, das band sie aneinander.

»Lasst uns für ihn beten«, sagte seine Mutter.

Ihm war noch nie aufgefallen, dass sie irgendwie religiös war, und so hatte sie auch Schwierigkeiten, die passenden

Worte zu finden. Da er und Cécile ebenso wenig Bibeltexte auswendig kannten, entstand eine kleine Pause, die schon irgendwie peinlich war. Ausgerechnet der Arzt war bibelfest.

»In deine Hände befehle ich meinen Geist …«

Während den allwöchentlichen Besuchen bei seinen Eltern litt Hermann Mahlgast immer beträchtlich, da sie ihre Enttäuschung darüber, dass er nun schon 34 Jahre alt war und es noch immer nicht zu einer Ehefrau und zwei bis drei Kindern gebracht hatte, nur schwer verbergen konnten.

Gustav Mahlgast formulierte es mitunter sehr drastisch. »Das Drama mit Cécile scheint ihn kastriert zu haben.«

Hertha Mahlgast hatte andere Ängste. »So, wie er mit seinem neuen Freund, diesem Albert, spricht und redet, denke ich oft, dass die beiden einmal ein Paar werden könnten, so wie Germanus Cammer und dieser Theodor Blumenthal.«

Saß ihr Sohn dann an ihrem Tisch, formulierten sie es dezenter und fragten ihn, wie es denn um seine Freundschaft mit Elisabeth Blumenthal bestellt sei. Die sei ja nun fast schon ein spätes Mädchen und habe auch nicht mehr so viel Zeit.

Hermann Mahlgast versuchte, alles von der heiteren Seite zu sehen. »Ach! Ich habe nur meine Hochbahn im Kopf und sie ihr Studium. Sie wird nicht eher ruhen, als bis sie Ärztin ist. Ihr großes Vorbild ist ja eine andere Elisabeth.« Und er erzählte den Eltern von Elizabeth Blackwell, die in England geboren worden war und dann in die Vereinigten Staaten ging, wo sie am Geneva College in New York Medizin studierte und um 1857 ein Frauen- und Kinderkrankenhaus gründete. 1869 hatte sie in London eine Medizinische Schule gegründet. »Dort hat Elisabeth zu studieren begonnen und, nicht zuletzt wegen ihrer langjährigen Erfahrung als Krankenschwester, schnelle Fortschritte gemacht. Danach ist sie nach Rom gegangen, wo sie die Bekanntschaft von Maria Montessori gemacht hat, der ersten Frau in Italien mit einer medizinischen Promotion. Eine Frau, die sie sehr beeindruckt hat.«

Gustav Mahlgast war hellhörig geworden. »Junge, wie du jetzt von Fräulein Blumenthal sprichst! Wenn man das mit dem vergleicht, was du ehedem über sie geäußert hast.«

»Die Liebe macht eben nicht nur blind, sondern manchmal auch sehend«, sagte Hertha Mahlgast.

Heute gab es eines seiner Lieblingsgerichte, Blut- und Leberwurst mit Sauerkraut, und gerade war das Dienstmädchen dabei, alles aufzutragen, als der Telegrammbote erschien und eine Depesche brachte. Hertha Mahlgast wollte sie beiseitelegen und erst nach der Mahlzeit öffnen, da fiel ihr Blick auf den Absender. »Auguste Tschello, nanu!«

Hermann Mahlgast scherzte. »Dann gehe ich lieber raus, wenn du sie liest.«

»Hör auf damit, denn …« Schnell hatte seine Mutter begriffen, dass es eine traurige Mitteilung war, die sie da erreicht hatte. Und richtig. »Ernst Moritz ist gestorben.« Sie brach in Tränen aus, und ihr Mann musste sie stützen.

»O Gott!« Auch für Gustav Mahlgast war es ein schwerer Schlag. »Wie lange kennen wir uns schon … Und er ist der Erste aus meiner Generation, der gehen musste.«

»Von Onkel Germanus einmal abgesehen«, murmelte Hermann Mahlgast.

»Der ist nicht tot«, sagte seine Mutter. »Der wird eines Tages schon wiederauftauchen. Aber Ernst Moritz … Die arme Auguste!« Wieder begann sie zu schluchzen.

Hermann Mahlgast konnte seine Gefühle schwer ordnen. Ernst Moritz Tschello, Onkel Tschello, wie er ihn genannt hatte, war Teil seines Lebens, ohne dass er ihn je besonders gemocht hätte, darin wohl angesteckt von seinem Freund Ludolf. Nie hatte sich der Geigenvirtuose sonderlich um sie gekümmert. Seit er eingesehen hatte, dass sie für die Musik verloren waren, hatten sie für ihn nur den Rang einer Quantité négligeable eingenommen, ja, weniger noch, er hatte sie nur als Störfaktor gesehen. Etwas anderes aber quälte Hermann Mahlgast mehr.

»Soll ich denn zur Beerdigung mitgehen?«, fragte er seine Eltern.

»Zur Beerdigung? Natürlich kommst du da mit«, sagte seine Mutter.

»Ich habe keine Lust, Ludolf und Cécile zu begegnen.«

Seine Mutter war empört. »Über den Gräbern reicht man sich die Hand.«

»Ich nicht!« Das sagte er wie ein trotziges Kind, und fast hätte er noch mit dem Fuß auf den Boden gestampft.

Dann aber gab er seinem Herzen doch einen Ruck und begleitete seine Eltern. Die Trauerfeier fand auf einem Friedhof an der Bergmannstraße statt, und da fast das gesamte Philharmonische Orchester gekommen war, um von einem der Ihren Abschied zu nehmen, fanden Hermann Mahlgast und seine Eltern keinen Platz mehr in der Friedhofskapelle und mussten die Trauerfeier vom Vorplatz aus verfolgen. Auch war das Gedränge zu dicht, um zu Auguste Tschello und ihrem Sohn vorzudringen und ihnen noch einmal persönlich das Beileid auszusprechen. Seine Mutter drängelte auch nicht, denn sie hatte ihrer Freundin längst den fälligen Kondolenzbesuch abgestattet. Hermann Mahlgast war das sehr lieb, entging er doch so der Gefahr, mit Ludolf und Cécile plaudern zu müssen. Was ihm aber nicht erspart bleiben würde, war die persönliche Ansprache, nachdem er drei Hände voll Erde auf den Sarg geworfen hatte. Aber bis er an der Reihe war, dauerte es noch ein Weilchen, und er durfte noch auf ein Wunder hoffen. Vielleicht auf kein Wunder, aber wenigstens auf ein heftiges Gewitter, das die Trauergäste davonstieben ließ.

Am liebsten wäre Hermann Mahlgast gegangen, denn unsagbar groß war seine Angst, Ludolf Tschello und Cécile

Auge in Auge gegenüberzustehen und ihnen die Hand zu geben. Jetzt kam es ihm vor, als sei er derjenige, der schuld sei an allem, und nicht sie mit ihrem Treuebruch. Innerlich hörte er eine Stimme, die ihm sagte: »Du hättest großmütig sein und ihnen verzeihen sollen. Du bist kleinmütig, du bist ein Pharisäer, schäme dich!« Es machte ihn wütend, dass sich nun alles umzudrehen schien. Und er spürte auch im tiefsten Innern seines Herzens, dass er beide nicht hasste, sondern immer noch liebte.

Was nun kam, erlebte er wie in Trance. Die Glocken der Friedhofskapelle läuteten, der Wagen mit dem Sarg rollte vorbei, er schloss sich der langen Reihe der Trauergäste an, fühlte nichts mehr, dachte nichts mehr.

Zuerst hatte er Auguste Tschello zu kondolieren. Er tat es mit warmen Worten und sagte, dass er alles bereue, was ihr und dem teuren Verblichenen jemals Kummer bereitet habe.

»Ach«, flüsterte sie. »Ludolf ist nicht glücklich, und Cécile weint so oft. Wie gern würde sie mit dir noch einmal von vorn beginnen.«

Dann stand er vor Ludolf Tschello und Cécile. Ihre Gesichter waren steinern, und beide ließen durch nichts erkennen, wie vertraut sie einmal miteinander waren. Schlaff und mechanisch war der Händedruck. Aber wenigstens war es überstanden.

Der Siemens-Straßenbahn in Peking sollte kein langes Leben beschieden sein. Schon nach einem Jahr stand sie vor dem Aus. Im Juni 1900 war der sogenannte Boxeraufstand ausgebrochen, benannt nach dem christen- und ausländerfeindlichen Geheimbund Yihétuán, und im Verlauf der Kampfhandlungen wurden die Bahnanlagen restlos zerstört.

Hermann Mahlgast und Albert Röppisch trafen die aus China heimgekehrten Kollegen, als sie auf dem Weg zu Arnold von Siemens waren. Einerseits war man froh, mit dem

Leben davongekommen zu sein, andererseits schmerzte der Verlust dessen, was man dort mühsam aufgebaut hatte.

»Sie hatten damals schon den richtigen Riecher, Mahlgast, dass Sie nicht nach Peking wollten, sondern Ihrer Hochbahn die Treue gehalten haben. Bis dass der Tod euch scheidet.«

»Oder der Firmenchef«, fügte Hermann Mahlgast hinzu. »Heute haben wir ja den entscheidenden Termin bei Arnold von Siemens.« Er schilderte dem anderen kurz, worum es ging.

Der, ein erfahrener Siemens-Indianer, wie er sich selber nannte, wiegte bedenklich den Kopf. »Das ist zwar sehr ehrenwert, dass Sie sich da so vehement für Ihren Freund eingesetzt haben, aber hoffentlich haben Sie nicht zu hoch gepokert.«

»Wieso das?«

»Sie wissen doch, wie der Große Kurfürst reagiert hat, als der Prinz von Homburg ihm in der Schlacht bei Fehrbellin sein Reich gerettet hat: Er wollte ihn hinrichten lassen, weil der sich der Befehlsverweigerung schuldig gemacht hatte. Das Gesetz war ihm wichtiger als der Sieg.«

»Und was hat das mit Siemens zu tun?«

»Da ist der Adel wichtiger als der Erfolg – und Herr von Plöhn ist von Adel.«

»Wenn auch nicht von Geistesadel«, fügte Röppisch hinzu.

»Sehen Sie, Röppisch, das ist es, was Sie den Kopf kosten wird. Um es in Ihrer Art zu sagen: Wer andere vor den Kopf stößt, darf sich nicht wundern, wenn er den eigenen verliert.«

Hermann Mahlgast konnte nicht anders, als dem Kollegen recht zu geben. Irgendwie war es Narretei gewesen, sich so spontan hinter den Freund zu stellen und das eigene Schicksal so untrennbar mit seinem zu verbinden. Und er dachte mit Bitterkeit an das, was man dem Johann Manlius, einem Wanderbuchdrucker des 16. Jahrhunderts, zuschrieb: *Gott beschütze mich vor meinen Freunden, mit meinen Feinden will ich schon selber fertig werden.* Seinem Freund Ludolf Tschello hatte er den Verlust von Cécile zu verdanken, seinem Freund Röppisch nun womöglich den Verlust seiner zweiten großen Geliebten, seiner Hochbahn. Nun sicher, das Leben ging weiter, und er konnte auch mit Elisabeth Blumenthal glücklich werden und mit einer U-Bahn der AEG. Aber ... Dieses Aber würde immer wie eine dunkle Wolke über ihm hängen. Die Seele war verletzt, aber auch wenn sie heilte, blieben die Narben.

In wenigen Minuten würde alles entschieden sein, denn sie wurden nun zu Arnold von Siemens gerufen.

»So muss den alten Babyloniern zumute gewesen sein, als sie zu Nebukadnezar vorgelassen wurden«, sagte Röppisch.

Der Chef des Hauses empfing sie nicht unfreundlich, aber mit der Distanz, die man im Kaiserreich im Verkehr zwischen oben und unten für unentbehrlich hielt. Wie zwei Anklagte saßen sie vor seinem Schreibtisch und erwarteten ihr Urteil.

»Sie also ...« Arnold von Siemens überflog die Papiere, die vor ihm lagen. »Die ganze Sache ist ja sehr unerfreulich, und ich möchte Sie bitten, keinem Außenstehenden davon Kenntnis zu geben, auch Ihren Gemahlinnen nicht ... Pardon, ich sehe gerade, dass Sie noch keine haben ... Nun ... Ihr Verhalten, lieber Herr Mahlgast, rührt mich, und ich möchte fast mit Friedrich Schiller ausrufen: *Ich sei, gewährt mir die Bitte / In eurem Bunde der Dritte*, aber dass Sie die Belange unseres Unternehmens so weit hintanstellen, das will mir denn doch nicht so ganz behagen. Wir brauchen den ganzen Menschen.«

Da wagte Hermann Mahlgast doch, ihn zu unterbrechen. »Ich glaube, von mir behaupten zu dürfen, dass ich mich viele Jahre lang mit meiner ganzen Kraft für Ihre Hochbahn eingesetzt habe.«

Arnold von Siemens versuchte, ihn zu beruhigen. »Ich weiß, und dafür sei Ihnen auch an dieser Stelle herzlich gedankt.«

»Danke«, sagte Hermann Mahlgast und zuckte im selben

Augenblick zusammen, weil er fürchtete, der Chef des Hauses würde dies als Verhöhnung empfinden.

Doch Arnold von Siemens war schon bei seinem Freund und Kollegen. »Und Sie, Herr Röppisch, Sie haben sich der Insubordination schuldig gemacht. Es schickt sich einfach nicht und untergräbt die unerlässliche Autorität, einem Ranghöheren, auch wenn Sie ihm nicht direkt unterstellt sind, mit Hohn und Spott zu begegnen.«

Röppisch gab sich gefasst. »Das heißt also, dass ich entlassen bin?«

»Nein, wieso? Ihr Verhalten und dieser Casus generell haben mir gezeigt, dass manche Menschen in der Position A sehr nützlich für das Wohl des Hauses, in der Position B aber eher hinderlich sein können. Und insofern habe ich Ihnen beiden zu danken, weil ich nun größeren Schaden abwenden kann. Ihre Schuld ist damit aufgerechnet.« Sein Blick fiel auf Hermann Mahlgast, als erwartete er dessen Stellungnahme.

»Wenn ich Sie richtig verstehe, Herr von Siemens, dann heißt das wohl, dass Herr Röppisch im Hause verbleiben wird, wenn auch an anderer Stelle?«

»Wieso?«

»Na, wenn er weiterhin mein Mitarbeiter bleiben sollte, dann wird doch, auch wenn er sich noch so beherrscht, das eine oder andere Recontre mit Herrn von Plöhn unausbleiblich sein.«

Arnold von Siemens lächelte. »Wenn Sie ganz nach oben wollen, lieber Mahlgast, dann müssen Sie auch ein bisschen Machiavelli in sich haben und die eine oder andere Grausamkeit begehen können. Überlegen Sie mal …«

Hermann Mahlgast tat es, zögerte aber mit der Antwort. Dann hatte er eine Formulierung gefunden, die ihm diplomatisch genug erschien.

»Wenn der Boxeraufstand niedergeschlagen ist, wird das Chinageschäft noch größere Bedeutung gewinnen, und in

Kiautschou, das ja nun für 99 Jahre zu Deutschland gehören wird, kann Herr von Plöhn seine Fähigkeiten viel besser entfalten als hier in Berlin.«

»So ist es. Wenn wir ihn verabschieden, sind Sie zu der kleinen Feier herzlich eingeladen.«

Draußen auf dem Flur fielen sich Hermann Mahlgast und Röppisch ungeniert um den Hals. Am Abend trafen sie sich dann mit Elisabeth Blumenthal und Anna Luise Cammer zur Siegesfeier im vornehmsten Restaurant, das noch einen Tisch zu vergeben hatte, bei »Riche« Unter den Linden.

Achtzehn

1901

Gottfried Ruppin dachte schon mit einigem Schrecken daran, was aus ihm werden sollte, wenn die Arbeiten an der Unterpflasterbahn abgeschlossen waren. Höchstens ein Jahr noch, dann war der letzte Spatenstich getan. Es hieß zwar, die Stadt Charlottenburg habe mit der Hochbahngesellschaft die Verlängerung der Strecke vom Knie bis zum Wilhelmplatz vereinbart, aber daran glaubte Ruppin nicht so recht, auch nicht, dass es danach sogar bis zum Reichskanzlerplatz weitergehen sollte. Die da oben versprachen immer viel, damit die Arbeiter nicht auf die Barrikaden gingen.

An diesem Tage war er am Auguste-Viktoria-Platz im Einsatz. Die Ausfahrtrampe sollte verbreitert werden, um Platz für ein zweites Feldbahngleis zu haben. Er mühte sich, den festgestampften lehmigen Boden mit der Hacke zu lockern. Sah er auf, ging sein Blick die ganze lange Kantstraße hinunter. Die Eckhäuser wirkten wie trutzige mittelalterliche Burgen. Da, wo er arbeitete, war bis vor kurzem noch die Straßenbahn gefahren, doch deren Gleise hatte man vorübergehend auf das Gelände des Zoologischen Gartens verlegt.

Sein Kollege Otto Dobrowolski kam herangeschlendert. Er war einer, der die Arbeit nicht erfunden hatte, und suchte ständig nach einer Gelegenheit zu einem kleinen Schwätzchen. Meistens ging es um Fußball. Der war auch der Grund, warum er sich in der Woche immer schonte. Er spielte immerhin beim BFC Preußen von 1894, der in den vergangenen Jahren Berliner Meister geworden war und auch in dieser Saison als heißester Titelanwärter gehandelt wurde.

»Am Sonntag spieln wa jejen Jermania 88«, begann er die kleine Plauderei.

Ruppin lachte und trug mit einigem Spott das Vereinslied der Germanen vor: »Heil dir, Heil, Germania. Mög es lange noch ertönen: Stoßet zu – hurra, hurra!« Es ging das Gerücht, dass Prinz Wilhelm dem Fußball zugeneigt sei und sich mit dem Gedanken trage, einmal einem Wettspiel beizuwohnen. Germania 88 war fern jeden Verdachtes, dass in seinen Reihen auch Sozialdemokraten kickten. Im Gegenteil, man hielt es mit den Offizieren, die gern beim Training zusahen und Soldatenmannschaften bildeten. »Kein Wunder, auf dem Exerzierplatz üben sie ja auch das: ›Stoßet zu!‹. Mit dem Bajonett in den Leib des Feindes.«

»Willste nich deine Söhne zu uns schicken?«, fragte Otto Dobrowolski.

»Mal sehen.« Die sollten lieber ihre Schularbeiten machen oder zusehen, dass sie ihre Lehre mit guten Noten zu Ende brachten.

»Bei uns jeht es lustiger zu als bei dir inne SPD.«

Ruppin wusste darauf wenig zu erwidern. Seine Partei dümpelte ein wenig vor sich hin, seit Wilhelm Liebknecht, ihr großer Vorsitzender, letzten August gestorben war. Beim Leichenbegängnis hatte es an die 150 000 Leidtragende gegeben, die vier Stunden lang vom Sterbehaus in der Kantstraße 106 in Charlottenburg bis zum Friedhof in Friedrichsfelde marschiert waren. Er natürlich mit dabei. Seine Hoffnungen, Funktionär zu werden und in der Partei langsam, aber sicher aufzusteigen, waren gescheitert. Bauarbeiter standen in der Hierarchie viel zu weit unten, als dass sie eine Chance gehabt hätten. Aber vielleicht schaffte er es, wenn erst die Parteischule gegründet worden war, für die sich besonders August Bebel stark machte. War das Dreiklassenwahlrecht erst zu Fall gebracht worden, würde es statt einer Handvoll gleich Hunderte von SPD-Abgeordneten im Reichstag geben – und vielleicht war er dann einer von ihnen.

»Hier wird nich jeträumt!«, rief Otto Dobrowolski ihm zu. »Hier wird jearbeitet.«

Recht hatte der Kollege, und so griff Ruppin wieder zur Hacke, um die Verbreiterung der Ausfahrt voranzutreiben. Etwa fünf Minuten lang schwang er das Gerät im festen Rhythmus und trieb es wie einen Keil in den Boden, dann stutzte er.

»Nanu, was ist denn das hier?« Er war auf etwas gestoßen, das wie ein Schuh aussah. Tatsächlich, es war einer. Wo die Leute überall ihre Schuhe verloren! Er schmunzelte. Vielleicht hatte es hier nebenan in den Büschen eine heftige Liebesszene gegeben, und das Paar war von einem Gendarmen überrascht worden. Er wusste, dass Otto Dobrowolski immer knapp bei Kasse war, und schrie zu ihm hinüber: »Komm mal her! Hier gibt's kostenlos 'n Paar neue Schuhe!« Er nahm einen Spaten und machte sich daran, den schwarzen Halbschuh freizulegen.

Sekunden später hallte sein Schrei über die Baustelle an der Kaiser-Wilhelm-Gedächtniskirche, denn im Schuh steckte noch der dazu passende Fuß.

»Hilfe, 'ne Leiche!«

Hermann Mahlgast hatte sich mit Röppisch und Göltzsch an diesem Morgen aufgemacht, um der Werkstatt Warschauer Brücke einen Besuch abzustatten. Man musste sich verstärkt um die Züge kümmern. Als sie in der Droschke saßen, konnte Röppisch trotz aller guter Vorsätze nicht an sich halten und musste wieder einmal über »den eitlen Plöhn« spötteln.

»Was hat der anfangs dagegen argumentiert, dass sich sowohl am vorderen als auch am hinteren Ende des Zuges ein Motorwagen befinden soll, so dass der Fahrer an den Endstationen – Potsdamer Platz, Warschauer Brücke und Zoologischer Garten – nur an das andere Ende des Zuges zu gehen braucht, um sofort wieder zurückfahren zu können.«

Göltzsch nickte. »Richtig, an jedem Eisenbahnzug gibt es ja auch nur eine Lokomotive.«

Auch Hermann Mahlgast erinnerte sich noch an die Diskussionen mit dem Kaufmännischen Direktor. »Ich habe ihn erst umstimmen können, als ich ihm ausgerechnet habe, um wie viel teurer das Umsetzen einer elektrischen Lokomotive wäre oder gar der Bau einer Wendeschleife.«

»Auch dass wir nur mit Zügen aus drei Wagen fahren werden und nicht mit vier, verdanken wir ihm«, fügte Göltzsch hinzu. »Wie hat er das formuliert: Es spart uns viele Reichsmark, wenn wir die Passagiere, die in vier Wagen stehen und sitzen, in dreien unterbringen können.«

»Wenn man sie stapeln würde wie die Ölsardinen, kämen wir auch mit einem Wagen aus«, sagte Röppisch.

»Immerhin habe ich es durchsetzen können, die Bahnsteige so lang zu bauen, dass im Bedarfsfalle zwei mal drei Wagen Platz haben, wir also mit Sechs-Wagen-Zügen fahren können«, erinnerte sich Hermann Mahlgast.

Als sie in die Werkstatt kamen, fanden sie eine Schar von Technikern vor, die nicht gerade in Hektik verfallen waren. Mit einer Bierruhe, die Hermann Mahlgast ärgerlich fand, ging man alles an. Die beiden Wagen, die Zypen & Charlier in Köln schon 1899 geliefert hatte, sollten nicht im Linienverkehr eingesetzt werden, wurden aber für die ersten Probefahrten hergerichtet, die es im September 1901 geben sollte. Inzwischen waren aber auch die ersten regulären Wagen eingetroffen, gebaut von der SEG, der Straßen-Eisenbahn-Gesellschaft (Falkenried) in Hamburg-Eppendorf. Sie sollten hier an der Warschauer Brücke fertigmontiert und von Siemens & Halske mit der elektrischen Ausrüstung versehen werden.

»Wir führen sie als Bauart AI T3, erste Lieferung«, erklärte ihnen der Werkstattleiter, »wobei das T3 dafür steht, dass in den Motorwagen drei Fahrmotoren eingebaut werden. Das versetzt uns in die Lage, zwischen zwei Motorwagen immer einen Beiwagen einzukoppeln. So werden wir also den Betrieb mit 42 Trieb- und 21 Motorwagen aufnehmen. Die Triebwagen sind für die 3. und die Beiwagen für die 2. Klasse ausgestattet, zerfallen also in die Holz- und die Polsterklasse.«

So viel Ernsthaftigkeit war für Röppisch schier unerträglich, und so fragte er denn auch sofort, wo denn die 1. Klasse bliebe. Schließlich habe man ja in Deutschland auch ein Dreiklassenwahlrecht, und er als ebenso staats- wie kaisertreuer Untertan sorge sich ernsthaft um das Wohl der 1. Klasse. »Die armen Leute können doch nun gar nicht Hochbahn fahren.«

Hermann Mahlgast beruhigte ihn. »Keine Sorge, wir planen den Umbau des einen Probewagens zum Kaiserwagen, falls denn Seine Majestät wirklich einmal fahren will.«

Der gestrenge Werkstattleiter setzte seinen Vortrag fort. »Unsere Tatzlagermotoren gestatten eine Höchstgeschwindigkeit von fünfzig Stundenkilometern. Mehr ist in der Genehmigungsurkunde auch nicht vorgesehen. Gekuppelt werden unsere Wagen mit einfachen Spannpufferkupplungen. Die Kupplung dient gleichzeitig als Puffer, das ist also anders als bei der Eisenbahn. Starkstromkupplungen haben wir auf dem Dach, Steuerstromkupplungen über Dose und Stecker unterhalb der Wagenböden. Auf jeder Seite des Wagens befinden sich zwei von Hand zu betätigende Schiebetüren.«

»Schön, dass man an die gedacht hat«, sagte Röppisch.

Der Werkstattleiter warf ihm einen warnenden Blick zu. »Die Wagen der 3. Klasse werden gelb angestrichen, die der 2. Klasse erhalten einen kirschroten Anstrich.«

Röppisch lachte. »Damit die Arbeiter gleich sehen, wo sie nicht einsteigen dürfen.«

»Es darf jeder in der Polsterklasse fahren, der den erhöhten Fahrpreis entrichten kann«, wurde er belehrt. »Die Wagen der 3. Klasse werden 39 Sitz- und bis zu 26 Stehplätze haben, die der 2. Klasse 44 Sitz- und eine entsprechende Anzahl von Stehplätzen, so dass ein Dreiwagenzug rund 175, ja im Extremfall sogar bis zu 200 Personen aufnehmen kann.«

»Sind da der Zugführer und der Zugbegleiter schon mitgerechnet?«, fragte Röppisch.

Der Werkstattleiter wusste nicht, wie er reagieren sollte. War das eine ernstgemeinte Frage, oder wollte man ihn vergackeiern? Er zog sich dadurch aus der Affäre, dass er meinte, dies müsse erst bei den Probefahrten genau ermittelt werden, und begab sich dann wieder auf sicheres Terrain. »Selbstverständlich haben alle Wagen eine elektrische Beleuchtung und eine elektrische Heizung.«

»Auch Toiletten?«, fragte Röppisch. »Wie bei jedem Fernbahnzug?«

»Nein.«

Röppisch konnte sich das Lachen nicht verkneifen. »Wieso denn auch? Sieht doch hübsch aus, wenn die Männer oben aus der Hochbahn pinkeln.«

»Albert, bitte!«, rief Hermann Mahlgast. Was der Freund da trieb, hatte nun langsam etwas Zersetzendes an sich. Er fürchtete, der Werkstattleiter würde sich bei der Geschäftsleitung über Röppisch beschweren, und wenn Arnold von Siemens davon erfuhr, dann war der Teufel los. Mahlgast hatte nur noch den einen Wunsch: Nur schnell weg von hier! »Ja, dann verbindlichsten Dank, Herr … Wir fanden das alles sehr überzeugend … Dann können wir ja mit den Probefahrten planmäßig beginnen.«

Noch ein paar Händedrücke, dann stand man wieder draußen auf der Warschauer Straße. Hermann Mahlgast blickte auf seine Taschenuhr. Es war höchste Zeit, dass er sich auf den Weg zum Anhalter Bahnhof machte, um dort Abschied von Elisabeth Blumenthal zu nehmen. Sie wollte nach Halle, um dort ihr Medizinstudium zu Ende zu bringen.

»Herz und Schmerz«, sagte Röppisch, während er und

Göltzsch sich in Richtung Bureau in Bewegung setzten. »Du Armer, du Reicher.«

Als Hermann Mahlgast und Elisabeth Blumenthal auf dem Perron standen und die Minute des Abschieds gekommen war, erlitt er bei dem Gedanken, sie vielleicht nie wiederzusehen, eine kleine Panikattacke. Sie konnte Opfer eines Unfalls werden oder eines Mörders, sie konnte vom Fernweh gepackt werden und auch nach Afrika gehen, wie es Liesbeth Cammer plante, sie konnte ihre Liebe zu einem anderen Mann entdecken und ihn vergessen. Für Sekunden schwankte der Boden unter seinen Füßen, mit rudernden Armen suchte er nach einem Halt, um nicht vornüberzustürzen, und bekam ihren rechten Ellenbogen zu fassen. Wie eine Litfaßsäule umschlang er sie.

Für die Umstehenden sah es so aus, als wollte da jemand im Gefühlssturm seine Geliebte an sich pressen. Auch Elisabeth Blumenthal war dieser Ansicht, und sie ließ es nicht nur geschehen, sondern umfing ihn, wie er sie umfangen hatte.

Hermann Mahlgast begriff, kaum war der Schwindelanfall vorüber, welche Chance sich ihm durch seine Schwäche bot.

»Elisabeth, willst du die Meine werden?«, flüsterte er. »Für immer?«

»Ja«, hauchte sie.

Und ihr Kuss war so lang, dass Elisabeth den Zug verpasste. Das machte nichts, denn bis der nächste ging, konnten sie im Wartesaal ihre heimliche Verlobung feiern.

Fleischfresser und Hühnerkoch hatten sich sofort nach Bekanntwerden des Leichenfundes an der Kaiser-Wilhelm-Gedächtniskirche in Bewegung gesetzt und waren zum Alexanderplatz gelaufen, um mit der Stadtbahn zum Zoologischen Garten zu fahren. Das ging schneller als mit einer Droschke und kostete weniger. Und da der Tote wohl schon einige Jahre in der Erde gelegen hatte, schien im Hinblick auf die Ergreifung des Täters keine Eile geboten.

»Ob es wirklich ein Mord gewesen ist?«, fragte Hühnerkoch, als sie schon im Zug saßen und Richtung Westen fuhren.

»Nein, es kann auch ein Selbstmord gewesen sein«, antwortete Fleischfresser. »Und der Tote hat sich anschließend selber vergraben.«

»Aber vielleicht ein Unfall?«

»Klar.« Wieder wurde Fleischfresser drastisch, weil ihm die Naivität seines Adlatus auf die Nerven ging. »Bei den neuartigen Straßenbahnen ist vorn eine Vorrichtung angebracht, durch die man, wenn man überfahren und getötet worden ist, gleich untergepflügt wird.«

Hühnerkoch war begeistert. »Das sollten Sie mal als Patent anmelden.«

»Erst werde ich Sie mal anmelden«, brummte Fleischfresser.

Hühnerkoch merkte, dass seine Aktien bei seinem Vorgesetzten nicht sonderlich gut standen, und wollte deren Kurs dadurch erhöhen, dass er einen außergewöhnlichen Lerneifer an den Tag legte. »Was passiert denn mit einem toten Menschen, wenn er in der Erde liegt?«

Max Fleischfresser fasste es kurz zusammen. »Auskühlung, Totenstarre, Totenflecke, Fäulnis, Verwesung. Bei der Verwesung gilt die alte Faustregel: Wärme beschleunigt, Kälte verzögert. Die Fäulnisvorgänge werden im Wasser, noch stärker aber im Erdgrab gehemmt. Eine Woche Luft kommt zwei Wochen Wasser gleich und entspricht acht Wochen im Erdgrab. Im Allgemeinen aber kann man sagen: Nach zwei bis drei Tagen kommt es zu einer Grünverfärbung zunächst im rechten Unterbauch, nach einer Woche zu zunehmender Grünverfärbung der gesamten Bauchhaut und Einsinken der Augäpfel, nach zwei Wochen breitet sich die Grünverfärbung aus, es kommt zu Fäulnisblasen, Auftreibung des Leibes, Auspressen von rötlicher Fäulnisflüssigkeit aus Mund und Nase, nach drei bis vier Wochen fetzige Ablösung der Haut, Haare und Nägel sind ausziehbar und Fäulnisgas blasen bilden sich in den Weichteilgeweben. Das Gesicht ist so aufgedunsen, dass die Person nicht mehr identifizierbar ist. Im Sommer kommt es neben Fäulnis und Verwesung zusätzlich auch noch zu einer erheblichen Zerstörung der Leiche durch Tiere wie Fliegenmaden, Ameisen, Käfer, auch Ratten und Mäuse. Der Madenfraß kann bei der Einschätzung der Todeszeit eine große Rolle spielen.«

Seine Ausführungen hatten zur Folge, dass auf dem Bahnhof Börse eine Frau, sich ein Taschentuch vor den Mund pressend, ihr Abteil verließ und Friedrichstraße die anderen beiden Insassen folgten.

Der Tote, den sie im Schatten der Kaiser-Wilhelm-Gedächtniskirche in Augenschein nahmen, musste nach Fleischfressers Einschätzung etwa zwanzig Jahre in der Erde gelegen haben.

»Nach dem Grad der Verwitterung der Knochen und der Zerstörung der Kleidungsstücke zu urteilen, würde ich aller Erfahrung nach sagen: Eher mehr als weniger. Knochen, Hühnerkoch, können innerhalb von Jahren zerstört werden oder auch über Jahrmillionen erhalten bleiben. In diesem Fall scheint man den Mann in eine Baugrube geworfen und sofort mit Erde bedeckt zu haben. Wenig später ist über ihm die Straße angelegt worden. Mit dem Auftragen der Asphaltdecke ist sein Grab dann sozusagen versiegelt worden. Von oben konnte kein Wasser eindringen, und der Grundwasserspiegel liegt viel tiefer. So haben wir also ein wunderschönes Skelett vor uns.«

Bald war auch der Gerichtsmediziner zur Stelle, und als der das Gebiss des Toten in Augenschein genommen hatte, konnte er sagen, dass der Mann im Alter zwischen vierzig und fünfzig Jahren getötet worden sein musste.

»... und zwar durch schwere Gewalteinwirkung gegen den Kopf, das sieht man auf den ersten Blick. Zwei Hiebe haben ihm die Schädeldecke zertrümmert, aber …« So sicher er sich eben noch gewesen war, jetzt stutzte er.

»Was ist denn?«, fragte Fleischfresser.

»Sehen Sie das nicht?«

»Nein, Herr Professor«, musste Fleischfresser zugeben, was ihm schwerfiel, da er dadurch in Hühnerkochs Augen den Status der Allwissenheit verlor.

»Der eine Hieb ist mit einem scharfkantigen Gegenstand ausgeführt worden, einem Beil oder einer Axt, der andere mit einem abgerundeten Instrument, einer runden Eisenstange vielleicht. Aber …«

»Ja«, fuhr Fleischfresser fort. »Wer wechselt schon, während er einen anderen erschlägt, die Waffe?!«

»Das ist die große Frage.« Der Gerichtsmediziner war ebenso ratlos wie der Kriminale.

Hühnerkoch hatte da eine Idee. »Vielleicht hat der Täter die eine Waffe in der linken Hand und die andere in der rechten gehalten?«

»Ach!« Der Professor schüttelte den Kopf. »Beide Treffer, wenn Sie so wollen, liegen dicht nebeneinander links auf derselben Seite.«

»Und wenn es nun zwei Täter waren?«, fragte Fleischfresser. »Jeder mit einem anderen Gegenstand?«

»Das kann schon eher sein. Wir werden bei mir im Institut sehen, ob wir Genaueres eruieren können.«

Fleischfresser wollte nicht so lange warten und kniete sich noch einmal neben den Toten, um die Reste seines Anzuges und der übrigen Kleidung zu untersuchen. »Wenn wir Glück haben, ist irgendwo sein Monogramm eingestickt, oder wir finden gar eine Visitenkarte.«

Es war aber nichts zu entdecken, offensichtlich hatte man die Sachen des Toten sorgfältig durchsucht, bevor man ihn vom Ort, an dem er getötet worden war, zur Gedächtniskirche gebracht hatte.

»Warum gerade hierher?«, fragte Hühnerkoch.

»Gott!« Diese Naivität regte Fleischfresser immer wieder auf. »Damit sie ihn beim Klang der Kirchenglocken verscharren konnten. Die Täter müssen sehr fromme Menschen gewesen sein.« Er sah seinen Gehilfen durchdringend an. »Im Ernst: Weil hier eine Baustelle gewesen sein muss. Und was hat man hier vor zwanzig Jahren zu bauen begonnen, Hühnerkoch?«

»Den Zoologischen Garten?«

»Nein, die Kaiser-Wilhelm-Gedächtniskirche.«

»Deren Grundstein hat Seine Majestät aber erst 1892 gelegt«, korrigierte ihn der Gerichtsmediziner. »Das kann es also nicht gewesen sein. Wahrscheinlich haben sie damals die Schienen zur Pferdeeisenbahn gelegt, das ist ja damals überall losgegangen.«

Fleischfresser musste ihm recht geben. »Ja, sicher, Herr Professor, dafür spricht ja auch, dass der Tote nur knapp unter der Straßenoberfläche liegt.«

Kaum hatte Fleischfresser diesen Schlag verdaut, traf ihn schon der nächste, denn nicht er entdeckte einen kleinen vergilbten und halbzerfallenen Zettel in der Jackentasche des Toten, sondern Hühnerkoch.

»Da steht aber nichts weiter drauf außer …«

Das eine kleine Wort war schwer zu entziffern. Es konnte Arsen, Arsenal, Arras, Arrest oder auch nur Ares heißen. Daran hatten sie nun zu knabbern, während der Tote zur weiteren Untersuchung in die Pathologie der Charité geschafft wurde. Noch im Zug zurück zum Alexanderplatz zerbrachen sie sich den Kopf und ließen ihren Assoziationen freien Lauf.

»Er wird der Trunksucht verfallen gewesen sein«, sagte Hühnerkoch. »Und auf dem Merkzettel steht: Arrak. Dass er nicht vergisst, sich neuen Arrak zu kaufen.«

Fleischfresser war versucht, sich an die Stirn zu tippen.

»Wenn, dann heißt das auf dem Zettel Arras – und Arras ist kein Branntwein, sondern eine Stadt in Nordfrankreich.«

»Vielleicht war er ein Franzose?«

»Ja, einer, den Napoleon in Berlin vergessen hat«, höhnte Fleischfresser. »Da tippe ich schon eher auf Arsenal. Vielleicht war er mit jemandem am Zeughaus verabredet.«

»So lang ist das Wort aber nicht«, wandte Hühnerkoch ein. »Das kann höchstens Arsen heißen und nicht Arsenal. Vielleicht hatte er Angst, mit Arsen vergiftet zu werden.«

Das fand Fleischfresser gar nicht mal so dumm. »Ja, das sollen die Medizinmänner mal herausfinden, ob sich da was bei ihm in den Haaren finden lässt. Aber Unsinn, er ist ja erschlagen und nicht vergiftet worden.«

»Bleiben Arrest und Ares«, sagte Hühnerkoch. »Vielleicht war er vorher im Arrest und ist dann von einem Mithäftling erschlagen worden.«

»Mensch, Hühnerkoch, Sie wachsen ja langsam über sich hinaus!«, rief Fleischfresser. »Aber warten wir einmal ab, was unser Schriftsachverständiger zu unserem Zettel sagt.«

Der Graphologe war sich absolut sicher, sooft er auch zur Lupe griff, dass es nur eine Möglichkeit gab: »Ares und nichts anderes. Ares wie der griechische Kriegsgott, Liebhaber der Aphrodite, römisch Mars.«

Sie bedankten sich und fragten sich, ob es in Berlin einen Mann mit dem Vornamen Ares gab. Aber wie sollten sie das herausfinden? Ein erster Blick in das Berliner Adressbuch zeigte, dass es eine Ewigkeit dauern würde, alle Seiten durchzugehen.

Fleischfresser kam auf die Idee, bei der griechischen Botschaft anzurufen, aber dort kannte auch niemand einen in Berlin wohnenden Griechen, der mit Vor- oder Nachnamen Ares hieß. Möglicherweise sei Ares aber ein Firmenname, man solle doch einmal das Branchenbuch in die Hand nehmen.

Sie taten es und stießen auf zwei Firmen: Ares Herrenbekleidung in der Friedrichstraße und Ares Jagdwaffen in der Tauentzienstraße.

»Machen wir uns auf den Weg, kann ja sein, dass er da Kunde gewesen ist und sie ihn kennen.«

Drei Stunden später kehrten sie enttäuscht zum Molkenmarkt zurück. In keinem der beiden Geschäfte konnte man sich an einen Kunden erinnern, der vor etwa zwanzig Jahren etwas gekauft hatte und dann unter mysteriösen Umständen verschwunden war.

»Hoffen wir auf die Zeitungen«, sagte Fleischfresser. »Dass uns die Leute morgen früh die Bude hier einrennen, wenn sie alles vom Leichenfund an der Gedächtniskirche gelesen haben. Vielleicht erkennt auch einer die Schuhe wieder.« Die waren immer wieder photographiert worden.

Und richtig, am nächsten Morgen gab es eine Reihe von Anrufen, und bis zum Mittag waren sieben Frauen bei ihnen erschienen, die in dem Toten ihren Mann erkannt haben wollten. Die ersten drei schieden aber aus. Der Mann der ersten war erst 1890 verschwunden, der Gatte der zweiten war gute zwanzig Zentimeter kleiner als der Tote und der Teure der dritten zehn Jahre zu jung. Erst bei der vierten Besucherin schöpften sie Hoffnung.

»Mein Name ist Liesbeth Cammer, und mein Mann, der Ingenieur Germanus Cammer, ist vor 23 Jahren spurlos verschwunden, im Juni 1878.«

Cécile dachte es mit Goethe: *Die Nebel zerreißen, / Der Himmel ist helle* … Endlich war sie am Ziel, ihr *Othello* hatte Premiere. Lange hingezogen hatte sich alles, so war ihr der erste Othello mit Schwindsucht gestorben, dann das Theater vorübergehend von der Bauaufsicht geschlossen worden. Nun aber war es so weit. Sie genoss das Lampenfieber wie ein Blinder, der plötzlich wieder sehen konnte. Der Blick durch das Loch im Vorhang zeigte ihr, dass sich Parkett, Rang und Logen bis auf den letzten Platz gefüllt hatten. Der *Berliner Lokal-Anzeiger* und andere Blätter hatten ihr und ihrem Schicksal mindestens eine halbe Seite gewidmet. Als liebreizende Kammerzofe auf der Bühne von einem herabstürzenden Kulissenteil fast erschlagen, gebrochen der Knöchel, gebrochen das Herz, unfähig, sich etwas zu merken und einen Satz zu Ende zu sprechen, nur noch ein Schatten ihrer selbst, ein Häufchen Elend, hinkend und stotternd. In diesem Jahre aber wiederauferstanden und zu neuer Blüte erwacht. Das ging ans Herz.

In der ersten Reihe saßen ihr Mann, ihre Eltern, der Baron von Strubensee mit seinem Sohn, Georg Grasmuck mit seiner Frau und Liesbeth Cammer, die voller Stolz angegeben hatte, ihre Biographin zu sein. Dazu kamen etliche Honoratioren und führende Theaterkritiker. Sie konnte mehr als zufrieden sein.

Ihr Gefühl sagte ihr, dass einer fehlte: Hermann Mahlgast. Ach! Vorbei war vorbei.

Zum Glück läutete der Inspizient, und sie wurde Teil der großen Maschinerie. Bis zum vierten Bild des dritten Aktes funktionierte alles so, wie sie es geprobt hatten, und nichts ließ befürchten, dass ihr Stück etwas anderes werden würde als ein Riesenerfolg.

»*Gib deine Hand mir*«, forderte Othello. »*Diese Hand ist warm.*«

»*Sie hat auch Alter nicht noch Gram gefühlt*«, war ihre Antwort, und sie dachte: Das ist doch gelogen, denn was habe ich in den letzten Jahren nicht schon alles durchmachen und erleiden müssen.

»*Dies deutet Fruchtbarkeit*«, fuhr Othello fort.

Ja, ein Kind habe ich, fuhr es Cécile durch den Kopf, aber wegen meiner Fruchtbarkeit muss man doch kein so großes Aufhebens machen.

»… freigeb'gen Sinn; – / Heiß, heiß, und feucht! Solch einer Hand geziemt / Abtötung von der Welt, Gebet und Fasten, / Viel Selbstkasteiung, Andacht, fromm geübt …«

Was soll der Quatsch, wollte sie ausrufen, ich war schon ewig nicht mehr in der Kirche.

»Denn jung und brennend wohnt ein Teufel hier, / Der leicht sich auflehnt.«

Ja, das war, als ich Ludolf in mein Zimmer gelassen habe, aber das ist längst vorbei, und ich war meinem Manne immer treu, auch als du versucht hast, mich zu verführen.

»… 's ist 'ne milde Hand, / Die gern verschenkt.«

Das stimmt doch gar nicht! Sie war jemand, der nicht gern hergab, was er einmal bekommen hatte.

Die Stimme der Souffleuse im Kasten unten wurde immer lauter: *»Du kannst sie wohl so nennen …«*

Cécile fing sich wieder und sprach das, was im Textbuch vorgesehen war. *»Du kannst sie wohl so nennen, / Denn diese Hand war's, die mein Herz dir gab.«*

Othello war über ihren Aussetzer ziemlich beunruhigt und übersprang eine Zeile: *»Welch ein Versprechen, Kind?«*

Die Souffleuse korrigierte ihn. *»Eine offene Hand: sonst …«*

»Äh … *Eine offene Hand: sonst gab das Herz die Hand; / Die neue Wappenkunst ist Hand, nicht Herz.«*

Cécile begriff den Sinn dieses Satzes nicht und geriet dadurch in eine nicht geringe Panik, hätte aber dennoch im Dialog fortfahren können, wenn nicht in diesem Augenblick der erschrockene Othello im Zurückweichen einen Stuhl zu Boden gerissen hätte. So gering der Anlass auch war, es krachte gewaltig. Cécile schrie auf. Othello hielt sie fest.

Die Souffleuse wurde lauter: *»Davon versteh' ich nichts. Nun, dein Versprechen!«*

»Davon … davon … davon …« Das alte Leiden, mein Gott, alles war wieder aufgebrochen. Der Text war aus ihrem Gedächtnis getilgt, weggewischt, als wäre jemand mit dem

nassen Schwamm über eine Schiefertafel gefahren. Und sie stotterte wieder und hinkte.

Die Katastrophe war da. Cécile stürzte von der Bühne, der Vorhang fiel …

Fleischfresser und Hühnerkoch wussten es inzwischen mit hundertprozentiger Sicherheit, dass der Tote von der Baugrube an der Kaiser-Wilhelm-Gedächtniskirche der Ingenieur Germanus Cammer war. Seine Frau hatte sich an seinen Zahnarzt erinnern können, und der war in der Lage gewesen, ihn anhand vorgenommener Behandlungen zu identifizieren. Außerdem stimmten die anderen Daten alle überein: die Körpergröße, die sich durch das vollkommen erhaltene Skelett genau angeben ließ, das geschätzte Gewicht, die Kleider- und Schuhgröße. Aber die hätte man gar nicht gebraucht, denn auf seinem Ehering, den man ihm nicht vom Finger gezogen hatte, stand *Liesbeth* und daneben die Daten von Verlobung und Heirat.

»1878 also«, sagte Fleischfresser. »Es muss damals eine gute Idee gewesen sein, ihn unter die Gleise der Pferdebahn zu betten. Wer hätte damals auch damit rechnen können, dass sie dort 23 Jahre später einen Tunnel für die Unterpflasterbahn bauen würden?«

Sein Assistent nickte. »Bei einer Hochbahn wäre das nicht passiert.«

»Gut beobachtet, Hühnerkoch, weiter so. Und was machen wir nun?«

»Wir gehen zum Mittagessen.«

Fleischfresser stöhnte. »Das auch. Ich meine aber, im Hinblick auf den Toten?«

»Wir gehen zu seiner Beerdigung und nehmen seinen Mörder fest. Der kommt bestimmt hin, um sich alles anzusehen.«

»Gott, Hühnerkoch, Sie sollten weniger Kolportageromane lesen!« Fleischfresser stand auf. »Nein, wir fragen erst einmal den Mann, der mehr über ihn wissen könnte als seine Frau … Sie erinnern sich an diesen … na?«

»Diesen Blumenhändler?«

Jetzt hatte Fleischfresser denselben Ausdruck im Gesicht, den er dem anderen immer vorwarf. »Welchen Blumenhändler?«

»Na, den Sie verhaftet haben, weil Sie den Verdacht hatten, dass er Cammer …«

»Mensch, das war kein Blumenhändler, sondern ein Sozialdemokrat, der Blumenthal, Theodor Blumenthal.«

»Hab ich doch gewusst, dass da was mit Blumen war.«

Fleischfresser fragte sich, ob es angezeigt war, diesen Blumenthal noch einmal in die Mangel zu nehmen. Schön, vor Gericht war er freigesprochen worden, aber es hatte nur einen Freispruch zweiter Klasse gegeben. Zu den Verdächtigen gehörte er auch heute noch, und der Mord an Cammer war noch lange nicht verjährt. Aber was brachte es, ihm sofort zu Leibe zu rücken? Nichts, außer dass die Sozialdemokraten wieder ihr Wehgeschrei anstimmten und er seine Karrierechancen einbüßte, wenn sie mal an die Macht kamen. Ja, sollte er nun zu Blumenthal in die Lützowstraße fahren oder nicht?

Die Entscheidung wurde ihm abgenommen, denn in dieser Sekunde klopfte es, und als er mürrisch »Herein!« gerufen hatte, stand Theodor Blumenthal in der Tür.

»Ich hatte ohnehin hier in der Brüderstraße zu tun, und da wollte ich Ihnen den Weg abnehmen.«

»Den Seinen gibt's der Herr im Schlafe«, sagte Fleischfresser, indem er aufstand, um Blumenthal die Hand zu geben.

»Inwiefern?«

»Na, Sie sind doch nur deswegen gekommen, um nun, da wir Cammer gefunden haben, ein Geständnis abzulegen.«

»Mir ist nicht zum Spaßen zumute«, sagte Theodor Blumenthal. »Er war ein Mensch, an dem ich sehr gehangen habe, und niemand kann einen größeren Anspruch darauf erheben, dass der Täter gefasst und seiner gerechten Strafe zugeführt wird, als ich. Auch, um selber nicht bis an mein Lebensende der Tat verdächtigt zu werden.«

Fleischfresser bat ihn, Platz zu nehmen. »Gut, kooperieren wir miteinander. Sie sollen aber wissen, dass ich misstrauisch bleibe.«

»Was ja auch die erste Bürgerpflicht ist«, meinte Theodor Blumenthal.

»Ruhe ist die erste Bürgerpflicht«, sagte Hühnerkoch.

»Dann halten Sie sich bitte daran, Hühnerkoch.« Fleischfresser fürchtete, durch die naiven Anmerkungen seines Assistenten selber an Prestige zu verlieren. Er wandte sich Blumenthal zu und versuchte, freundlich zu lächeln, obwohl er selber wusste, dass er dazu ebenso unfähig war wie ein Stummer zu schreien. »Unsere Krux ist ja die, Herr Blumenthal, dass weder Sie noch Cammers Frau oder seine Kinder wissen, was er am Tage seines Verschwindens unternehmen wollte. Ab etwa zwei Uhr nachmittags verliert sich seine Spur. Er wollte in die russische Botschaft gehen, um dort für seine Firma etwas zu erledigen, ist aber dort nie aufgetaucht.«

Blumenthal nickte. »Ich weiß. Und ich zerbreche mir seit 23 Jahren den Kopf darüber, wen er getroffen haben könnte.«

»Na, seinen Mörder«, sagte Hühnerkoch.

»Großartig, Hühnerkoch, da wären wir von alleine nicht drauf gekommen.« Fleischfresser fletschte die Zähne. »Und wenn Sie uns jetzt noch sagen könnten, wer das war …«

»Sicher dieser Ares.«

»Wer ist Ares?«, fragte Blumenthal. »Ich weiß, der griechische Gott des Krieges, aber der kommt ja wohl noch weniger als Mörder in Frage als ich.«

»Ares steht auf einem kleinen Zettel, den wir im Anzug des Toten gefunden haben«, sagte Fleischfresser. »Nichts weiter.«

Theodor Blumenthal schloss die Augen, um besser nachdenken zu können. »Ich kann mich an keinen Herrn Ares erinnern, wirklich nicht, auch an keinen Mann mit einem solchen Vornamen. Ares klingt eher nach einem Kriegsschiff, aber Germanus hatte mit der Seefahrt und der Marine nie etwas am Hut.«

Als Theodor Blumenthal nach einer Stunde wieder ging, waren sie kein Stückchen vorangekommen. Auch ein weiteres Gespräch mit Liesbeth Cammer und ihrer Tochter Anna Luise brachte nichts.

»Kann es nicht Äolsharfe statt Ares heißen?«, fragte Anna Luise. »Ich habe noch einmal die Sachen meines Vaters durchgesehen und entdeckt, dass er da sehr engagiert mitgewirkt hat.«

»Nein, es heißt Ares.« Es klang so, als würde Fleischfresser sie anschnauzen. »Und was ist das bitte, die Äolsharfe?«

»Ein Musikantenbund«, antwortete Anna Luise. »Mein Vater hat dort als Tenor gesungen.«

Liesbeth Cammer lachte. »Manchmal haben sie sich da aber nicht nur angesungen, sondern auch angeschrien, wenn ich mich recht erinnere.«

»Aber am Tag, an dem Ihr Mann verschwunden ist, hat er nichts mit der ›Äolsharfe‹ zu tun gehabt, oder?«, wollte Fleischfresser wissen.

»Nein, nicht, dass ich wüsste. Aber so lange, wie das her ist.«

»Da sind wir ganz schön in der Sarggasse«, sagte Hühnerkoch.

Fleischfresser überlegte, ob er den jungen Kollegen dahin gehend belehren sollte, dass es eigentlich Sackgasse heißen müsste, oder ob er Sarggasse als geniale Wortschöpfung nehmen und dem Herrn Duden melden sollte. In der Sache aber musste er ihm recht geben.

Theodor Blumenthal hielt es für ausgeschlossen, dass Fleischfresser und Hühnerkoch in der Lage waren, den oder die

Mörder seines Freundes Germanus Cammer zu finden. Und da er mit der Devise »Hilf dir selbst, dann hilft dir Gott« aufgewachsen war, brauchte er, als er das Polizeipräsidium verlassen hatte, nicht lange nachzudenken, was nun zu tun war. Aber wo sollte er ansetzen? Auf der Suche nach einer zündenden Idee lief er erst durch die Straßen, dann setzte er sich in das Victoria Café, das an der Kreuzung Unter den Linden und Friedrichstraße gelegen war.

Während er in seiner Kaffeetasse rührte, versuchte er, sich an das zu erinnern, was der Freund ihm von der »Äolsharfe« erzählt hatte. Dass es dort sehr intrigant zugegangen war ... Dass es besonders viel Knatsch mit einem anderen Heldentenor gegeben hatte, einem ... einem ... Er kam nicht mehr auf den Namen, nur daran, dass es irgendwie ein komischer Name gewesen war, erinnerte er sich noch. Er probierte alle durch, die ihm einfielen: Nassmacher, Kackstein, Puhvogel, Niedergesäß, Unsinn, Bloedel, Horneber, Wahrheit, Weißbrodt, Sackträger, Schwanz ... Nein.

Da er an diesem Punkt nicht weiterkam, fragte er sich, während er seinen Käsekuchen aß, was es mit diesem Ares auf sich haben konnte. Hatte Germanus Cammer jemals von einem Menschen oder einer Firma mit Namen Ares gesprochen? Nein. Auch mit der griechischen Götterwelt hatte er nichts im Sinn gehabt.

Theodor Blumenthal zwang sich zu einer Zeitreise zurück in die Jahre 1876, 1877 und 1878. Sein Blick ging ins Leere, während unzählige Bilder an ihm vorbeijagten, bis sein Kopf furchtbar zu schmerzen begann. Als wollte er platzen. Er presste die Hände gegen die Schläfen. Dabei fiel sein Blick auf eine kolorierte Photographie, die knapp über ihm an der Wand hing. Die Unterschrift lautete: *Bornimer Jagdrennen. Weitgrabensprung d. Barons v. Hülfing auf Aphrodite*. Bei Aphrodite musste Theodor Blumenthal sofort an Ares denken, und wie elektrisiert fuhr er hoch: Sollte auch Ares ein

Pferd gewesen sein? Und zugleich fiel ihm wieder ein, dass Cammer immer für die Reiterei geschwärmt hatte, für die preußischen Reitergenerale Friedrich Wilhelm von Seydlitz und Hans Joachim von Zieten wie auch für die sportlichen Jagdrennen im Grunewald, und es als seinen geheimen Traum bezeichnet hatte, einmal ein eigenes Pferd zu besitzen. Sollte er vor 23 Jahren auf einen Hengst mit Namen Ares aus gewesen sein?

Theodor Blumenthal zahlte und eilte nach Hause, um die Suche nach einem Reitpferd mit Namen Ares zu beginnen. Einem Tier, das längst tot sein musste, obwohl er nicht wusste, wie alt Pferde werden konnten. Wenn Ares ein Zuchtpferd gewesen war, dann war es sicherlich irgendwo registriert worden. Beim Landwirtschaftsministerium oder beim Züchterverein. Blumenthal setzte sich ans Telephon und ließ sich mit einigen guten Bekannten verbinden. Es dauerte zwar bis zum nächsten Mittag, dann aber bekam er die Information, dass sich Ares im Besitz des Pferdezüchters und Pferdebahnbetreibers Georg Grasmuck befunden hatte.

»Grasmuck, Mensch!« Jetzt endlich hatte er das ersehnte Aha-Erlebnis: Georg Grasmuck, das war der Tenor aus der »Äolsharfe«, mit dem sich Germanus Cammer in den Haaren gelegen hatte. Der Mann mit dem komischen Namen.

Und als leidenschaftlicher Journalist hatte Theodor Blumenthal sofort die passende Szene vor Augen: Germanus Cammer will zur russischen Botschaft und trifft unterwegs Georg Grasmuck. Es kommt zur Aussprache und zur Versöhnung, und bei dieser Gelegenheit erfährt Cammer, dass der Sangesbruder einen wunderschönen Hengst im Stall stehen hat, den Ares, den er preisgünstig abgeben kann. Sie nehmen sich eine Droschke und fahren zum Stall. Dort flammt der alte Hass wieder auf, und im Verlaufe ihrer Auseinandersetzung erschlägt Grasmuck den anderen. Die Leiche schafft er dann zum Auguste-Viktoria-Platz, wo sich gerade eine

Baustelle befindet und die Gleise einer Pferdebahn verlegt werden.

Das war ein Puzzle, bei dem wirklich jedes Teil zum anderen passte.

Theodor Blumenthal zog sich wieder an und fuhr mit einer Droschke ins Archiv des *Berliner Lokal-Anzeigers*, wo er ungestört forschen durfte. Bald hatte er herausgefunden, dass Georg Grasmuck zusammen mit einem gewissen Ludolf Tschello eine Firma betrieb, die am Kottbusser Ufer und am Ringbahnhof Rixdorf ansässig war, und im Jahre 1878 eine ausgedehnte Stallung in der Neuköllner Richardstraße unterhalten hatte. Der galt Blumenthals primäres Interesse.

Doch als er vor Ort angekommen war, erwartete ihn eine ziemliche Enttäuschung. Es gab keinen Stallbetrieb mehr. Alles war abgeräumt und für eine spätere Bebauung hergerichtet worden.

Theodor Blumenthal stand da wie betäubt. Hier war also Germanus Cammer gestorben, der einzige Mensch auf Erden, den er je geliebt hatte. Es gab keine Fragen mehr, er wusste es ganz einfach. Von Fleischfresser wäre er ausgelacht worden, kein Gericht der Welt hätte ihm Glauben geschenkt, doch sein Gefühl war ein sicherer Seismograph.

Was tun? Wie konnte er juristisch hieb- und stichfeste Beweise gegen Georg Grasmuck zusammentragen? Ganz einfach: Auf die gleiche Weise, in der er für einen Artikel mit der Überschrift *Wie der Ingenieur Gemanus Cammer ums Leben kam* recherchiert hätte. Also Leute befragen, Augenzeugen finden. Er sah sich um. Drüben auf der anderen Straßenseite schlurfte ein Veteran des Krieges 1870/71 vorbei. Sein Holzbein schlug einen makabren Takt auf dem Pflaster.

Blumenthal ging hinüber. »Sie entschuldigen, mein Herr ...«

»Ick entschuldije jar nischt, und wenn Se noch mal Herr zu mir sajen, kriegen Se eens mit meine Krücke übajezogen.«

Blumenthal machte eine Geste absoluter Hilflosigkeit. »Ich

dachte nur, gegen eine Molle mit Korn und eine Bulette könnten Sie nichts haben.«

»Ah, Sie sind eena vonne Journallje und wolln ma aushorchen?« Der Mann war das personifizierte Misstrauen.

»So ist es.«

Der Veteran nahm seinen Krückstock und salutierte. »Ick liebe Seine Majestät und jebe ooch noch mein zweetet Been für ihr.«

»Sehr schön. Rühren! Aber mich interessiert nicht, was Sie von unserem Wilhelm halten, sondern was vor fast 25 Jahren hier in der Richardstraße war.«

Jetzt war der Mann beruhigt. »Denn komm Se ma in de nächste Destille. For 'n richtijet Abendbrot erzähl ick Sie allet.«

Zuerst erfuhr Theodor Blumenthal, dass Georg Grasmuck hier wirklich eine ausgedehnte Stallung unterhalten hatte. Die Tiere seien auf den Weiden bei Neuruppin aufgewachsen, dann habe er sie zum Verkauf an die Pferdebahngesellschaften und an Private nach Rixdorf geschafft.

»Den Laden hier jeschmissen hat eena von seine Knechte, der Krischan. An den kann ick mia noch jenau erinnern, denn der is nämlich plötzlich zu ville Jeld jekommen, irgendeene Wette oder so wat, und hat dann 'ne Kneipe uffjemacht. Wenn ick ma nich irre inne Kaiser-Friedrich-, Ecke Pannierstraße.«

Sofort begann es bei Theodor Blumenthal zu rattern: Aha, dieser Krischan hatte Grasmuck beim Mord beobachtet und ihn danach erpresst.

Er dankte dem Veteranen, bezahlte die Zeche und beschloss, zur Pannierstraße zu laufen, was keine zwanzig Minuten dauern konnte.

Dort angekommen, fand er zwar auf Anhieb das Lokal, von dem der Veteran gesprochen hatte, musste aber zur Kenntnis nehmen, dass der Wirt Christian Itritz, genannt Krischan, letztes Jahr gestorben war.

»Scheibenkleister!« Blumenthal schimpfte leise vor sich hin, während er auf sein Bier und seine Bockwurst wartete. Seine ganze Konstruktion mit Grasmuck als Täter und Krischan Itritz als Mitwisser kam ihm plötzlich absolut hirnrissig vor. Andererseits: Die Einrichtung war sehr gediegen, und kein normaler Pferdeknecht bekam jemals das Geld zusammen, um sich solch eine Speisegaststätte zu kaufen. Wenn so einer etwas erbte, dann höchstens eine alte Bettstelle oder einen abgetragenen Einsegnungsanzug.

Gut, sagte sich Blumenthal, wenn Itritz den Grasmuck wirklich wegen des Mordes an Germanus Cammer erpresst hatte, dann sicherlich nicht ohne Rückversicherung, weil er ja damit rechnen musste, sonst irgendwann einmal aus dem Weg geschafft zu werden. Wer einmal gemordet hatte, dem war auch eine zweite Tat zuzutrauen, um die erste zu verdecken. Und dieser Krischan schien ja wirklich ein schlaues Kerlchen gewesen zu sein. Blumenthal versuchte, sich in dessen Lage zu versetzen. Was hätte er an Krischans Stelle gemacht? Er wäre zu Grasmuck gegangen und hätte gesagt: »Wenn Sie jemals auf die Idee kommen sollten, mich mundtot zu machen, dann wird Ihnen das nichts nützen, denn ich habe einen guten Freund gebeten, sofort zur Polizei zu gehen und der einen Brief zu übergeben, falls ich plötzlich sterbe. Und in dem ist genau beschrieben, wie Sie Cammer erschlagen haben.«

Egal, ob ein solcher Brief wirklich existierte oder nicht, Grasmuck musste jedenfalls glauben, dass es ihn gab, und darauf konnte er, Blumenthal, seinen Plan aufbauen. Zu Hilfe kam ihm, dass an der Wand eine Postkarte hing, die Christian Itritz aus seiner Sommerfrische in Briesen an seinen Ober geschickt hatte. Es war eine einprägsame Handschrift, und Blumenthal nahm sich einen Bierdeckel, um die charakteristischen Buchstaben abzumalen.

Zu Hause schrieb er dann, Krischans Handschrift nachahmend, auf vergilbtem Papier und mit dem Datum von 1878 einen Brief an die Polizei, in dem er den Mord in der Richardstraße schilderte, ohne sich indessen in Einzelheiten zu verlieren, die sofort verraten hätten, dass es nur eine Fälschung war. Das dauerte eine Weile, und so konnte er erst am frühen Abend mit einer Droschke nach Rixdorf fahren, um mit Georg Grasmuck zu sprechen.

Das Fabrikgelände lag friedlich im Schein der Abendsonne. Die Arbeiter und Ingenieure schienen alle schon Feierabend gemacht zu haben, das Fenster im Bureau der Firmenleitung stand aber noch offen, und Blumenthal sah, wie dort ein Mann auf und ab ging. Vielleicht war es Grasmuck selber.

»Entschuldigung!«, rief Blumenthal zum ersten Stock hinauf. »Ich hätte gern Herrn Grasmuck gesprochen, ist der noch zugegen?«

Der Mann kam ans Fenster. »Das bin ich selber. Worum geht es denn?«

»Um eine private Sache, und ich möchte nicht so schreien.«

Grasmuck schien von diesem späten Besuch wenig begeistert zu sein. »Wenn Sie sich bitte einmal vorstellen würden.«

»O Pardon! Theodor Blumenthal mein Name, Zeitungsschreiber, Parlamentarier. Vielleicht kennen Sie mich von meinem Prozess her?«

»Moment, ich komme nach unten und schließe Ihnen auf.«

Theodor Blumenthal wartete. Es dauerte eine Weile, bis Grasmuck unten war und ihm das Tor geöffnet hatte. Er kam in eine Halle, in der mehrere Pferdebahnwagen zu sehen waren, mal mit Rädern an den Achsen, mal auf Holzgestellen aufgebockt. Am Boden standen Verbrennungsmotoren.

»Wir bauen hier einen Motoromnibus«, erklärte ihm Grasmuck. »Den ersten in Deutschland überhaupt.«

Blumenthal nickte. »Sehr schön. Wie viel Pferdestärken hat denn so ein Motor?«

Grasmuck hatte keine Ahnung von technischen Details. »Zehn vielleicht.«

»Das ist ja eine Menge, wo Sie bislang immer nur eine Pferdestärke bevorzugt haben … Ich meine, Sie als Pferdezüchter …« Blumenthal wollte langsam zum Thema kommen.

»Ich habe das alles aufgegeben. Wenn Sie deshalb kommen …«

»Schade«, sagte Blumenthal. »Ich hätte so gern ein Pferd von Ihnen gekauft. Den Ares vielleicht …«

Grasmuck starrte ihn an. »Den Ares? Der ist schon lange tot.«

»Wie bedauerlich. Mein Freund Germanus Cammer hätte ihn damals so gern gekauft.«

Grasmuck spielte mit einem Draht, der auf einer Drahtbank gelegen hatte. »Ich habe Cammer gut gekannt – von der ›Äolsharfe‹ her, aber ein Pferd hat er nie bei mir kaufen wollen.«

»Doch.« Blumenthal lächelte. »Sie wissen ja sicherlich aus der Presse, wie sehr wir beide verbunden waren. Kein Geheimnis hat er vor mir gehabt.«

»Die meisten Berliner halten Sie immer noch für seinen Mörder«, sagte Grasmuck.

»Das ist es ja.« Theodor Blumenthal seufzte bühnenreif. »Und darum bin ich ja auch hier. Ich darf Ihnen daher auch erzählen, wie ich mir seinen Tod vorstelle.« Und er trug seine Version kurz und völlig emotionslos vor. Bis hin zur Rolle von Christian Itriz.

Grasmuck war dabei völlig gleichmütig geblieben. »Sagen Sie, Herr Blumenthal, schreiben Sie auch Romane?«

»Ich wünschte mir, es wäre einer.«

»Und warum kommen Sie erst heute zu mir, wenn Sie doch die Wahrheit schon so lange zu kennen glauben?«, fragte Grasmuck.

»Weil ich nach der Devise ›Lass die Toten ruhen!‹ verfahren bin. Und wenn man nicht Cammers Leiche an der Gedächtniskirche gefunden hätte, wäre ich auch nie auf die Idee gekommen, neue Nachforschungen anzustellen. So aber …«

Grasmuck lachte. »Ihre Phantasie möchte ich haben, mein Herr!«

»Wenn es die nur wäre«, entgegnete Blumenthal, »aber ich habe hier auch einen handfesten Beweis.« Dabei zog er das gefälschte Schreiben aus der Brusttasche. »Dieser Christian Itriz, Ihr Krischan, war ja ein schlauer Fuchs und hat sich natürlich rückversichert.«

Zum ersten Mal erbleichte Georg Grasmuck, denn sein ehemaliger Knecht hatte tatsächlich von einem solchen Brief gesprochen: dass dieser, würde er eines gewaltsamen Todes sterben, der Polizei in die Hände fallen würde. Nun war Blumenthal diesem Fleischfresser offenbar zuvorgekommen.

»Darf ich einmal sehen?«

»Ja, gerne.« Blumenthal reichte Grasmuck den Bogen.

Grasmuck überflog ihn, und da er Krischans Handschrift kannte, hielt er das Schreiben für echt. Damit hatte ihn der andere in der Hand, und Blumenthal würde sich nicht mit einer bestimmten Summe Geldes zufriedengeben – er war darauf aus, ihn hängen zu sehen. Was blieb ihm da anderes übrig, als die Browning-Pistole, die er sich vorsorglich in den Hosenbund gesteckt hatte, herauszureißen und auf den Feind zu zielen?

»Ja, Sie haben recht, Blumenthal!«, schrie er. »Ich habe Germanus Cammer erschlagen, warum auch immer. Weil ich krank bin, weil ich ... Diese Anfälle immer ... Auch den Brand bei Siemens, den habe ich ... Ach, aber das ist ja jetzt auch egal. Doch Sie werden es nicht schaffen, mich vor Gericht zu bringen. Beten Sie noch, und dann ...«

Theodor Blumenthal wusste, dass Grasmuck es ernst meinte und ihn erschießen würde. So starb er also durch dieselbe Hand wie der geliebte Freund ... So tragisch es auch war, ein wenig tröstlich war es doch. Er schloss die Augen, um Germanus noch einmal vor sich zu sehen. »Du, gleich bin ich bei dir«, flüsterte er.

Da zersplitterte die Fensterscheibe, und Hühnerkoch kam wie ein großer schwarzer Vogel in die Halle geflogen. Am Molkenmarkt hatten sie Theodor Blumenthal noch immer für den Mörder Cammers gehalten und waren ihm unbemerkt auf Schritt und Tritt gefolgt.

Grasmuck fuhr herum und schoss zuerst auf Hühnerkoch. Der Polizist schrie auf und prallte zurück. Blumenthal warf sich zu Boden und versuchte, hinter einen der Pferdeomnibusse zu robben. Grasmucks Kugeln verfehlten ihn.

»Lassen Sie Ihren Revolver fallen!«, schrie Fleischfresser vom Fabriktor her.

Doch Grasmuck dachte nicht daran, und beide begannen, sich einen heftigen Schusswechsel zu liefern.

Theodor Blumenthal musste erkennen, dass er noch lange nicht gerettet war.

Neunzehn

1901

Ludolf Tschello war, nachdem er geerbt hatte, mit Cécile und dem kleinen Achaz von der Landsberger Straße in eine Villa an der Treptower Chaussee gezogen, gleich hinter dem Schlesischen Busch und nicht weit weg vom Bahnhof Treptow. Die Nähe zur Ringbahn war nicht unbedingt vonnöten, weil er sich als einer der Ersten in Berlin einen Daimler zugelegt hatte, aber ab und an streikte dessen Vier-PS-Motor, und bei schlechtem Wetter war eine Fahrt ungeschützt hinter dem Steuer auch nicht gerade das größte Vergnügen.

Heute war so ein Tag, an dem er lieber mit der Bahn fuhr, denn es war Herbst geworden und regnete schon seit den frühen Morgenstunden. Seine Laune hätte schlechter kaum sein können. Seine Leute kamen mit der Entwicklung eines einsatzfähigen Kraftomnibusses einfach nicht voran.

Naujocks, sein erster und bester Ingenieur, sprach es ganz offen aus. »Wir können es unmöglich schaffen, Herr Tschello. Es ist nur noch ein knappes halbes Jahr, bis sie die Hochbahn eröffnen, und bis dahin können wir unmöglich drei oder vier Omnibusse gebaut haben. Bis heute fährt ja nicht einmal einer richtig.«

»Es muss gehen, Naujocks, es muss!«, rief Ludolf Tschello.

Der Ingenieur zögerte. »Ich habe da eine andere Idee …«

»Und welche?«

»Dass wir in England Kraftomnibusse kaufen, in London sollen die schon eine Weile fahren.«

Ludolf Tschello winkte ab. »Das halte ich für ein Gerücht. Und im Übrigen: Wo soll ich das Geld dafür hernehmen? Meine Ressourcen sind restlos ausgeschöpft.«

»Und die Banken?«

»Die geben mir nichts mehr, seit mein sauberer Herr Kompagnon als Mörder entlarvt worden ist.«

Zwar war der Name Georg Grasmuck von allen Schildern und Briefbögen getilgt worden, und er, Tschello, hatte nun nicht das Geringste mit dem zu tun, was vor 23 Jahren geschehen war, aber dennoch taten viele Leute so, als sei er Mitwisser oder gar Mittäter gewesen.

Es waren zwei harte Schläge, die er zu verdauen hatte: erst Céciles tragischer Abgang von der Bühne, dann Grasmucks Inhaftierung. Cécile hatte sich noch immer nicht erholt, sie lag zumeist den ganzen Tag über im Bett, das Zimmer verdunkelt, und starrte vor sich hin. Was die Ärzte ihr auch verordneten, nichts riss sie aus ihrer Schwermut heraus. Der kleine Achaz wuchs quasi bei Céciles Eltern im »Krummen Säbel« auf. Mindestens einmal in der Woche kam auch die »Cello-Oma«, wie der Enkel sie nannte, um sich um ihn zu kümmern.

In den Augen seiner Mutter hatte sich Ludolf Tschello den Zorn Gottes zugezogen. Aber inwiefern hatte er denn groß gefrevelt? Höchstens, indem er Cécile verführt und sie ihrem Verlobten weggenommen hatte. Aber a) taten Tausende andere im Lande etwas Vergleichbares, ohne dass sie deswegen verflucht gewesen wären, und b) war sie nicht nur sehr willig gewesen, sondern auch seine Frau geworden. Auch dass er mit aller Kraft gegen Siemens kämpfte, war keine frevlerische Tat, sondern gehörte zur Natur des Kapitalismus. Warum also lag dieser Fluch auf ihm? Anderen, zum Beispiel Hermann Mahlgast, der doch eigentlich ein Langweiler war, flogen die Herzen zu, wenn sie einen Raum betraten, ihm aber schlug, das spürte er deutlich, sofort unverhohlene Abneigung entgegen. Nur weil er so aussah wie die Unholde in den Kolportageromanen – hager und südländisch. Welsch sagten sie dazu. So einen liebte man nicht, so einen stellte man nicht ein, so tüchtig er auch sein mochte. Das war seine Tragik, er konnte sie genau beschreiben, wusste aber nicht, wie er gegen sie ankommen konnte. Außer, dass er allen zeigte, wie gut und erfolgreich er war.

Er schlug Naujocks auf die Schulter. »Morgen will ich sehen, dass unser Prototyp aus der Halle fährt!«

Daraufhin verließ er das Fabrikgelände und ging zum Bahnhof Rixdorf. Der Fußweg tat ihm gut, der Nieselregen kühlte seine heiße Stirn. Noch war ja nicht alles verloren. Wenn ihr erster Kraftomnibus morgen wirklich fuhr, dann konnten sie es womöglich doch noch schaffen, bis zum Februar nächsten Jahres den Linienbetrieb aufzunehmen. Der Anfang ist die Hälfte des Ganzen, hatte sein Vater immer gesagt.

Als er dann eine gute Stunde später vor seiner Villa stand, ging es ihm wieder besser, und er hoffte, mit seiner neugewonnenen Kraft auch Cécile ein wenig mitreißen zu können. Vielleicht schaffte er es, sie zu überreden, sich schick anzukleiden und mit ihm zu einem heiteren Konzert in die Stadt zu fahren.

Doch kaum hatte er das Gartentor aufgeklinkt, kam ihm Bertha, das Mädchen, völlig aufgelöst entgegen.

»Es ist alles so schrecklich, gnädiger Herr!«

Er erstarrte, denn er wusste, was passiert war, ja hatte es schon lange kommen sehen, unaufhaltsam. Und als der Arzt oben in der Tür erschien, konnte es keinen Zweifel mehr geben.

»Meine Frau …?«

»Ja. Sie hat sich vergiftet.«

»Und … besteht noch Hoffnung?«

»Wir schaffen sie schnell ins Krankenhaus.«

Hermann Mahlgast und seine Mitarbeiter waren in diesen Tagen viel zu Fuß unterwegs – und dies vor allem auf der Trasse der Hoch- und Unterpflasterbahn. Überall gingen die Bauarbeiten ihrem Ende entgegen oder waren bereits abgeschlossen, aber Kontrolle schien ihm besser zu sein als blindes Vertrauen, und Kleinigkeiten gab es immer wieder zu verbessern.

An der Warschauer Brücke standen die Triebwagen auf dem fast fertigen Viadukt zum Probebetrieb bereit. Mit dem Bau des Bahnhofs selber war man etwas im Verzuge, ebenso wie mit den Brücken westlich des Bahnhofs Oranienstraße, denn da, wo die Oberleitungen der Elektrischen dicht neben der Hochbahn hingen, konnte man erst nach Betriebsschluss mit der Arbeit beginnen. Die Portalkräne auf ihren »fliegenden Gleisen« ließen sich nur bewegen, wenn die Oberleitung abgeschaltet und abgenommen worden war. Mit Hilfe von Flaschenzügen, die oben an den Kränen befestigt waren, wurden die Fachwerkträger auf die Stützrahmen gehoben. Bei schweren Bauelementen ließ man Pferde das Hebezeug bedienen. Vielfach hatte man an der Strecke zur Verschönerung des Ganzen junge Bäume gepflanzt. Die Bahnhöfe auf der Hochbahnstrecke waren weithin fertig, nur lagen zwischen den Gleisen noch die Schmalspurschienen der Materialbahn, mit der die weniger weit fortgeschrittenen Bauabschnitte versorgt wurden. Im Treppenhaus des Bahnhofs Prinzenstraße hatte bereits der Spezialausschank der Berliner Bierbrauanstalt geöffnet. Dahinter werkelten die Arbeiter noch an Schmuckelementen der Brückenpfeiler. Hoch her ging es noch am Bahnhof Hallesches Thor, wo zum Aufbau der Pylonen am Empfangsgebäude die Zimmerleute ein riesiges, aber durchaus filigranes Holzgerüst errichtet hatten. An der Eisenkonstruktion der Bahnhofshalle legten die Spezialisten der Brückenbauanstalt Beuchelt & Co. aus dem schlesischen Grünberg letzte Hand an. Die Fertigstellung des komplizierten Gleisdreiecks hatte man schon im Juli feiern können. Viel zu tun gab es noch am Tunnelabschnitt hin zum Potsdamer Platz. Dort kam man wegen des erheblichen Platzmangels nur langsam voran. Aushub und Baumaterialien konnten nur innerhalb der Baugrube befördert werden. Eine kleine Lorenbahn pendelte mit ihrer Dampflok zwischen dem Potsdamer Platz und den Transportkähnen im Hafen am Landwehrkanal. Die Hinterhäuser an der Köthener Straße 12–14 hatte man wegen des Tunnelbaus abreißen müssen, nun wurden sie nach Fertigstellung des Tunnelabschnitts, zum Teil auf der Tunneldecke stehend, wieder neu hochgezogen. An der Hausdurchfahrt Bülowstraße mussten nur noch ein paar Quadratmeter Wand verputzt werden. Das Wagnis war geglückt, nichts war eingestürzt. Am Bahnhof Nollendorfplatz fehlte nur noch das Dach der Halle. Auf der Rampe in Richtung Wittenbergplatz lagen noch ein paar Schwellen herum, aber die Seitenwände waren schon geklinkert. Am Bahnhof Wittenbergplatz wurden gerade die Stahlträger der Deckenkonstruktion aufgelegt. In der Tauentzienstraße war der Tunnel schon besenrein fertiggestellt, nur die Decke fehlte noch. Am Auguste-Viktoria-Platz war man schon dabei, Erdreich auf die Tunneldecke zu schippen.

Um die Gesamtwirkung der Hochbahnviadukte zu steigern, hatte man ja Alfred Grenander verpflichtet, und der gebürtige Schwede war seinem Ruf gerecht geworden, wie kein anderer auf die spezifischen Eigenschaften von Material und Konstruktion einzugehen.

»Es wird schwierig werden«, hatte ihm Hermann Mahlgast prophezeit.

Grenander hatte genickt. »Ja, sicher, denn alles ist ja schon weithin fertig. Ich werde aber versuchen, mit einfachen Mitteln wie Biegen, Spalten und Aufrollen der Flansche, durch Verkröpfen, Ausklaffen und Lochen der maschinell gefertigten Stahlprofile spezifische ornamentale Lösungen zu finden.

Ich denke auch an dekorative gusseiserne Schmuckelemente. Dabei geht es mir aber nicht nur um den dekorativen Wert, sondern auch darum, den Kräftefluss einer Bogenkonstruktion nachzuempfinden. Schließlich muss die monotone Regelmäßigkeit der Nietenbilder durch eine ornamentale Gruppierung aufgelöst werden.«

Das alles war ihm, jedenfalls laut Göltzsch und einigen externen Gutachtern, auch weithin gelungen, und vor allem seine Portalstützen am Kottbusser Thor, am Wasserthor, am Sedanufer, in der Bülowstraße und am Nollendorfplatz fanden großen Beifall. Auch seine Fahrkartenhäuschen und Eingangsportale am Kottbusser Thor, am Potsdamer Platz, am Wittenbergplatz und am Zoologischen Garten fanden breite Zustimmung. Bei der Hochbahngesellschaft dachte man nach diesem Erfolg daran, ihm bei der kommenden Erweiterung des Netzes die führende Rolle zu übertragen.

Heute hatte es Hermann Mahlgast übernommen, einer Gruppe von Offizieren, die sich am Torhaus neben dem Tempelhofer Ufer versammelt hatte, Auskunft über den Hochbahnbau zu geben. Da sich Botho von Strubensee unter ihnen befand, musste er sich besondere Mühe geben.

»Wie Sie sehen, liegen die hölzernen Schwellen direkt auf den eisernen Querträgern auf. Zwischen denen sind nach oben gewölbte Bleche eingefügt.«

»Mit Löchern drin, damit das Regenwasser abfließen kann«, sagte Botho von Strubensee.

Hermann Mahlgast lächelte. »Nein, die mussten wir sozusagen wieder zustopfen, denn die Obrigkeit will, dass unsere Konstruktion wasserdicht ist, damit man unter dem Viadukt trockenen Fußes flanieren kann.«

»Ein Magistratsregenschirm, der durchlässig ist wie ein Sieb, das geht ja wohl nicht an.«

»So ist es. Dicht ist auch das Dach des Torhauses, vor dem wir hier stehen, denn inzwischen sind Mitarbeiter der Hochbahngesellschaft mit ihren Familien hier eingezogen«, fuhr Hermann Mahlgast fort.

Botho von Strubensee lachte. »So habe ich mir das auch vorgestellt: Die Triebwagenführer steigen aus dem Bett und klettern direkt in ihren Führerstand.«

»Und vorher bewundern sie noch das Sternengewölbe in der Durchfahrt hier«, fügte Göltzsch hinzu. »Unser von allen geschätzter Paul Wittig hat es mit leuchtenden Blau- und Goldtönen anmalen lassen.«

Beim anschließenden Mittagessen stahl sich Hermann Mahlgast vor dem Nachtisch heimlich davon. Er müsse noch zum Arzt, flüsterte er Albert Röppisch ins Ohr. Ach, wenn es das nur gewesen wäre! Aber nicht einmal dem besten Freund wollte er sich offenbaren. Dass es ihn zu Cécile zog, zu ihrem Grab. Ludolf Tschello war es gelungen, ihren Freitod geheim zu halten, und als sie auf einem kleinen Friedhof an der Bergstraße in Rixdorf beigesetzt worden war, hatten ihr nur er, der kleine Achaz, seine Mutter, seine Schwiegereltern und Liesbeth Cammer die letzte Ehre erwiesen.

Hermann Mahlgast hatte Mühe, Céciles Grab zu finden, und er sah sich sorgfältig um, ehe er eine lange dunkelrote Rose auf ihren Hügel legte.

»Es tut mir so leid um dich«, flüsterte er, und die Tränen tropften ihm auf den Schal. »Ich weine um dich, ich habe ja mein Glück, aber …« Er brach ab, denn er hatte Angst, dass Elisabeth es hörte. »Ich bin undankbar. Ach, Cécile!«

Ludolf Tschello war reizbar und aggressiv, und seine Leute gingen ihm am besten aus dem Weg. Seit dem Freitod seiner Frau war er unerträglich geworden. Sicher galt ihm ihr volles Mitgefühl, aber immer rücksichtsloser trieb er sie an, wenn der Prototyp seines Kraftomnibusses sich noch immer nicht in Bewegung setzen wollte. »Meine Frau habe ich schon verloren, nun will ich nicht auch noch meine Existenz verlieren!«

Auch an diesem Morgen schrie er alle an, die ihm nicht schnell genug zu arbeiten schienen.

»Naujocks, wenn Sie zu schlapp sind, den Motor anzuwerfen, dann gehen Sie doch mal in einen Athletikclub und üben mit den Hanteln!«

Der Ingenieur drehte mit aller Kraft an der riesigen Kurbel, doch der Motor in der Schnauze des Busses wollte einfach nicht in Gang kommen. Nach kurzem Stottern hatte er seinen Geist schon wieder aufgegeben.

Einer der Techniker war ein Spaßvogel und meinte, man sollte die Bedienung der Kurbel den Fahrgästen überlassen. »Wer es schafft, fährt dann umsonst.«

»Krause, raus! Wir sind hier nicht im Wallner-Theater. Lassen Sie sich Ihre Papiere geben!«

Endlich begann der Motor zu laufen. Alle klatschten Beifall. Ludolf Tschello wusste nicht genau, ob sie damit ihn und sein Werk verhöhnen wollten oder einfach nur Naujocks Anerkennung zollten.

»Dann los, lassen Sie uns zur ersten Probefahrt starten.« Ludolf Tschello stand schon auf dem Trittbrett, um sich auf den Fahrersitz zu schwingen.

Naujocks, ein langer und spindeldürrer Mensch, packte ihn aber am Ärmel und versuchte, ihn an seinem Vorhaben zu hindern. »Nein, Herr Tschello, bitte nicht! Wir sollten nichts überstürzen. Es kommt doch auf einen Tag mehr oder weniger nicht an.«

»Doch!«, rief Ludolf Tschello. »Am 15. Februar nächsten Jahres soll die erste Hochbahn fahren – und ich will, dass am 10. Februar meine Kraftbuslinie den Betrieb aufnimmt. Volle Busse, leere Züge, wir müssen Siemens besiegen!«

Naujocks hielt es für seine Pflicht, seinen Chef zu warnen. »Fahrgestell und Lenkung sind noch nicht ausgereift, und ich weiß nicht, ob unser Motor bei voller Belastung nicht plötzlich auseinanderfliegt.«

»Ohne Risiko erreicht man nie etwas«, beschied ihn Tschello. »Los, alle, die hier herumstehen, steigen jetzt ein. Die eine Hälfte ins Wageninnere, die andere oben auf die Decksitze.«

»Das ist doch Wahnsinn!«, rief Naujocks.

»Ja, aber mit Methode.«

Schon saß Ludolf Tschello hinter dem Steuer, das so groß und gewaltig war wie ein Wagenrad. Eine Windschutzscheibe gab es nicht, und es war schon Anfang November, doch obwohl er nur einen leichten schwarzen Anzug trug, fror er nicht. Im Gegenteil, er hatte das Gefühl zu glühen, und der Schweiß auf seiner Stirn überwand die Barriere der Brauen und lief ihm in die Augen. Es kümmerte ihn wenig.

»Sie sollten sich wenigstens eine Schutzbrille aufsetzen«, sagte Naujocks.

»Quatsch, wir sind hier nicht am Nordpol, und einen Schneesturm wird es auch nicht geben.«

Nach ein paar vergeblichen Versuchen schaffte er es tatsächlich, das Gefährt in Bewegung zu setzen. Der Kraftomnibus Nummer eins der Firma Ludolf Tschello rollte aus der Halle und über den Hof. Ein dreifaches »Hurra!« erschallte.

Ludolf Tschello genoss den Triumph und dachte: Freude, schöner Götterfunke! Nachdem ihm das Schicksal bislang so übel mitgespielt hatte, war er jetzt auf dem Wege zur Sonnenseite des Lebens. Wer wagt, gewinnt.

Hoch über ihm auf dem Damm rollte die Ringbahn, und er merkte, dass er kaum langsamer war als sie. Vielleicht schaffte er es sogar, vor der Lokomotive die Kaiser-Friedrich-Straße zu erreichen. Er trat das Gaspedal voll durch.

Da gab es vor ihm einen fürchterlichen Knall, und Flammen schlugen hoch. Sein Erschrecken war so groß, dass er zu heftig bremste. Der Wagen brach aus und krachte gegen einen Baum.

Hermann Mahlgast verstand sich selbst nicht mehr, aber plötzlich hatte er es mit dem Heiraten ziemlich eilig. Wahrscheinlich lag es daran, dass er bald 35 Jahre alt wurde und in eine Art Torschlusspanik geriet. Ein bisschen mochte aber auch Albert Röppisch recht haben, wenn dieser spottete, der Termin hinge mit der Hochbahn zusammen. »Mit der Hochbahn hat unser Hermann bis jetzt in glücklicher Ehe gelebt, nun aber geht sie sozusagen in Allgemeinbesitz über, und jeder kann sie benutzen. Da muss er sich eine andere suchen, die nur ihm gehört: seine Elisabeth. Es wird seine zweite Ehe sein.«

Es wurde beschlossen, klein, aber fein zu feiern, also nur im engsten Kreis, im noblen Hotel de Rom Unter den Linden, Ecke Charlottenstraße. Als Trauzeugen vor dem Standesamt fungierten Albert Röppisch und Anna Luise Cammer. Den himmlischen Segen bekamen Hermann und Elisabeth in der Emmauskirche am Lausitzer Platz. Die hatte er gewählt, weil sie direkt an der Hochbahn stand und er bei einer Panne während einer Probefahrt eine Stunde Zeit gehabt hätte, sie ausgiebig zu betrachten. Da beide keine romantischen Naturen waren, ließen sie die Zeremonie eher genervt über sich ergehen, als dass sie alles so richtig genossen hätten.

»Wäre Julia Ärztin gewesen und Romeo Ingenieur für elektrische Bahnen, hätte selbst ein Shakespeare verzweifeln müssen«, kommentierte Albert Röppisch.

»Gehen Sie mir mit Ihrem Lassdünkel«, sagte Magdalena Blumenthal. »Sie reden ja wie ein Unfreund und beschwören womöglich noch ein Missbündnis herauf.«

»Gott bewahre!«, rief Albert Röppisch. »Ich will doch beider Leben Tag für Tag lukernieren.«

Hermanns Schwiegermutter nickte, obwohl er das Wort beim Blick auf die flackernde Gaslampe – denn im Lateinischen heißt Lampe *lucerna* – eben erst erfunden hatte.

Als sie an der langen Tafel des Hotel de Rome Platz nehmen wollten, flüsterte der Ober Hermann Mahlgast ins Ohr, dass ihm da ein peinlicher Fehler unterlaufen sei.

»Was denn?«

»Pardon, aber mit dem Brautpaar zusammen sind es dreizehn Gedecke, und das würde ich als böses Omen ansehen und schleunigst zu korrigieren versuchen.«

Hermann Mahlgast zählte seine Lieben durch, die gerade in der Garderobe standen und ablegten. Seine Eltern: eins und zwei, Elisabeths Eltern: drei und vier, Theodor Blumenthal: die Nummer fünf, Albert Röppisch und Anna Luise Cammer: sechs und sieben, Liesbeth Cammer und Friederike Fischer: acht und neun, Erich und Dorothea Abendroth: zehn und elf. Sie waren also, zählte er sich und Elisabeth dazu, wirklich dreizehn. Sollte man diesen Aberglauben, dass die Dreizehn Unglück bringe, wirklich ernst nehmen? Nein. Doch, irgendwie schon. Er ging zu Albert Röppisch und flüsterte ihm zu, dass er in der Bredouille steckte.

»Was tun? Soll ich noch jemanden dazuholen? Aber wen?«

Albert Röppisch lachte. »Am besten Ludolf Tschello.«

»Hör auf, mir ist nicht nach Lachen zumute. Zu dumm, dass Elisabeths Brüder nicht kommen konnten oder vielmehr wollten.« Der eine lag mit einer Lungenentzündung im Krankenhaus, der andere war Offizier in Deutsch-Südwestafrika, und der dritte, erzkonservativ, hatte sich mit seiner Schwester überworfen. »Was nun?«

Albert Röppisch dachte nach. »Wenn du jetzt noch jemanden einlädst, wird der fürchterlich beleidigt sein und sich als Lückenbüßer vorkommen. Am besten, es geht einer wieder. Soll ich?« Er wandte sich bereits zur Tür.

Hermann Mahlgast hielt ihn fest. »Quatsch!«

»Dann behaupte doch, Elisabeth sei schon schwanger, dann sind wir sozusagen dreizehneinhalb.«

Hermann Mahlgast lief rot an. »Woher weißt du?«

Albert Röppisch umarmte ihn. »Mensch, phantastisch!«

Anna Luise Cammer stieß ihre Freundin Elisabeth an. »Du, wen heiratet er denn nun: dich oder ihn?«

»Ihn wahrscheinlich«, flüsterte Elisabeth. »Wir haben ja drei hier, die ... Das muss ansteckend sein.«

Der Oberkellner drängte weiterhin auf ein vierzehntes Gedeck, und da Hermann Mahlgast ihm das mit dem Kind im Mutterleib nicht auf die Nase binden wollte, suchten sie weiter nach einem Ausweg.

Albert Röppisch hatte eine Idee. »Es bleibt nur, jemanden anzurufen und zu fragen, wo er denn bliebe, er habe wohl die Einladung nicht bekommen. Aber wen? Arnold von Siemens geht ja schlecht, aber vielleicht einen von Siemens oder der Hochbahngesellschaft, der auch ein bisschen was hermacht.«

»Göltzsch ist in Chemnitz, seine Mutter liegt im Sterben.«

»Dann nimm doch Alfred Grenander, der ist a) sympathisch und b) der kommende Mann bei der Hochbahngesellschaft.«

Hermann Mahlgast überlegte einen Augenblick, dann warf er ein paar Zeilen auf ein Blatt Büttenpapier und schickte einen Boten zu Grenander. Eine knappe Stunde später stand der Architekt im Hotel de Rome und entschuldigte sich vielmals, die Einladung übersehen oder verlegt zu haben.

Bei so viel Hoch- und Unterpflasterbahn war es denn auch kein Wunder, dass dieser in den meist launigen Reden, die an diesem Tage gehalten wurden, breiter Raum gewidmet wurde. Aber der Höhepunkt des »Hochbahnkultes«, wie Albert Röppisch lästerte, war das Anschneiden der Hochzeitstorte – und die war in der Form des Gleisdreiecks gehalten. Es trafen sich zwei Züge auf ihm, die sich innig küssten.

»Habt ihr euch denn für die Hochzeitsnacht den Salonwagen gemietet?«, fragte Liesbeth Cammer.

»Nicht nötig«, flüsterte Elisabeth und strich sich über den Bauch.

Hermann Mahlgast genoss das alles. In der Typologie Friedrich Nietzsches war er kein dionysischer, sondern ein apollinischer Mensch, und als solcher war er nicht auf das rauschhafte Erleben aus, sondern auf das behagliche Dahingleiten im großen Fluss des Lebens. Cécile hätte ihm die Ekstase gebracht, Elisabeth bescherte ihm das stille Glück, und nichts anderes wollte er.

Nach Inbetriebnahme des Hochbahnkraftwerkes an der Trebbiner Straße konnte man mit der Aufnahme des Probebetriebes und der Unterweisung des Fahrpersonals beginnen. So oft wie möglich fuhren Hermann Mahlgast und Albert Röppisch vorn im Führerstand mit, allerdings weniger, um alles zu überwachen, als vielmehr, weil sie in dieser Hinsicht große Kinder waren.

Hermann Mahlgast war über die Signaleinrichtungen nicht besonders glücklich. Er selbst hatte jahrelang für ein vollkommen selbsttätiges System der Streckenblockung gekämpft. Dabei waren die beiden Fahrschienen gegeneinander isoliert, und überfuhr ein Zug eine bestimmte Stelle, bewirkten seine Achsen einen Kurzschluss, der die Signalgebung betätigte, hinter ihm fiel also der Signalflügel nach unten, und die Laterne zeigte Rot. War er aus dem geblockten Abschnitt heraus, löste er einen weiteren Kontakt aus, und das Signal zeigte wieder auf freie Fahrt. Das erschien ihm genial, aber die eigentlichen Fachleute hatten ihm erklärt, es würde zu große technische Schwierigkeiten mit sich bringen, wenn die Schienen sowohl für Signalzwecke als auch für die Rückleitung des Fahrstromes benutzt würden, und schließlich habe man ja auch das auf Hauptbahnen benutzte und vielfach bewährte vierfeldrige Blocksystem von Siemens, bei dem die Handbedienung durch die Mitwirkung des Zuges ergänzt wurde. Seine Impulse zwangen die Männer im Stellwerk dazu, ihre Apparate richtig zu bedienen.

»Am Ende eines jeden Bahnsteiges befindet sich das Streckenblocksignal für die vorliegende Strecke«, wurde ihnen und einem Dutzend Fahrschülern vom einweisenden Ingenieur erklärt. »Und auf dem Bahnsteig selbst befindet sich der zu der Fahrtrichtung gehörende Blockapparat, der so eingerichtet ist, dass die Freimeldung einer Strecke erst möglich ist, nachdem der Zug einen Schienendurchbiegekontakt befahren hat und durch das nächstfolgende Streckenblocksignal gedeckt wird. Die Signale auf den Haltestellen der Hochbahn, die sich in nächster Nähe der Apparate befinden, werden durch Doppeldrahtzüge gestellt.«

»Wie sich das für ein Unternehmen der Elektroindustrie gehört«, warf Albert Röppisch ein. Das Wort vorsintflutlich vermied er aber, auch den Hinweis darauf, dass wahrscheinlich Herr von Plöhn eine intelligentere Lösung, die zu teuer gewesen wäre, verworfen hatte.

Der verantwortliche Ingenieur sah ihn böse an. »Wenn Sie erlauben: Am Gleisdreieck ist die Bedienung sämtlicher Weichen und Signale durch Elektromotoren vorgesehen.«

»Natürlich erlaube ich das«, erwiderte ihm Albert Röppisch. »Aber auch so wird sich nicht verhindern lassen, dass es auf diesem Scheißdreieck ... Pardon, Gleisdreieck irgendwann zu einer Katastrophe kommen wird, zu einer Flankenfahrt, denn das Ganze ist eine gigantische Fehlkonstruktion.« Er winkte resigniert ab. »Aber auf mich hört ja keiner.«

»Albert, bitte!«, mahnte ihn Hermann Mahlgast.

Als sie dann aber über die fertiggestellten Streckenteile rollten, war jeder Ärger verflogen. Leise und fast erschütterungsfrei glitten sie hoch über den holprigen Straßen dahin.

»Als wennste schwebst«, sagte Albert Röppisch.

»Sei ja ruhig!« Hermann Mahlgast hätte dem Freund am liebsten den Mund zugehalten. »Sonst kommen die Berliner doch noch auf die Idee, eine Schwebebahn zu bauen.«

»Huch, halt mich fest, mir wird ganz schwindlig!«, rief Albert Röppisch. Seine Panik war nur zum Teil gespielt. Ein bisschen Höhenangst verspürte er schon, als sie nun in doppelter Höhe den Landwehrkanal und zugleich die ihn, sozusagen in der ersten Etage, überspannende Brücke der Anhalter Eisenbahn überquerten.

Als kurz danach ihr Zug heftig bremste, sah sich Albert Röppisch schon in die Tiefe stürzen und schrie auf. Der Fahrer hatte aber nur gebremst, weil vor ihm die Stromschiene vorerst ihr Ende hatte. Kurz dahinter war die Familie Siemens mit allen verfügbaren Kindern dabei, die Hochbahn zu besichtigen.

Hermann Mahlgast und Albert Röppisch erkannten Arnold von Siemens und sprangen auf den Schotter hinunter, um ihm guten Tag zu sagen.

»Gratuliere!«, rief der Sohn des legendären Firmengründers. »Sie ist ein großartiges Werk geworden, unsere Hochbahn.«

Albert Röppisch grinste. »Alles nur, weil Sie mich damals nicht entlassen haben.«

»Junger Mann ...«, kam es warnend.

»Ach, wenn Ihr Vater das noch erleben könnte, die Verwirklichung seines Traumes.« Albert Röppisch wusste, dass er mit dieser Bemerkung alles wiedergutgemacht hatte.

Ludolf Tschello kam von der Großbeerenstraße und bog links in das Tempelhofer Ufer ein. Die Hochbahntrasse auf der anderen Seite des Kanals beherrschte das Bild. Schräg vor ihm lag der Bahnhof Möckernbrücke. Er wusste, dass er der Standardform von Siemens entsprach. Schmückende Elemente gab es nicht, man hatte lediglich die Bogenbleche des Viadukts am Bahnhof fortgeführt. Der Bahnsteig in Richtung Warschauer Brücke und die im Gewächshausstil verkleidete Treppe hingen über dem Kanal. Ein Schiffer stakte seinen leeren Kohlenkahn zum Urbanhafen, und es sah so aus, als sei er gekommen, aussteigende Fahrgäste zu übernehmen. Aber noch gab es auf dem Bahnhof nur ein paar Arbeiter, die an der zentralen Eingangstreppe werkelten und dabei waren, das Kassenhäuschen zu errichten.

Drüben am Schöneberger Ufer rollte eine Pferdekutsche. Dort entlang hätten seine Kraftomnibusse fahren sollen. Aus und vorbei. Zwar war bei der Havarie seines Prototyps niemand zu Tode gekommen, aber dennoch hatte alles haarklein in der Zeitung gestanden. Dass das Fahrzeug nach einer Explosion im überlasteten Motor vollkommen ausgebrannt und Ludolf Tschello vom Pech verfolgt war. Erst die Frau verloren, dann der Freund und Geschäftspartner als Mörder entlarvt, und nun war der Omnibus ein Raub der Flammen geworden. Als nächster Schicksalsschlag drohe ihm die Pleite seiner Firma. Und prompt kam es so, denn wer wollte ihm nach all den Schreckensmeldungen noch neue Kredite einräumen? Er sei ein gebrochener Mann, hieß es überall.

Das stimmte aber nicht, denn Hass, neben der Liebe die gewaltigste Triebkraft des Menschen, hielt ihn weiterhin am Leben und ließ ihn nach Taten schreien. Er hasste alle Menschen, gleichviel, ob er sie nun kannte oder nicht, und insbesondere hasste er Hermann Mahlgast und die Hochbahn. Immer mehr verrannte er sich in den Gedanken, dass nur einer für sein Elend verantwortlich sei, dass nur einer ihn ins Unglück gestürzt hatte: Hermann Mahlgast. Immer klarer glaubte er nun zu sehen, dass Hermann Mahlgast mit seinen Beziehungen dafür gesorgt hatte, dass man ihn bei Siemens nicht genommen hatte. Klar, er selbst war ja der weitaus bessere Ingenieur, und da hatte Hermann natürlich Angst gehabt, in seinem Schatten zu verkümmern. Und auch Cécile hatte der falsche Freund ihm weggeschnappt, obwohl ja alle Welt wusste, dass sie als Temperamentsbündel nie und nimmer zu diesem Langweiler passte.

Er ging weiter Richtung Trebbiner Straße und gelangte an die Stelle, an der die Hochbahn eine Brücke der Anhalter Bahn überqueren musste, die hier den Landwehrkanal kreuzte. So kühn das Bauwerk auch war, so schien ihm das Ganze doch unnötig. Hätte er zu entscheiden gehabt und nicht dieses

Mittelmaß um Hermann Mahlgast, dann wäre der ganze kostspielige Unsinn mit dem Gleisdreieck unterblieben. Er hätte die Hochbahn nördlich am Anhalter und Potsdamer Bahnhof vorbeigeführt, also vom Halleschen Thor durch die Königgrätzer Straße zum Potsdamer Bahnhof und dann am südlichen Rande des Thiergartens zum Zoologischen Garten oder aber im Bogen über die Potsdamer Straße zur Bülowstraße.

»Alles wieder abreißen!«, rief er. So laut, dass die Leute stehen blieben und ihn für einen armen Irren hielten.

Er wünschte sich die stärksten Kanonen herbei, um die Hochbahntrasse niederzumähen.

Die Hochbahn stand für sein Elend. Ohne sie wäre er ein glücklicher Mensch gewesen und würde irgendwo bei der Reichsbahn sitzen, um idyllische Nebenbahnen zu bauen.

Und da die Hochbahn sein Leben zerstört hatte, drängte es ihn nun mit diabolischer Kraft, die Hochbahn zu zerstören.

Wie viel Sprengstoff brauchte man dazu? Wo bekam er Sprengstoff her?

Zwanzig

1902

Hermann Mahlgast hielt den Andruck einer Art Gebrauchsanweisung zur Benutzung der Hochbahn in der Hand, und das, was er da las, fand er spannender als jeden Kriminalroman:

DIE FAHRT AUF DER HOCHBAHN.

1. Fahrplan.

Dienstag, 18. Februar, wird die Hochbahnstrecke Potsdamer Thor–Stralauer Thor eröffnet. Die Züge verkehren von ½ 6 Uhr morgens bis 12 Uhr nachts alle zehn Minuten hin und her. Von ½ 11 Uhr vormittags bis 8 Uhr nachmittags laufen sie alle fünf Minuten. Wo nötig, werden auch morgens von ½ 6 bis ½ 11 Uhr und abends von 8 bis 12 Uhr Züge eingelegt.

2. Fahrpreise.

Die Fahrpreise für die Teilstrecken Stralauer Thor–Prinzenstraße, Schlesisches Thor–Hallesches Thor, Kottbusser Thor–Möckernbrücke, Prinzenstraße–Potsdamer Platz sind III. Klasse 10, II. Klasse 15 Pfennig; Stralauer Thor–Potsdamer Platz III. Klasse 15, II. Klasse 25 Pfennig. Ein Kind unter sechs Jahren ist frei, zwei Kinder gleichen Alters zahlen wie ein Erwachsener.

3. Die Fahrkarte.

Fahrkarten auf allen Bahnhöfen rechts am Schalter. – Fahrgeld abzählen, Fahrkarten werden an der Sperre entwertet. Während der Fahrt aufzubewahren und dem Revisor vorzuzeigen. Nach beendeter Fahrt abzugeben. Wer mit Fahrkarte III. Klasse II. Klasse benutzt oder über das gültige Ziel hinausfährt, löst eine Zuschlagskarte. Zuschlagskarte mit Karte nach Fahrt abgeben.

4. Ein- und Aussteigen.

Die Züge führen II. Klasse, rote Wagen, in der Mitte, III. Klasse, gelbe Wagen, vorn und hinten. Jeder Wagen hat zwei Seitentüren und Schiebetüren. Man steigt ein durch die hinterste Tür vom Bahnhof aus gerechnet und steigt aus durch die vorderste Tür.

Der Zug hält auf jeder Haltestelle fünfzehn Sekunden. Der Wagen muss ungesäumt nach dem Halten des Zuges, aber nicht früher, verlassen werden. Haltestellen werden nicht ausgerufen, beim Verlassen des Bahnsteigs ist Eile notwendig, Hin- und Herlaufen überflüssig. Niemand darf einen anfahrenden Zug aufhalten, niemand im Fahren abspringen. Aufspringen und Abspringen ist mit größter Lebensgefahr verbunden. Die Wagen fahren schnell und halten schnell. Darum ist überall Eile, aber auch größte Vorsicht notwendig. Die Vorschriften »Nicht vorzeitig öffnen! und »Nicht hinauslehnen!« sind sehr ernst zu nehmen, viel ernster als im Verkehr der Stadtbahn.

5. Rechts gehen!

Hauptregel beim Bahnverkehr: Rechts gehen, rechts gehen, rechts gehen! Einstieg, Ausstieg, Treppen, Fahrkartenschalter, Wagentüren, alles liegt rechts in der Fahrrichtung. Wer zum Beispiel am Halleschen Thor aufsteigt, geht die allgemeine Treppe hinauf, dann die rechte, wenn er zum Potsdamer Thor, die linke, wenn er zum Stralauer Thor gelangen will. Beide Male besteigt er den Wagen rechts in der Fahrtrichtung.

6. Bahnpersonal.

Auf jedem Bahnhof sind ein Stationsvorsteher und zwei Bahnsteigwärter in Funktion. Sie haben den Charakter öffentlicher Beamter, deren Anordnungen man unbedingt zu folgen hat.

7. Bemerkungen.

Hunde darf niemand mitnehmen. Gepäckstücke, die durch ihren Umfang, durch üblen Geruch oder unsauberen Zustand die Fahrgäste belästigen, sind ausgeschlossen. Wenn ein Fahrgast in einer falschen Richtung oder über das Ziel seiner Fahrkarte hinausgefahren ist, so ist von ihm, falls er sich vor dem Passieren der Bahnsteigsperre bei dem diensttuenden Haltestellenbeamten oder dem Zugbegleiter freiwillig zur Nachzahlung des Fahrgeldes meldet oder falls ein offenbarer Betrugsversuch nicht vorliegt, der Betrag einer Fahrkarte für die wirklich durchfahrene Strecke zu bezahlen. Dabei wird die nachweislich nicht befahrene Strecke in Anrechnung gebracht. Ist die freiwillige Meldung unterblieben, so ist der Strafbetrag von sechs Mark zu entrichten. Hat ein Fahrgast seine Karte verloren, und erscheint die diesbezüglich freiwillig erfolgte Meldung glaubwürdig, so hat er für die Benutzung der II. Wagenklasse dreißig Pfennig und für die III.

Wagenklasse zwanzig Pfennig zu zahlen, andernfalls aber den Strafbetrag von sechs Mark.

Hermann Mahlgast machte sein Häkchen hinter den Text. So konnte man ihn an die Zeitungen weitergeben.

Der *Berliner Lokal-Anzeiger* hatte schon sein Interesse bekundet, man wollte ihn in der Rubrik *Zum Ausschneiden für das Sammelbuch* abdrucken.

Röppisch fand wie immer etwas, um zu blödeln. »So, morgens und abends werden *Züge eingelegt* … Worin denn: in Öl, in Essig, in eine Marinade? Und hier: *Der Wagen muss ungesäumt verlassen werden*. Das wird die Schneider gegen uns aufbringen. Oder das: Gepäckstücke dürfen keinen *üblen Geruch* verbreiten, schön, aber was ist mit den Menschen, von denen mein Vater immer sagt, sie würden aus dem Mund stinken wie die Kuh aus 'm Arschloch? Und das hier: Erscheint es *glaubwürdig*, wenn jemand angibt, seine Fahrkarte verloren zu haben? Die Leute werden lügen, dass sich die Balken biegen, und extra Kurse in Schauspielkunst belegen. Da hilft nur ein Schnellgericht mit erfahrenen Juristen an jedem der drei Endbahnhöfe.«

Im Januar gab es viele Probe- und sogenannte Ehrenfahrten für ein ausgewähltes Publikum, und Hermann Mahlgast hatte alle Hände voll zu tun, diese zu organisieren.

Wer von seinen Verwandten und Freunden Lust hatte, konnte an einer dieser Ehrenfahrten teilnehmen, und so erschienen dann am 26. Januar festlich gekleidet auf dem Bahnhof Hallesches Thor seine Eltern, Berthold und Magdalena Blumenthal, Theodor Blumenthal, Liesbeth Cammer und Erich Abendroth. Der altgediente Siemens-Ingenieur ging nun auf die siebzig zu und kümmerte ein wenig vor sich hin, nachdem seine Frau Dorothea Ende letzten Jahres gestorben war. Elisabeth und Anna Luise Cammer, die beiden Medizinerinnen, weilten noch in Halle.

»Tja«, sagte Berthold Blumenthal. »Wenn ich mich damals nicht so sehr bei James Hobrecht für die Hochbahn eingesetzt hätte …«

Röppisch lachte. »Was tut man nicht alles, um sich einen Schwiegersohn wie Hermann Mahlgast zu sichern.«

Magdalena Blumenthal nickte. »Ja, eine gute Magschaft ist viel wert.«

Röppisch versuchte, das zu begreifen. »Magschaft – das ist also alles, was von Ihnen abstammt, sozusagen Magdalenas Stamm?«

»Nein, der Mage ist der Verwandte, Magschaft die Verwandtschaft schlechthin.«

Hermann Mahlgast freute sich ganz besonders, dass auch Liesbeth Cammer gekommen war, wurde sie doch beim Thema Hochbahn immerfort an ihren Mann erinnert: wie er schon früh von dieser geschwärmt hatte, wie seine Leiche dann bei ihrem Bau gefunden worden war.

»Es ist schon alles schrecklich«, sagte sie, »und mit ein Grund für mich, Berlin und Deutschland zu verlassen. Mitte Februar wird mein Roman über Cécile erscheinen, und dann gehen Friederike und ich nach Afrika. Wir wollen sehen, wo wir uns in den deutschen Kolonien am besten ansiedeln können: in Togo, Kamerun, Deutsch-Südwest- oder Deutsch-Ostafrika.«

Theodor Blumenthal sah sie an. »Wenn Sie den Roman über Cécile jetzt schon vorlegen, dann können Sie das Schicksal von Ludolf Tschello noch gar nicht eingearbeitet haben, seine Pleite?«

»Nein, was nach Céciles Tod geschehen ist, war für mich zunächst einmal uninteressant.«

»Zunächst einmal?«, rief Röppisch. »Nachtigall, ick hör dir trapsen! Soll es also einen Nachfolgeband geben? *Achaz Tschello, Sohn seiner Mutter …*«

»Das dürfte vom Erfolg des ersten Bandes abhängen.«

»Schreiben Sie einen Roman über Hermann Mahlgast und seine Hochbahn!«, riet ihr Röppisch.

»Erfolge sind langweilig für mich, nur das Scheitern hat seinen Reiz und seine Größe«, erwiderte Liesbeth Cammer.

»Na, dann wünsche ich Ihnen für Ihren Cécile-Roman wie auch für Ihre Zeit in Afrika ein glorreiches Scheitern«, sagte Röppisch.

Hermann Mahlgast stieß ihm warnend den Ellenbogen in die Rippen. »Hör auf! Sie könnte eines Tages deine Schwiegermutter sein.«

»Achtung, der Zug fährt ein!«, rief Erich Abendroth.

Hermann Mahlgast trat an seine Seite. »Und wem haben wir das zu verdanken? Wem habe ich alle Freude zu verdanken, die mit dem Hochbahnbau verbunden ist? Diesem Manne hier. Ein dreifaches Hoch auf Erich Abendroth!«

Von seiner Villa an der Treptower Chaussee war Ludolf Tschello nichts weiter geblieben als der Stall hinten im Garten und die Kutscherwohnung oben unterm Dach. Der Käufer, ein Bekannter seines verstorbenen Vaters, hatte Mitleid mit ihm gehabt und ihm diese Notunterkunft bis auf weiteres überlassen. Es war alles furchtbar erniedrigend für ihn, aber immerhin hatte er Platz genug für seine Experimente. Er hatte nichts unversucht gelassen, um sich Sprengstoff zu besorgen, doch vergeblich. In den Steinbrüchen und beim Straßen- und Tunnelbau hatte er alle Lager fest verschlossen vorgefunden, und keiner der Sprengmeister hatte sich für Geld und gute Worte bereit erklärt, ihm einige Dynamitstangen zu überlassen. Auch beim Militär hatte er nichts ausrichten können, und schon das Herantasten an das Thema war mit der Gefahr verbunden gewesen, am nächsten Tag die Polizei im Hause zu haben. Also hatte er sich auf seine eigenen Fähigkeiten besinnen müssen, schließlich war er Ingenieur und hatte auch einige Semester Chemie studiert. Dass Dynamit zu 75 Prozent aus Nitroglycerin und zu 25 Prozent aus gebrannter Kieselgur bestand, das wusste er, und bald konnte er in die Jungfernheide fahren und dort die ersten Explosionen auslösen. In der Nähe eines Schießplatzes fiel das keinem auf. Die elektrische Zündung seines Sprengsatzes bereitete ihm die geringste Mühe. Da er die genaue Durchgangszeit des Eröffnungszuges nicht kannte und die handelsüblichen Wecker ohnehin nicht präzise gingen, mussten die Räder des Zuges den Kontakt auslösen. Das hieß, dass er die beiden entscheidenden Drähte kurz vor dessen Ankunft auf den Schienen befestigen musste. Das war ein hohes Risiko, denn beide durften sich, obwohl sie dicht beieinanderliegen mussten, nicht berühren und mussten auch gegenüber der Schiene isoliert sein. Gleichzeitig aber durfte er vom Personal nicht zu früh gesehen werden, sonst löste der Fahrer womöglich eine Notbremsung aus, und der Zug kam vor der Kontaktstelle zum Stehen. Und zudem war eine Stelle zu suchen, an der der Absturz der Hochbahn ganz besonders spektakulär geriet. War es nun effektvoller, also für das gesamte Hochbahnvorhaben schädlicher, wenn die Waggons auf die Straße stürzten und zerschellten – oder brachte es mehr, wenn sie im Landwehrkanal versanken? Diese Frage beschäftigte ihn über Wochen hinweg, und mehrmals lief er die Strecke ab, um zwischen Warschauer Brücke und Nollendorfplatz die Stelle zu finden, die für sein Vorhaben optimal geeignet war.

Besonders spektakulär und symbolträchtig wäre es gewesen, wenn der Hochbahnzug in die Spree gestürzt wäre, doch über so viel Sprengstoff, um eine ausreichend große Bresche ins stabile Mauerwerk der Oberbaumbrücke zu schlagen, besaß er nicht. Außerdem hätte man sein Hantieren auf der Brücke viel zu früh bemerkt und Alarm geschlagen. Dasselbe galt für die Brücken über die Oranien-, die Prinzen- und die Potsdamer Straße, denn diese lagen zu sehr im Blickfeld der angrenzenden Bahnhöfe.

Je länger er nachdachte, desto mehr gefiel ihm der Gedanke, den Eröffnungszug ins Wasser stürzen zu lassen. Ganz nach der Devise: Vernichte, was dich vernichtet hat! Da die Spree ausschied, blieb ihm nur der Landwehrkanal. Zuerst tangierte diesen die Hochbahntrasse am Sedanufer hinter der Englischen Gasanstalt und der Waterloobrücke. Dann ging es bis hinter dem Bahnhof Möckernbrücke immer an seinem nördlichen Ufer entlang, und es hätten sich viele Möglichkeiten ergeben, doch die freie Strecke behagte Ludolf Tschello nicht. Wenn man ihn dort entdeckte, erregte er Aufsehen, selbst wenn er sich als Monteur tarnte. Woran er jedoch nicht denken musste, war die Fluchtmöglichkeit nach der Tat, denn er hatte vor, sich mitsamt des Zuges und seiner Passagiere in die Luft zu sprengen. Eine andere Lösung gab es nicht. Davon, dass Hermann Mahlgast an Bord des ersten Zuges war, konnte er ausgehen. Im Tod wären sie dann wieder vereint.

Endlich hatte er die Stelle gefunden, nach der er so lange gesucht hatte: die Hochbahnbrücke über Landwehrkanal und Anhalter Bahn. Hier hatte der Viadukt seinen höchsten Punkt, und hier fand er hinter den Brückenpfeilern genügend Deckung.

Die Betriebseröffnung auf der östlichen Stammstrecke zwischen Stralauer Thor und Potsdamer Platz sollte am 18. Februar stattfinden, und man hatte, um Zwischenfälle durch zu viele Fahrgäste zu verhindern, die Preise um das Dreifache angehoben. Vorher aber, am 15. Februar, sollte es die sogenannte Ministerfahrt geben. Hierzu wurden Persönlichkeiten eingeladen, die direkt oder indirekt mit dem Hochbahnbau zu tun hatten.

Wie die Sache ablaufen sollte, konnte Ludolf Tschello den Zeitungen entnehmen: Bis elf Uhr hatten sich die Teilnehmer auf dem festlich geschmückten Bahnhof Potsdamer Platz einzufinden. Um elf Uhr startete der erste Zug, um das gesamte

Netz abzufahren, zehn Minuten später ein zweiter. Zunächst ging die Fahrt über die westliche Stammstrecke zum Zoologischen Garten und anschließend zurück über das Gleisdreieck zum Stralauer Thor. Auf der Rückfahrt sollten die Züge für einen Augenblick auf der Oberbaumbrücke haltmachen, damit die Herrschaften Zeit hatten, den atemberaubenden Blick über die Spree hin zu den Kirchtürmen der Innenstadt zu genießen. Am Gleisdreieck gab es einen eigens zu diesem Anlass errichteten hölzernen Bahnsteig, auf dem die Züge hielten und die Herrschaften aussteigen konnten, um über eine Treppe in einen zum Festsaal umgestalteten Maschinenraum zu gelangen. Hier sollten Vertreter der Hochbahngesellschaft und der Regierung Reden halten, in denen das Verdienst Werner von Siemens' und einiger leitender Herren des Hochbahnbaus zu würdigen war. Im Namen Seiner Majestät, Kaiser Wilhelms II., sollten danach einige Orden verliehen werden. Anschließend ging es zurück zum Potsdamer Platz.

Ludolf Tschello rechnete, und wenn er für die Fahrt vom Potsdamer Platz zum Zoologischen Garten zehn Minuten und zurück zum Gleisdreieck neun Minuten ansetzte, dann musste die Bahn der Ministerfahrt, die Zeit zum Kehren mitgezählt, gegen 11.30 Uhr am Tempelhofer Ufer auftauchen. Wenn er seinen Sprengsatz schon im Schutze der Nacht unter der Brücke anbrachte, brauchte er sich erst um 11.15 Uhr hinter einem der Pfeiler zu verstecken und die Drähte zum elektrischen Zünder bereitzuhalten.

Hermann Mahlgast hatte in seinem ganzen Leben nicht so schlecht geschlafen wie in der Nacht vom 14. zum 15. Februar. Das lag zum einen daran, dass er sich noch immer nicht so recht daran gewöhnt hatte, einen Menschen neben sich zu haben, der sich viel bewegte, unregelmäßig atmete und ab und an so heftig träumte, dass er seufzte oder aufschrie, zum anderen aber an der bevorstehenden Ministerfahrt. Was da alles schiefgehen konnte ... Jeder, der etwas Neues vorführen wollte, kannte diese Angst, mochte es bei den Proben auch noch so gut geklappt haben. Der Strom konnte ausfallen und der Zug mit all den hohen Herren an Bord auf freier Strecke stehenbleiben. Ein noch größerer Alptraum aber war die Vorstellung, dass trotz aller Sicherheitsvorkehrungen eine Weiche genau in dem Augenblick verstellt wurde, in dem der Zug sie passierte, und mehrere Wagen entgleisten und umstürzten. Und wenn eine der Stützen am Landwehrkanal doch nicht fest genug in den Boden gegründet war, der eiserne Viadukt wegbrach und der Zug wie auf einer Rutsche ins Wasser glitt ... Die Nachricht *Bei der Hochbahnfahrt ertrunken* würde um die ganze Welt gehen.

Elisabeth und er hatten eine schöne Wohnung in der Maaßenstraße gefunden, mit Blick auf die Hochbahn am Nollendorfplatz. Das hatte sein müssen. Wenn der Betrieb erst aufgenommen worden war, musste es herrlich sein, im Erkerzimmer zu sitzen und in kurzen Abständen die gelb-roten Züge vorüberziehen zu sehen. Kein schöneres Spielzeug ließ sich denken.

Mit diesem Bild vor Augen schlief er dann gegen vier Uhr morgens endlich ein. Schon kurz nach sechs aber riss ihn das Telephon aus dem Schlaf. Er hatte Mühe, sich zu orientieren, und so kam es, dass Elisabeth aufstand und an den Apparat ging, den sie auf dem Flur angebracht hatten.

»Hermann!«, rief sie. »Für dich! Siemens! Ein Herr Schöfer. Es sei dringend.«

Er war wie elektrisiert. War also doch etwas vom dem eingetreten, was er befürchtet hatte? Gott, sie waren blamiert bis in alle Ewigkeit, wenn sie die Ministerfahrt ausfallen lassen mussten! Ganz Deutschland blickte auf Berlin und die erste Hoch- und Unterpflasterbahn im Kaiserreich. Seine Majestät würde äußerst ungehalten sein und ganz sicher niemandem einen Orden an die Brust heften lassen.

Hermann Mahlgast riss seiner Frau den Hörer aus der Hand. »Ja, Schöfer, was ist, wo ist was eingestürzt?«

»Einjestürzt ist noch nischt, aber wat nich is, kann ja noch werden.«

»Reden Sie bitte nicht so kryptisch, Schöfer!«, fuhr Hermann Mahlgast seinen Untergebenen an. Das war ansonsten nicht seine Art, aber heute lagen seine Nerven blank.

»Kryptisch?« Schöfer war etwas verwirrt. »Meinen Se krüpfisch? Von Krüppel?«

»Nein, kryptisch im Sinne von dunkel, unklar, schwer zu deuten.« Langsam riss ihm der Geduldsfaden. »Mensch, ich will wissen, warum Sie mich in aller Herrgottsfrühe aus dem Bett holen!«

Nun gelang es Schöfer, die Sache auf den Punkt zu bringen. Jedenfalls im zweiten Anlauf. »Weil ... Also, da ist doch der Bahnsteig aus Holz ... der am Gleisdreick für die Ehrengäste, wenn die Ministerfahrt ... Der ist nun in der Nacht, weeß ich nicht, wie und wodurch, aber Tatsache is ... Wir haben noch mal nachjemessen ... Der hat sich um zehn Zentimeter zum Gleis hin vaschoben. Wenn da nun der Zug ankommt, dann stürzt uns det Ding ein, aba unta Jarantie.«

»Ich bin kein Zimmermann, Schöfer, aber ich bin so schnell wie möglich zur Stelle.« Hermann Mahlgast hängte auf und stürzte ins Bad, um sich herzurichten. Das Dienstmädchen bekam Weisung, so schnell wie möglich das Frühstück zuzubereiten.

Als er am Tisch saß und hastig hinunterschlang, was Minna aufgetragen hatte, kam Elisabeth in die Küche. Sie hatte einen dunklen Morgenmantel übergezogen und strich sich mit der rechten Hand über den Bauch, um ihr Kind zu beruhigen.

»Unser kleiner Hochbahnbauer ist ebenso aufgeregt wie du.« Sie setzte sich auf den anderen freien Stuhl. »Du hast deinen Arbeitsanzug an?«

»Ja, soll ich vielleicht im Smoking mit Hand anlegen, wenn wir den Behelfsbahnsteig wieder gerade ausrichten?«

»Nein, aber mit dem kannst du nachher nicht zur Feier gehen und dir deinen Orden an die Brust heften lassen.«

Er stöhnte auf. »Ja, du hast ja recht, aber ich werde keine Zeit mehr haben, noch mal nach Hause zu kommen und mich umzuziehen.«

»Dann muss ich dir die Sachen im Koffer mitgeben. Irgendwo im Kraftwerk wird es schon einen Raum geben, wo du dich umziehen kannst – und wenn es auf der Toilette ist.«

Er stand auf und küsste sie. »Ach, was wären wir Männer verloren, wenn unsere Frauen nicht so praktisch wären.«

Elisabeth lachte. »Röppisch würde sagen, dass ich ja schließlich praktische Ärztin bin.«

Hermann Mahlgast ließ sich eine Droschke kommen und gab dem Kutscher Weisung, zum Gleisdreieck zu fahren. Dort angekommen, begrüßte ihn Schöfer und führte ihn zur Schadensstelle.

»Wenn wir det nich bis elwe jepackt ham, seh ick schwarz.«

Hermann Mahlgast nickte. »Ich nicht minder.« Die Zimmerleute hatten die Abstandshalter zwischen den Schwellen und den unteren Balken des Bahnsteigs glattweg vergessen, und auf der leicht angeschrägten Betonplatte war die Konstruktion irgendwie ins Rutschen gekommen.

»Vorne absägen könn wa nischt«, stellte Schöfer fest.

»Nein.« Hermann Mahlgast sah das ebenso. »Wir brauchen sozusagen schweres Gerät, um das Ganze wieder nach hinten zu ziehen. Seilzüge, Pferde …«

»Und det allet hier oben in de zweete Etage. Det wird dauern.«

Und so war es dann auch. Sie wurden erst kurz nach elf Uhr fertig, gerade in der Minute, in der sich die Ministerfahrt am Potsdamer Platz in Bewegung setzte. Hermann Mahlgast hatte also keine Chance mehr mitzufahren. Das war aber insofern nicht tragisch, als er sich nun in aller Ruhe umziehen konnte. Der Zug fuhr ja erst zum Zoologischen Garten und von da zum Stralauer Thor, ehe er Kurs auf den Holzbahnsteig nahm. Vor zwölf würde er dort nicht »vor Anker gehen«, wie Schöfer das nannte.

Hermann Mahlgast hatte keine Lust, so lange in einem stinkigen Maschinenraum zu sitzen. Dazu war seine innere Unruhe am heutigen Tage viel zu groß. Er beschloss, noch etwa eine halbe Stunde auf den ausgedehnten Anlagen des Gleisdreiecks umherzuwandern und ein bisschen frische Luft zu schnappen.

Er kam zur westlichen Spitze des Anschlussdreiecks, wie es ursprünglich hieß, und musste zur Seite treten, weil die Ministerfahrt die Rampe vom Potsdamer Platz heraufkam. Der Zug war festlich geschmückt. Er konnte das eine oder andere Gesicht hinter den Scheiben erkennen, auch Röppisch, und winkte hinauf.

Er war ergriffen. »Welch erhebender Anblick«, murmelte er. Als der Zug in der Kurve zur Dennewitzstraße verschwunden war, zog er seine Taschenuhr heraus. Es war noch Zeit, den südlichen Schenkel des Dreiecks abzuschreiten. Wenn er etwas schneller ging, und dies war im Kies neben den Schwellen ohne weiteres möglich, schaffte er es noch durch das Torhaus der Hochbahngesellschaft hindurch bis auf die Überführung am Landwehrkanal.

Die Türmchen und Emaillewappen, die Paul Wittig zur Ausschmückung der Brücke angebracht hatte, empfand er zwar als ziemlich überflüssig, doch Wittig war ein zu machtvoller Mann, als dass es sinnvoll gewesen wäre, dagegen anzugehen. Solange sie die Züge nicht behinderten, sollte man sie schweigend hinnehmen, hatte Röppisch gemeint.

Als er sich der Brücke näherte, bemerkte er einen Monteur an ihrem östlichen Ende. Dieser kniete neben dem Gleis Richtung Warschauer Brücke und schien etwas zu reparieren. Gut, hatte Röppisch noch einmal einen Starkstromelektriker losgeschickt, um nach dem Rechten zu sehen.

Erst als Hermann Mahlgast bis auf zehn Schritte heran war, erkannte er den Mann, der sich dort am Gleis zu schaffen machte: Es war Ludolf Tschello! Und in derselben Sekunde wusste er, was das zu bedeuten hatte: Sabotage! Tschello wollte den Zug zum Entgleisen bringen und in den Kanal stürzen lassen. Anders ließ sich seine Anwesenheit an dieser Stelle und zu dieser Stunde nicht deuten.

Sonderlich überrascht war Hermann Mahlgast nicht. Tief in seinem Innern hatte er so etwas schon lange erwartet. Ludolf war rachsüchtig, Ludolf war von krankhaftem Neid erfüllt, Ludolf hasste die Hochbahn – und ihn.

Hermann Mahlgast hatte keinen eigenen Willen mehr, eine archaische Kraft ließ ihn nach vorne schnellen. Er hoffte, Ludolf Tschello würde bei seinem Anblick die Flucht ergreifen, doch darin sah er sich getäuscht.

»Halt!«, schrie Ludolf und streckte ihm die Hände entgegen. In jeder hielt er einen am Ende blanken Kupferdraht. »Wenn die sich berühren, fliegt hier alles in die Luft.«

Hermann Mahlgast stoppte ab. Etwa fünf Meter trennten die beiden voneinander. »Du willst die Ministerfahrt …?«

»Ja. Ich will, und ich werde! Alles soll zur Hölle fahren!«

Hermann Mahlgast sah nach rechts. Tief unter ihm floss träge das graue und eiskalte Wasser des Landwehrkanals in Richtung Potsdamer Straße. Die beiden Kabel führten unter die Brücke. Dort musste Ludolf Tschello die Kiste mit dem Sprengstoff angebracht haben. Ein sicheres Indiz dafür war das durchtrennte und herausgenommene Segment des Geländers. Gab es eine Möglichkeit, die Sprengladung in den Kanal zu werfen, ehe der Zug die Stelle passierte? Nein. Hatte er eine Chance, wenn er sich auf den Attentäter stürzte und versuchte, ihn niederzuschlagen? Nein. Ehe er heran war, hätte Ludolf die beiden Drähte zusammengeführt und die Zündung ausgelöst. Also blieb ihm nur, sich herumzuwerfen und dem Zug entgegenzulaufen, um ihn aufzuhalten.

Kaum setzte er zu einer schnellen Bewegung an, da riss Ludolf Tschello auch schon mit der rechten Hand eine Browning-Pistole aus seiner Manteltasche.

»Stehen bleiben! Wir sterben gemeinsam!«

»Du bist ja von Sinnen!«, schrie Hermann Mahlgast. »Hör auf mit dem Unsinn!« Und langsam ging er auf Tschello zu.

»Einen Schritt noch, und ich schieße!«

»Du willst mich erschießen?«

»Das ist schon lange mein größter Wunsch.«

Dennoch trieb es Hermann Mahlgast weiter voran. Glaubte er, der andere würde nur bluffen? Wollte er sein Lebenswerk retten, die Hochbahn? Ging es ihm darum, den Tod Hunderter von Menschen zu verhindern? War es eine kosmische Kraft, die ihn erfüllte, oder Gottes Wille?

Da drückte Ludolf Tschello wirklich ab. Hermann Mahlgast spürte, wie die Kugel dicht an seinem linken Wangenknochen vorüberpfiff.

Nun schoss ihm etwas anderes in den Sinn. Elisabeth, das Kind! Er wollte leben und noch so vieles erleben. Und wenn er sich hier auf der Brücke abknallen ließ, war auch nichts mehr aufzuhalten. Doch! Wenn das Dynamit jetzt die halbe Brücke wegriss, konnte der Zug noch rechtzeitig zum Stehen gebracht werden, sobald er durch das Torhaus kam.

Mit einem lauten Schrei lief er auf Ludolf Tschello zu. Wie ein Rammbock, wie ein wütendes Nashorn, wie ein anstürmender Soldat.

Damit hatte Ludolf Tschello nicht gerechnet. Für den Bruchteil einer Sekunde schwankte er, ob er noch einmal schießen oder mit der rechten Hand wieder nach dem zweiten Draht greifen sollte, der ihm entglitten war und nun etwa auf Kniehöhe in der Luft hing, dann entschied er sich, die Pistole fallen zu lassen und die Zündung auszulösen. Aber zu spät, schon war Hermann Mahlgast heran. Doch mit schneller Reaktion gelang es Tschello, dem Angreifer auszuweichen, wie ein Torero dem Stier.

Mit allem hatte Hermann Mahlgast gerechnet, nicht aber mit dieser Ausweichbewegung. Da sein Körper den Widerstand, mit dem er fest gerechnet hatte, nun nicht fand, schlug er der Länge nach hin. Für ein paar Herzschläge war er betäubt.

Ludolf Tschello nutzte diesen Augenblick, um ihn da, wo er das Geländer beseitigt hatte, über die Kante des Brückenträgers zu schieben. Schon versank Hermann Mahlgast im Landwehrkanal.

Für Gottfried Ruppin war es der größte Tag seines Lebens. Auch in seinen kühnsten Träumen hatte er sich nicht vorstellen können, einmal eine so schöne Uniform zu tragen und mit einer so wichtigen Aufgabe, als sogenannter Motorführer den Zug mit den Ehrengästen zu fahren, betraut zu werden. Seine Geschichte hatte er schon dem Reporter vom *Berliner Lokal-Anzeiger* erzählt: »Ich war ja mein Leben lang Bauarbeiter, später Polier, aber immer politisch interessiert, und täglich habe ich meine Zeitung gelesen. Ich war schon dabei, als die AEG in Stralau ihren Tunnel gebaut hat, und hatte da einen schweren Unfall. Dann kam der Bau der Hochbahn. Wir waren für den Tunnel zwischen Wittenbergplatz und Zoologischem Garten zuständig, und da habe ich dann an der Gedächtniskirche die Leiche von Germanus Cammer gefunden. Das war ja ein Siemens-Ingenieur, und seine Familie war eng befreundet mit der Familie von Herrn Mahlgast – dem Hermann Mahlgast, der beim Hochbahnbau zuständig dafür ist, dass ein Rädchen des Getriebes ins andere greift. Hermann Mahlgast hat mir dafür gedankt, dass nun alle wissen, was mit Germanus Cammer war. Man konnte ihm nun ein christliches Begräbnis bereiten und den Mörder, diesen Grasmuck, hinter

Schloss und Riegel bringen. ›Wie kann ich Ihnen nur danken?‹, hat Herr Mahlgast mich gefragt, und da habe ich gelacht und geantwortet: ›Lassen Sie mich ein Leben lang umsonst mit der Hochbahn fahren.‹ Da hat er einen Moment überlegt und dann eine Idee gehabt: ›Gut, Herr Ruppin, aber ich setze noch einen drauf: Sie sollen fortan nicht nur, ohne zu bezahlen, mit der Hoch- und U-Bahn fahren dürfen, sondern auch noch Geld dafür bekommen.‹ – ›Wie das?‹, frage ich. – Da sagt der Herr Mahlgast: ›Ich lasse Sie zum Fahrer ausbilden. Sie haben doch allemal das Zeug dazu. Na, wollen Sie?‹ Natürlich wollte ich. Man wird ja nicht jünger, und so ein Führerstand ist doch was anderes als eine Baustelle.«

Für Gottfried Ruppin war das Ganze so etwas Ähnliches wie das amerikanische Märchen *Vom Tellerwäscher zum Millionär*. Dabei war er durchaus klug genug, um zu erkennen, dass Hermann Mahlgast seine Geschichte benutzte, um für die Hochbahn zu werben.

Im Lehrgang bei der Hochbahngesellschaft gab es viel zu pauken, aber Gottfried Ruppin bestand die theoretische und praktische Prüfung mit Bravour, so dass ihm tatsächlich die Ehre zuteilwurde, bei der Ministerfahrt vorn im Führerstand zu stehen.

Nun war es so weit. Ein bisschen hatten ihm doch die Hände gezittert, als er am Potsdamer Platz die Motoren hochgeschaltet hatte. Aber alles war glattgegangen, und auch das Kehrmanöver auf dem Bahnhof Zoologischer Garten war ihm gelungen. Jetzt ging es über das Gleisdreieck zum Bahnhof Stralauer Thor.

»Da werde ich mal schön langsam fahren, damit die hohen Herren den Ausblick genießen können«, sagte er nach links gewandt, aber sein Zugbegleiter war durch eine hölzerne Wand und eine Glasscheibe von ihm abgetrennt und konnte ihn nicht verstehen.

Leider Gottes war es der Hochbahngesellschaft nicht gelungen, Seine Majestät, Kaiser Wilhelm II., dazu zu bewegen, der Jungfernfahrt der Hochbahn beizuwohnen, doch man hatte schon einige Prominenz an Bord, etwa den preußischen Minister für öffentliche Arbeiten, Karl von Thielen, dazu die Honoratioren der Städte Berlin und Charlottenburg, die Repräsentanten der am Bau beteiligten Firmen sowie viele Persönlichkeiten des öffentlichen Lebens. Damit sie die Aussicht auf die ausgedehnten Bahnanlagen und die Silhouette der Innenstadt richtig genießen konnten, hatte Ruppin hinter dem Bahnhof Bülowstraße seinen Zug nur über die Schienen kriechen lassen. Als es durch das Haus der Hochbahngesellschaft ging, nahm er aber wieder die Fahrt auf.

Sein Zugbegleiter klopfte gegen die Scheibe und zeigte nach vorn. Ruppin hob den linken Arm, um anzuzeigen, dass er die Nachricht verstanden hatte. Am Ende der Brücke über Anhalter Bahnhof und Landwehrkanal kniete ein Monteur neben den Schienen. Aber es schien kein ernsthafter Schaden vorzuliegen, sonst hätte sie der Mann gewarnt. Trotzdem ließ Ruppin das Signalhorn ertönen. Der Mann sprang auf und winkte sie heran.

»Ist nichts!«, rief Ruppin und beschleunigte weiter.

Ludolf Tschello hatte mit dem Leben abgeschlossen. Dreißig Sekunden noch, dann war alles vorbei.

Vor ihm auf der äußeren Fahrschiene lagen auf einem Pappstreifen die blanken Enden der beiden Drähte, die zum Zünder führten. Das erste Rad des Zuges schloss den Kontakt zwischen ihnen. Dann flog die Brücke in die Luft.

Der Fahrer des Zuges hatte ihn entdeckt. Ludolf Tschello erhob sich, trat an die Seite und zeigte an, dass der Weg frei war. Der Mann dachte nicht daran, den Zug zum Stehen zu bringen.

Zwanzig Sekunden noch …

Ludolf Tschello zog Bilanz. Er hatte umsonst gelebt. Alles

war ihm misslungen. Zurück blieb nur ein Kind, das ihn nicht interessierte. Cécile war tot, und unter ihm im Kanal versank Hermann Mahlgast in den eisigen Fluten. Von seinen Träumen war kein einziger in Erfüllung gegangen.

Zehn Sekunden noch …

Er sah seine Mutter vor sich. »Verzeih mir!« Er betete: »Herr, sei meiner Seele gnädig.« Szenen seiner Kindheit jagten vorüber. Er sah sich mit Hermann Mahlgast auf den Yorckbrücken stehen und die Züge bewundern. Er hörte Germanus Cammer von der neuen Hochbahn schwärmen.

Da kam sie, ihn zu töten …

Hermann Mahlgast schwamm um sein Leben. Das Wasser war so kalt, dass es sein Blut erstarren ließ und ihm den Atem nahm. Die Kleidung hatte sich schnell vollgesogen und war so bleischwer geworden, dass es ihn unaufhaltsam in die Tiefe zog. Aber nicht nur der Tod durch Ertrinken drohte ihm, jeden Augenblick würde die Brücke in die Luft fliegen, und wenn der Zug dann in die Tiefe stürzte, riss der ihn mit sich bis auf den Grund des Kanals. Als ehemaliger Ruderer hatte er noch immer Kraft in den Armen, doch hinüber ans andere Ufer schaffte er es ganz sicher nicht. Also blieb ihm nichts anderes übrig, als auf der Seite zu bleiben, auf der sich die Hochbahntrasse befand.

Den Zug hörte er nicht, aber das Signalhorn. Jetzt fiel ihm ein, dass ja Gottfried Ruppin die Premierfahrt übertragen worden war. »Gott, lass ihn merken, dass Tschello ein Verbrecher ist!«

Doch sein Stoßgebet verhallte ungehört. Es gab keinen Instinkt, der Ruppin gewarnt hätte.

Hermann Mahlgast erreichte eine kleine Aussparung in der Kaimauer und konnte sich ein Stückchen hinaufziehen. Als er den Kopf ein wenig wendete, sah er den Zug. Unaufhaltsam kam er näher, er war schon zum Greifen nahe.

Zwei Atemzüge noch, dann explodierte alles. War er weit genug entfernt? War das sein Tod?

Jetzt.

Da kam etwas auf ihn zugeflogen. Ein menschlicher Körper. Ludolf Tschello.

Und der Zug rauschte hoch über ihm ungestört in Richtung Möckernbrücke. Ungläubig ging sein Blick zur Brücke hinauf. Sie war völlig intakt.

Vor ihm tauchte Ludolf Tschello aus den Fluten auf und versuchte, das Ufer zu erreichen. Doch schnell verließen ihn die Kräfte.

Hermann Mahlgast streckte die Hand aus, um ihn zu sich zu ziehen.

»Ich habe es nicht übers Herz bringen können«, keuchte Ludolf Tschello. »Sie war so schön ... die Hochbahn.«

Am 18. Februar 1902 wurde die Hochbahnstrecke zwischen dem Stralauer Thor und dem Potsdamer Platz offiziell eröffnet. Auch die restlichen Streckenteile wurden noch im Jahre 1902 dem Verkehr übergeben. Am 11. März ging es vom Potsdamer Platz bis zum Zoologischen Garten und am 25. März direkt vom Stralauer Thor über das Gleisdreieck zum Zoologischen Garten. Am 17. August folgte der kurze Rest vom Stralauer Thor zum Bahnhof Warschauer Brücke und am 14. Dezember die Verlängerungsstrecke vom Bahnhof Zoologischer Garten bis zum Knie. Die Gesamtstrecke hatte jetzt eine Länge von etwas mehr als elf Kilometern.

Weihnachten 1902 war also alles geschafft, und Hermann Mahlgast fühlte sich als der glücklichste Mensch auf Erden. Wegen der Hochbahn, vor allem aber wegen des kleinen Menschen, der in seiner Wiege unterm Weihnachtsbaum lag, als wäre es die Krippe im Stall zu Bethlehem. Alfred hieß der Sohn, benannt nach Alfred Grenander, der einer der Taufpaten war.

Unter den vielen Weihnachtskarten, die auf dem Vertiko lagen, war auch eine von Ludolf Tschello aus New York. Der arbeitete dort am Bau der U-Bahn und war dabei, sein Glück zu finden.

»Ich hoffe nur, dass für dich nichts mehr nachkommt. Wie heißt es doch: Jede gute Tat rächt sich einmal«, sagte Elisabeth.

Hermann Mahlgast blickte seufzend in Richtung des Engels, der oben am Weihnachtsbaum hing. »Ach ja, mit Hilfe der himmlischen Mächte. Aber was sollte ich denn anderes machen?«

Noch im Wasser hatten sie sich umarmt und wieder zueinander zurückgefunden. Ludolf Tschello hatte sich selbst besiegt. Überwältigt vom Anblick des herannahenden Zuges, hatte er in letzter Sekunde die Kabel von den Schienen gerissen und war in seiner Not hinunter ins Wasser gesprungen.

»Das große Werk war gerettet«, sagte Hermann Mahlgast. »Und wir hatten ein vitales Interesse daran, dass niemand von dem geplanten Attentat Kenntnis bekam. Es hätte dem Ruf der Firma geschadet, es hätte die Leute davon abgehalten, mit der Hochbahn zu fahren.«

»So hast du alles vertuscht, so hast du Ludolf zur Flucht verholfen.« Was Elisabeth da sagte, klang nach Staatsanwalt.

»Wer soll mir das nachweisen? Man hat uns beide, unterkühlt wie wir waren, in ein Restaurant an der Möckernbrücke geschafft und mit trockener Kleidung ausgestattet. Und als ich die Polizei rufen wollte, war Ludolf verschwunden.«

»Nachdem du ihm viel Geld zugesteckt hattest.«

Hermann Mahlgast lachte. »Er hat es mir gestohlen, der Lump, und ist damit ab zum Anhalter Bahnhof.«

Den Sprengstoff unter der Brücke hatte dann Röppisch in Sicherheit gebracht, und bei der Hochbahngesellschaft wie auch bei der Kriminalpolizei war das Attentat auf die Ministerfahrt nie aktenkundig geworden.

Als es am ersten Weihnachtsfeiertag zwischen Gänsebraten

und Kaffee etwas ruhiger geworden war, klebte Hermann Mahlgast neben vielen Photographien auch einen Zeitungsbericht vom 27. Februar 1902 in sein Erinnerungsalbum:

Es war am Sonntag um die Mittagsstunde. Die elektrischen Straßenbahnen, die vom Westen kamen, von Schöneberg oder Charlottenburg, waren dicht besetzt, aber am Potsdamer Platz wurden sie leer, obwohl ihre Fahrt noch nicht beendet war. Alles wandte sich nach rechts dem Platz zu, und an dem Eingang der Hochbahn, den man erst noch suchen muss, weil er ziemlich versteckt liegt, sammelte sich die Menge. Etwa zwanzig Stufen führen hinunter in den Tunnel, denn die Hochbahn beginnt hier als Untergrundbahn, wenn auch nur für eine kurze Strecke. Von der Eröffnung her hängen noch die Girlanden an den Wänden. Nur zwei Schalter besorgen den Billettverkauf. Man hat also das Vergnügen, was dem Berliner wirklich ein Vergnügen ist, mindestens zwanzig Minuten Rippenstöße zu verteilen, ehe man sich zum Schalter durchgedrängelt hat. Die Billetts sehen aus wie die der Stadtbahn, sind aus festem Pappkarton und kosten auch noch einen respektablen Preis. Das empfindet der Berliner, der für zehn Pfennige mit der Straßenbahn die ganze Stadt durchquert, der den Groschen werthält wie kein anderes Geldstück, als eine saure und kühne Probe seines Lokalenthusiasmus. Es haben viele schiefe Gesichter gemacht wegen der 25 Pfennige, die eine Fahrt auf der verhältnismäßig kurzen Strecke bis zum Stralauer Thor kostet.
Zurücktreten! Ein Zug kommt eben heran, drei mächtige Wagen gleiten an uns vorüber. Als sie stehen bleiben, stürzt alles auf sie zu, und in wenigen Sekunden ist auf dem Perron von den vielen drängenden Menschen keiner mehr zu sehen, die drei Wagen haben sie alle in sich aufgenommen. Und doch herrscht keine Enge in den Wagen. Denn die Gänge zwischen den beiden Sitzreihen sind breit und bequem, und auch auf

den beiden Perrons vorn und hinten sind noch Sitzplätze angebracht und ist noch Raum für Stehplätze. Der Schaffner schiebt die Glastür zu, und der Zug setzt sich in Bewegung. Wie die Wagen vornehm und solide aussehen! Der ganze Wagen ist überdeckt und an den Seiten durch große Spiegelscheiben geschlossen. Bequeme Polstersitze gehen an den beiden Seitenwänden entlang, und immer je zwei Sitze sind getrennt durch einen Stab. Das ist eine aparte und probate Erfindung, denn sie verhindert, dass unter den ausgiebigen Körperdimensionen einzelner Passagiere alle leiden, und sie schränkt auch die Gewohnheit mancher Fahrgäste ein, sich möglichst breitzumachen. In der Straßenbahn kann das ein jeder jeden Tag erleben. Dagegen sitzt es sich famos in diesen, von Wind und Wetter geschützten Wagen der Hochbahn. Es fährt sich glatt und leicht, es gibt keine Rucke und Stöße, und das Geräusch ist nicht so stark wie das Rasseln der Straßenbahnwagen, obwohl man annehmen sollte, dass diese über einen brückenähnlichen Eisenbau dahinrollenden Züge wegen des günstigen Resonanzbodens ein lärmenderes Gepolter machen würden.
Der Tunnel am Potsdamer Bahnhof ist nicht allzu lang, dann ging es langsam in die Höhe, immer höher, hoch über die Köpfe und Straßen hinweg. Da unten wand sich in langsamer Fahrt die Elektrische durch die Straßen. An jeder Straßenecke klingelte bei ihr der Schaffner das Haltesignal, und an jeder Kreuzung stockerte sich der Wagenführer die Weiche zurecht, oder die Leitungsstange war aus dem Draht herausgesprungen. Ohne Hindernis fuhren wir dagegen unseren Weg. Wo eine Straße sich missliebig in den Weg gestellt hatte, war sie durchbrochen worden, und in hohem Bogen setzten wir hurtig über das Gelände der Anhalter Bahn hinweg. Die erste Haltestelle ist der Bahnhof Möckernstraße. Nur wenige Sekunden dauerten die Aufenthalte. Die Fahrt geht zu schnell, um den Leuten in die Fenster sehen zu können. Von der Stadtbahn aus kann man indiskreter sein, denn die Stadtbahn fährt an

den Hinterfronten der Häuser vorbei, und die Hinterfronten verraten mehr als die geputzten Stuben der Vorderfronten. Es bieten sich prächtige Bilder: Wie das alles auf den Straßen und Plätzen wimmelt und lebt. Nur wenige Sekunden währt das einzelne Bild, dann ist ein anderes an seine Stelle gerückt: ein behende springendes Mutoskop.
Von der Oberbaumbrücke am Stralauer Thor eröffnet sich der Blick weit, weit über die Spree. Erschreckt stehen die Leute unten auf der Straße still und sehen dem dahinlaufenden Zuge nach. Wir fahren stolz über ihre Köpfe hinweg, und wenn wir am Ziele, am Stralauer Thor, die Treppe nach der Straße heruntersteigen, fühlen wir uns in dieser entfernten Gegend des Ostens fast einsam, und wiederum, wenn wir die Uhr zur Hand nehmen, gewahren wir stutzend, dass sich der Zeiger zwischen dem Potsdamer Platz und diesem entlegenen Punkte auf der östlichen Peripherie Berlins nur wenig vorwärtsgedreht hat. Die Hochbahn hat uns gelehrt, dass es in Berlin keine Entfernung gibt, wenn sie die Hegemonie über den Berliner Verkehr führt.

An der mit Tannenzweigen festlich geschmückten Kaffeetafel war die Hoch- und Untergrundbahn das vorherrschende Thema, schon deshalb, weil alle mit ihr angereist waren. Eingeladen hatte Hermann Mahlgast nicht nur seine Eltern und Schwiegereltern, sondern auch Röppisch mit seiner Anna Luise, Theodor Blumenthal und Auguste Tschello mit ihrem Enkel, dem putzigen Achaz. Alle bedauerten, dass Alfred noch zu klein war, ansonsten hätten die beiden miteinander spielen können.

»Das wird schon noch werden«, sagte Röppisch in gewohnter Manier. »Sie werden sicher einmal so gute Freunde wie ihre Väter und …«

»Bitte, Albert!« Anna Luise stieß ihm den Ellenbogen in die Seite.

Hermann Mahlgast lachte. »Lass ihn doch! Auch in dreißig Jahren werden noch Hoch- und Untergrundbahnen gebaut – und sie werden Gelegenheit haben, die Träume ihrer Väter gemeinsam wahr werden zu lassen. Ein dichtes Netz aus vielen Linien wird es geben. Darauf lasst uns alle anstoßen!«

Nachwort zur Originalausgabe 2008

Beim Schreiben dieses Romans habe ich vor einem selbstgebauten Diorama gesessen, das in etwa dem Hoch- und Untergrundbahnhof Hallesches Tor entspricht. Oben steht ein Drei-Wagen-Zug vom Typ AI – gelb, rot, gelb – und unten im aufgeschnittenen Bahnhof eine Tunneleule. Damit nicht genug, denn zudem sind im Jaron Verlag meine U-Bahn-Erinnerungen erschienen (*Tegel – Zurückbleiben bitte!*, als Taschenbuch bei dtv unter dem Titel *Berliner Bahnen*), in jedem meiner Familiensaga-Romane, den »Kartoffel-Büchern«, fährt der Held Manfred Matuschewski pausenlos mit der Berliner Hoch- und Untergrundbahn umher, und im Mai letzten Jahres durfte ich beim WDR-Fernsehen in der Reihe »Planet Wissen« als U-Bahn-Experte auftreten. Das sagt eigentlich alles über das, was man als *passion & obsession* bezeichnet.

Nicht zu vergessen ist, dass ich alter »Siemens-Indianer« bin, das heißt, in den Jahren 1957 bis 1960 im Hause Siemens Industriekaufmann gelernt habe, dies als sogenannter »Stammhauslehrling«, also mit dem berühmten Marschallstab im Tornister. Ich habe während meiner Lehrjahre durchweg gestöhnt und gelitten und starke antikapitalistische Haltungen entwickelt. Ohne meine Erfahrungen aus dieser Zeit aber wäre meine spätere Karriere als Professor und Organisationssoziologe nicht möglich gewesen. Dieser Roman ist nun in gewisser Weise mein Dankeschön an Siemens, denn die Stammstrecke der Berliner U- und Hochbahn ist ja das Kind des Firmengründers Werner (von) Siemens, und Berlin hat ihm und Siemens als Unternehmen bis heute viel zu verdanken. So ist auch zu Recht die Familie Siemens auf dem Cover zu sehen, und ich hoffe, dass man sich in der Münchener Zentrale über dieses Buch des verlorenen Sohnes freuen wird, steht man doch im Augenblick wegen einiger Affären stark unter Beschuss.

Das Attentat auf die Ministerfahrt, so der ursprüngliche Titel, passt schlecht in nur eine Schublade, denn es ist zugleich Familienroman, Krimi und Sachbuch. Alles, was es an Fakten gibt, habe ich mit wissenschaftlichem Eifer zusammengetragen – die lange Literaturliste beweist es. Von Werner Siemens bis Alfred Grenander haben die Schöpfer der ersten Berliner Hoch- und U-Bahn wirklich gelebt, fiktiv sind sowohl alle Mitglieder der Familien Mahlgast und Tschello als auch Nebenfiguren wie Gottfried Ruppin, Berthold und Theodor Blumenthal, Georg Grasmuck und Max Fleischfresser.

Ich hoffe, dass Ihnen diese Mischung gefallen hat und Sie mir weiterhin gewogen bleiben. Herzlichen Dank!

Literatur

Agenda Rudolph Hertzog 1904
Arbeitsgemeinschaft Berliner U-Bahn (Hrsg.), Zur Eröffnung der elektrischen Hoch- und Untergrundbahn in Berlin. Unveränderter Nachdruck von 1902, Berlin 2002
Berger, Joachim, Berlin freiheitlich & rebellisch, Berlin o. J.
Bohle-Heintzenberg, Sabine, Architektur der Berliner Hoch- und Untergrundbahn, Berlin 1980
Bosetzky, Horst, Berliner Bahnen, dtv 20380, München 2000
Bosetzky, Horst, und Eik, Jan, Haste schon jehört? Berliner Denk- und Merkwürdigkeiten, Berlin 2005
Bosetzky, Horst, Poppel, Uwe, u. a., Tegel – Zurückbleiben bitte! U-Bahn-Erinnerungen, Berlin 1999
BZ (Hrsg.), Kinder, wie die Zeit vergeht (Autor: Frank Lynder), Berlin 1977
Domke, Petra, und Hoeft, Markus, Tunnel Gräben Viadukte. 100 Jahre Baugeschichte der Berliner U-Bahn, Berlin 1998
Gammrath, Dieter, und Jung, Heinz, Berliner Omnibusse, Düsseldorf 1988
Gottwaldt, Alfred B., Berliner Fernbahnhöfe. Erinnerungen an ihre große Zeit, Düsseldorf 1982
Gottwaldt, Alfred, Das Berliner U- und S-Bahnnetz. Eine Geschichte in Streckenplänen, Berlin 1994
Gympel, Jan, U-Bahn Berlin. Geschichte(n) für unterwegs, Berlin 2002

Hattig, Susanne, und Schipporeit, Reiner, Großstadt-Durchbruch. Pioniere der Berliner U-Bahn. Photographien um 1900, Berlin 2002

Historische Kommission zu Berlin, Kreuzberg, Berlin 1994 (Geschichtslandschaft Berlin, Orte und Ereignisse, Band 5, hrsg. von Helmut Engel u. a.)

Holmsten, Georg, und Schneider, Barbara, Wilmersdorf, Berlin 1980 Lemke, Ulrich, und Poppel, Uwe, Berliner U-Bahn, 3., überarb. Aufl., Düsseldorf 1992

Meyer-Kronthaler, Jürgen, Berlins U-Bahnhöfe. Die ersten hundert Jahre, Berlin 1995

Neumann, Peter, Berlins Bahnhöfe gestern, heute, morgen, Berlin 2004

Osman, Nabil, Kleines Lexikon untergegangener Wörter, 15. Aufl., München 2004

Ribbe, Wolfgang, und Schmädeke, Jürgen, Kleine Berlin-Geschichte, 3. Aufl., Berlin 1994

Schenzinger, Karl Aloys, Metall, Berlin 1939

Sichelschmidt, Gustav, Schöneberg und Wilmersdorf in alten Ansichten, Zaltbommel/Niederlande MCMLXXVII

Stinde, Julius, Die Familie Buchholz. Vier Romane in einem Band, Hamburg 1962

Straßenbahnen in Berlin. Eine Sonderausgabe des Straßenbahn Magazins, München 1/2005

Straßenbahn Magazin, 12/2005

U-Bahnen. Eine Sonderausgabe des Straßenbahn Magazins, 1/2004, München 2004

Ebenfalls im Jaron Verlag erschienen:

Broschur, 384 Seiten, ISBN 978-3-89773-729-7, **€ 9,95**

Der Triebtäter Paul Ogorzow vergewaltigte während des Zweiten Weltkrieges entlang der S-Bahn-Strecke von Berlin nach Erkner mehrere Frauen und brachte sie auf brutale Weise um.

Ebenfalls im Jaron Verlag erschienen:

Broschur, 384 Seiten, ISBN 978-3-89773-730-3, **€ 9,95**

Die Morde der Krankenschwester Elisabeth Kusian
schreckten das von den Zerstörungen des Krieges
und dem zunehmenden Gegeneinander von
Ost und West geprägte Berlin auf.

Ebenfalls im Jaron Verlag erschienen:

Broschur, 320 Seiten, ISBN 978-3-89773-731-0, **€ 9,95**

Dutzende grausamer Sexualmorde an jungen Frauen machten den hinterhältigen Schlachter Karl Großmann zu dem berüchtigtsten Serientäter im Berlin des frühen zwanzigsten Jahrhunderts.